多明尼加
大 西 洋
加拉加斯
委內瑞拉
巴西
拉巴斯
玻利維亞

美國
哈瓦那
墨西哥
墨西哥城
古巴
瓜地馬拉城
瓜地馬拉
聖薩爾瓦多
薩爾瓦多
馬拉瓜
尼加拉瓜
巴拿馬城
巴拿馬
哥倫比亞
太　平　洋
基多
厄瓜多
祕魯
大 西 洋
太 平 洋

中南美洲位置示意圖

拉丁美洲
真相之路

張翠容／著

如果說我們是浪漫主義者，是不可救藥的理想主義分子，
我們想的都是不可能的事情；
那麼，我們將一千零一次地回答說：
是的，我們就是這樣的人。

——切・格瓦拉

推薦序
試看明日拉美，竟是誰家天下？

今年的台灣很拉美，很古巴。從農曆新年開始，慶祝古巴革命成功五十周年時，就有影展從高雄開始，一路北上，經過嘉義而後新竹、台北縣市，再穿越中央山脈，來到花蓮。就在十部影片五、六十場次的半年放映期間，兩本古巴書也先後出版。一本說史，一本談今。

現在，入秋時節，十多年來親臨阿富汗、巴爾幹半島、東南亞與西藏，鳥瞰中、韓、歐、美、非，並進入「中東現場」深究，已有三冊文集的張翠容，再將她近年來多次遠赴中南美九國深入採訪與報導的作品詳加述釋後，集結成爲她的第四本書，不但談古說今，古巴之外，更有其他八個國家，包括切．格瓦拉（Che Guvera）殞命的玻利維亞；而數十年來，有關切的最佳、最長的四小時半傳記電影，也在台開映。

詭異、湊巧或刻意的安排是，電影上演之日，正是「九一一」。八年前，恐怖組織「基地」派員十九人劫機，從天俯衝紐約世貿雙子星大樓，二九九三人殞命，反恐之聲挫傷美國民權，伊拉克與阿富汗受難至今，這是美國的九一一。三十六年前，民選總統在軍事政變中，壯烈殉道，萬千異端與無辜人士命喪黃泉、失蹤、入獄或逃離國門，血腥屠夫劊子手的背後，正有美國撐腰，這是智利的九一一。

眾所周知，格瓦拉對美帝國主義不假辭色。人們如今記憶比較淡薄的是，一九六四年底，切前往阿爾及利亞，參加亞非團結大會並發表講演，他說，「社會主義國家集團是二號帝國主義」。不但對蘇聯，對於當時關注國際政情的人，這次演說都是轟天一雷。既然兩邊都已開罪，古巴追求自尊自保的道路，只能是對外結交更多的盟友或輸出革命。一九六七年四月，古巴機關報《格瑪拉》在頭版發布切致亞、非、拉美三洲會議的賀文，目的在「製造兩個、三個以至更多的越南」。這個浪漫情懷蘊含著務實的需要。卡斯楚支持這篇文章的刊登，可以看作是證據之一，顯示兩人是有分進合擊的默契。

這些事蹟歷歷在目。如果美國一九六七年六、七月起，未曾大力支援玻國軍隊，切是否兵敗、是否被捕後次日會遭槍決，都在未定之天。歷史不能重來，但這不是要點。重要的是，《拉丁美洲眞相之路》向讀者展示，切雖死猶生，不單他的理念、行動與事蹟鼓舞了世人，許多中南美洲的人，特別是「年輕人」，對切的革命伙伴卡斯楚，也是「推崇備至」。閱讀張翠容的這本書，我們就會知道，如果在台灣有關切的現象，還陷於商品化的漩渦而尚難掙脫，那麼，追求另類世界的革命精神、號召與踐履，在拉丁美洲的許多地方，還是活生生在上演。

雖然沒有特定機構的長期支持，但作家、記者張翠容，千里迢迢、馬不停蹄而險地必往。她多次造訪古巴，觀察販夫走卒之外，更訪問了切的長子卡美路（Camilo Guevara）；她也到了玻利維亞，找到四十二年前與切並肩在叢林穿梭的兩位戰友古絲曼（Loyola Guzman）與伯蘭度（Antonio Peredo）。這些努力與用心讓人肅然起敬，歷史洪流就在眼前翻滾的感覺，油然浮現。新聞報導的魅力在此，聯繫歷史與當下的翠容說，「記者的工作就是阻止遺忘」，信然。

拉美反抗西班牙、英法而後美國（半）殖民帝國的最大事件，就是一九五九年古巴革命成功，打破「地理宿命」論而影響至今。一九九八年底，查韋斯（Hugo Chavez）當選委內瑞拉總統，一九九九年修憲啓動「二十一世紀社會主義」，石油權貴及其附庸強烈反擊，五大電視網及主流報紙無日不批評。他們先在二〇〇一年底組織石油罷工，繼之在二〇〇二年四月政變（美國首肯。公視曾放映其紀錄片《驚爆四十八小時》）。失敗半年後他們捲土重來，再次鼓動石油工會罷工兩個月。二〇〇四年八月他們發動罷免公投，再次失利。權貴階級的子弟兵沒有賦閒，這些大學生走上街頭反查韋斯，美國公然給獎五十萬美元，頒贈「自由戰士」稱號！查韋斯不能不反擊，今年修憲公投成功，仿效歐日內閣制，連選可以連任、不受次數限制，繼續推動更多所得重分配、教育醫療及市民參與等等改革活動。

德不孤，必有鄰。委國政局有驚無險，拉美近鄰斬獲漸多。二〇〇二年底，巴西工人黨魯拉（Luiz Inacio Lula da Silva）當選總統，激進立場雖有調整，進步的政策與政績仍然可觀。出身工人家庭的醫學教授巴斯克斯（Tabare Vazquez）二〇〇四年獲取烏拉圭大位。二〇〇五年，心向窮人的莫拉萊斯（Evo Morales）以過半選票勝出，在他之前，沒有任何原住民總統。二〇〇六年，前所未有，智利選出女總統巴切萊特（Michelle Bachelet），億萬富翁落敗。同年底，武裝革命出身的奧蒂嘉（Daniel Ortega）在野多年後，重新入主尼加拉瓜。二〇〇七年十一月，就任厄瓜多總統未久的科雷亞（Rafael Vicente Correa Delgado），席不暇暖來到中國社會科學院，

「闡述二十一世紀社會主義背景」。二〇〇八年，盧戈（Fernando Lugo）破天荒，以解放神學的教義與背景，掌權巴拉圭。八月，百分之六十七的玻利維亞選民支持新憲法，莫拉萊斯啓動土地改革方案。今年三月，薩爾瓦多人民終結二十餘年的親美政權，雖然執政黨投入的電視廣告經費，是左翼聯盟的四倍。四月，科雷亞再破紀錄，連任總統。九月，曾在二〇〇三年訪問卡斯楚三十個小時，製作《司令官》（*Comandante*）卻遭ＨＢＯ拒絕播放的導演史東（Oliver Stone），擴大規模完成巴基斯坦裔、英國《新左評論》編委阿里（Tariq Ali）編寫的《國境之南》（*South of the Border*），前述幾位南美領導人逐一入鏡，其中，查韋斯還在七日親赴威尼斯影展，參加紀錄片的首映，喧騰熱鬧。

查韋斯及其領導團隊，以及拉美其他易幟的國家，其理念能有多大永續發展的空間？得利於舊有政經與文化秩序的人，坐擁許多海外國家與其同聲出氣，公然招搖而文攻武嚇，一意想要復辟。「按理應該」聲援查韋斯的國家，卻有官員連忙表明，指南美的社會主義「與中國無關」。確實無關。但切的玻利維亞戰友、曾在一九六〇年十二月一日與切一起在北京與毛澤東會面、目前是該國「邁向社會主義運動」黨籍國會議員的伯蘭度說：「社會主義也不是一成不變，它已發展出不同的面向，就好像資本主義。」說得在理，中國在拉美採購礦油以外，若能加採這些理念，更好。

究竟是哪一種理念的天下，從來不能一勞永逸，從來不是全有全無。翠容對拉美的另類理念具有同理心，但對其發展的前景，不能不審慎地觀察、採訪與落筆。「二十一世紀社會主義」

是什麼？能不能為人類開拓新的天地？事關重大，我們何其有幸，在動盪轉變的大年代，有記者張翠容，作此紀錄，見證現場。

政大新聞系主任　馮建三

二〇〇九年九月十一日，芒果樹之下巧克力之上

試看明日拉美，竟是誰家天下？

自序

歷史的旋轉門

當我打開墨西哥女作家兼記者艾蓮娜・波尼亞托夫斯卡（Elena Poniatowska）的一部知名作品《天空的皮膚》（*The Skin of the Sky*）時，以下的一番對話即出現在我眼前：

媽，那遠處就是世界的盡頭吧？

不是，世界沒有盡頭。

那你就說說怎麼沒有盡頭吧。

我會帶你到眼睛看不到的地方見見世面的。

我也跟隨去了自以爲是世界的盡頭——拉丁美洲，見見世面。怎知這不是世界的盡頭，但，在亞洲媒體視線以外的拉丁美洲，他們的故事卻又永無盡頭，而且也的確讓我見了世面。

首先是南美洲的委內瑞拉，她掀起一場二十一世紀社會主義革命，跟著拉美多國陸續邁向這場革命，就在這個新世紀，在美國的「後院」裡，出現如此一道風景，世界矚目。

我決意爲拉美這次革命抽絲剝繭。在過去數年間，從香港出發，再從中美洲走到南美洲，繞了世界一圈又一圈，發覺地球原來仍是圓的，又圓、又熱、又擠擁，我們彼此不一定互相看見、聽到，但大家卻有著太多相似的地方。

正因爲相似，拉美的革命吸引著來自世界各地的學者、記者、文化人、社會運動家等等聚集在這裡，他們要研究、觀察、參與，以及與當地人共同創造人類的前景。

我站在拉美的街頭上，有目不暇給之感。

艾蓮娜是墨西哥街頭文學之母，加上她也是記者，她很喜歡走到街頭去做紀錄，無論街頭有多嘈雜，她都可以從中理出個所以然。

或許，你們也會在本書中聽到不同的雜音，各種各樣的人物穿梭在字裡行間，也一樣令人目不暇給。例如，墨西哥那一個叫Atenco的村莊，竟然連八歲小孩也拿起長刀向我表示要保衛土地；瓜地馬拉的馬雅族作家，帶我旁觀原本過去一直被軍政府禁止的馬雅祭典；薩爾瓦多的前游擊隊頭目，發覺經營旅館比打游擊還要困難；我在尼加拉瓜坐在一位老人家門前，細聽他憶述美國干預尼國那五花八門的手段；巴拿馬一名非洲移民，如何利用巴國這個避稅天堂建立起自己的「小王國」……

在委內瑞拉，來自貧民窟的婆婆捉著我的手，說，她的頑疾終於因革命可以醫治了；在玻利維亞，我與原住民一起咀嚼古柯葉，他們誓死捍衛祖先留下的文化；厄瓜多的小子不停追問我，知否爲什麼他們坐在油田上卻又這樣窮；我走進古巴的學校，老師們向我展示不一樣的教育、不一樣的古巴……

他們就是這樣領我走過拉美的前世今生，我正學習如何在混雜的故事中拉出一條脈絡，一如艾蓮娜。

但，這不是一本歷史專書，雖然你會在當中觸摸到歷史的傷痕；這也不是一本學術專書，雖然你會在當中閱讀到資本主義與社會主義、獨裁與民主、全球化與反全球化的爭辯；這更不是一本新聞追蹤的書，雖然你會在當中觀看到此起彼落並觸動世界神經的新聞事件，以及新聞事件背後不爲人知的眞相。

那麼，這是一本怎樣的書呢？

這是一本有關人性的書，人性中的光明與黑暗、自私與博愛，殘暴與仁慈、貪婪與知足、墮落與理想、狡詐與正直、懦弱與勇敢、傲慢與謙卑……

我離開了拉美地區，可是好像仍然留守在那裡，默默見證著由於人性中的一念之善與一念之惡，所交織而成的人類的故事，這些故事就這樣聚焦在拉丁美洲，讓我感到人性的重量。

西班牙殖民者對古文明的摧毀、對原住民的殘殺、對重金屬的貪婪，繼而沉淪於富貴的逸樂，最後整個帝國也瓦解了。這是任何一個時代的歷史教訓，但人類總愛不斷重複歷史。

多少帝國興亡事？在一起一跌之間，又有多少個體被殘酷犧牲掉？

在急促追求現代化的拉美土地上，仍殘留著古文明的遺跡。秘魯北部沿海有一個世界最古老的泥磚城，叫「陳陳」（Chan Chan），當我站在這座出神入化的古城，想到它的名稱，與廣東人最大姓氏「陳」同一拼音，便叫我嘖嘖稱奇。我們與他們有著怎樣的神秘連繫①？兀鷹在古城上空嘎嘎飛過，一切皆空虛，有望盡古今滄桑之嘆。

在西班牙殖民統治時期，拉美原住民給奪去一切，包括土地，落得個無名無姓也無身份，淪爲農奴。到拉美成爲了美國的後院，他們又淪爲血汗工廠的最低層廉價勞工。

他們好像已經在歷史裡封塵，沒有面容，失掉聲音，即使有喜怒哀樂也無從表達，他們不再存在。

我們與他們的根在「去歷史化」的過程裡，給狠狠切斷了。

「夠了，我們還在這兒！」

拉美原住民用不同的方式，叫世界記起他們，原住民運動激發出各式各樣的社會運動，他們要撕開民主與自由的虛僞外衣。

我們聽到了嗎？對，他們還在那兒。

我們對農奴或許感到陌生，但對於血汗工廠則不應陌生了。曾幾何時，香港、台灣亦扮演過龐大的血汗加工廠的角色，現在是中國大陸。只不過，美國在「門羅主義」下（見附錄一，374頁）對拉美地區所進行的剝削，更赤裸裸，更肆無忌憚。

原來，大家都曾一起在企業全球化的齒輪下，嘗盡甜酸苦辣。

當大家談論帝國主義時，拉美對此不陌生，我們亞洲也不陌生，西班牙對拉美之殖民，一如英國對香港之殖民，與日本對台灣之殖民。可能大家被殖民的經驗不同，結果不同，但性質一樣，這就是人的主體性遭到剝奪②。現在，我們共同面對的是美國這超級大國如何左右世界。

不過，隨著全球化的演進，美國學者麥可．哈德（Michael Hardt）和義大利學者安東尼奧．納格利（Antonio Negri）在他們的合著《帝國》（*Empire*）卻有補充的看法，他們說，帝國主義已經消失，全球化帝國正席捲整個世界，沒有中心、沒有疆界、不斷擴張、全面滲透……

看來，大家的命運愈來愈緊扣著。

撰寫這本書期間，由美國引發的金融海嘯驟然而至，跟著便如狂風掃落葉，各國處於驚慌狀態，並且每一個人都體驗了全球化的威力。

這樣的全球化，美國是大莊家。莊家所要玩的，乃是資本主義沒有制約的瘋狂遊戲，這場瘋狂遊戲就像一列過山車，從起點出發，轉了幾個山頭，期間雖有點障礙③，但最後卻又能回到起點，並且改名換姓，這回叫「新自由主義」（neo liberalism）。

大家對這個主義近年已有非常廣泛的討論，它雖有一個「新」字，但其實並不新，它只不過是復辟早期資本主義的原始私有化，和迷信於近乎基本教義派的自由市場論。現在，他們透過推動和加促全球化，又可擴大私有化的領域及壟斷更多財富的累積了④。

新瓶舊酒卻牽出了一個新時代，就是一個全球是平的時代⑤，或是被徹底剷平的時代⑥，教人亢奮得徬徨失措。

當我們驚魂還未甫定之際，對於拉美人民而言，卻只是一幕歷史在他們眼前重複一遍。二十世紀八、九十年代，美國推出「華盛頓共識」（Washington consensus）⑦，新自由主義借「華盛頓共識」首先在拉美，然後正式在全球全面登場，在表面眩目的經濟數字下，它卻沒有爲老百姓帶來幸福。拉美的經濟一如其民主，變得更脆弱和依賴。

老實說，新自由主義不僅在拉美造成爭議，其他開發中國家不也是一樣傷痕累累嗎？只是拉美的傷害更令世界觸目驚心。不可思議的貧富差距，天文數字的外債滾存，大上大落的物價指數，波動的貨幣可以一夜間消失。多少次的金融危機湧現，從墨西哥到阿根廷，都使人記憶猶新，「拉美化」一詞令各國為之警惕。

過去拉美曾發生多次的革命，而這次他們最新版本的革命，企圖把新自由主義連根拔起，奪回自主權，重建倫理價值，看來這同時也是一場人性的革命，這旋即引起國際間不少爭論。

什麼叫做二十一世紀社會主義？

南美多位左翼總統指出，它與二十世紀社會主義不同之處，乃在於它是建立在民主的基礎上，他們的國有化內容也不一樣，同時也許還加進了一些宗教信仰的元素，而厄瓜多總統科雷亞直截了當表示，厄國的二十一世紀社會主義就是基督教社會主義（見第八章厄瓜多）。

拉丁美洲人的確有著深厚的宗教歷史淵源，從原住民以多神教開始對天地的敬畏，到西班牙殖民者帶來一神教的天主教，雖然當權的教會與統治者站在一起成為剝削者，但仍有個別純樸的傳教士在拉美埋下「解放神學」的種子，而這回的二十一世紀社會主義革命，可以說多少受到解放神學思想的啓蒙。有關解放神學，在第二章瓜地馬拉有所釋述。

我在這本書記錄了拉美九個國家的故事，並試圖各有主題，就好像「點」，各「點」加起來便看到「面」。從墨西哥所體現出的典型拉美化經濟與面對全球化的挑戰，再到中美洲各小國如何淪為美國後院中的後院，意識形態和經濟上的加工廠，他們所承受的沉重代價，實在是第三世界的一面鏡子，而這亦構成本書的上半部分，這次革命的背後原因。

本書下半部旋即轉到二十一世紀社會主義革命中三個核心國家：委內瑞拉、玻利維亞、厄瓜多，他們為拉美、同時也為世界帶來什麼啓示？

最後，位於加勒比海的古巴，她是拉美地區的例外，自一九五九年革命成功後，在美國制裁下遺世獨立，一直進行自己的社會主義實驗。如今借助二十一世紀社會主義這一場革命，古巴又從歷史走了出來，她的得與失、悲與喜，會否就是拉美左翼陣營的借鑑？他們準備好汲取經驗和教訓，重新出發，尋找另一個世界是可能的嗎？

無論如何，這本書的目的不是要寫出什麼大論述，而是靜靜地去記錄在一個充滿動盪和災難的環境裡，人如何仍能擁抱對美好社會的盼望，並拿出無比的勇氣去實踐，即使過程中也有錯失的時候。

由於拉美人熱愛詩歌，文學永遠是他們的精神力量，因此，我以拉美詩歌和其文學作品，來連結各章節，好讓讀者能一窺拉美民族的內在情感。它是一扇美麗與哀愁並存的窗口。

打開這扇窗口，我又看到卡門出於對自由的追求，而跳出那熱情奔放的舞姿。還有，切·格瓦拉的身影，他推一下歷史的旋轉門，便再次回來了。

註釋

①參見一九九六年美國德州基督教大學中國研究助理教授許輝（Mike Xu），和一九九九年聖塔芭芭拉自然歷史博物館人類學主任強森的報告。

②參見陳光興（臺灣）的《去帝國》，二〇〇六，行人出版社，和羅永生（香港）的《殖民無間道》，二〇〇七，牛津出版社。

③二十世紀三十年代大蕭條，令自由經濟學說（又稱古典經濟學）失靈，取而代之的是主張干預政策的凱恩斯學派，其後西方又有社會民主主義成為自由經濟學派的障礙，到了六、七十年代，自由經濟學回巢，芝加哥大學經濟學教授米爾頓．傅利曼（Milton Friedman）按時勢修改成為新自由主義，並在八十年代隨著美國的雷根和英國的柴契爾夫人上台而登上高峰期，冷戰後更主宰世界經濟發展。

④參見Alan G. Nasser: *The Tendency to Privatise, Monthly Review,* March, 2003。又可參考許寶強：《資本主義不是什麼》，二〇〇七，上海人民出版社。

⑤湯馬斯．佛里曼（Thomas Friedman），《世界是平的》（*The World Is Flat: A Brief History of the Twenty-first Century*），（台灣）雅言文化出版，二〇〇五。

⑥約翰．柏金斯（John Perkins），《美利堅的帝國陰謀：經濟殺手的告白2》（*The Secret History of the American Empire: Economic Hit Men, Jackals, and the Truth about Global Corruption*），（台灣）時報文化出版，二〇〇八。

⑦華盛頓共識乃是在一九八九年由美國經濟學家約翰．威廉姆森（John Williamson）提出，他針對拉美的經濟危機，與華盛頓的政策圈（包括美國政府、國際經濟組織如IMF、世界銀行和其他主流智庫）整理出拉丁美洲國家應採取的經濟改革措施，這包括自由化和私有化，以及削減公共開支等。

目錄

PART IV

加勒比海：遺世獨立的社會主義實驗者

附錄

前言

一個時代的革命情緒

En un lugar de la Mancha, de cuyo nombre no quiero acordarme, no ha mucho tiempo que vivía un hidalgo de los de lanza en astillero, adarga antigua, rocín flaco y galgo corredor.

曼查有個地方，地名就不用提了，不久前住著一位貴族。他那樣的貴族，矛架上有一支長矛，還有一面皮盾、一匹瘦馬和一隻獵兔狗。

這就是唐吉訶德（Don Quixote）。

唐吉訶德一看見風車就對侍從（桑喬）說：「命運的安排比我們希望的還好。你看那兒，桑喬，就有三十多個放肆的巨人。我想同他們戰鬥……。這是正義的戰鬥。從地球表面清除這些壞種是對上帝的一大貢獻。」

桑喬說：「那些不是巨人，是風車……」

唐吉訶德說：「在征險方面你還是外行。他們是巨人。如果你害怕了，就靠邊站，我去同他們展開殊死的搏鬥……」

「不要逃跑，你們這些膽小的惡棍！向你們進攻的只是騎士孤身一人。」這時起了點風，大風車翼開始轉動，唐吉訶德見狀便說：「即使你們的手比布里亞柔斯①的手還多，也逃脫不了我的懲罰。」

說完他戴好護胸，攥緊長矛，飛馬上前，衝向前面的第一個風車。

我想，每一個時代，都存在著一種情緒，它可以是沉鬱的、激昂的、失落的、積極的、實務的、浪漫的……

時間這樣迴盪著。

例如，十八世紀法國大革命響著那一叮一噹的聖母院鐘聲，喚起了不少歐洲人的夢想；十九世紀隆隆的機械革命卻又誘發出人們對物質理性價值的追求。可惜的是，二十世紀兩次大戰留下絕望廢墟，在大蕭條下世界在苦難中呻吟；但轉過頭來，聖雄甘地揚起身上的印度白袍，以近乎完美的宗教情操相信非暴力手段可爲受壓迫者帶來希望，一如象牙海岸作家夏爾．諾康（Charles Nokan）在《暴風》（*Violent était le vent, roman*）中，以黑色的太陽升起，黑暗中可見一根晃動的柴火，正燃燒一頁充滿鬥志的事蹟。

不過，經過了熱血沸騰的五、六十年代，卻迎來七十年代的虛無藍調。

每一代人，似乎都受著一個時代的獨特情緒所感染。可是，有些情緒，是可以復發和轉化的，甚至昇華成精神、傳統，一個民族的精神與傳統。

在這方面，拉丁美洲明顯惹人遐想。因爲在拉丁美洲人民的靈魂至深處，總是搖晃著烏托邦的朦朧影子，瀰漫一片煙霞的亞馬遜河域此岸有彼岸的期盼，在歷史的時空激盪出先輩的呼喊，他們如幽靈般從遠古活到至今，從未在這片大陸上消失，並且化作標竿，子孫得以一步一步向前走。

或許，這裡存在著一股恆久的情緒，而且屬於一股恆久的革命情緒，自十五、六世紀西班牙人進行掠奪殖民開始，從哥倫布和他的遠征隊發現他們自以爲「新大陸」的那刻起。

在當地人心中，一股革命情緒慢慢形成，並且前仆後繼，一直抵抗著在自己土地上成爲「他者」。

這是否與他們祖先不屈的性格有關？從墨西哥的阿茲特克族到中美洲的馬雅族，再到南美洲的印加族，都出現過不少拒絕西班牙征服的頑強抗爭者。

他們雖然倒下來了，但留給後代的是一個未完成的項目。

這是一個怎麼樣的項目？

容我大膽的界定一下，這是一個革命的項目，因此，另一代人又出現了：古巴的荷塞・馬蒂（José Martí Pérez）、委內瑞拉的西蒙・玻利瓦爾（Simón Bolívar）、墨西哥的艾曼尼阿勞・查巴達（Emiliano Zapata）……其後又有瓜地馬拉的傑哥布・阿本茲（Jacobo Árbenz）、阿根廷的切・格瓦拉（Ernesto "Che" Guevara）、古巴的卡斯楚，跟著是尼加拉瓜的丹尼爾・奧第加

（Daniel Ortega）、智利的薩法多．阿倫德（Salvador Allende）、哥倫比亞的卡米洛．托雷斯（Camilo Torres）……

到了二十一世紀之交，新一代人又接手這個未完成的項目；委內瑞拉的查韋斯（Hugo Chávez）、玻利維亞的莫拉萊斯（Evo Morales），還有墨西哥查帕斯民族解放軍（The Zapatista Army of National Liberation; EZLN）副總司令馬哥斯（Subcomandante Marcos）……

拉美這個舞台永遠色彩斑斕，疑幻疑眞。

就好像蒙面的馬哥斯，我從來沒有想過二十一世紀還有如他扮相的革命領袖，他在墨西哥南部的查帕斯省帶領當地原住農民起義，在深山裡過著以物換物的前現代生活，卻利用現代科技如手機、電腦等傳遞他們的訴求。

無數歐美青年迷上了蒙面馬哥斯，視他如切．格瓦拉再生。我問：你們爲什麼喜歡馬哥斯？一群墨西哥少女即尖叫，說，面罩掩蓋不了他的一雙性感眼睛！當然，最重要的還是他一身神祕傳奇色彩，儼如現代羅賓漢。

但，爲什麼墨西哥出現羅賓漢？

這問題太沉重了吧！

在紐約機場的轉機室裡，航空公司服務員透過擴音機催促乘客上機，快要向馬奎斯筆下的魔幻世界出發，心情戰戰兢兢起來。

在機上，與一名年老的墨西哥人爲鄰，他在墨西哥城一酒店當守衛，結果我在他力邀下入住他所服務的酒店，他表示匆忙回國就是要趕赴大選投票。

他一開始即滔滔不絕，我的旅程註定不孤寂。

他告訴我，他兒子在紐約，太太在洛杉機，他們不喜歡美國，無奈留在墨西哥，生活逼人，惟有到美國另覓生活，但他太太到現在都不肯學英語，一切按墨西哥生活方式而行。老年人理直氣壯，指摘美國當年強搶墨西哥土地，他特別強調，LOS ANGLES，是西班牙語名字，衆多天使之意，原屬墨西哥，他們現在用另一方式回歸故土。

這使我想起美國已故知名學者杭廷頓（Sammuel Huntington）所撰寫的著作《我們是誰》（*Who Are We*），他指那些居住在美國南部的西班牙語系拉美居民，蠶食了美國以英語、白人爲主的文化。

百多年前當美國從墨西哥奪走德州、加州一帶的土地時，當地根本就住了不少說著西班牙語的墨西哥人，當然還有原住民，盎格魯·撒克遜（Anglo-Saxon）文化對他們而言是外來的文化，杭廷頓倒過頭來指責當地拉美裔有「喧賓奪主」之嫌，不講英語、不按美國白人文化辦事，這眞是誰問誰，你是誰？我們又是誰？

一個大陸，兩個美洲，存在著永恆的歷史張力。（見附錄一，374頁）

我和墨西哥老人的話題理所當然地又扯到哥倫布。

哥倫布，多熟悉的探險家，在我們的歷史書中，是如此英明神武的出現過，他是開拓全球化的第一人，不是嗎？自他登陸這個後來稱爲拉丁美洲的大陸後，全球資本逐步大轉移，一切透過歐洲航海事業的發展和歐洲資本主義的擴張需求。

談到上述等等故事，墨西哥老人更是滔滔不絕，當他要強調某一情節時，不禁把臉靠過來，恐怕我聽不清楚。

他要告訴我，當歐洲人紀念哥倫布發現新大陸五百周年時，拉美人民卻群起推倒哥倫布高大的雕像，在我們眼中的浪漫探險家卻是他們歷史課本上的侵略者。都五百年了，老人仍是用炯炯的眼神凝視過去。

在航機旅途中，我在個人電影院裡選看《切．格瓦拉摩托車之旅》這部電影，想到切去世已過四十周年，腦海裡不期然奏起那一首流行於拉美地區的切．格瓦那節奏明快的音樂 Che Guevara, Che Guevara……

很多、很多影像在眼前跳躍，或許這一切也曾是切所見證過的、所經歷過的，百轉千迴，而我也一步步跳進他們的歷史懷抱裡。

我們是時間之子。
我們是時間的腳，也是它的嘴。
時間用我們的腳走路。
但是，時間遲早會抹去一切足跡。
生命是穿越虛無？歷史是影子的腳步嗎？
時間的嘴

講述著旅程。

——《時間之嘴》，烏拉圭詩人 愛德華多・加萊亞諾（Eduardo Galeano）

註釋

①布里亞柔斯（Briareus）：希臘神話中天神烏拉諾斯（Uranus）和大地之母蓋婭（Gaea）所生的兒子，有一百隻手、五十個頭。

BECKHAM

PART I
美國後院的前沿地

墨西哥

全球化下的拉美化

從何處而來，往何處去，都不是重要的了。
最重要的是行動，前進，永遠前進，永遠不要停止，
到山谷、到平原、到峻嶺，
到任何能夠走到的地方去當主人。

——墨西哥革命代表小說家阿蘇耶拉
Mariano Azuela, 1873-1952

墨西哥農民死守自己的土地

他的精神領袖馬哥斯學習

墨西哥城商業區繁榮的一面

作者與大選志工

墨西哥廣場歷史傷痕累累

墨西哥街頭牆上寫著：「這不是民主」

小說家阿蘇耶拉寫下不少有關一九一○年墨西哥革命的重要作品。而他所身處的時代，正是墨西哥體現「高地酋」（caudillo）①獨裁軍人高壓統治最嚴峻的時代，當時的迪亞斯將軍（José de la Cruz Porfirio Díaz Mori）逐步以「貴族政治」取代前任遺留下來的「平民政治」，結果引發知名的大革命。

墨西哥文壇人才輩出，於一九九○年獲諾貝爾文學獎的墨西哥詩人帕斯（Octavio Paz，1914-1998），對現代詩壇影響尤巨。對他而言，寫一首詩就像執行一次革命行動，這是一種不斷自我革新的理念。在諾貝爾文學獎頒獎典禮中，他更道盡了西班牙語在拉丁美洲作爲移植語言，在拉美文學中所產生的作用。

墨西哥富足的表象

一到達墨西哥城（Mexico City）機場，眼前一片繽紛撩亂的景象，沒錯，我終於踏足在拉美的土地上。

我站在墨西哥城市中心，大都會的氣派，百聞不如一見，有不少朋友來過此地開會，各種的國際會議，無論是學術的、經濟的、政治的、文化的，甚至是社會運動的會議，都會在此地舉行。墨城眞是一個中心，而且堪稱拉美大阿哥，試數數哪一個領域，不是由墨城牽頭的？

投資界談金磚四國，又或新興市場，肯定離不開拉美地區的墨西哥。

拉美的石油儲量和產量僅次於中東地區，其中墨西哥是該地區石油產量最高的國家，墨西哥國家石油公司（Petroleos Mexicanos，簡稱Pemex）於二〇〇八年更成爲拉美石油行業收入最高的企業②。

此外，墨西哥又是美國企圖在拉美建立自由貿易區的第一個實驗站，一九九四年墨西哥正式加入北美自由貿易協定（NAFTA），自此，墨西哥與美國的經濟一體化便成爲拉美地區的樣板與典範③。

墨西哥的咖啡令我呷第一口即咳了數聲，可是，坐在城中一流的咖啡廳是如此賞心樂事，多麼有格調，多麼有品味。天花板的雕刻一絲不苟，掛在餐廳一角的油畫也甚有來頭，我最喜歡的就是緩緩播放出來的一首墨西哥音樂，一如現場的柔和燈光，整個氣氛令四周的顧客只願喁喁細語，鬈曲的棕色頭髮，長長睫目下的圓大眼睛，如大珠小珠落玉盤的西班牙語，加上畢挺的西裝和端正卻又跟上潮流的女裝西裙，他們是來自墨西哥的華爾街，出類拔萃的精英，戰後新興的階級。

多謝我在以色列認識的記者朱利亞安，他把我帶來此地，體驗一下墨西哥的繁榮和優雅，他是一位自由主義者，認爲墨西哥與美國合作才能創造雙贏的局面。他壓低聲音說：「難道要去學古巴嗎？」跟著他「噗」的一聲笑了起來，聳聳肩，再說：「沒錯，跨國資本進來墨西哥是要牟取暴利，但我們也因此得到快速的發展。」

朱利亞安所指的發展，乃是墨西哥戰後實行自由經濟政策所帶來的高速經濟增長，這與亞洲四小龍的經濟奇蹟相類似，當時墨西哥有「美洲獅」之稱，分享「美洲獅」聲譽的還有巴西、阿根廷和智利。

在二十世紀五、六十年代間，當時的發展理論強調，經濟發展得從追求國民生產總值（GNP）高速增長開始，並以「先增長、後分配」爲發展策略，在這策略下，社會公義無奈靠邊站。

由於墨西哥財富高度集中在一小撮大財團手中，增長而不分配讓社會階級鴻溝愈益嚴重。試想想，一個僅由二十二個強大的墨西哥金融集團和其他二十個外國集團組成的小型核心團體，已霸占了整個墨西哥市場，而國內的出口商也只有十個生產集團，他們的壟斷地位令其他企業根本無法生產。在這情況下，即使經濟增長如何快速，對普羅大眾而言，完全毫無意義，這只不過反映著一小部分經濟精英的財富又膨脹了。

高增長帶動高通膨，人們基本生活受到威脅，紛紛北望美國尋找出路，使墨西哥出現大量移民潮、偷渡潮，而墨西哥的經濟竟然也依賴在外的數百萬墨西哥人賺來的外匯支持。

無論如何，朱利亞安還是極力向我展示墨西哥富足的一面：琳瑯滿目的各種商品、高貴優雅的中產文化、鳥語花香的花園洋房、紅酒、名車、美食……

第二天，他又帶我去探望他一位來自古巴的朋友黛麗絲。黛麗絲打扮男性化，四、五十歲，自己一人創立製作公司，辦公室裡滿是錄影帶、照片、海報、書籍、器材等等，十分混亂，她抽著古巴大雪茄，一派女中豪傑。她一見我，先來個大擁抱，知我是記者後，便大數古巴這個共產祖國的不是，墨西哥相比之下，有偌大的自由空間，讓她可以實踐古巴不能做的事，例如創業、出遊、買房子……

她說：「在古巴，人容易得精神病，愈來愈多專業人士因發揮不了才能，加上生活逼人而自殺，官方不許報導這等現象。」我瞪大眼睛，第一次聽聞古巴的精神病和自殺率奇高。黛麗絲繼續煞有介事告訴我古巴人出走的原因。在她心中，墨西哥是通往天堂之地。

但，我心中有數，墨西哥擁有世界首富，例如電訊鉅子，卡洛斯．斯利姆．埃戶（Carlos Slim Helu），其身家在二〇〇七年一度超越美國微軟公司比爾蓋茲，躍升《財富雜誌》富豪榜全球第一位。但也僅此而已，他們遮掩不了其背後的千瘡百孔，還有浩浩蕩蕩的窮人群，令人一看便震驚。

走在墨西哥城的市中心，氣勢磅礡的商業大樓，工商企業大部分由外資控制，金融業如銀行則全屬歐美機構，例如Bancomer、Banamex、Bital、BBVA、花旗集團及匯豐銀行。這是怎樣來的？最初，國家表示注資救本土財團，把企業變成優質後，則又高價賣給外資，例如Banamex在五週內獲注資一百五十億後由花旗集團收購，本土的大股東獲益巨大④。

結果，本地企業在市場的占有率只有百分之十，其他全屬跨國公司擁有，農業垮了，工業完了，金融業屬於國際資本，令國家依賴外資的程度幾乎達百分之一百，經濟結構脆弱，只要外資有什麼風吹草動，國家即面臨崩潰。發生在一九七六年、八二年及九四年的金融危機，以至一九八二年由墨西哥所引起的全球債務危機，都是值得深思的例子。

我與朱利亞安一討論上述的問題，便會沒完沒了。

朱利亞安的弟弟李奧普度爲一名紀錄片導演，他的眼睛就是他的攝錄鏡頭，而他手中的攝影機就是他的一隻眼睛，我驚訝他的透澈。他與哥哥乃是一個向左走，一個往右跑。一次，我受邀到他們家裡吃晚飯，兩兄弟一講起國家大事，便很容易爆發爭論。當時（二〇〇六年七月）

墨西哥正進行如火如荼的大選。

他們是分裂中的墨西哥縮影。

我們離天堂太遠，離美國太近

李奧普度要拍攝邊境區加工廠（西班牙語稱Maquiladora）的故事，特邀我一同前往觀察，這是一趟艱苦的旅程，但李奧普度這位免費導遊也實在令我大開眼界。

想不到，七月的墨西哥城一早一晚是如此的清涼，我們就在冷風中於朦朧的月色裡進發。在顛沛的公路上，我想到《巧克力情人》（*Como agua para chocolate*，港譯《濃情朱古力》）這一部經典墨西哥電影；我經常這樣苦中作樂。

或許，墨西哥的巧克力眞的是甜得醉人，如有機會一定要嘗試一下。此際，我的思緒隨著無邊的夏月奔馳，沒有政治，卻出現了一首墨西哥無名詩人的詩作〈蛇〉：

牠喜歡漫漫長夜
因爲有黑暗做牠搏鬥的對手
在牠的尾巴掃過的每一塊石頭上
火星四起，火光四射
背負黑暗就是背負火焰

在黑暗與火焰鬥得最激烈的時候
蛇的背上伸出了羽毛
這羽毛永遠不會被薰黑
也永遠不會被燒焦
這羽毛將帶著蛇飛行
黑夜愈沉
牠將飛得更高

墨西哥與美國的陸地接壤邊境特別長，遠望那一條界線，我感到哭笑不得。因著密切的地理關係，美國自然視墨西哥爲第一個大後院，大後院的意思是……

我想到依賴理論（dependency theory）⑤。

這是一個似乎已過了時的理論，但隨著美國於二〇〇八年正式引發的金融海嘯，它又回來了。

原本爲拉美政經情況量身訂造的一種學術解說，倒頭來卻呈現出第三世界的普及性，它或許還有不完善之處，有對手如西方發展理論派甚至猛烈批評之，但依賴理論是屬於拉美的。

阿根廷經濟學家普雷畢齊（Raul Prebisch）首先提倡並發揚光大，他指出，發達國家經濟發展成一個世界中心，其他較不發達國家成爲這個中心的邊陲，並依賴中心生存，爲中心服務，因而令自己變得異常脆弱。在此，美國社會學學者華勒斯坦（Immanuel Wallerstein）承接依賴理論，發展出世界體系理論（world system）。一時之間，拉美成爲發展理論的焦點與範式。

或許，拉美是對抗資本全球化最早的一個地區，代表歐洲資本擴張的西班牙首先看上了拉美豐富資源，以最快、最狠的速度把這地區捲入原始資本累積的洪流，納入了他們的首個擴張範圍，使得拉美成爲世界現代資本體系牢牢困住而不斷出現反彈的典型例子。

閱讀拉美歷史就是閱讀一頁重要的全球化歷史；閱讀拉美歷史就是閱讀一頁中心與邊陲之間角力的歷史（見附錄二，378頁）。

在漫長的邊境地區，有震耳欲聾的機器聲，自「北美自由貿易協定」於一九九四年正式生效後，美資公司終於可以自由汲取墨國廉價勞動力，因此，在邊境一帶地區，湧現大量血汗工廠（sweatshop）；來自墨西哥窮困地區的居民，紛紛跑到此地尋找工作，而美國廠商也前來尋找廉價勞工，並享有邊境區內出入口免稅特惠政策。

一時之間，自由貿易製造了很多幻想；與此同時，邊境界線卻出現更嚴密的鐵絲網，更堅實的圍牆，我不敢靠近，與邊境界線一樣長的血淚故事，與亂草一同在孤獨的空氣裡哭訴。

像這樣的情景，同樣出現在中美洲的薩爾瓦多、尼加拉瓜、哥斯大黎加，整個中美洲是一個龐大的國際加工廠，停不了的機器，流不盡的血汗。

墨西哥勞工幻想北美自由貿易協定可鼓勵更多美國投資和貿易，那麼他們便可得益於製造業加工區的擴大，爲他們帶來更多的就業機會。可惜，殘酷的現實很快告訴他們，投資與貿易的增長不等於人民生活水平的提高。

在赤裸裸的自由招牌面前，大量的廉價勞動力令勞工缺乏議價能力，當生產力上升，工資卻反之下跌，人們無法脫貧。事實上，墨西哥生活於貧窮線下的人數，從一九九四年的百分之五十，上升至二〇〇八年的百分之六十多。

我在李奧普度的引介下，訪問了兩母女，她們離開農村，加入名牌運動鞋加工廠的生產線。媽媽謙卑地表示有一份工作已很滿足，她沒有想得太多，省下微薄的工資來貼補家計。她向我說：「自貿易協議實施以來，這裡的確增加了很多工作機會，我想，有工作總比沒工作好，是嗎？」

但女兒卻氣憤表示，媽媽不自知地賠上她的寶貴健康，狗臉的歲月，吃人的機器，工廠空氣中瀰漫著烏黑的粒子，刺鼻的臭味。

我聯想到年前去探望一個中國農村家庭，這源起於我在以巴地區採訪時認識了一位來自江蘇農村的黃大哥，他因農村無以爲繼，冒險往以巴地區工作，結果客死異鄉。他臨死前向工友留下我的電話號碼，囑咐其家人找我幫忙。

我走進黃大哥的故鄉，農村已面目全非，大部分土地出租給外資紡織廠，黃大哥的兒子小鵬在紡織廠工作，一天十二小時，一星期七天，做一天計一天工資，沒有有薪假期，更沒有任何福利。

小鵬告訴我，他們工廠分兩班，日班由早上七時至晚上七時，晚班由七時到第二天早上七時。我瞪大眼睛，一天二十四小時，機器就是這樣不停轉動？

小鵬及他媽媽帶我走到黃大哥墓前拜祭。黃大嫂禁不住哭喊，說：「我們來了，張記者也來了，你安息吧！」

在一片渺無人煙的空地上，一個個的荒墳在雜草裡默然屹立，而黃大嫂一邊哭著，一邊撒著溪錢（廣東語：亡者用的金錢）。溪錢漫天飛舞著，忽然一陣風吹過，黃大嫂隨風遠望，沉默了一會，心情突轉豁然，咧嘴向我說：「黃大哥剛才已乘風來看過我們了。」

然後，黃大嫂心滿意足回家去，但我的心隱隱作痛，農村人的純樸，卻成爲被剝削的對象。那裡的雜草，墨西哥的亂草，一樣在風中發出呼呼的哭訴聲。

工人們的前路如看不見彼岸的黑洞，不過，我卻在此看到彼此的命運，從中國到墨西哥。

誰欺騙了你的自由？

我在工廠裡繼續走動觀察，從墨西哥工人們身邊經過，他們望著我這位外來客，滿臉灰塵汗水，竟還向我展示燦爛的笑容，點頭表示bienvenida（歡迎）！

Bienvenida！美國廠商自由湧入，但美國卻不斷收緊移民政策，明顯是衝著墨西哥而來，兩國接壤的邊境經常發生流血事件，引發不少悲劇。據統計數字，自一九九四年以來，接近四百萬黑市勞工企圖偷渡到美國，有不少就此枉送性命。

美國軍警在邊境上嚴守著，惟恐墨西哥的混亂狀態如傳染病蔓延到美國境內：走私販毒、黑市勞工、偷渡者……

「要錢不要人」，墨西哥人經常把這句話掛在口邊，指控美國。

墨西哥的「亂」和與美國的關係，可算是拉美地區的一個樣板。

了解墨西哥後，穿過美洲的肚臍，再往南美洲，我們便可有個概念，何謂拉美化。

墨西哥經濟學者赫拉斯（Carlos A. A. Rojas）指拉美化即是貧困化，這是由於拉美在經濟社會發展中出現嚴重失衡情況，其主要特徵包括：外資主導型開放經濟下出現階段性經濟高速增長，只重增長卻不公平分配，加上威權統治導致官商勾結、政治腐敗，法紀不彰，富者愈富，窮者愈窮。原來拉美是世界上最不公平的地方，階級異常分化⑥。這一不均衡發展導致城鄉差距加大，人與自然得不到和諧發展，加上輕視教育福利等社會保障，社會治安惡化。

有學者進一步認爲，問題核心在於外資主導型開放經濟下，令拉美喪失對本國經濟和資源的控制權而付出代價。

無論如何，拉美地區被譏爲「有增長、沒發展」，單看數據可以嚇人一跳。例如貧困人口比例從一九八〇年代的平均百分之四十，不斷上升至二〇〇三年的百分之四十五，整個地區有二點二億人口生活在貧窮線之下，百分之一的地區人口便占了百分之四十三的地區財富⑦。

環望世界，有多少地方正在拉美化？近年，有中國學者關注中國有否出現拉美化現象⑧。我和李奧普度談到拉美化的怪現象，也談到北美自由貿易的怪現象。紐西蘭的奧克蘭研究所有以下的研究：自由貿易不平等。墨西哥完全打開大門後，美國仍然繼續農業補貼政策，美國農民可大量生產廉價農產品，並挾優勢湧入墨西哥，例如玉米，令入口產量翻了幾翻，單是二〇〇三年已高達八百萬噸，令人咋舌。

衆所周知，玉米是拉美主要糧食之一，面對美國玉米生產優勢，墨西哥玉米農民無法競爭，紛紛被逼離開農地，另謀發展；諷刺的是，他們是北美自由貿易協定的受害者，是擺脫不了自由貿易的枷鎖，在血汗工廠工作的工人，有多少正是剛放下鋤頭的農民?!

這只是其中一個例子。現在，墨西哥的進口糧食竟然占了該國的糧食供應百分之四十；反之，墨西哥的本土農業卻不斷萎縮。

李奧普度無奈地苦笑，說：「這就是作爲後院的悲劇，到頭來人民什麼都沒有！」

與美國爲鄰，是宿命，是詛咒，還是祝福？在墨西哥，有一句流行的順口溜：「我們離天堂太遠，離美國太近。」

對，墨西哥的政經架構乃是按美國模式而建立的。自一九一七年制訂民主憲法後，墨西哥的民主正式制度化，但這種制度經常給國民譏笑爲只有外殼，內裡有太多可供操弄的空間，貪污舞弊，是墨西哥政治的一大特色。

一九一七年以前，墨西哥人經歷了三十五年總統迪亞茲（Porfirio Diaz）獨裁統治；一九一七年以後，卻又有統治墨西哥達七十二年的建制革命黨（Institutional Revolutionary Party, PRI）。無論是迪亞茲或是建制革命黨，都是以服務外資及大企業爲主要政策。

結果到了二千年，一個新世紀的開始，以爲牢不可破的建制革命黨，結果輸了大選，由另一個政黨，國家行動黨（National Action Party, PAN）上台，墨西哥人指墨西哥革命黨不是敗給國家行動黨，而是敗給他們過去極度腐敗的政績。

但，諷刺的是，國家行動黨的福克斯（Vincent Fox）接任總統後，競選時所承諾的改革一一落空。一方面由於國家行動黨在國會屬少數黨，令福克斯施政困難，另一方面，曾任可口可樂領導層的福克斯，與工商界關係千絲萬縷，最後也逃不出聽命於大企業的金剛箍，令貧窮不僅沒有改善，反之擴大，而他在任內簽署的北美自由貿易協定，則激發更大的社會矛盾[9]。

二〇〇六年，又是大選年，但這一年對拉美人而言有著更大的意義，因爲從二〇〇六年開始，拉美國家逐一向左轉。而在墨西哥，這一年的大選，差點兒也跟著顛覆了該國過去的政治版圖，爲人民帶來短暫的革命美夢。

那麼，我就把鏡頭對準二〇〇六年的大選，來一個歷史的定格。這回亦不例外，歷史的時鐘在廣場上擺盪著。

二〇〇六年大選的歷史定格

每一個首都總會有一個廣場，或與廣場相若的地方，讓人民感到他們的實在、他們的虛無，他們的力量、他們的渺小。

廣場，是一個人民與政府角力的聚焦之地，無論在民主國家，或是獨裁國家，皆如是。香港只是一個城市，土地珍貴，容不下一個廣場，但有個維多利亞公園。公園入口處即可見象徵殖民歷史的維多利亞女皇像，總在人群之中正襟危坐，窺視公園裡所發生的一切。這個維園，不會完全屬於人民，只不過人民以爲他們可以占領維園罷了！

在墨西哥城，位處市中心最具代表性的蘇家諾廣場（**Plaza Zocalo**），在歷史上無數次給人民占領。至於轟動墨國的一九六八年一場學生運動，也一樣從廣場開始，這是與蘇家諾廣場同樣知名的三文化廣場（**Plza de las Tres Culturas**），結果遭血腥鎮壓，悲壯收場。墨西哥知名女作家兼記者艾蓮娜．波尼亞托夫斯卡（**Elena Poniatowska**）曾就此寫成感人的《泰第勞哥大屠殺》（*Tlatelolco Massacre*），又名《墨西哥大屠殺》。我在墨西哥城訪問了她。

那是一個天朗氣清的日子，大選則如火如荼，我走訪她的家，一個位於墨西哥城市郊的高尙住宅區Chimalistac。

由於艾蓮娜本身是記者也是作家，這令我想到波蘭已故記者兼作家卡普欽斯基，他們兩位同樣強調街頭文學，也一樣享有國際聲譽。

湊巧地艾蓮娜的父輩血統亦是波蘭人，而且來自皇室貴族，她母親則是墨西哥人。這樣一位貴族後裔，她卻選擇走進墨西哥底層去記錄。她曾這樣說，她的文字就是無聲者的聲音。

她說：「我們是自己的版圖，我們寫因爲我們可以，我們都是拉丁美洲的女人。」

她寫女人，特別是來自貧窮的女人。

我與她的訪談，也是從女人開始。

問：艾蓮娜，其實你有很多選擇，你出身在巴黎，父親來自波蘭，經常到美國講學，但爲什麼選擇墨西哥？選擇西班牙語？

答：我母親是墨西哥人，我愛我的母親，以及她所屬的土地，就像拉丁美洲人視土地如母親一樣，深深愛著他們的母親。

問：爲什麼你經常強調女性作家這個身份，特別是你的拉丁美洲女性的身份？

答：我覺得，女性一直遭到錯誤的表述，而拉美女作家更是如此，因爲她們都是來自貧窮無助的角度。整個拉美，貧窮是這麼普遍，令人不怎麼當一回事。但作爲一名女作家，你會很容易自覺你和窮人的邊緣身份，你要和他們站在一起。

問：對，《這裡在凝望你，耶穌》（*Here's Looking at You, Jesus*）一書中，就是敘述了一位農民婦女參與墨西哥革命的事蹟，這是一個眞實的人物，眞實的故事，你卻用小說的方式去寫。但你又偏偏愛記錄，用記者技巧去仔細採訪，去調查，你不放過每一個人，特別是街頭上的人。你認爲在你雙重身份中的記者角色，對你有什麼影響？

答：記者的身份讓我有機會去問，多於去答。如果要我告訴你，影響我寫作至深的是什麼？我會說，那就是街頭的聲音。

問：那是一種怎樣的聲音？

答：那是屬於失掉聲音者的聲音，他們是囚室中的哲學家，流動的叫賣者。他們受著各種各樣的迫害，即使他們的語言，都是脆弱的。沒有了語言，便沒有了身份。

問：你所指的是窮人與女性？這是你作品永恆的主題，是嗎？

答：還有其他受壓迫者，在這裡多不勝數，窮人與女性在其中有一種獨特的代表性。

問：對，你的《墨西哥大屠殺》眞是一本令人感到震撼的書，當我細閱書中一九六八年學運的受害者個案時，實在無法釋懷。據估計，有二百多名示威學生遭軍警殺害。他們只是用和平方式去抗議獨裁政府剝削了他們的自由。聽聞，霍克斯（Vicente Fox Quesada）政府剛出了一份報告，承認前政府使用了過份的暴力，這是怎樣的一回事？

答：就是僅此一份報告而已，他們沒有特別追究或賠償。從六十年代到八十年代，政府就是用屠殺的方式去對待異己，然後埋藏眞相，剝奪我們的記憶。在這個充滿謊言和偷竊的國家，沒有比去揭發眞相更重要。你知嗎？在這裡，沒有人不去偷，政客偷得最狠。

問：因此，你要記錄，切切實實去記錄。但，你也有參與政治，你爲什麼去支持奧布拉多？

答：正因爲他沒有去偷，也沒有撒謊。嘿！你知道嗎？在墨西哥，如果你知道一位政治人物竟然不去偷，也不撒謊，這是多麼的一件大奇聞啊！廉潔的政治，這對墨西哥人是如此重要呢！因此，當奧布拉多參選時，老百姓用最大的熱情去支持他。在蘇家諾中央廣場上，即使社會的邊緣人士也都現身了。他們很有秩序，用各種方式爲奧布拉多助選，你看見了嗎？

問：我有看見，的確是聲勢浩大的部隊。你與奧布拉多認識很久嗎？

答：沒有，大選前我與他只有幾面之緣，但他來找我，我覺得墨西哥是時候要轉變了。整個拉丁美洲都在變，墨西哥能趕上這個大潮流嗎？她會錯失這個機會嗎？

問：知識分子在當中的角色是……

答：墨西哥的老百姓都盼望知識分子能出頭，作家的每一句話都可以發揮一定的影響力，他們都在等待我們開口、介入！

問：就好像查巴達運動領導人馬哥斯，他原本也是大學教授？

答：我不認識他，但他成功把一個原本已被遺忘的查帕斯省，再次受人關注，這是他的功勞；還有當地的婦女，她們是底層中的底層，現在她們都明白要掌握自己的命運，這眞讓人感動呢！馬哥斯發揮了他的作用。事實上，墨西哥的社會運動愈來愈強大，你打算去了解嗎？我兒子也是社會運動的積極分子，有機會給你介紹吧。好了，我要外出了，要為奧布拉多站台。

其後，她跑到蘇家諾廣場去。

在大選的日子裡，人民在廣場上表達他們的訴求，那些原住民、政黨支持者、草根苦主、無家可歸者……在綠色與白色的巨大墨西哥國旗飄揚下紮營不走，他們播放出最強勁的口號與歌曲。

這個廣場很有趣，只要細心觀察，你會發覺它四周受到了總統府、市政府、大教堂的包圍與俯視。

與猶太教徒和伊斯蘭教徒一樣，墨西哥人嚴守天主教的作息，一到星期天，所有店舖關門（少部分例外），大街小巷冷冷清清，只有教堂鐘聲叮叮噹噹響個不停。不過，在大選日（七月二日），熱情的選民紛紛跑到投票站，弄得市面鬧哄哄。一位墨西哥記者朋友領我觀察大選情況，看到投票站外長長的人龍，我感嘆地說，這表示墨國情況到了不能不改變的時候了。

這次兩大陣營鬥個你死我活，而選民也嚴重分裂，兩個主要候選人在選前的勝算只相差百分之三至五。希望維持現狀、穩定發展的選民會支持國家行動黨的卡德隆（Felipe Calderon），他是上任總統福克斯的繼任人，擁抱自由經濟的同時，也賣弄一下他對低下層的關注；但另一民主革命黨（Party of the Democratic Revolution, PRD）的奧布拉多（Lopez Obrador）則不諱言，大黨派對低下層的福利承諾，一旦當選，怎樣可以實踐？到頭來就可能一如福克斯，再次令選民失望。

二〇〇六年七月的大選不但特別，而且重要。國際傳媒各就各位，美國也在密切關注，這個就在他們腳下的拉美石油國家，會否受到南美左翼風潮的骨牌效應影響？然而她與美國關係一直緊密，除了在地理上與美國相連外，她又是美國全球第三大貿易夥伴，美國是墨西哥石油的最大輸出國。

諷刺的是，因墨西哥缺乏相應的技術，惟有依靠美國提煉原油再輸入墨國，但油價已翻了幾番。據統計，墨西哥有百分之四十的汽油來自美國。

在墨西哥，大家都抱怨油價太貴，老百姓未能從產油工業得益，反而加大了貧富差距。墨西哥普羅大衆指責美國跨國企業操控墨國最大的天然資源——石油，指責現任總統福克斯官商勾結、腐敗無能，只淪爲美國的傀儡。

「我們需要一場革命！」墨西哥社會出現嚴重的階級與經濟分化，分析家指出，墨國已爲一場聲勢浩大的階級革命拉開序幕，北面的中產精英對抗南面的勞動階層及原住民。中產精英要求維持現狀，高舉國家行動黨的藍色黨旗，他們的主席卡德隆，終於以半個百分點勝出，成爲總統。

卡德隆與前一任總統福克斯同屬一個政黨，曾在福克斯政府中當過石油部長一段短時期，主張石油私有化，加強執行北美自由貿易協定和對美關係，是美國商界的忠實夥伴。

事實上，墨西哥自一九三八年由民族主義將軍卡德納斯（Lazaro Cardenas）國有化石油產業以來，沒有人有膽挑戰。直到二〇〇〇年國家行動黨的福克斯上台，跟著輪到卡德隆，他們均先後提出石油私有化，並成爲政黨之爭。

墨國的勞苦大衆則把希望投射到奧布拉多身上。奧布拉多提出以滅貧掃盲爲主的社會經濟模式，主張石油維持國有，資源重新分配，檢視北美自由貿易協定不公現象。但，我留意到，他在演說中對於美國和商界關係總是小心翼翼，避重就輕；可是，卡德隆陣營一開始即已把他打成共產黨同謀，並將他和古巴的卡斯楚和委內瑞拉的查韋斯相提並論，一樣是危險人物。

墨西哥窮人則要把奧布拉多吹捧成爲他們的救世主，一群熱情的支持者更在廣場上擺放了一系列革命家的肖像，從墨國獨立運動英雄伊達哥（Miguel Hidalgo）、拉美革命英雄切．格瓦拉，到越南的胡志明，再加上奧布拉多，造就了他們的革命夢想。

大選結果卡德隆竟以百分之零點五險勝，點票過程具爭議，因有百多萬票不翼而飛和數十萬票發現在垃圾箱裡。落敗的民主革命黨不滿大選出現舞弊情況，支持者呼喊：還我公平選票，Voto por Voto, Cassilla por Cassilla? 其後，他們企圖組成平行政府。

在墨西哥大選日，我意想不到有那麼多國際觀察員來到這個國家監察選舉，他們不是什麼國家代表團，而是一些民間組織或個人自掏腰包，跑來爲墨西哥人民打氣。

在酒店認識一群來自加拿大的觀察員，他們都屬於一個叫Common Borders（共同疆界）的組織。這個組織專門觀察拉丁美洲的大選，計有秘魯、智利、薩爾瓦多、玻利維亞、厄瓜多、尼加拉瓜和委內瑞拉。

他們一致表示這次墨國大選很特別，首先各政黨投入大選的經費可算是前所未有，而且動員能力驚人，從知識分子到草根農民，全國都弄得沸騰起來。就好像拔河比賽，拉扯得各不相讓，把社會狠狠地撕裂成兩邊，並互相撞擊，令人感到七級地震即將發生。墨國外資當然不希望左派上場，這裡的傳媒與之很是配合。

你隨便與任何一位墨西哥人說起大選，他／她都會滔滔不絕，並指墨西哥對美國太重要，美國絕不容許左派勝出。過去很多中美洲國家由於要排斥左派當選，導致內戰發生，民不聊生，留下的傷痕久久未能癒合。

在一大群國際觀察員當中，我認識兩位來自挪威的女孩，還有一位法國男孩全副「武裝」——拿著專業攝影機、照相機，戴太陽帽，穿上防水風衣、皮靴，充滿精力到處跑，拍下他們所見證的一切。

墨西哥有一個民間影音團體，在重要日子都會免費借出器材，讓更多人可以攝錄見聞，即使外國人如我，也可借用。但有一個條件，就是他們要求借用者留下一份他們的見聞紀錄，其目的是可讓他們獲知不同借用者的不同觀點與角度。

由於墨西哥民間社會長時期與政府抗爭，社會運動組織湧現，而且變得國際化。墨國的社運組織與國際公民社會有豐富的交流，例如墨國北部城市瓦哈卡（Oaxaca）的教師運動，便獲國際公民社會的同情和支持⑩。

至於上述兩位挪威女孩，她們前來墨西哥城觀選之前，原來一直在南部查帕斯（Chiapas）協助農民。她們還熱情地邀請我到查帕斯探訪她們所屬的組織，以及附近不同部落的農村。她們告訴我，由於世界各地來墨西哥參與社運的何其多，因此，墨國政府設計出一種社會運動簽證，沒有申請該簽證的，一律不可參與各種遊行集會，我聽得好奇又半信半疑。

大選當天結束之際，有傳聞指有一百萬張選票不翼而飛，社運團體（包括學生等）組成一個龐大遊行隊伍，反對貪污的大選、受操弄的大選。

當有關當局宣布大選結果後，墨西哥城開始竊竊私語。我在酒店認識的一位美國人即時大笑，指這與美國二千年那次大選何其相似，而酒店內的守衛則很氣憤，認爲是美國協助右派阻撓左派的奧布拉多當選成爲總統。

勝出者也不必太高興，墨西哥社會嚴重分裂，失敗陣營會返回原有崗位，繼續他們的革命之旅。而卡德隆上台後，他所提倡的石油私有化處處受阻，後來以改革代替，二〇〇八年由能源部向國會提交改革草案，建議擴大與外商合作領域，引起社會上爭論不休，令原本分裂的社會更加分裂。

在大選日，墨西哥城知名學府國立自治大學（National Autonomous University）於下午舉行了一場反選舉的音樂會，地點是大學大禮堂，這大禮堂正是以切．格瓦拉命名。

我跟著一班同學跑到大禮堂，校園區沿途可見不少具革命內容的壁畫，在鮮艷奪目的顏色裡裏藏了震撼人心的革命信息。其中一幅壁畫，頭頂上印有一大行字句：Education is Revolution（教育就是革命）。

當中有一活躍於社會運動的學生伯查，他向我說：「你來墨西哥，不能不了解這裡的社會運動爲什麼如此蓬勃？」

與眾不同的查帕斯自治區

第二天，他即帶我坐公車到一爭議性小鎮阿丹哥（Atenco）。一上車，即可看見司機位置旁有一聖母瑪利亞像，在聖像下面便是切．格瓦拉像，兩個像一上一下，和諧地並存，也眞夠諷刺。司機知我好奇，向我說了一大堆西班牙話，之後，豎起大拇指，並問我有什麼看法？

我不太懂他的意思，在我身旁的伯查連忙翻譯，說：「他問你支不支持他們的革命？」

經過幾個小時後，終於來到阿丹哥，隨處可見的政治標語，令我大開眼界，這裡眞不愧爲墨西哥人所共知的政治鄉鎮。當我正墮入沉思時，一位小女孩拿著兩把長刀從我面前經過，她還故意捉弄我，向我耍弄了兩下長刀，霍霍有聲，嚇得我瞪大眼睛。

她大笑起來，我忍不住問她多大，她舉起八隻手指，啊！才八歲，怎麼耍弄刀劍而毫無懼色？她指著牆壁，上面有一蒙面婦女肖像，也是一樣手持長刀，旁邊寫著：我們不要大選，只要革命，就讓我們每人拿起長刀來，保衛尊嚴與土地。

不久，一大群示威者出現，個個手持長刀，準備坐車到墨西哥城遊行去。我嘖嘖稱奇，在香港，怎會有如此兇猛的示威?!聽聞阿丹哥不久前，因人民抗議政府沒收他們的土地來興建機場，發生大規模衝突，數十人死傷、被捕，而長刀，正是他們抗爭的重要武器。

其後，伯查帶我到墨西哥城附近村鎮了解當地的貧困情況。那裡有一個社區，不少居民沿著已棄置的火車路軌建立他們的居所。細看之下，他們的房子是一些破爛的貨櫃車，一家幾口就這樣住在密不透風的貨櫃裡。

這令我想起印尼雅加達的貧民窟，還有菲律賓的垃圾山；世界人口有多少活在貧窮線之下，每天只能賺取數美元來維生？如果墨西哥政府不正視貧窮的問題，相信這個壓力鍋很快便會爆炸。如果表面的經濟繁榮沒有穩定的社會作爲基礎，那麼繁榮永遠只能是表面，如肥皂泡泡，一刺即破。

我舉起相機欲拍下火車路軌上的生活情況，一位拿著水壺的居民怒目而視，伯查催促我趕快離開，並告訴我，他們可以很暴力。

在火車路軌社區的附近有一間雜貨店，貨架上竟然有大麻與一些我不太懂的毒品。我有點驚訝，伯查聳聳肩，表示政府無力管制毒品。一個窮字，令這裡的毒品氾濫，而他們販賣毒品的主要市場就是美國。

伯查問，美國爲什麼也無能力控制毒品？美國黑市市場對毒品的需求量之大，也令人咋舌。美國不但需要墨西哥的石油，毒品更成爲兩地罪惡之源。現在，墨西哥最大的難題，就是毒梟的政商勢力龐大，毒品問題很難解決，在美墨邊境，每天都上演殘酷血腥的毒品爭奪戰，每年有上萬人因此死亡。

當墨西哥年長一代的作家仍然哀嘆上世紀革命壯志未酬，年輕一代作家卻只爲目前的社會暴力憂心，他們不少作品反映墨國社會問題：教育、治安、失業、販毒……

從墨西哥所面對的種種複雜難題，我們的話題很容易扯到革命去，伯查興奮起來，他提到墨西哥的神秘革命家副總司令馬哥斯（Subcomandante Macros），他是何許人也？眾說紛紜。伯查得意地表示，他眞名爲Rafael Sebastian Guillen Vicente，原來就是他的大師兄，在國立自治大學唸哲學和傳播碩士，論文乃研究傅柯（Michel Foucault, 1926-1984）的權力理論，但深受左翼政治哲學家葛蘭西（Antonio Gramsci, 1881-1937）的影響。

我記得有人指他曾在國立人類學院任教授，後來聽說他應該在碩士畢業後留在母校教傳播哲學；總之，大家都有不同的說法。無論如何，他被視爲墨西哥以至拉丁美洲的現代革命家，則是毋庸置疑。

馬哥斯放下一切，隻身跑到墨西哥南部查帕斯地區領導農民革命，組成查巴達民族解放軍（Zapatista Army of National Liberation）[11]，並帶上鴨嘴帽，把面蒙起來；其他查巴達的成員也一起蒙面，人稱之爲蒙面騎士，成爲了一支世界矚目的反企業全球化革命軍。最令人嘖嘖稱奇的，就是他透過對現代傳播的知識，利用互聯網、短訊等科技將查巴斯的人權情況向世界發放，讓原本不爲人知的查帕斯地區，一度成爲國際傳媒的焦點。

每一場革命，都是一場解放土地的革命。在拉美地區，因土地引發農民起義事件屢見不鮮，在十八世紀與十九世紀的交替期間，便曾出現一位傑出的農民革命家查巴塔（Emiliano Zapata, 1877-1919），領導南部原住民爭取土地和自由，他並呼應北部由馬德羅領導的新興工人階級抗爭行動，爆發出轟轟烈烈的一九一〇年墨西哥革命。

頭頂著墨西哥大草帽，一身農民打扮的查巴塔，自此成爲農民的精神象徵。我在墨西哥城的國立自治大學校園裡，見到他的肖像海報，在查帕斯省當然也見到他的肖像海報，而現在的查巴達運動便以查巴塔命名，自稱要繼承這位農民革命家的遺志。馬哥斯更進一步說：「我們是五百年前的產物！」

究竟查帕斯是一個什麼樣的地區？

由於他的存在，每年吸引無數國際社會運動人士來到墨西哥，令這一場農民革命增添濃厚的浪漫色彩。

從墨西哥城到南部查帕斯，需要十三個小時至十六個小時不等，友人建議我坐最貴的那一種公車，比較安全。果然不負期望，這裡的高價巴士比美國灰狗好得多，由於貴（七十五美元一程），沒有太多人乘坐，我可以在巴士上好好睡一個晚上。

該地與瓜地馬拉接壤，我就以此爲我在墨西哥的最後一個站，下一站往瓜地馬拉（港譯：危地馬拉）。

公車停在查帕斯的一個著名山城叫聖克里斯托巴（San Cristobal de las Casas），一陣清新空氣撲面而來，這使我想起上一次到玻利維亞印加山區的感覺。這裡是查帕斯的旅遊勝地，到處可見小客棧與餐廳，還有嬉皮風格的旅客到處流連，附近有馬雅村落和其他原住民部落，從山區到叢林，都可以滿足來獵奇的外國人。

在查帕斯，我就以聖．格斯度波爾爲基地。美麗而優閒的小鎭以前曾發生過政府軍與游擊隊激烈衝突，其中的恩恩怨怨，該從哪裡說起？這裡的居民都會搶著與你細說從頭。

一九一〇年革命後，政府承諾從大地主和教會手中取回土地給農民，結果未有實現。一直到六、七十年代，長期執政的建制革命黨誘騙查帕斯農民，讓出部分土地，外國財團在該地興建水壩，完工後，居民便可以享受免費電力，結果水壩是建好了，但水電費不僅不是免費，反而比過去更貴，有些地方甚至無電力供應，居民大呼上當。

其實更早之前，資源豐富的查帕斯已是外資垂涎之地，居民用盡各種方式，捍衛自己的土地權益，衝突頻生，這令我想到印尼的亞齊省和伊里安查亞省、柬埔寨的柏寧省，這都是我曾經採訪過的地方。日光之下無新事，來到查帕斯又是相類似的故事。

所不同者，查帕斯農民以更大的決心，來向西方財團說不，一九九四年北美自由貿易協定的落實，激發起查帕斯原住農民高聲說「受夠了」。查巴達解放軍於焉誕生，其領袖馬哥斯立刻吸引世界的注意。

一到達，我馬上聯絡當地的人權組織，他們告訴我，查帕斯會在八月舉行聯邦政府選舉，省長和市長選舉也包括在內，因此聞名於世的墨西哥叢林游擊隊查巴達會暫時處於低調狀態。他們和聯邦政府共同發出紅色警告，政府方面惟恐游擊隊出來破壞選舉，而游擊隊則防範軍方在大選期間向他們採取鎮壓手段。

右派卡德隆勝出後，游擊隊嚴陣以待，很多屬游擊隊的自治村落都對外界異常敏感，如果誤闖禁區，恐怕會遭到很大麻煩。年前他們便扣留了一名美國遊客，擾攘一番後才釋放他。

我沒有受到該名美國遊客的遭遇所嚇倒，再次試圖上山了解情況。

但這回我眞是要認輸了，紅色警告牌懸掛著，任我怎樣遊說，也難窺見游擊隊的眞貌。我與人權組織聯絡，他們表示，連他們也難上山提供協助，何況是我這名外來人。其中一位在查帕斯已有九年的人權工作者巴西布告訴我，那些激進原住民自治村落，由於過去受到欺壓，對外來人並不信任，如沒有准許證，勢難跨越檢查站，進入他們的家園。

當他們說不，就是不，他們亟需別人的尊重，若有人硬闖，即表示不尊重，他們便會不客氣了。

巴西布看見我一臉失望，表示可詳細講解查帕斯自治區的運作，聊以補償。

他說，自治區算是遺世獨立的一個異數，可算是國中之國，它有著自己的政治經濟、教育文化體系，原來一直被剝削教育機會的原住民女孩，在自治區內可以平等上學，參與生產，甚至加入解放軍軍隊，拿起槍來。

自治區裡有幾十個村社，按各自優勢種植，豢養禽畜、製造手工藝品，然後以物易物，來滿足大家的基本生活需求。

自一九九四年開始鬥爭以來，他們為實驗這一個理想國而付出多少血與淚，甚至生命?!站在一片翠綠的山區上，卻感到天地蒼茫，風與樹葉磨擦得沙沙作響，如亡者的納喊聲，催促後人繼續上路。

可是，我仍想了解這裡的農民革命。首先，我在山區採訪一個曾經經歷屠殺名叫阿地爾（Acteal）的村莊，一九九七年和二〇〇二年該村莊農民曾因捍衛土地起義，一九九七年墨西哥軍方鎮壓當地起義農民，殺死了四十五人，但現在他們渴望能以和平手段抗爭。

奇怪的是，曾在香港大學擺設的羞愧之柱（Pillar of Shame）巨型雕塑，竟然就放置在紀念堂外，旁邊有一幅標語：土地與尊嚴不能賣！

阿地爾村民尚算友善，村長邀請我一同前往村內的教堂憑弔屠殺受害者，村民把所有死者的照片懸掛在牆上，整齊排列。我一看之下，竟然全是婦孺及少年人，墨西哥軍方之狠，可見一斑。

村長為我這位遠道而來的記者，特別把村裡的所有重要人物都請了過來，他們輪流將原住農民的鬥爭史重說一遍，並給我一些影印資料；明顯地他們習慣接待記者，知道記者的需要。他們還帶我參觀這一條村社，探訪了好幾個村民家庭，他們居住在由茅草搭建而成的房子，過著幾乎一無所有的生活。可是，他們表示，擁有屋瓦遮頂的房子已比以前好，過去他們只能當農奴。查巴達運動對他們而言，是一場解放運動，他們比以前更自主了。

現在政府軍在每一個自治村落都設有軍事哨站，還默許大量民兵存在，企圖以此瓦解自治村落的運作。

一位頭戴奶白色大闊邊墨西哥帽、身穿闊身衣袍、身型肥胖的農民經過我身邊，向我微笑打招呼；一小女孩跟上來，背著小弟弟，右手則拖著另外一個小弟，他們眼神充滿好奇。小女孩指向另一方，以土語告訴我什麼似的，還用左手作蒙面狀，然後豎起大姆指。原來她要告訴我，一個查巴達村莊。

離阿地爾不遠處有另一個村莊，是查巴達游擊隊勢力範圍，每個村民都會拿起長刀來保衛自己的土地，他們成立革命軍，設置防衛鐵絲網、檢查站，外來人須得到許可證才可進入。

我試圖走近，站在門口的兩名大約十五、六歲原住民守衛兵即目露兇光，眼筋紅紅的，擺了個驅趕姿勢。此時我才認眞明白那些勸我聽話的非政府組織，這些組織的工作人員，大多是西方人士，查巴達運動的同情者，他們在這裡一住便五年、七年，甚至十多年，對查巴達運動成員脾性瞭如指掌；例如希拉莉．克萊因（Hilary Klein），她曾在查巴達婦女合作社工作達六年，專門研究婦女在查巴達運動所扮演的角色，她與查巴達成員之間的感情比兄弟姐妹還深厚。

查巴達實在滿足了很多西方人士的浪漫情懷，記者稍有批評，他們即群起爲查巴達運動辯護。

在涼風陣陣的山城裡，晚上依然熱鬧非常，我和一些非政府組織成員在酒店的庭園裡圍在一起，手拿義大利薄餅和啤酒，我忍受著濃濃的菸味，聽他們高談闊論，靜待他們洩露風聲的時候。

在查帕斯省，政治遊客絡繹不絕。駐守墨西哥超過二十年的資深記者洛斯（John Ross）便曾撰文批評查帕斯已成爲政治旅遊景點，此點我完全同意，當我走進查帕斯每一個角落，永遠擺脫不了那些查巴達游擊蒙面布娃娃，還有相關的紀念品，一如切．格瓦拉被商品化一樣，令人啼笑皆非。

洛斯憂心，西方人士大量消費和無限投射在查巴達運動，而使得運動起變化；他進一步表示，多年以來馬哥斯獨領風騷，這也不是一件好事，其他成員就在他的光芒背後，無法現身出來。

無論如何，查巴達運動已成爲反企業全國化的圖騰，同時也是原住農民抗爭的典範。從查帕斯一直延伸至瓜地馬拉，都是古老馬雅族原住民的文化之鄉。

我走訪查帕斯省的農民，他們表示，二〇〇六年的大選中，他們不相信任何候選人，連奧布拉多也不相信，因爲在他的競選政綱中，只不斷強調窮人，卻絕口不提原住農民的獨特苦況，企圖將他們的問題輕易撥入廣義的貧窮問題。

那些原住農民強調人與土地的自然關係與權利，可是墨西哥政府要熱情擁抱全球化和自由經濟，連農民土地也推到市場自由買賣，並取消任何津貼政策，令他們更缺乏資源和技術改善耕種，遂無以爲計，走上起義之路。

其實，在發展中國家處於全球化的過程中，農民所面對的挑戰，政府有責任給予照顧。這是歐洲國家遲遲不願放棄農民補貼的原因，因爲它隨時會變成棘手的政治問題，這都是中國可汲取的教訓和借鏡。

不過，在拉丁美洲，其所要應付的不但是農民問題，還有原住民的問題。在墨西哥，原住民雖占總人口不到百分之二十，可是，這牽涉的不是一個數目，而是人權。在與墨西哥人有限的接觸中，我發現即使不是原住民，一個普通的墨西哥居民，他們對土地也擁有濃厚的感情，他們經常把美國百多年前吞併墨西哥土地之歷史掛在口邊，對土地感情盡顯露於此。

人類的歷史是一頁土地爭奪與文明毀滅和重建的歷史，查巴達運動則把拉丁美洲原住民運動正式搬上國際舞台，從墨西哥南部到瓜地馬拉，有來自古文明的馬雅人故事，而我的下一站，就是瓜地馬拉。

註釋

①高地酋乃是從西班牙語caudillo翻譯而來，泛指拉美在十九世紀獨立後出現的軍人獨裁統治現象。可參考《拉丁美洲軍人政權之研究》，作者湯世鑄，知書房出版，一九九六。

②見拉美著名經濟咨詢公司Economatica二〇〇八年報告，http://www.economatica.com。

③參見*In search of an understanding with the United States.(Mexico-US relations)(North American Free Trade Agreement)*一文, *Denver Journal of International Law and Policy*電子期刊，二〇〇一年十二月，作者Juan Rebolledo Gout。

④*Mexico's Other Crisis: Foreign Banks*，作者Kent Paterson, *CorpWatch,* May 15, 2009. http://www.corpwatch.org/article.php?id=15356

⑤參見蕭新煌《低度發展與發展：發展社會學選讀》，台北巨流出版，一九八五；或*Theories of Development: Contentions, Arguments, Alternatives*（2rd edition），作者Richard Peet with Elaine Hartwick, 2003, Guilford Press.

⑥二〇〇六年世界銀行發展報告（World Bank economic development report 2006）。

⑦拉美政治學科二〇〇五年發展報告。

⑧拉美化和中國拉美化之憂：江漢大學學報二〇〇五年十二月。

⑨參見John W. Sherman, *Latin America in Crisis,* p.168-170, Westview Press, 2000.

⑩參見*Teacher Rebellion in Oaxaca*一文，作者John Gibler, Global Exchange, 21/08/2006. http：//www.globalexchange.org/countries/americas/mexico/dispatches/4162.html

⑪參考吳音寧：《蒙面叢林》，台灣印刻出版，二〇〇三年。

PART II
中美洲
後院中的後院

瓜地馬拉

馬雅原住民與解放神學

種地吃飯是人類的天職，人本來就是玉米做的。
可是，種地做買賣，只能讓玉米做成的人遭受饑荒。

——瓜地馬拉諾貝爾文學獎得主阿斯圖里亞斯
（Miguel Angel Asturias）得獎小說《玉米人》①

馬雅族人生活在社會的底層

瓜國革命小說

瓜地馬拉城是中美洲最大的城市

廣場地上馬雅屠殺悼念圖

本書作者與瓜國作家赫文（右一）合影

追隨解放神學的馬雅族神父

我坐車往瓜地馬拉（港譯：危地馬拉），在邊境等候過關時，遠處有一位棕黑膚色的孩子一拐一拐的走過來，身上披著一大塊彩色的手織布衣，腳踏破鞋子；當他走近一點，我才發現在他後面還有一位女孩，一樣的打扮；在這女孩的後面，有一男一女的成年人，明顯是他們的父母，父母背後是一對滿臉皺紋、雙頰凹陷，沒有牙齒的老夫婦；老夫婦背後又有一大群類似他們的親友，好像全都是踩著遠古的時光軌道而來，從遠到近，又從近到遠。我突然怔了一怔，其實眼中就只有這麼一個發育不良的孩子，在打量著我。

啊！在這一片馬雅族原住民的土地上，我感受到一種魔力，這魔力源自這裡很多很多埋藏了的故事，一如隱閉於深山叢林的馬雅遺跡，在陣陣煙霞的神秘大自然裡若隱若現，教人動起追尋的念頭。

早於公元前二千年，馬雅人便聚居於墨西哥南部、瓜地馬拉、宏都拉斯（港譯：洪都拉斯）一帶，由於他們創造了光輝燦爛的美洲文明，貢獻重大，因此有「新世界的希臘人」稱號。可是，十六世紀西班牙人入侵美洲，馬雅文化受到大幅度摧毀，馬雅人更面臨滅種之災，偉大的民族被殖民者視爲劣等民族，如果不是因爲殖民者需要美洲當地人的勞動力，爲西方資本服務，美洲的原住民早就給殺光了。不死的，便一直被逼活在社會的邊緣上。

第一天到瓜地馬拉，首先在旅遊勝地安地瓜（Antigua）暫時停留，至少這裡較安全，好好休息後再到首都。聽人說那裡治安差多了，每一天都要提高警覺。

走到一個報攤，一份叫《el Periodico》的報章，頭版大字標題「POR QUE SE DICE QUE HUBO--GENOCIDIO」，不懂西班牙語也可以悟出GENOCIDIO是「大屠殺」之意。在瓜地馬拉的歷史裡，發生了多場大屠殺，受害者主要爲馬雅原住民。

這段黑暗歷史，就好像納粹大屠殺一樣，每年都有人悼念；所不同者，猶太人可光明悼念並要求世界還以公道，但馬雅人卻只能偷偷爲歷史哭泣。

有美國旅客告訴我，他們讀中學歷史時，歷史教科書竟然指世界上已沒有馬雅族，他們已隨著馬雅文化的崩潰而全部消失；因此，他們來到瓜地馬拉，很驚訝到處可見馬雅人。

在瓜地馬拉，馬雅裔原住民人口占百分之六十，是中美洲北部最大的原住民社群，但卻有百分之八十土地爲非原住民所占用，馬雅人反抗，卻被逼融入白人文化，他們被禁止公開慶祝馬雅文化節日，以及相關的文化活動。

來到瓜地馬拉，我決心要好好採訪這裡的馬雅族群。

安地瓜，可謂是一個充滿濃厚馬雅文化的山城。馬雅人擅長建築，也是城市構建的佼佼者，在公元後的八個世紀中，不同的馬雅部落共建立了一百多個城市，加上他們手工藝水平卓越，發展出蓬勃的經濟活動。只可惜，他們的遺產到現在不過是躺在熱帶叢林的斷垣殘壁而已。取而代之，安地瓜到處是西班牙的建築群，穿梭於這些殖民建築的馬雅人在向遊客兜售，這是唯一仍可讓我們欣賞到的馬雅文化傳統結晶品。這產品雖則已成爲他們的餬口手段，又或是陳列在店舖用來吸引遊客，但我還是驚嘆於他們一雙手的神奇力量。我在這個山城忙裡偷閒，墨西哥之旅太讓我眼花撩亂，正好藉機沉澱一下。

來安地瓜獵奇的遊客絡繹不絕，也有些來參加西班牙語課程，我在這裡碰上一位阿根廷裔的美國人權工作者米切爾，她本身是中學教師，以雙語教學。她告訴我，她所居住的舊金山，有不少西班牙語系的拉丁移民學生，他們在學校不願意承認在家裡說的是西班牙語，死撐著以英語爲主，目的只不過希望主流社會不會歧視他們。但對老師來說，則對教學造成困難，因爲在學校，對母語爲英語與非英語的學生，各有不同的教學課程。

這種自卑情結（inferiority complex）現象，相信隨著新保守政府的大美國主義政策，和如杭廷頓主流學者發出《我們是誰》的問號，將令美國社會更爲分化，一些少數族裔年輕人對自己原本的文化身份更感尷尬。米切爾表示，她和其他老師正在舊金山中學積極推動人權教育，一如她一放假便跑到拉丁美洲推動人權工作一樣。可喜的是，拉美的原住民人權意識愈來愈強，在國際民間社會的協助下，他們正要打一場人權之戰。

首都瓜地馬拉城見聞

一星期後，我坐車往瓜地馬拉城（Guatemala City），一個與安地瓜截然不同的世界，前者不僅沒有後者的悠閒，而且更是罪惡之城。我在市中心選了一間古老的旅館，聽聞這旅館曾是西班牙殖民時代皇室貴族的寢宮，大堂中央有一個典型的西班牙式小庭園，四周則黑黑沉沉，發出屬於歷史的霉酸味道，走起路來，木板嘎嘎作響，很是惱人。

在市中心，有一種無形的低氣壓，每個人都是孤獨的個體，在街上遊走著；連建築物也是孤零零的，相連而不擁抱，也不敢往上攀，一切都到此爲止。

這個城市寂寞中有點懶洋洋，卻偏偏讓我感受到一種張力，這種張力來自首都市民潛藏的恐懼眼神。

瓜地馬拉和整個中美洲與台灣有邦交，持中華人民共和國護照，是很難進入瓜國境內，但要進入的，始終有辦法做到。

跑到首都瓜地馬拉城的市中心，驚訝地發現中國餐館比北美還要多，一條街便可以找到兩間，有不少廣東餐館，裝飾如香港五十年代的茶餐廳，黑黑沉沉，卻裝置了以前香港涼茶舖的歌曲點唱機，流行音樂聲浪震耳欲聾。我找老闆欲了解瓜地馬拉的情況，他們表示什麼都不知道。海外中國人，無論走到哪裡，始終自有一個世界，對自身世界以外的事情，不願過問。

在瓜地馬拉城第一區，天一黑，所有店舖都趕著關門，一瞬間，整個地區便好像戒嚴一樣。唉！時勢不好啊！

想不到，瓜地馬拉首都瓜地馬拉城是一座危城；或者，我這樣說不太周全，至少危城的第九區與第十區是中產地區，一個安全地區，晚上走在街頭，不須誠惶誠恐。

原本，瓜城是全中美洲最大的城市，共有十八個區，每一個區都是一個世界。第一區與第四區最為危險，因為便宜，我只有住在第一區，由於我不知道這裡所有店舖在晚上七時便關門大吉，來不及跑到網咖（網吧）傳稿，累得編輯乾等。

每一個地方都有其生活方式。一位從薩爾瓦多來的旅客告訴我，聖薩爾瓦多也差不多，晚上八時之後便沒有巴士；因治安太差，晚上居民都少上街為妙，而巴士司機也不想提心吊膽開工，不如大家早點回家休息，反正社會窮，一般老百姓放工後不會出外消遣。在瓜城第一區，八時後即水盡鵝飛，只有第九、第十區仍有食肆營業，酒吧裡的客人繼續醉生夢死。

一個城市，分成多個世界，第一區多罪犯流連，第四區則是吸毒者的基地。兩個地區都可以看到不少警察和軍人持槍巡邏。

瓜城現在面對的問題，就是毒品與槍枝氾濫，一位瓜城第三十九電視台的記者表示，這是戰爭的後遺症。有不少前軍人戰後失業，於是加入保安行業，但他們仍掌有槍枝來源，用槍亦非常隨便，令暴力難消。

記者朋友警告我，採訪示威場面一定要佩戴記者證，不然很容易成爲軍警攻擊對象。

我選了一間很小的中國餐館吃晚飯，來自廣東的老闆娘身體肥胖，走起路來有點吃力，一頭蓬鬆的燙髮，還穿著花布唐裝衫褲，見我進來有點驚訝，試探地問：「外地來的嗎？一定不了解這裡狀況，天黑了，竟敢出來，一個女孩子早吃早回！」

她很快給了我一碟揚州炒飯，不願與我多談，催促我返回旅館。整個氣氛，令我想到香港電影《龍門客棧》或《倩女幽魂》某些場景。

某一天晚上，我與兩位瓜國記者範西斯哥和安娜在第十區共進晚餐，他們抽菸不斷，表示菸是戒不掉了。在瓜國，每個人都面對很大的壓力，每個人都活在恐懼中。

三十六年的內戰，徹底把瓜地馬拉變成一個充滿暴力、神經兮兮的國家，內戰的噩夢仍然纏擾不斷，他們好奇問我，黎巴嫩人是怎樣從戰爭中活過來的？

範西斯哥有車，晚餐後把我送去旅館，從第十區一路前往第一區，沿路場景夠我大開眼界，不同的地區，不同的場景，第四區猶如鬼域，每個街角都會晃動著三兩人影，在進行毒品交易。到達第一區眞把我嚇了一跳，終於親歷該區的黑夜世界，同白天完全是兩回事。

在寂寥的月色下，打扮妖艷的女郎站在路邊處，等待。範西斯哥告訴我，他們是人妖。男扮妓女，凌晨後便出沒在第一區一帶，很有市場。我胸口一悶，怎麼搞的?!

範西斯哥搖頭，嘆息說：「這個令人發瘋的國家，人性已給扭曲了，暴力與性，變態的暴力，變態的性。」

範西斯哥故作神秘繼續說：「這一個現象，外界不知道，妳走運，與我一起，看到了。」

非常超現實。

瓜地馬拉最爲人所詬病的，就是三十六年的內戰和不斷交替的軍人獨裁政權。自一八二一年獨立以來，一個接一個軍人執政，過程偶有出現有心推動改革的開明派領導人，但統治壽命都不長，一個政治風暴湧來，便連人帶改革的努力一起捲走。其中的開明派莫拉桑（Francisco Morazan, 1792-1842）最令人津津樂道的，就是他大刀闊斧實行一系列改革，觸動當時的封建貴族、大地主和保守天主教教會的利益，引發有關利益集團的叛亂，而叛亂得以成功，實有賴於英國和美國背後大力支援。

莫拉桑倒下，連他在位時（1830-1839）致力維繫的中美洲共和國聯邦（Federation Republic of Central America）也一併倒下，自此中美洲分裂成多個小國②。

同樣的個案不斷上演，美英直接或間接一手把瓜國推入黑暗時代，目的是要確保瓜國作爲美英政治經濟「後院」的角色。

另一個經典的例子，是民族愛國左翼總統阿本茲（Jacobo Árbenz Guzman）與美國聯合水果公司（United Fruit Company）等壟斷瓜國資源的既得利益外資集團之間的角力，最後還是逃不過美國中央情報局和當地保守勢力聯合發動的軍事顚覆，飮恨而終③。

阿本茲的下台把瓜地馬拉推進漫長的內戰中。談起這場內戰，安娜一臉哀傷。

我相約範西斯哥和安娜再聚，同是第十區一個酒吧裡，顧客不多，甚至有點冷冷清清。在昏暗的燈光下，安娜說出她的故事，一個代表了瓜國人的心痛故事。

安娜在一九八二年出生，瓜國戲劇的一年，她爸媽是西班牙裔後代和馬雅族混血的知識分子，爸爸爲一名教師，同時活躍於人權運動。

一九八二年，當時的總統里奧斯（Jose Efrain Rios）將軍推行臭名遠播的「變色地球」政策（scorched earth），他是福音派基督徒（evangelical Christian），與美國關係密切，他打出反共和反左翼游擊叛亂的旗幟，藉機清洗超過四百個馬雅裔原住民村落，二十萬馬雅人遇害和失蹤，十萬難民逃往墨西哥④。

到了二〇〇九年三月，瓜地馬拉政府才公開當年軍方秘密檔案，讓歷史逐步曝光。與此同時，美國的國家安全資料庫（National Security Archive），也公開了由國務院情報及研究部門解封有關那場大屠殺的檔案，顯示當時瓜國軍方由美國培訓反叛亂技巧，並預先知道他們要進行一場屠殺⑤。

爲回應這一場大屠殺，當年有四個游擊隊組織合組成爲「瓜地馬拉全國革命團結黨」（URNG），企圖以聯合力量，擊退獨裁的暴力政權。直到現在，這一組織已是一個合法政黨。

「我的父親在外圍向政府施壓，推動改善人權。結果，有一天，他放學後沒有回家，從此消失，過了一段時間，屍首才被發生。媽媽在爸爸遇害前懷孕，有了我，還來不及通知他，而我在爸爸犧牲後出生，媽媽和親友從不在我面前提起爸爸。內戰時期，你不知會因什麼惹上殺身之禍，大部分人寧願保持沉默，把傷痛藏在心靈最深處。」

安娜深呼吸了一下，繼續說：「可是，我很想認識爸爸，不然，我便不會知道我是誰。現在，我有一個計畫，就是拍一部紀錄片，從爸爸被暗殺說起，來重組瓜國這一段恐怖歲月。但我不想告訴媽媽這個計畫，她會怕，恐懼沒有離開過他們那一代人。」

聯合國屬下的歷史釐清委員會，在內戰結束三年後，做了一個十八個月長的深度調查，把結果匯成報告，題為「沈默的記憶」（Memory of Silence），證明瓜國三十六年的內戰，以及內戰所造成的人權傷害，美國正是共犯。

調查的結果是這樣的：

一、在四萬二千宗的侵犯人權個案裡，由美國扶助的多個右翼軍人政府，要付上百分之九十三的責任，游擊組織UNRG付上百分之三責任，其餘的百分之四為不知名原因。

二、在三十六年內戰中，共發生了六百五十八宗屠殺，其中六百二十六宗為政府所幹，其餘的乃是抗爭組織所做。

三、屠殺行動造成超過二十萬人遇害和失蹤，當中百分之八十三為馬雅裔原住民。這由於政府的歧視，導致他們在毫無證據下，控告每一位原住民都是抗爭分子，必須要除掉之。

瓜城地標的憲法廣場，走進去冷不防在「革命」上踐踏著，地上有一個很大很大的字「屠殺」（massacre），血色的，從這個字往外擴散爲一排排低著頭的馬雅原住民彩色圖像，遊人都這樣踏在文字與圖像上走來走去。我忍不住蹲下來，用手輕輕撫摸，竟就此翻開了瓜地馬拉一頁抗爭歷史。

上千隻鴿子一飛起舞，猶如向天拉出一張帳篷，嘩啦嘩啦拍著翅膀，一時掩蓋了整個廣場。此時，一大批穿著傳統服裝的原住民浩浩蕩蕩走到廣場來，如鴿子回巢，他們揮動拳頭，高喊：「還我們人權！」

這是一九八二年之事。

杰拉迪主教（Bishop Juan Geardi, 1922-1998）站在前頭，他剛結束流亡回國，回國後迅速再次投入他一直致力推動的馬雅族人權工作，在他身旁還有一大群神職人員。

在瓜地馬拉，馬雅族原住民運動與解放神學（liberation theology）⑥，合力譜出令人矚目的歷史文本。

杰拉迪主教是瓜國解放神學的代表人物。

革命不斷在變身，就算西班牙人帶來了天主教信仰，但溶入到拉美又會成爲行動中的宗教——解放神學，也是拉美獨有的產物。

曾一時爲拉美人讚頌的「解放神學」，同時亦是一場草根群衆動員。一批在拉美服務主教的神學家（主要爲耶穌會神父）從保守神壇走下來，以行動活化耶穌兼愛天下的精神，釋放出宗教中的革命力量，他們稱這種力量源於耶穌，是耶穌的教誨而不是馬克思主義，是人類與上帝合作讓天國降臨人間，而不是靠人力企圖打造人間天堂的理想⑦。

解放神學在拉丁美洲這塊充滿不公與貧窮的極端特殊土壤裡孕育出來，可以說是當年西班牙殖民者所料想不到的。而拉美的社會主義種子也早在西班牙人的殘酷征服過程裡埋下，然後在西方資本主義全球化的衝擊中發酵，他們勢不罷休，直至完成先輩留下來的項目。

這就是拉丁美洲，不斷與某種力量角力。

我一提起杰拉迪主教，安娜便緊捉著我的手，用低沉的聲音，問：「誰殺了我爸爸？誰殺了杰拉迪主教，你一定要好好寫出來。」

我突然感到不可思議，怎麼我老遠從香港走到這裡，就擔起這個職責?!有人類學家說，馬雅族的祖先最初也是從東方來的，他們與西藏人的長相和風俗文化很相似。

自認識安娜後，我在瓜地馬拉城的步伐也變得沉重起來。在瓜國的採訪找到了一個焦點：原住民運動與解放神學，而後者更是屬於拉美的一個獨特現象，成爲革命的種子、推手，也是主角之一，並在中美洲發揚光大。

我爲此專門造訪杰拉迪主教曾掌舵的瓜地馬拉天主教人權辦公室，還專訪了當年與杰拉迪主教並肩作戰的該會成員安東尼奧神父，他是馬雅人，詳細向我講解「解放神學」的來龍去脈。

與安東尼奧神父的一席訪談

基督，我愛祢

並非因祢自一顆明星降臨。
而是因爲祢向我揭示
人有熱血
淚水
痛苦
鎖匙
工具
去打開緊鎖著的光明之門
是的！祢指點我們說，人是上帝……
是一個像祢一樣被釘在十字架上的可憐的上帝
而那一個在戈爾木塔位於祢左邊的可卑的小偷
也是上帝！

——西班牙詩人里昂・費利佩（1884-1968）

瓜地馬拉天主教人權辦公室就在憲法廣場對面，位於大教堂旁邊一間小屋裡，我花了好幾天才找到該辦公室的行政負責人。

負責人打開一道狹窄的鐵門，接待處人來人往，來訪者大多數是馬雅人，又或是勞工大眾。他們就好像求診一樣。

杰拉迪主教的肖像就掛在接待處旁，生於一九二二年十二月二十七日，死於一九九八年四月二十六日。肖像下面列出主教的貢獻，和遭暗殺的詳情。

慈愛的面容，眼神望向遠方。

一位馬雅女士，在肖像前默禱，然後畫了一個十字架的手勢，再給肖像一個親吻。

一九九八年四月，杰拉迪主教在一個公開會議上發表了一份報告，該報告的題目：〈瓜地馬拉，夠了〉（Guatemala, No More），報告裡詳細記錄著上萬受害者的見證，指控政府和軍方在內戰時所犯下的違反人權罪行，報告發表後兩天，杰拉迪主教在寓所外遭到殘酷刺殺。

以暗殺手段清除異己的事件，在瓜國無日無之，一片恐怖氣氛籠罩整個國家，異議者隨時人間蒸發。在這裡，失蹤人口估計有五萬人以上，有好幾個國際非政府組織，專門協助瓜國人民尋找內戰時失蹤的家人和親友。

在街頭的牆壁上，不時會看見針對政治暗殺和失蹤的控訴字句，這些字句靜靜地等待答案，可能永遠也不會出現的答案。

即使沒有答案，也不能洗掉記憶，記憶鑿在每一個人心中，即使他們沉默。

杰拉迪主教生前便曾推動過一個叫「歷史記憶的恢復」（Recovery of Historical Memory）項目，觸怒了官方。

由於主教一生服務於原住民社區，並積極爲他們爭取人權，他死後仍被政府指爲與游擊運動有染，因游擊隊中有馬雅人。我帶著許多問題，走進安東尼奧神父的辦公室，辦公室窗明几淨，牆上掛有杰拉迪主教照片，旁邊是一個木製十字架。

安東尼奧神父的笑容，與杰拉迪主教有點相似，我們一坐下來，即進入專訪正題。

神父：歡迎，我還以為外界忘了瓜地馬拉。

記：記者的工作就是阻止遺忘，特別是六十至八十年代，傳頌一時的解放神學，我專程向神父你請教。

答：人們一提到解放，就認為有左的味道，因此，他們很容易把解放神學與二十世紀的左翼運動相連結。但，解放神學的主張，處處來自基督的教誨，例如在《聖經・路加福音》第四章，基督這樣教導我們：「主的靈在我身上，因為他用膏膏我，叫我傳福音給貧窮的人，差遣我報告，被擄的得釋放，瞎眼的得看見，叫那受壓制的得自由……」作為基督徒，在這個世界上，應該要做什麼，最明顯不過。

問：但，在拉丁美洲，無論在西班牙殖民時代，還是後殖民時代，天主教教會都是既得利益的保守勢力，他們被視作與大地主、外資財團一樣阻擋社會的改革。

答：這是很令人心痛之事。事實上，早於西班牙人入侵和殖民拉美地區時代，已有前來拉美地區傳教的西方傳教士，對傳統教會站在強權一邊欺凌原住民表示憤怒。五十年代後期開始，在拉丁美洲，貧窮的社區逐漸出現人民教會，又稱窮人教會，他們從受壓逼者的角度來閱讀《聖經》，從中獲取力量。而來到窮人社區傳道的神父，見證了社會的不公義，和政府對當地底層的歧視，也用極大的同情來支援這些人民教會，在此慢慢孕育出一套解放神學的理論來，這是一種個人和教會在信仰上的自我革命，對上帝的愛的一種回應。

問：我知道，瓜地馬拉有不少神父走往馬雅族社區，與官方關係緊張。

答：神叫我們服侍最底層的人。在瓜地馬拉，馬雅族在最底層中受盡打壓與歧視，我就是來自馬雅的後代，妳應可想像到，當我碰上杰拉迪主教時，是如何的感動。我在他身上，感受到上帝的愛，當我們處於絕望時，他爲我們帶來希望的信息；當我們無法出聲時，他爲我們發出最響亮的聲音。馬雅人因而獲得勇氣，重新站起來。

問：我翻查資料，六十年代，瓜地馬拉便曾有修女和神父上山打游擊，當中馬喬里修女和梅爾維耶神父因此同受逼害失蹤。你們眞的與游擊隊有密切關係嗎？

答：我們說愛，所以關注公義，我們用不同方式，去落實公義，好叫人知道，上帝不僅是愛世人的上帝，同時也是公義的上帝。要知道，當非常的社會處於非常的時代，人們會用非常的手段回應之。無論如何，每一個人都有不同的感召。

問：這包括採用暴力？

答：噢！基督也有憤怒的時候。人民教會呼籲受壓逼者以團結捍衛天賦的人權。

問：不過，「解放神學」近年似乎又沉寂了，原因何在？

答：不，沒有沉寂。我們應該這樣看，經過六、七十年代的高峰期，它已轉化爲一粒種子，又或已匯入更大的革命能量裡，它成爲拉美革命思潮的一部分，不斷發酵。但，有一點應弄清楚，在拉美動盪的七、八十年代，當權者指倡議解放神學的神職人員，爲馬克思主義者，又或是共產黨，而予以打擊之；在此，我想指明，馬克思主義者認爲可依靠人力在地上打造烏托邦，而解放神學論者，則認爲只能執行上帝的教誨，才能天國降臨人間。

問：我聽聞近年，一股保守的宗教力量又回到中美洲，特別是瓜地馬拉。

答：對，拉美地區永遠是保守與改革兩股勢力的角力場，宗教也不例外。瓜地馬拉受羅馬天主教影響，不少馬雅人成爲天主教徒；但自八十年代開始，福音派清教徒在瓜國開始發揮影響力，並受到普遍歡迎。據估計，現在全國人口有大約百分之三十至四十屬這一派系。

爲什麼福音基督教會取得影響地位？這由於瓜國民風傾向保守，而這裡的天主教過去在生活上沒有很嚴格的清規；但福音基督教派則不同，他們限制酒精、賭博和家庭暴力，婦女們認爲清教徒的丈夫比天主教教徒丈夫來得可靠，遂鼓勵丈夫以至家人加入福音派。

不過，天主教在瓜國也慢慢出現變化。羅馬教廷的保守組織主業會在瓜國逐漸活躍，但對馬雅人並不尊重，肆意把前來教堂的馬雅人名字改成天主教聖人名字，又不承認馬雅人的傳統宗教，我恐怕宗教暗流再現。

安東尼奧神父所說的主業會（Opus Dei），因《達文西密碼》廣爲人知，小說把該會戲劇化，引來有關神職人員抗議。但在現實世界裡，主業會一樣惹人爭議，它是羅馬天主教教廷一支最保守反共的力量，西班牙創辦人曾支持右翼獨裁者佛朗哥，最初不爲教廷接納，現已占有多個紅衣大主教職位，對教宗一職的遴選甚具左右作用。

美國解封檔案早已指出東歐一九八九共產倒台，乃是美國中情局與羅馬教廷的合作成果，當中有主業會扮演的角色。

至於新教裡保守福音派，在美國乃是布希等家族的中堅支持者，我在《中東現場》也有專文談到美國福音派的佼佼者「基督徒聯盟」（Christian Alliance），其創辦人羅伯遜便曾大罵委內瑞拉反美總統查維斯，認爲中情局可考慮暗殺他⑧。

這個聯盟建立時排斥以色列，後來轉而與以色列關係密切，還每年派出成員到耶路撒冷爲以國祈禱。

在薩爾瓦多，這等福音派教會不以會名示衆，改而在會所門口畫上一個大大的藍色「大衛星」，令人看後不明所以。大衛星是以色列國旗標誌。

安東尼奧神父的擔心是有道理的，特別在瓜地馬拉正處於敏感而脆弱的時刻。

馬雅族的精神領袖

二〇〇七年，瓜地馬拉終於在內戰結束後十年，第一次選出一名較開明的總統柯隆（Alvaro Colom），他是國家希望聯合黨（UNE）的黨魁，他一上任，即表示要重建一個有馬雅臉孔的瓜地馬拉。

在那一次大選中，諾貝爾和平獎得主馬雅裔曼荼（Rigoberta Menchú Tum）也有參選。她於一九九二年獲獎，而且是一名女性，爲馬雅人帶來極大的鼓舞。

曼茱每次出場，都一身馬雅族的打扮，但彩色純棉服裝布所包裹的身軀，卻是傷痕累累。

我在安娜介紹下認識一位馬雅族的作家赫文（Harmin Gonzalez），赫文向我特別提起曼茱，認爲我應該找她訪問。

不過，赫文最後還是忍不住透露，曼茱獲諾貝爾獎的確令馬雅人感到非常自豪，最重要的是，她把馬雅人帶到國際視線的面前。可是，成名後的曼茱卻又慢慢招至不同的評價。以致她第一次參選竟只獲得低票數慘敗收場，人們愛戴她，但不認爲她有能力處理國家棘手的挑戰。雖然如此，這無損她作爲馬雅族第一女豪傑的形象。

曼茱成立了一個基金會——曼茱基金會，我按地址走訪基金會的辦公室。

我沒有坐車，赫文說不遠，但走起來卻是漫漫長路，孤零零的影子在陽光下折射到前面的街角，長長的。街角坐了一對混血馬雅裔的年輕男女，依偎著默然望向前方，後面的牆壁寫上一個**Justica**（公義），下有一行字，大意指失蹤的家人何時回來？

不僅是瓜地馬拉，在整個拉丁美洲，失蹤人口是一個慘痛的歷史傷口，直到現在仍未解決，這是戰爭的後遺症。軍人政權時代，鎮壓異己，造成不少黑獄冤案；例如阿根廷，有異議者在獄中生子，嬰兒旋即給獄吏帶走，自此下落不明，又或有異議者入獄後，其孩子也同時失蹤，骨肉分離。對失蹤人口最有力的抗爭，乃是阿根廷「五月的母親」⑨。

現在有聯合國和非政府組織協助調查，但在瓜地馬拉，能尋回的失蹤人口不多，瓜地馬拉人有揮之不去的哀愁。

午後的街道，仍然冷清，基金會就是坐落於不起眼的建築物裡，但辦公室的工作人員卻非常忙碌，猶如在麥田裡忙於撒種的農民。

曼茱不在，剛出國，可是我在辦公室大堆的資料檔案，還有錄影帶，去認識曼茱，聽她談過去說未來。

曼茱在一九五九出生後第二年，即遭逢內戰爆發，如大部分馬雅人一樣，她在高原上的農村成長，也曾隨家人跑到太平洋海岸，在大莊園裡採摘咖啡、香蕉幫助家計，生活得艱苦而戰戰兢兢。

六、七十年代解放神學運動如火如荼，年輕的曼茱充滿熱情投身於其中，推動馬雅婦女權益，與此同時，她的村莊地區開始有游擊隊出沒。當時軍方大舉掃蕩他們認為可疑的村莊，在他們眼中，所有馬雅人都是造反派，而大地主更反指馬雅人威脅他們，只要有莊園主受到攻擊，軍方便採取大規模拘捕，曼茱爸爸便曾因此受拘禁和虐待，後獲釋放。

未幾，曼茱的弟弟也遭拘禁、虐待，並不幸地受軍方殘殺。第二年，在一次清剿示威農民的軍方行動裡，曼茱爸爸未能死裡逃生，最後倒下。

曼茱媽媽也受牽連，更給軍方強姦，凌辱至死。

一連串的家人遇害事件，看得我戚戚然，基金會的秘書走過來拍拍我肩膊，說：「這是我們馬雅人過去的命運，妳可問問哪一個馬雅家庭，誰沒有相類似的經歷?!」

對我來說，這些故事應該是很熟悉的，從過去走訪過的東帝汶、柬埔寨，到巴勒斯坦，如今只是換了個拉丁美洲。

「我們要求符合人道的工作環境，我們要求合理的權益，我們要求我們的馬雅文化受到尊重，我們要求合法說出我們的語言，穿上我們的傳統服……」

失去家人的曼茱再次站起來，她大聲呼喊，揮舞著拳頭，在農民工會裡更見活躍。美麗的高原有她堅強的身影，她經常在無際的原野上，教導婦女怎樣保衛自己，教導農民如何抵抗政府軍的鎮壓。

結果，一九八一年，曼茱成爲軍人政府頭號打擊目標，她在叢林裡四處藏匿，最後逃往墨西哥。在墨西哥，她致力推動種族與文化和解，最終獲得諾貝爾獎委員會的認同。

我時常想，如曼茱等受害者，處於恐懼而又經歷了家破人亡，顛沛流離，卻依然屹立不倒，其意志是何等超乎常人！這些倖存者，現在就站在我面前，我竟不敢直視，並有點不知所措。

雖然作家赫文雙目失明，我還是不敢直望他封閉著的眼睛。他送給我一本曼茱的傳記《跨越疆界》（*Cross Borders*）。其實，之前我在紐約已看過她的另一本傳記*An Indian Woman in Guatemala*，西班牙語的書名爲《我的名字叫曼茱》（*My name is Rigoberta Menchu*），這本書有個副題：〈我的覺醒是這樣來的〉（This is How My Consciousness Was Raised）。

英文版稱《一位瓜地馬拉的印第安婦女》，其實最爲曼茱所批評，曼茱指「印第安」的稱呼本身充滿殖民的歧視色彩⑩，她從不說出這個字。因此，我在本書也不用「印第安」，改以原住民統一稱之。

赫文說，如果要扭轉馬雅人的命運，首先得要改變瓜地馬拉這個國家，瓜國處處充斥著一種結構性的種族歧視，從政策到行動。

例如過去一直沒有馬雅正規學校，也沒有馬雅語媒體，在教育和工作上，也不能享有與其他公民同等的機會。即使踏入二十一世紀，歧視還是沒有隨內戰遠去，二〇〇六年便曾發生一位穿著馬雅服飾的年輕女子，被拒絕進入迪斯可（disco）舞會會場，一度引來種族緊張。近年，馬雅社運團體積極推動後歧視法，希望透過立法，好讓文化尊重成爲瓜國的生活重要部分。

在瓜地馬拉，原來不僅曼茱獲諾貝爾獎，早在一九六七年，作家阿斯圖里亞斯已爲瓜國帶來第一枚諾貝爾文學獎，比哥倫比亞的馬奎斯（Gabriel García Márquez）《百年孤寂》還要早，這令我對瓜國的文學感到肅然起敬。

> 一群乞丐拖著懶散的步伐，離開教堂的陰影走向三軍廣場，他們沿著浩如海的條條大街帶著呻吟和孤單，踽踽於大城市裡。天黑了，天上亮出一顆顆小星星，地上走出一群乞丐，他們結隊走往「先生」的玄關準備過夜。……玄關處突然出現一個人影，害得乞丐們怕成一團像蜷縮的肉蟲，軍靴的響聲驚醒昏夜中的鳥，吱吱雜雜地吵叫，飛，卻不知要飛往何處去……。

以上一段節錄於阿斯圖里亞斯知名小說《總統先生》（*El Señor Presidente, Mr. President*），他諷刺拉美獨裁軍人政權如何蹂躪老百姓，盡情揶揄拉美獨裁者及獨裁社會的眾生相。而他獲獎的《玉米人》，更是拉丁美洲魔幻寫實主義文學發展的一塊重要奠基石⑪，它將馬雅傳說與社會現實相結合，幻化成一場熱帶的夢想，這同時也影射了瓜地馬拉人之間的矛盾與情感。

一個小小的瓜地馬拉，卻盛載著一種不為人所注意的重量。

但，赫文卻有另一種體會。

我與赫文的談話從文學談到人生命運、馬雅與中國文化的異同。赫文一談文學，就哀嘆瓜地馬拉作家面對不少困難。瓜地馬拉雖曾出現一位諾貝爾文學獎得主阿斯圖里亞斯，但文學界卻沒有好好把握這契機來發揚瓜國的藝術文化，特別是文學發展。

這也難怪，原來自一九六七年阿斯圖里亞斯獲取諾貝爾獎之後的二十年以來，政府連一個文化部也沒有，一直到一九八六年才成立所謂的文化部。但也沒有積極推動什麼文化活動，而作家組織鬆散，無財又無勢，大部分時間處於睡眠狀態，作家要盡個人的努力，並配合運氣，才能走出瓜地馬拉，為世人所知，這可以說是萬中只有一二。

赫文指瓜國有百分之三十的人是文盲，閱讀不流行，這無疑對作家造成一個不利因素。但瓜國文學優美，熱愛詩歌，瓜國文學家的筆法也如詩如歌，多反映國家的政治現實，但我對馬雅文學更感興趣，他們從輝煌的文化到受欺壓的心路歷程，盡反映在文學的世界裡。

赫文以馬雅作家身份對馬雅文化投下全部心力去研究、去保存，而他更是馬雅族的精神領袖之一。

馬雅族的精神領袖就好像天主教的神父，馬雅族人透過他來與創造者溝通，他通曉馬雅曆法與命運的感應，還有醫術。有不少馬雅人甚至非馬雅人，都前來找他解決疑難雜症。

赫文邀請我參加馬雅民族一個神聖的典禮。我剛認識他的那年，二〇〇六年七月十七日，原來是馬雅年曆裡人與天最接近的一天，人在這一天特別有能量，因此，馬雅人都會舉行祭典，冊封精神領袖。

他們特別吩咐我，在祭典期間不要拍照片。馬雅人不喜歡拍照，在神聖日子的神聖祭祀更不能拍照，他們相信拍照會攝走他們的能量和減弱他們的精神，那我惟有以眼睛代替攝影機。

我跟著他們穿過大街小巷，走到一塊空地，他們彈奏音樂、唱歌、燒爆竹，各人都穿著傳統色彩繽紛的服裝，好不高興。赫文告訴我，十年前他們是不能這樣公開舉行祭典的，政府與保守福音基督教派對他們進行鎮壓，手段之狠，令人髮指。

我不禁仰望穹窮，天地悠悠，有多少壓迫便有多少反抗。在這個受盡內戰摧殘和長期軍人統治的國家，受壓迫者一直爭取站起來，而他們也終於一步一步邁向前。我在瓜地馬拉城一次集會中，認識了一位「瓜地馬拉全國革命團結黨」馬雅族成員，他準備參與國會選舉，他更希望能有機會角逐總統寶座，爲瓜地馬拉帶來第一位馬雅族總統。我拍一拍他肩膊，祝他成功，他表露出歡喜之情，欣然接受他第一位中國朋友的祝福。

之後我又不期然走到廣場去，大家都在熱烈討論美國與中美洲自由貿易協定（CAFTA）的得失，反對陣營力抗大企業代表，前者所能依靠的是一種公民的力量，只可惜CAFTA終於在國會通過。

上千隻白鴿又從廣場上引頸高飛。瓜國的保守力量和美國雖仍企圖緊捉既得利益，力求打擊漸漸形成的公民運動，可是，不僅曼茱的故事，安娜的故事還是要說出去的。

一群意志高昂的示威學生，在我身旁走過，高喊：「Justica!」

註釋

①阿斯圖里亞斯（Miguel Angel Asturias），一八九九～一九七四。一九六七年以《玉米人》（*Hombres de maíz, Men of Maize*）獲得諾貝爾文學獎。《玉米人》描寫瓜地馬拉原住民的生活和鬥爭，從這一主線引伸至該國廣闊的種種問題，結合了馬雅原住民習俗神話信仰和瓜地馬拉生活現實，被視為拉美魔幻寫實主義的代表作。

②一八二三年至一八三八年由瓜地馬拉、薩爾瓦多、宏都拉斯、尼加拉瓜和哥斯大黎加組成的聯邦國家。西班牙殖民統治時期，上述地區同屬瓜地馬拉都督轄區。一八二一年宣布獨立。次年合併於墨西哥。一八二三年八月脫離墨西哥，另組中美洲聯合省。一八二四年十一月，立憲議會通過憲法，定國名為中美洲共和國聯邦。聯邦成立後，代表封建莊園主和天主教會利益的保守派與新興的資產階級民主派代表鬥爭激烈，不時陷入內戰狀態。一八二九年九月，莫拉桑當選為聯邦總統，一八三五年連任，在任期間推行一系列改革，並著手修改代表封建利益的一八二四年憲法，引起保守派反彈，修憲未能成功。一八三七年，保守派煽動叛亂，莫拉桑率兵前往鎮壓，聯邦再次陷入內戰。次年，尼加拉瓜、宏都拉斯、哥斯大黎加先後退出聯邦，聯邦最終解體。可參見Ralph Lee Woodward: *Central America: A Nation Divided*; Oxford University Press, 1999.

③參見Walter Lafeber: *Inevitable Revolution: The United States in Central America*, W.W. Norton, 1993.

④參見James Rodriguez: *Scorched Earth: The Rio Negro Massacre at Pak'oxom, Guatemala*. http://upsidedownworld.org/main/content/view/1802/33/

⑤參見Michael Gould-Wartofsky與Kelly Lee合撰之*Guatemala Dirty's War*，http://www.zmag.org/znet/viewArticle/21484

⑥參見Gustavo Gutierrez: *A Theology of Liberation: History, Politics, and Salvation* (15th Anniversary Edition with New Introduction by Author), 1988, Orbis Books.

⑦索颯，《豐饒的苦難》，第三章第二節：走向解放的神學，（香港）大風出版社，二〇〇三。

⑧參見*Pat Robertson calls for assassination of Hugo Chavez, USA Today*, 22/08/2005. http://www.usatoday.com/news/nation/2005-08-22-robertson-_x.htm

⑨《非暴力抗爭——一種更強大的力量》，作者彼得．艾克曼（Peter Ackeman）和傑克．杜瓦（Jack Duvall），譯者陳信宏，（台灣）究竟出版社，二〇〇三。

⑩一四九二年由西班牙資助的航海家哥倫布航行至美洲時，誤以為所到之處為印度，因此將此地的土著居民稱作「印度人」（西班牙語indios），後人雖然發現了錯誤，但是原有稱呼已經普及，所以英語和其他歐洲語言中稱印地安人為「西印度人」，在必要時為了區別，稱真正的印度人為「東印度人」。漢語翻譯時直接把「西印度人」這個單詞翻譯成「印第安人」或「印地安人」，免去了混淆的麻煩，到目前仍為最普及的用法。不過到了二十世紀，許多美洲國家印第安人的地位有了明顯改善，一些政府機構或民間組織開始對「印第安人」這一名稱進行「正名」，比如在加拿大往往被稱為更加政治正確的「第一民族」（英文First Nations）等等。

⑪魔幻寫實主義是二十世紀六十年代拉美文學「爆炸」時期崛起的文學流派。但有研究學者指這魔幻寫實一詞其實源於德國文藝批評家佛朗次．羅（Franz Roh），他於一九二五年出版《後期表現派：魔幻現實主義，當前歐洲繪畫中的若干問題》一書中，詮釋德國後期表現主義的繪畫風格時，以「魔幻寫實」表示一種變動又恆常、存在出現又消失、真實與魔幻空間並存的意境。其後這概念引進到西班牙，再傳入拉美文壇，在這片豐富的土壤上發揚光大。拉美作家結合該地區原有自然景觀的魔幻色彩和原住民傳說神話，加上富含政治性的民族意識，用魔幻寫實的寫作方式去呈現拉美的生死愛恨。

薩爾瓦多

政經加工廠

我是溫柔、祥和
一朵的花
可是，柔美不是一幅牆
用以掩飾不幸
我看見不公
反擊與抗爭
來自那些普通的人
在我顫慄的眼睛前爆發。

——薩爾瓦多游擊隊詩人拉米瑞茲

Lil Milagro Ramirez, 1946-1979 ①

遭暗殺的羅梅羅大主教是解放神
學代表人物

薩國右派基督教教會以大衛星為
標誌

大學校園內的革命英雄肖像

聖薩爾瓦多軍警

作者與薩國大學生領袖合影

薩國人未忘1989革命事件

好不奢侈，享受著一種特權，就這樣在瓜地馬拉我登上了這部豪華長途公車「帝王品質」（King Quality）。公車緩緩駛向東南面，往薩爾瓦多方向行走。

沿路上，窗外景致大都是破落的農村，有點灰茫茫，揮之不去。偶有出現大幅宣傳路牌，豎在路旁，指這個區已被徵用計畫發展俱樂部、遊樂場，又或私人屋苑等等，有不少名堂。

發展令下，居民仍是我行我素，在東歪西斜的茅屋前繼續進行小買賣，腐爛的水果上有蒼蠅嗡嗡作響，還有那些刨冰，顏色紅得發紫。芭蕉樹下的赤腳小孩遠見「帝王品質」經過，高興地趨前揮手，然後衝呀衝，企圖衝出命運的迷霧。

「帝王品質」漸漸離開了瓜地馬拉，而我也在不斷的搖晃裡進入夢鄉。我的夢鄉，他們的夢鄉，報時鳥在夢中出現，嘰咕地大叫了一聲：革命尚未成功，同志們仍須努力！

我嚇了一跳，瞪大眼睛，瓜地馬拉邊境官員上來檢查護照，跟著是薩爾瓦多的邊境官員，過程簡單。

原來兩國只相差五個小時的車程，我眞不願意離開這部「帝王品質」，深知一下車我又要艱苦作戰了。

人人都說薩爾瓦多治安奇差，首都聖薩爾瓦（San Salvador）多更是中美洲的罪惡之城，但我心想，在拉美這個地區，哪一個城市是安全的？

薩爾瓦多，多美麗的名字，其原本意思在西班牙語裡即指救贖，這反映了多少人的心聲，救世主在哪裡？救贖在哪裡？這也確實幽了這個地方一默。

這種反諷也出現在她極不尋常、極不對稱的歷史裡，一個面積才二萬多平方公里的小國，卻曾是引人矚目的世界焦點，大家不會忘記八十年代的薩爾瓦多，在美國的控制下扮演了美國後院中的後院，這個深深藏於中美洲的後院與瓜地馬拉不遑多讓，一樣經歷了殘暴的軍人獨裁和漫長痛苦的內戰。

這一度「後院」的裂痕，從墨西哥開始裂開，愈裂愈寬，把當地人民的靈魂也撕開了，一直延伸至南美洲，一發不可收拾。

我就是在這一個風暴眼？想到此，我一下車即衝入另一部出租車，趕快往旅館去。

美元化與私有化潛藏無數災難

晚上八時多，整個城市處於一片漆黑中。奇怪的是，出租車卻異常簇新，空調的車箱裡有一陣陣玫瑰花幽香，司機穿著整齊的白恤衫，專業地詢問客人要往哪裡去。

我想到墨西哥城的綠色甲蟲車，有人指那是賊車，曾發生過乘客遭搶劫強暴；而瓜地馬拉城的出租車司機，則愛漫天殺價。

但，薩爾瓦多那部出租車司機按公價收費，他們的專業外表也可讓乘客不至太過驚恐，坐在車裡，有時會懷疑這裡眞的是薩爾瓦多嗎？沒想到，出租車收費驚人，五分鐘路程便要八美元，不僅出租車，電話費也令人咋舌。我在旅館打一通本地電話便要一美元三分鐘。

在薩爾瓦多，國家貨幣單位就是美元，都說是美國後院了，做個美元附屬區，又何妨？

後來認識一位薩爾瓦多經濟學者艾伯圖，談到薩國在二〇〇一年實施美元化政策，原來背後有一個不爲人知的原因。

當時總統佛洛瑞斯（Francisco Flores）指美元化可控制通膨，加強投資者的信心，可是，這都是表面原因，他其實是唯恐左派有機會上台，改變既有的經濟政策。因此，佛洛瑞斯先下手爲強，美元化令左派更難推翻目前這一套新自由經濟政策，因爲它的確是一個炸彈，不小心錯碰某一條線便會爆炸②。

我走進餐廳，跑到市集，即使在街角的小雜貨店舖買份報紙和小吃，都感到物價不菲，一如我第一天抵達即受盡高價出租車與電話費。在我抱怨前，當地人已先向我抱怨，美元化不僅沒有改善通膨，反之令物價上漲了百分之百，我一聽便感咋舌，不知當初佛洛瑞斯邏輯何在？艾伯圖說，美元化政策不是沒有好處，但好處只對富人而言，對老百姓來說，這眞是一場災難。

當我投訴出租車車費昂貴時，司機即皺眉頭表示，這是美元化的錯，自美元化政策推出後，他的生意一落千丈，人們無法負擔車資，這裡的觀光遊客幾乎是零，他每天望天打卦。

我在餐廳與侍應生閒聊時，他告訴我：「原本國家的貨幣叫哥倫尼（colon：一美元對八·七五哥幣），以前我拿著二十個哥倫尼便可應付每月基本飲食所需，現在五十美元也不夠，我們的薪金卻沒有隨著美元化而上升。」

在網咖（網吧），我又與一名年輕的職員聊天。他找不到全職工作，他下午在網咖兼職，早上又有另一份兼職，兩份才合共八十美元一個月。跟著他列出了一盤數，他與哥哥合租一所公寓，每人三十美元，上網月費每人二十五美元，水電費十美元，餘下的十五美元，連一天三餐也不夠。但他還有女朋友，拍拖時不敢上館子，在路邊買兩份冰淇淋吃了了事。

「上網月費這麼貴？」我問。小夥子無奈聳聳肩，說：「電訊業私有化後，卻向某一財團靠攏，出現壟斷，電訊包括電話變成是老百姓的奢侈品。可是，我們年輕人卻不能不上網呢。」

這與墨西哥的情況不也一樣嗎？小夥子神神秘秘拿出他一個珍藏的哥倫尼硬幣給我看，上面刻有哥倫布的畫像，他發出輕蔑的笑聲，說：「哥倫尼這個名稱乃是由哥倫布而來的，我想，在拉美地區，就只有我們公然以國家貨幣來紀念他。現在哥倫布不重要了，換來林肯、華盛頓。」他一再展露輕蔑的表情，把硬幣一拋，放回袋中。

小夥子二十歲，一九九二年內戰完結時，他才幾歲，屬薩國新生一代，家境貧窮。內戰結束以來，低下層生活一直沒有改善，失業率高，他認爲自己能夠找到兩份兼職，算是不錯。

說到前景，他竟用哲學的口吻反問我：「連國家也沒有身份，你認爲我這一個小市民還可以做什麼？」他一臉憤世嫉俗，新生一代似乎也逃脫不了上一代的怨恨。

非政府組織「全國發展基金會」主任魯必奧（Roberto Rubio）指美元化開始時的確降低了銀行利率，有助購置房地產和貸款，但利率很快又升回美元化以前的水平。

不少專家發現，薩國的金融機構任意妄爲，即使利率降低，那些發信用卡機構亦可以收取利率百分之三十至五十，而那些銀行更可惡，複雜的服務費使借貸成本一樣昂貴，對中小企業非常不利。

「熟知內情的人都知道，美元化只對外資有利，政府與本地的大財團樂於與外資勾結。」我新相識的一位藝術家班卡（Blanca）憤憤不平說。

事實上，右翼政黨「國家共和聯盟」（Nationalist Republic Alliance, ARENA）於二〇〇九年中下台前仍堅決捍衛美元化，當年他們推出此一政策時，已言明這是自一九九二年內戰以來一項自由市場政策的延伸。

在一次記者會中，當時薩國的ARENA官員就無條件簽署中美洲自由貿易協定（見附錄三，383頁）作辯解時，也一併把他們認爲美元化的正面效果，神態英明地一一列出。

「薩爾瓦多的經濟繼續得益於自由市場的承諾，以及謹慎的財政管理，自一九九二年和平協議履行後，經濟以穩定和溫和步伐成長，貧窮人口從一九九一年的百分之六十六，銳減至二〇〇六年百分之三十點七，經濟的改善歸功於銀行，電網、公積金、電力等全面私有化，還有遞減入口稅，取消商品價格控制，加強版權的執行等等，使得薩爾瓦多再度成爲吸引外資的地方。美元化進一步把薩國溶入全球經營體系裡，我們將會從全球化中獲益。」③

是眞還是假？

我跑到首都的西北部，一個遠離市中心的地區，發現竟然有如此巨大的差別。如果市中心是地獄，那該區就是天堂。所有大使館、工商、金融機構幾乎全部集中在這裡，一片井井有條，祥和、現代化，還有快餐店雲集的一條街，大部分是美資開設的Friday、Harvey、Burger King，擁有一種如洛杉磯某一個小鎭的風情。這個小鎭沒有過去的傷痕，也沒有歷史的記憶，這樣，那些緊握政經大權的決策者，才可以大膽向全球化邁進。

陪伴我的經濟學家艾伯圖說，過去靠咖啡、糖發大財的白人莊園主，現在已走入了這個商業核心地帶，運籌帷幄。

網咖小夥子那個哥倫尼硬幣又在我面前出現，它被拋到半空中，然後消失。

被視爲地獄的市中心，不時出現一大群示威者，抗議公營醫院私有化、國立大學私有化④。薩爾瓦多國立大學便曾在二〇〇六年發生過一場抵抗私有化和爭取自主權的學生運動，學生與軍警衝突，有人遭到槍斃，跟著校園氣氛緊張，但慢慢又平靜下來。

平靜中有一股暗流。當我探訪該校的學生會時，他們正準備下一波的行動。

學生會領袖是一名三年級新聞系學生海森堡，他與我談到美國急於在中美洲推行「中美洲自由貿易協定」，下一步政府便會計畫將大學私有化，到時平民百姓子弟更難有機會接受大學教育。海森堡說，政府有責任推廣教育，不能把所有大學私有化。但，薩爾瓦多領導人肚滿腸肥，政府卻經常以沒有資源爲由，使得國立大學一窮二白，有學生連書籍費也沒有能力支付。

在薩國流行一些順口溜，其中便有這句：「我們的領導人上台時兩袖清風，下台時已成億萬富翁。」

至於薩國人口，有三成文盲，過半生活在貧窮線下。這都是與薩國官方數字不同的聯合國統計。文盲與貧窮使薩國的公民社會發展不起來。海森堡告訴我，在大學，電腦竟然是罕有的學習工具，更遑論有機會上網。我表示驚訝，對於我們是理所當然之事，在這裡卻是如此困難。

那些學生領袖大多奉古巴的卡斯楚爲革命偶像。在薩爾瓦多國立大學校園裡，到處都可看到卡斯楚的肖像和古巴國旗，這眞使我爲之側目。此外，八〇年遭受暗殺的薩國解放神學代表人物羅梅羅大主教（Monsignor Oscar Romero）⑤，當然還有切．格瓦拉，對學生而言，這是他們的三大偶像。三大偶像的海報不但懸掛在校園的露天地方，並且在課室裡飄揚著。

當西方傳媒甚至亞洲等地，都視卡斯楚為反面人物，但在中美洲，大家對他的評價卻較為複雜。有趣的是，當中以年輕人與老革命家對卡斯楚推崇備至，這可能是一種抗議美國的方式吧。不過，富人對這位當今世上仍在世的第一代現代革命家，則是負面多於正面。

可是，對仍懷有理想的年輕人與經歷過戰爭的長者來說，他們正面對自己社會的各種問題，從毒品到文盲、暴力、惡劣治安等等，心裡自然仰望加勒比海彼岸的古巴，那裡沒有毒品、文盲、暴力，並且擁有良好的教育和醫療，他們經常這樣羨慕古巴和讚賞卡斯楚。當然，他們都是從某一個距離看。

第二天，海森堡即有所行動，他與其他同學去支援一個組織的訴求，這組織叫「薩爾瓦多農村發展委員會」，他們抗議政府企圖私有化飲用水供應。南美洲玻利維亞便曾就這個議題爆發過一場轟轟烈烈的社會運動，最後成功阻止政府連飲用水也出售給財團的意圖⑥。

從私有化飲用水供應到私有化大學，海森堡認為學生與普羅大眾都面對相同的命運，因此，他們一定要站在一起。

自中美洲自由貿易協定於二〇〇六年正式實施以來，薩國社會內部開始蘊釀變化。

海森堡不知從哪裡弄來一輛殘舊的汽車，他邀請我同往，還有好幾位同學，擠在原本已經不甚寬躺的車廂內。

這部車眞的很殘舊，路不崎嶇，它卻走得隆隆作響。我們經過一條大河。海森堡請我留意一下水質，說：「水，在薩爾瓦多是一個非常嚴重的問題，這裡的污染令我們難以忍受。現在只有一半人口有能力負擔潔淨的飲用水，而水源都已受到水銀和重金屬的污染，其主要元兇是企業肆無忌憚地生產，政府又沒有好好處理廢料，貧窮人口又缺乏環保意識等等。」

此時，我看見一群男女老幼在河邊的垃圾堆裡拾荒，有一小孩找到幾塊切開的爛西瓜，便立刻往口裡塞。

海森堡嘆息說：「污染的飲用水，令勞動人口健康下降，結果不也是影響本國經濟嗎！政府不去用心改善，反而企圖把飲用水私有化算了。可是，水是屬於人民的資源，生活的必需品，怎可變成商品讓財團壟斷?!難道人民負擔不了市場的價格，他們便不能享受飲用水？」

中美洲自由貿易協定把薩國不同的領域逐步私有化，政府從傷痕累累的國家抽身，新自由經濟政策隨著中美洲自由貿易協定走上高潮。

極力推銷中美洲自由貿易協定的美國前任總統布希在電視畫面上向美國人民說，美國是爲了確立中美洲的自由民主，才與他們簽下中美洲自由貿易協定，這是一項有利於中美洲戰後重建民主的貿易協議書。

薩國人民摸不著頭腦。

前車可鑑，一九八〇年代的內戰是怎樣來的？

左右勢力對壘，政變頻生

薩爾瓦多在一八二一年從西班牙人手中取得獨立前，由十四個歐洲白人精英家族控制全國經濟，獨立後這些家族繼續掌握政經大權，排斥薩國原住民。原住民領袖阿基勞（Anastasio

Aquino）起來反抗，雖功敗垂成，卻不失薩國人民愛戴，被奉爲民族英雄。

一八四一年中美洲聯邦解體，薩爾瓦多自始擁有自己的主權、憲法。與其他拉美國家的殖民經濟模式一樣，以集中一至二種產品或原物料出口爲主。從十九至二十世紀初，薩爾瓦多的咖啡種植成爲國家財富來源，而這財富則由上述家族掌控，他們占全國人口才百分之二。

在這樣一個財富高度集中在少部分人手中的社會，老百姓經歷極端貧苦受壓的環境，他們渴望公義、人道、共享的情緒日漸高漲。到了一九三二年一場起義行動終於爆發了，領導人就是中美洲社會主義黨創辦者奧斯汀·馬蒂（Augstin Farabundo Marti），後來內戰時與親美獨裁政權對抗的革命組織馬蒂民族解放陣線（Farabundo Marti National Liberation Front, FMLN）爲了紀念他，便以他姓氏作爲黨名的開頭。

每次的起義，軍方都用最殘忍的手段回應，而在每一場的屠殺，原住民更是首當其衝。這不僅是薩爾瓦多，還有墨西哥、瓜地馬拉和其他拉美國家，他們擁有著共同的故事，當中的軍人政權和美國，被當地人視爲互相勾結的劊子手。

電視畫面再次出現美國總統，但不是布希，時光倒流回到一九七七年，人稱之爲人權總統的卡特（Jimmy Carter），一樣表示要協助推動薩爾瓦多的民主，但他暗地裡所支持的，卻是薩國當時的羅梅洛（Carlos Humberto Romero）軍事獨裁政府，美國向其輸出的軍事援助源源不絕。

羅梅洛一上台不久，即大開殺戒，一年多之內便有七千人遇害，直至一九八〇年有四名美籍修女在進行救援任務時遭強姦謀殺，卡特才暫停對獨裁政府的軍援。

不過，當一九八一年美國另一位總統雷根（Ronald Reagan）上任後，便很快恢復對羅梅洛的軍援，而且增加至一九八五年的五億美元之多，以瓦解人民發起的左翼游擊活動。

二十世紀六、七十年代是冷戰的高峰時期，也是中美洲獨立後的革命高峰期，如一串鞭炮霹靂啪啦在中美洲燃燒，就像躺在中美洲的火山帶互爲影響。

尼加拉瓜一九七九年革命成功，鼓舞了仍處於水深火熱的鄰國人民，當時薩爾瓦多左右勢力對壘，國家在極度分裂狀態中，導致政變頻生。各派游擊隊聯合力量，FMLN由此誕生。

無論是卡特或是雷根，他們不惜一切介入薩國軍事政變行動，又軍援右翼政權，並協助組織了當時令人聞風喪膽的死亡隊（death squads）。這一支專門從事暗殺、綁架和虐待的民兵隊，猶如幽靈使者到處流竄，不少革命人士遭到殘殺，連平民百姓也不能倖免，戰爭中遇害的共有七萬五千人，六千人失蹤，這種死亡文化就此在薩國生根。

人命，輕於鴻毛！

一九八〇年，深受人民愛戴的大主教奧斯卡．羅梅羅遭到刺殺，誘發了內戰，而美國替ARENA極右政權撐腰，令內戰無法停下來，一直至一九九二年才結束。

在這個時候，雷根又在電視畫面上出現，他正襟危坐，向國民解釋軍事介入薩國的原因，他說：「薩爾瓦多比華盛頓離德克薩斯州更近！」

我入住的旅館：國際旅館（International house），老闆泰亞素．肯那尼斯（Tirso Canales）便曾在內戰時參與過游擊活動，之前爲記者、評論員，他同時也是一名詩人。

這位七十多歲的老人家，個子不高，鼻樑上頂著一付厚厚的眼鏡，他喜歡每天早晨在旅館偏廳一角看書、閱報，然後伏案執筆，評論時事。

陽光想抓住他，但卻抓不住，他的角落太隱閉了。或者，他不希望客人騷擾他，可是，我卻經常向他問這個問那個，特別是他的往事。

他給我看一份西班牙報紙，有一版是該報記者對他的訪問，我豎起拇指，果然來頭不小，泰亞素微笑一下，說：「我早在六十年代已採訪過古巴革命，與卡斯楚和切．格瓦拉見過面。」

他得意地拿出他和上述兩位古巴領導人的合照，還有革命家的海報，和他的革命詩集，問我買不買？我怔了一怔，他有點尷尬，爲什麼我不爽快答應？好讓他快快轉個話題。

我明白，在薩爾瓦多，生活不易，有不少人靠海外親友的匯款接濟。事實上，僑匯乃爲薩國的經濟支柱之一，約占GDP的百分之十七。內戰時期，大量難民湧到鄰國和美國，跟著也有不少移居到海外。現時估計共有二百九十萬僑民在外，百分之九十七居於美國。

當日落西山，泰亞素便第一時間把旅館大門的大閘拉下，而旅館對面的小雜貨店更是二十四小時重門深鎖，四周圍有鐵柵，貨品從鐵柵之間傳送到客人手上。

與瓜地馬拉一樣，薩國飽受內戰後遺症，社會失序，人命得不到尊重，土匪毒販橫行，治安問題永遠是中美洲國家的主要議題。

在友人介紹下認識一名美國記者，他正在聖薩爾瓦多拍攝有關街頭罪犯如何衝擊薩國的經濟成長，而他竟然眞的訪問了兩個主要派系的頭頭。原來，在薩爾瓦多，嚴重影響街頭治安的兩派爲MS13街和MS16街，名稱很怪吧！

MS13街成員主要爲當年內戰時逃亡到洛杉磯者，在洛杉磯生活無計，遂與當地罪犯連群結黨；內戰結束後由美國遣返回薩爾瓦多，但仍與洛杉磯的犯罪集團有聯絡，在自己國家幹起勾當來。

至於MS16街派系，他們大多是前哥倫比亞的步兵，主要從事販毒工作。薩爾瓦多乃是哥倫比亞向美國販賣毒品的中繼站，然後經墨西哥轉到美國去。這條從南美洲經中美洲到美國的販毒路線，就好像一條黑暗隧道，令中美洲成爲一個異常暴力的地區。

泰亞素告訴我，戰後游擊隊員如何重回正常生活，也是一個大問題。他便僱請了不少前游擊隊成員在旅館工作。內戰結束後，前游擊隊成員願意放下武器者，有些加入已轉型爲政黨的FMLN，參與主流政治；有些則做起生意來，包括經營貿易、旅館、餐廳等。

我問泰亞素，搞革命與做生意有什麼不同？他大笑說：「在薩爾瓦多，做生意比搞革命更困難。但我們這種人，是沒有人僱請的，幸好家族留下這棟房子，我把它轉爲旅館維生，生活總算過得去。要知道，薩爾瓦多貧富極爲懸殊，親美大商家控制了國家百分之八十的財富，而一九八九年戰後掌政二十年的ARENA，是典型的美國附庸。」

在旅館碰上一群美國傳教士，我們和泰亞素一起坐在旅館裡憂心忡忡地看著電視新聞報導中東地區衝突的消息，詩人不覺得遙遠，他一針見血指出，一切都是擴張主義所引起。他告訴我，小小的薩爾瓦多過去亦曾企圖入侵鄰國宏都拉斯，入侵當然要找藉口，和以色列占領巴勒斯坦一樣，歸根究柢都是因爲要擴張領土，要在地區操控制大權。

以色列在前線打，美國則在後面指揮、支援，以色列是美國在中東的忠實盟友，同時也是代理人，當然以國也有自己的議程。詩人慨嘆日光之下無新事，七、八十年代的中美洲，美國介入之深，與現在介入中東無異。

其實，阿拉伯裔與拉丁裔沒有什麼分別。我們可能有一種印象——阿拉伯人是很重的，拉丁裔是很輕的。前者愛擁抱民族的歷史包袱，把自己拖得很重、很重；後者則容易沈醉於輕快的舞姿與音樂裡，拿起一瓶香檳，就什麼都可以忘記。一個沉思於過去，另一個活在今天，他們用不同的方式來面對同一種痛苦？

從阿拉伯半島沙漠到美洲中部，想想，有多少國家，黎巴嫩、伊拉克，又或薩爾瓦多、尼加拉瓜，他們有什麼不同？一閉上眼睛，記憶可能會轉到八十年代，同樣的烽煙四起，人們流離失所，他們竟然分享同一歷史，同一命運。

一位阿拉伯人，在沙漠公路上某一雜貨店門前，頭纏著黑白方格圖案的頭巾，吸著阿拉伯水菸，他在默默打量著我——這個來自東方的女子，如何解讀他們的歷史創傷？

在車水馬龍的薩爾瓦多首都聖薩爾瓦多，總有幽暗的角落，罪犯在窺探路過的獵物，他們對政治已失去了興趣，眼中只有錢！錢！錢！

阿拉伯半島上硝煙仍在，中美洲內戰卻已成過去，兩地人民手中卻同樣繼續拿著槍。薩爾瓦多有人不諱言他們家藏有槍枝，以應付戰後失序的環境；我在巴格達僱請的翻譯穆罕默德，他家一樣有槍械，他說他們身處的環境無法無天。

我不知道爲什麼這個世界弄得如此地步？中美洲，一個完全超乎我們想像的暴力世界！

薩爾瓦多內戰持續，也實在拜美國支持軍人政府所賜。

美國在中美洲設立臭名遠播的「美洲學校」（School of the Americas），根據「美洲學校監察」（School of the Americas Watch）組織資料庫顯示，這所美國軍事訓練學校在拉美地區共訓練出超過六萬名成員，專門用各種殘暴手段對付右翼政權眼中的革命分子和異議人士，有「死亡隊」之稱。

一九九六年，《華盛頓郵報》揭露該校一份具爭議的培訓手冊，當中鼓吹對抗爭者施用行刑、暗殺、恐嚇、虐待及其他違反人權的手段，有人更指責該校導師與中美洲軍人獨裁政權侵犯人權事件有直接關係。

美國國會議員約翰．甘迺迪（John Kennedy）便曾這樣說：「美洲學校是一所有史以來訓練最多獨裁者的軍事學校！」

現在，整個中美洲民間社會都要求撤走「美洲學校」。

談到「美洲學校」，泰亞素搖頭說，這是美國侵害中美洲國家主權的舉動，直到現在，中美洲國家仍未能擺脫這只幽靈。美國過去製造了多少獨裁軍人？七、八十年代，薩爾瓦多軍人政府欺壓人民，人民反彈，組織游擊隊，成立解放陣線FMLN，當年他們漸漸取得勝利之際，雷根上場，以大量金錢和軍力支援右翼政權，令內戰停不了，人民苦不堪言。

詩人未忘由美國訓練的精銳部隊Atlacatl Battalion⑦如何屠殺山區村民，聽得我也戚戚然。在旅館廚房工作的一名婦人歌莉，原來就是其中一名受害者，她家鄉在薩爾瓦多東部山區艾莫桑替（El Mozote），家人遇害後，她毅然拿起長槍加入游擊隊陣營。

她向我提起當年事，眼眶仍忍不住紅起來，突然她除下身上紅色的圍裙，當作游擊隊的旗幟，搖旗吶喊起來，雙手變成機關槍，不斷砰砰砰，重演當年往事。

泰亞素在我耳邊低聲說：「她的兒子剛出生才幾個月，也在該次屠殺中遇害，從此她沒有再婚，生孩子。」

我決意探訪艾莫桑替。

「草寇」原來也是藝術家

沒幾天，我離開了聖薩爾瓦多，跳上一部長途公車，先往東邊的聖米高爾（San Miguel），然後再轉車到艾莫桑替。

下午到達聖米高爾，公車已陸續停駛。該地環境破落，有蕭條感覺，猶如一個遭遺棄了的工業小鎮，路上的人都是行單影隻，不時詭異地望我一眼，我加速步伐，衝入一家歌莉介紹的旅館。

第二天上山區，首先前往布甘尼（Perguin），這是FMLN在內戰打游擊的基地，然後再去艾莫桑替。

前一段路坐公車，在顛沛的山路上再中途轉換當地的小型貨車，一上車便坐在一名農夫身旁，他戴著一頂奶白色的闊邊草帽，黑黝皺摺的臉孔向我綻開慈祥的笑容。我禮貌地也回了個微笑，然後不經意四處張望，赫然發現他腰纏一把鋒利的大關刀，這突然令我有點忐忑不安。

其後有不少類似打扮的農夫上車，人人一把大關刀，他們站在我面前，刀，也跟著在我面前搖晃著，刀光劍影，我坐得戰戰兢兢。

一旁的美國旅客取笑我，認爲我少見多怪、小題大做，人家是農夫，刀用來耕作，也用來對付土匪。要知道，山區農村偏遠，警察不到，加上多年內戰，農民習慣帶刀自保，更何況刀有其耕作的實際作用，這已漸漸融入他們的生活文化當中。

到達目的地，傷痕累累的村落，環望四周，青山依舊，但對當地居民而言，卻有不少人臉已改。

布甘尼和艾莫桑替都很相像，一排排頗爲整潔別緻的混凝土房屋靜靜坐落在山邊，享受著陽光的擁抱。這景致倒讓我有點驚訝，我還以爲會像墨西哥查巴達貧窮的山區，很明顯這裡有不少重建的建築物。

學校、教堂、社區會堂，還有一個小廣場，人們悠閒地躺著、坐著、聽著教堂的鐘聲，和學校傳出學童們的嬉戲聲。此情此景，如果不是有個悼念戰爭亡者的博物館，我怎樣也聯想不到當年的大屠殺。

曾活躍一時的解放神學追隨者當中，還有一小批神職人員留守在這些山區村社，繼續主持他們的人民教會。

我在艾莫桑替碰上美國過來的修女安妮．貴芙芬（Annie Griffin），她如以往一樣，爲薩國人權奔波，她說：「最重要的還是教曉村民從戰爭中再次站起來，活出希望。」

淳樸的村民努力重整人生的秩序。我在布甘尼遇到一名當地旅遊局辦事處的導遊艾迪，原來他在八十年代曾參加過轟轟烈烈的游擊戰。他領著我到附近一個小廣場，也是該地的地標，他自豪地告訴我，游擊隊成員就在這個廣場上號召愛國人士，力抗殘暴的軍事政權。艾迪說：「那些獨裁者都是親美傀儡，他們殺害同胞，傷害國家利益。」⑧

艾迪在布甘尼出生，參加游擊活動時才十七歲，他以詩人自居，從小就愛寫詩，他說：「都是愛國詩，我把詩作配以音樂，當不需作戰時，我和同志們在廣場上又彈吉他又唱歌，吸引不少村民加入我們的游擊隊伍中，有很多詩人和音樂家呢！」

對我而言，這眞是不可思議。他們被當時政府傳媒形容爲山上「草寇」，但「草寇」卻原來也是藝術家，藝術家拿起武器打游擊，成爲一種鮮爲外人留意的特色。

戰後，艾迪面對生活問題，唯有當起導遊來，反正布甘尼及艾莫桑替都已變成旅遊景點，遊人前來憑弔，又或作特殊觀光，由前游擊隊成員帶領別有一番風景。

爲了增加收入，艾迪把過去游擊隊歌曲集結成CD，十美元一張，我買了三張捧場，艾迪高興之餘，拿出吉他坐在廣場爲我彈奏澎湃的歌曲。

> 抹去過往的哀傷，唱出今天的希望，起來，起來！
> 薩爾瓦多受壓迫的人民，一起打造我們的明天。

薩國人民終於有選票趕走執政達二十年之久的ARENA，這個被視爲親美的右翼政黨，其創辦人道布依桑（Roberto d'Aubuisson）在內戰期間與美國合力炮製死亡隊，造成數以萬計受害者，主要爲平民百姓。

即使以平民總統姿態在二〇〇四年出現的薩卡（Antonio Saca），承諾改善貧富差距及關注低下層議題，最後還是未有成功，並且在中美洲自由貿易協定立場上與普羅大衆意見相左，最後更跟隨美國定出反恐法，藉機打壓群衆運動。結果在二〇〇九年的總統大選中，敗給革命黨FMLN候選人富內斯（Mauricio Funes），爲薩爾瓦多頑固的政治生態帶來重大的政策突破。

FMLN能夠突圍而出，有不少分析家都稱奇。在競選期間，ARENA啓動抹黑機制，而薩國親美媒體也樂於配合，指富內斯所代表的FMLN是一個犯罪集團，又散播美國不支持富內斯等資訊，企圖擾亂人心。

薩國這次的大選，乃是美國第一位黑人總統歐巴馬（港譯：奧巴馬）上任後第一次拉美選舉，亦是測試歐巴馬對拉美的政策，會否如他競選時的口號：轉變！

富內斯也是以「轉變」爲他的競選口號。人心思變，拉出美洲一片新天空。可是，薩爾瓦多可謂是積勞成疾，雖不至於病入膏肓，但一籮籮的難題，足以成爲富內斯的巨大挑戰，特別是經濟問題，薩爾瓦多依賴美國之深，令富內斯勝出後即不得不公開表示，他渴望與美國繼續維持友好合作關係。

我回到國際旅館，老闆泰亞素是悲觀主義者，一直認爲革命不可能再出現，而薩爾瓦多的革命土壤亦早已消失，人民爲生活奔波發愁，加上近年活躍的新教福音派，如鴉片般令人失去反抗的能力。總之，泰亞素可以數出不少「革命不再來」的原因。

但，年輕一代不屈服，就好像海森堡，還有艾迪的革命之歌，高唱：轉變！轉變！

革命，在薩爾瓦多，是怎麼一回事呢？

我拿著艾迪售賣給我的CD，繼續拉美的旅程。

註釋

①薩爾瓦多上世紀七十年代內戰期間，有不少作家詩人參與游擊隊，對抗殘暴右翼政權和美國干預，他們用詩來激勵士氣，遂孕育出與眾不同的游擊隊詩作。拉米瑞茲此詩作由本書作者自譯，其後半詩文為：「取代荒謬的憐憫／偽善的同情／我的憤怒一湧而出／我與兄弟姊妹聯成一線／每一反擊讓我傷痛／每一吶喊讓我觸動／不在那腦袋或耳朵／而在於心坎裡／我潔白的溫柔倒下了／倒在饑餓者腳下／我明白自己在頭巾裡飲泣／一件新衣裳掛在血肉上／我在春天的掙扎中揮動著手臂／熱血在抗爭／我身軀橄欖的綠／以及燃燒的熱情在撩動我／……還有無論怎樣／我繼續如以往般感到／和平愛好者／我欲為它鬥爭——瘋狂地／因為從一開始／我已夢想著和平。」

②參見*ECONOMY-EL SALVADOR: Dollarisation Backfires, Fuelling Price Hikes*，作者Raúl Gutiérrez, IPS, 5, Feb, 2008. http://ipsnews.net/news.asp?idnews=41071

③參見*El Salvador's CAFTA Imperative, Business Week*, 20, June, 2005.

④有關中美洲私有化計畫，其中包括教育，可參考世界銀行報告。www.worldbank.org

⑤從瓜地馬拉、薩爾瓦多，一直到尼加拉瓜等中美洲國家，乃是解放神學活躍地區，單在薩爾瓦多，便有兩位

拉丁美洲解放神學最重要的神父，除了已故大主教羅梅羅（O. Romero）外，還有仍在世的索布里諾（Jon Sobrino）。

⑥有關薩爾瓦多對用水私有化的抗爭，有一個美國民間組織Project Censored有詳細紀錄。http://www.projectcensored.org/top-stories/articles/11-el-salvadors-water-privatization-and-the-global-war-on-terror/

⑦Atlacatl Battalion乃是由美洲學校（School of the Americas）訓練出來的。美洲學校由美國軍事部門成立，中美洲的基地在巴拿馬。Atlacatl Battalion第一隊在巴拿馬受訓成功後，即於一九八一年返回薩爾瓦多，參與多場殘忍的反革命屠殺行動，而他們行動的背後有美軍駐薩爾瓦多特種部隊支援。Atlacatl Battalion於一九九二年根據新簽署的和平協議解散。

⑧有關 El Mozote的屠殺內情，可參考Human Remains-Exhumation process-Forensic medicine-2001-Firearms Identification in Support of Identifying a Mass Execution at El Mozote, El Salvador(Historical Archaeology，作者Douglas Scott）。該報告有詳盡紀錄。此外，美國在薩爾瓦多的不名譽干涉，引起美國國內民間組識聲援薩國人民，其中最龐大的是Committee in Solidarity with the People of El Salvador（www.cispes.org）。

尼加拉瓜

抗美干預——跳出桑定的最後探戈

你就是美國，
未來的侵略者，
要侵略印第安血統的天眞的阿美利加——
她依然向耶穌祈禱，用西班牙語講話。
你是自己種族傲慢、強悍的楷模；
文質彬彬，精明強悍；托爾斯泰的反對者。

——〈致西奥多·羅斯福〉，尼加拉瓜詩人魯文·達里奥
Ruben Dario, 1867-1916①

尼國人就像背後的文字所述，依然有著他們的夢想

桑解的奧蒂嘉在大選前當了天主教教徒，與一向為敵的教會合作

民研所（NDI）名義上是美國的一個非政府組織，活躍於尼國

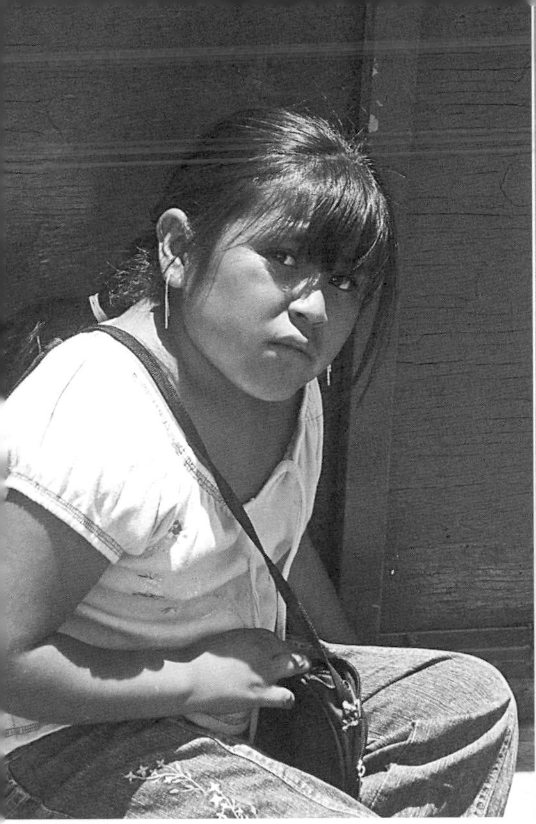

尼國新一代凝視過去與未來

尼國人對獨立自主有著熱切的渴望

本書作者與桑定黨國會發言人合影

尼國農村受右翼政黨拉攏

從薩爾瓦多到尼加拉瓜首都馬拉瓜（Managua），想不到是一段頗爲漫長的旅程，但這兩國人民卻是緊密的鄰居，又是精神上的老朋友，一九七九年尼國革命成功鼓舞了薩爾多瓦人向獨裁者說不，二〇〇六年尼國游擊出身的「桑定民族解放陣線」（桑解，Sandinista National Liberation Front, FSLN）重掌政權，也同樣鼓舞了薩國在二〇〇九年三月的總統大選中，力抗執政黨的動作和美國干預選舉，在一片恫嚇中無畏地向革命政黨「馬蒂民族解放陣線」投下一票，扭轉薩國政治的版圖。

在拉美的所有選舉中，都有美國的影子，美國干預八十年後代的拉美，一切從選舉開始，而他們的干預手段非常精密，剛柔並重，就好像一張蜘蛛網。必須具有無比的信心和勇氣跳離蜘蛛網，才可以找出自己的道路。

我在尼加拉瓜的日子，意外地與當地大選活動結了緣。我推開這扇窗口，讓自己好好看見背後的隱形之手，空穴來風；原來，一切也的確是從選舉開始。就這樣，我展開了在尼國的採訪。

途中有不少旅人告訴我，尼加拉瓜是中美洲最安全的國家，有人更以開玩笑的口吻說：「不知是否由於這個國家革命成功，暴力也相對較少。」

因此，我以最舒暢的心情前往尼加拉瓜。沿途風景特別美麗，翠綠的山巒，有些更噴出陣陣迷霧——這裡有不少有名的火山。

來到尼加拉瓜首都馬拉瓜，我入住了一間每晚十五美元的旅館，旅館環境出奇地優美，大花園內一片椰林樹影，養了幾籠當地著名的鸚鵡，當中竟然還有一個泳池，我感到愉快極了，這裡使我想起馬來西亞，濃濃的熱帶情調。

我迫不及待要看看這個首都的風情。由於我相信這裡眞的比其他地方安全，我不自覺地放鬆了防範。

我拿起背包，內裡有攝影機、照相機，以及一些個人用品，還有一個錢袋纏在腰部，接著便與另一位美國來的旅人一起輕輕鬆鬆出外散步。

沒走幾步，便遇上劫匪。他們一行六人，騎著自行車，迎面而來。其中一人從車上跳下，在我眼前亮出手槍，我來不及反應，還以爲他是推銷員，要向我推銷什麼的。結果，我失去身上財物，連前段旅程大部分照片也失去了，可能這才叫做損失慘重。

這裡的劫匪，不管當時環境人多人少，白天或黑夜，總之他們想做就做，街上人們是管不了。老實說，如何管？劫匪手上有槍啊！

最令人無奈的，這裡的警察愛理不理。在簡陋的警察局裡，他們用原始陳舊的手動打字機，兩張打字紙中間夾著一張複寫紙，就這樣用手指逐個字一下一下地打報告，而且錯漏百出。結果還是應付不來，竟要求我充當打字員！

我向台灣大使館求助②，表示我雖不是來自台灣，但好歹也是同胞。接待我的女官員得知我遇劫並失去了背包，看見我只拿個塑膠袋的狼狽樣子，於心不忍，找了個舊背包給我暫時應急，又恐怕我因語言問題再次碰上麻煩，給我一本中文與西班牙語對照的字典，令我感動不已。說起來原來她是一名佛教徒，初來尼國也碰上不少不愉快事情，後嫁給當地人，尼國成爲她的第二故鄉。我對她深存感激至今，祝願她一切安好。

美國「使者」在尼國的身影

尼加拉瓜是拉美第二窮的國家，僅次於海地。當地人告訴我，由於經濟沒有起色，治安變差是難免的。

如果不是被劫的慘痛經歷，我想，在整個中美洲，我最喜歡的便是尼加拉瓜。

尼加拉瓜有兩座大湖——馬拉瓜湖（Lago de Managua）和尼加拉瓜湖（Lago de Nicaragua），後者有一個省這麼大，湖上還有多個美麗小島，至於野生鳥獸品種之多，更不在話下。泛舟在湖光山色裡，鳥語花香，使人忘卻這是中美洲最貧窮的國家，但它亦是最詩意的國家。

在西班牙語系的文學世界裡，當然首推西班牙、墨西哥、阿根廷和古巴。可是，在中美洲，尼加拉瓜的詩則是最有名的。在十九與二十世紀交替之間，尼加拉瓜詩人魯文·達里奧可算是鋒芒畢露，他領導了拉丁世界的詩潮發展（參見註釋①）。

在七、八十年代的革命浪潮裡，桑解多位領導人亦詩亦政治，如塞吉歐·拉米瑞斯（Sergio Ramirez）、羅莎里歐·莫里甌（Rosario Murillo）和卡登納（Ernesto Cardenal）等，他們在政治和文學領域同樣貢獻良多。

馬拉瓜東北面便是桑解創辦人馮尼卡（Carlos Foneca）的墓地，通往這墓地沿途雖然有點冷清，但愈是走近，便會愈感到當年火紅年代的溫度。一九六一年，馮尼卡宣布成立桑解③，他舉起一面革命的旗幟，與一九五九年古巴革命遙遙呼應，後者成爲前者的催化劑。

該面以黑紅為主色的旗幟，飄盪於藍天白雲下，特別耀眼。

想不到，二十世紀初桑定諾（Augusto Nicolás Calderón Sandino, 1895-1934）將軍不向美國屈服，與本是自由黨黨友的蘇慕薩（Anastasio "Tacho" Somoza García, 1896-1956）決裂，跟著跑到山區鬧革命，解放了尼加拉瓜一半的土地，並實施土地改革。

可是，他於一九三四年二月遭親蘇慕薩及美國海軍陸戰隊設陷阱暗殺而亡，但其精神透過馮尼卡創立桑解而得以延續，然後到接班人奧蒂嘉（Daniel Ortega）開花結果。桑解在一九七九年建立政權，奧蒂嘉任總統，雖在一九九〇年結束十年執政，但在二〇〇六年一次決定性大選中再次奏起凱旋之歌，重回政壇。

想不到，歷史對桑解似乎有所眷顧。桑定主義④在尼國的土地裡長出莖枝，並且成為一面鼓舞著中美洲人追尋獨立民族自主的鮮明旗幟。

知情者，都會明白他們的勝利實在得來不易。二〇〇六年的大選，與過去一樣，美國的「使者」又再出動，企圖影響選情，而且是明目張膽，任何一位記者，對此都不難察覺。

在馬拉瓜市中心唯一一間五星級旅館——洲際大酒店（Continental Hotel），與一個兩層高的商場相連，共同構成不一樣的風景。

在旅館的椰林樹影以外，是另一個教人小心翼翼的世界。在這個國家，就只有這麼一個小小範圍，與現代化沾上邊。

當地人說，這是全首都最安全的落腳點，經常人來人往，所有進口的世界品牌產品，就擠在這一不大不小的商場裡。

我在商場裡便碰見幾位來自中國的同胞，一問之下，原來他們是來製衣工廠打工的，即所謂加工工廠，月賺三百美元。大部分內地工人來尼國，都是參與成衣行業，假日不敢亂走動，只從宿舍到商場逛逛。與我聊天的李姓同胞，三年來都是這樣，他說：「這裡治安差，我們的生活就是工廠、宿舍與商場，但商場內所賣東西全是進口貨，很貴，我們只能逛逛消磨假日而已。」

台灣在尼國的主要投資也是成衣這一產業。事實上，尼國經濟靠成衣推動，造就不少血汗工廠，這方面，我在附錄三已有簡介。不過，奇怪的是，上述的中國大陸工人有在台資企業打工者。我問他們，老板爲什麼不請本地人？他們指中國人不多事，大家是同胞。但他們醉翁之意不在酒，最終目的是要找門路去美國，尼國只是踏腳石，因此暫忍一下尼國的艱苦生活。我問他們如何申請來到與中國沒有邦交的尼國，他們支吾以對，藉口說要找朋友快步離開了。我望著他們慌張的背影，心想，台資來到尼國這一廉價工廠，吸引了中國大陸工人加入了這場浩大的國際分工，到最後產品運往美國市場，完成了這一奇妙的全球化之旅。

尼加拉瓜過去血跡班班的歷史，與這場全球化浪潮不無關係。

我初訪馬拉瓜的時候，剛好是二〇〇六大選前夕，在洲際酒店大型會議廳裡，剛好碰上一個有關選舉的國際會議。

一問之下，這國際會議由美國多個智庫和非政府組織主辦，這包括國際選舉制度基金會

（IFES: International Foundation of Electoral System）、美國國際發展署（美發署：USAID, United States Aids International Development）、全國民主基金會（民基會：NED, National Endowment for Democracy）、全國民主研究所（民研所：NDI, National Democratic Institute）、國際共和研究所（共研所：IRI, International Republican Institute）等。

不需要我多說，大家可能會問，美國爲一個中美洲選舉如此大手筆?!他們傾巢而出，就只爲了這個窮國的民主發展？

「對，我們組織的目的就是推動開發中國家的民主發展，協助他們建設民主選舉機制，透過教育提高民衆參與民主的意識，我們這次這個會議，便是向本地政治參與者、非政府組織、教育團體講解選舉應有的民主規則，和如何監察這個機制。」

IFES（www.ifes.org）的統籌馬娃這樣回答我的查詢。

IFES名義上是一個非政府組織，但他們的資金來源主要部分來自美國國務院、美發署（www.usaid.gov）和美國教育局（American Education Council）。

美發署是美國政府一個部門，其工作也是針對世界各地的發展。

至於民基會（www.ned.org），它因被報導涉及中亞和獨立國協（獨聯體）一連串的顏色革命而聞名⑤，在其網址上，清楚列出首要任務是推動世界自由和民主，一九八三年成立，成立時雷根總統親自爲該會發表演說。而美國歷史學家兼國家檔案暨文件署（NARA）主管維恩斯坦（Allen Weinstein）博士更指民基會現在所做的，正是中情局二十五年前的工作⑥。

未幾，該會在其屬下成立了四個組織：國際私營企業中心、民研所、共研所和自由公會委員會，自由公會委員會後來重組並改名爲美國國際勞工聯盟中心（國勞盟：USFTUI, United States Federation Trade Union International）。

民研所算是民主黨的屬會，共研所則屬共和黨，負責海外事務，他們又共同在民基會之下，集結資源，爲相同的議呈前進，也就是在外塑造美式民主體制，以助打開全球自由市場。從中我們可以看到，美國的共和、民主兩黨在外都肩負同一任務，內政可以不同，但外交政策卻大同小異。

上述大部分組織，雖自稱獨立，卻又有大部分資金來自美國政府或政黨，這可以解釋，爲什麼有國家對美國的所謂非政府組織如此敏感。

我發現，參加這個會議的，不獨是尼加拉瓜人，還有海地和其他加勒比海小國的非政府組織成員，他們的旅費也是由美國支付。

他們入住於洲際酒店，吃在洲際酒店。午餐休息時間，大夥兒就在豪華宴會廳大快朵頤，由於人數衆多，餐桌排到宴會廳外的小庭院，小庭院有個別緻的噴水池，淙淙流水，鳥語花香。我選在這裡進餐，與好幾位尼國記者、尼國的非政府組織代表，和一名來自太子港（海地首都）的黑裔海地人同桌。

遠遠的一角有鋼琴師彈奏鋼琴，樂韻飄送，就在這種氣氛下，我們自由暢談。

我首先向在旁的海地人打開話閘子，但我有點破壞氣氛，從多年前海地政變談起⑦。該海地人遞上名片，原來他是民研所在太子港的職員，我單刀直入問民研所對該場政變的態度和角色，以及海地現況。

他大肆數落前總統亞里斯泰德的不是，認爲海地人民有需要重建民主生活，即使付出血的代價。

前一句民主，後一句民主，民主、民主，什麼是民主？

我收到很多以民主爲名的尼國非政府組織的名片，還有部分該國商界代表，他們全都在大談民主。

尼國商界領袖班安頓（Pedro Blandon），他同時又是尼國非政府組織「尼加拉瓜商界責任聯盟」（UNISE: Union Nicaraguense para la Responsabilidad）董事，他在午餐後接受我的訪問，與我分享他對民主的看法。

問：你們在會中不斷討論民主這個議題，但諷刺的是，過去尼國人民沒有享受過眞正的民主。有分析家甚至指稱尼國太受外來力量的影響，國家大部分財富都由外資和國內一小部分既得利益者壟斷，尼國老百姓無法脫貧，你對此有什麼看法？

答：你要知道，我們是一個小國，更是一個窮國，需要外資來發展經濟，而吸引外資的環境就是穩定，開放與民主是唯一較能保障社會穩定的手段，只要我們能穩住局面，外資便會帶來資金與我們共同建設經濟。我們相信，當一小部分人民富起來，最終可以惠及大衆。當然，企業也必須要負起應有的社會責任，在這方面，我所屬的組織UNISE會扮演推動的角色。

問：有人指稱外來力量介入尼國事務只爲自身的利益，因此過去尼國的貧窮問題一直沒有改善，你怎麼看外力這個問題？

答：噢——你說外力爲自己的利益，但尼國有穩定發展，他們也有好處，你只能說我們有共同的利益，不見得我們需要抗拒。至於貧窮，我們政府一直致力解決，但需要時間，其實近年已有所進步。

問：外力是好還是壞？就好像這次的大選，美國駐尼加拉瓜大使公然向親美政黨提供資金，並把他們組織起來對抗桑解，而美國政府也公開表示，如果桑解勝出，他們會暫停援助，實施制裁，並阻撓居住在美國的尼加拉瓜僑民寄錢到尼國來（在美國尼裔僑民每年匯款達五億美元之多）。這一連串舉動令我嘖嘖稱奇，這種事不應在民主國家發生——

答：（插嘴）不不不，你不明白桑解是怎麼樣一個政黨，他們過去被指與很多恐怖活動有關連，美國的意思是，他們很難與恐怖組織合作，而桑解又被視爲共產黨，與民主沾不上邊，他們上一次執政，弄得民不聊生，我們尼國人不想走回頭路。

問：這應是由選民來決定吧，民主就是這麼一回事，是嗎？

答：但，眞正民主的實現繫於選民的素質，因此，我們這次的會議在與鄰國交流心得之餘，尼國人之間亦會討論如何爲大選做準備工作，確保這次大選是公正、公平、透明。

問：除了會議外，聽聞這些美國主辦機構，也出錢贊助尼國的選舉活動？

答：對，美國的民主歷史悠久，我們有很多可學習的地方。可是，民主選舉也是昂貴的，這包括成立選舉機制，監察組織，選民登記，還要經營政黨，培養人才，候選人競選經費等等。對於一個窮國而言，實在負擔不來，在這個過渡期，我們很感激有美國資助。

問：這會不會影響到中立這個問題？這次會議，我好像沒有看見任何桑解成員參加，他們沒有受到邀請嗎？

班安頓正想回答之際，他在旁的兒子古斯坦豪（Gustavo Blandon）搶著回答，說：「我們是很中立的，例如我們拿民研所的錢，也拿共研所的錢，美國共和、民主兩黨的錢都拿了，這證明我們的中立性。

我感到這個論調很奇趣，於是以開玩笑的口吻問：「那麼，大使館也有給錢吧，除了美國大使館外，台灣大使館也有參與贊助行列嗎？」

一派英國小紳士打扮的古斯坦豪，露出純真的笑容，連忙點頭表示：「有！有！可是他們只贊助二千美元！」

古斯坦豪隸屬尼加拉瓜一個非政府組織「尼加拉瓜運動」（Movimiento por Nicaragua），他剛才告訴我的，乃是這個組織的資金來源，他並邀請我到訪他們的辦事處。

會議現場還有很多各類型和各規模的尼國非政府組織，包括婦女的、教育的、農民的、青少年的，也有政黨團隊，當然，桑解不在其中，而主要的右翼或中間偏右及保守的政黨也來了，計有憲制自由黨（Constitutionalist Liberal Party）、尼加拉瓜自由聯盟（Nicaraguan Liberal Alliance），和另類改革（Alternative for Change）等新政黨，後者這個小型政黨乃是從尼加拉瓜基督徒之路（Nicaragua Party of the Christian Path）分裂出來。

其實，自桑解於一九九〇年下台後，桑解本身也開始分裂，有部分成員不滿桑解領導層而自組桑定修正運動（Sandinista Renovation Movement, MRS），這方面容後再談。

我被劫後接著的幾天，每天都跑到洲際酒店吃上述會議的免費午餐，而且大吃大喝。在大吃大喝的過程裡，我固然認識不少相關人等，同時也與尼國記者多打交道。其中一位叫佐茲，三十來歲，服務尼國一電台，每次見他，他都穿著一套過時的西裝，而且比身型小了一個碼，令他經常要小心行動，恐防西裝爆裂。此外，他還拿著一個公事包，不需要記錄採訪時，他便把公事包擁在懷中，恐怕失掉它似的。

當他多吃時，他會面露尷尬，重複告訴我一遍，說：「我們都是窮國，我們什麼都不懂。」我懷疑他不斷說著這番話，與我之前挑戰尼國對外國資金沒有敏感度有關。

我反對他這樣說，尼加拉瓜是中美洲反對外國干預的典範，也是在中美洲這個地區唯一革命成功的國家，尼國人有著對獨立自主的熱切渴望。

佐茲聽得非常受用，就好像本來洩了氣的氣球，突然又把一道氣帶回來了。

他認為我是尼國人的朋友，跟著向我說了以下一番話：「我留意到，你在這裡所接觸的人，他們在政治光譜裡乃屬於中間向右傾，這包括非政府組織在內，他們都是美國拉攏的對象，美國向他們大灑金錢。你剛才與之傾談的尼加拉瓜運動這個組織便是由美國供養的典型非政府組織，名義上推動選擇教育工程，實際上是去影響選民的投票意向，我建議你可隨他們到農村選區，觀察他們如何進行這項隱藏的任務。不過，奧蒂嘉和其桑解也有很大的問題，我感到奧蒂嘉與以前很不一樣，他這次大選有了驚人的妥協，有戰友指他出賣了革命。唉，革命！一條漫長的道路，苦就苦了我們的黎民。」

在重新認識桑解之前，我有點迷茫。

說完後，他把餐桌上的甜品吃得乾淨，在肚子裡，有太多苦澀了。

分別時，他再囑咐我好好觀察令人眼花撩亂的尼國政治。

統治長達四十三年的蘇慕薩王朝

我真的在第二天便去探訪了「尼加拉瓜運動」辦事處，該組織的執行主任史丹繁根（Klaus Stadthagen）以最友善的態度接待我，他送我一件印有投票口號的T恤，還有一片錄像光碟，記錄了本地的競選活動，這當然不包括桑解，卻加入了桑解分裂出來的政黨，指責桑解的不是。

我要求採訪其工作人員的外展工作。沒幾天，我便受邀跟隨他們到附近一處郊區，他們協助該區居民登記為選民，講解選民應牢記的投票程序。

但，把實質程序解釋過後，工作人員開始查詢其他問題，例如選民對每一個政黨的看法，以及家庭成員的投票意向等，然後他們又告訴受訪者各政黨的異同，不同政黨勝出後所帶來的不同後果。

我站在一旁，沉默地觀察。工作人員說到興奮時，活像某個政黨的遊說團隊，多於一個應該保持中立的公民選舉教育組織。

我問，這似乎與民主原則相違？他們卻不感到這是問題，他們最看重的，乃是有多少尼國人登記為選民，又會有多少選民在選舉日出來投票等技術問題。

事後，我找來幾個農村選民聊天，他們異口同聲表示，每一次選舉，他們都感受到很大壓力，過去他們更會因投票意向而受到生命威脅。

一位七十高齡的老人家表示，他見證了太多，老百姓都是政治籌碼，他說：「就在這裡，三、四十年前，我們有多少人成為蘇慕薩政府軍的劫持對象，為了阻嚇人們支持革命軍，他們不惜濫殺無辜，令大家都變成驚弓之鳥，不敢喊革命二字。但他們愈殺，我們內心革命之火便愈旺盛，村裡的壯年都爭取跑到山區參加革命。」

這聽來明顯是一個很長的故事。

老人家家門有一張搖搖椅，面對著日落的太陽，我請他坐下，而我則坐在門檻上，捧著腮子，細聽端詳。

我問，到山上打游擊是去支持桑解嗎？老人家搖搖頭，表示比桑解更早，當時有很多革命組織出現，例如尼加拉瓜愛國青年聯盟、尼加拉瓜革命青年等。

我首先很想搞清楚，當時他們在蘇慕薩政權下是怎樣生活的？

老人家不禁「哦」了一聲，雖是超越半個世紀的記憶，但仍歷歷在目。

故事是這樣開始的。

老蘇慕薩於一九三六年奪取政權後，便展開長達四十三年之久的蘇慕薩王朝，而他一上台，即把所有軍政大權集中在自己手中，然後再利用這一極大的權力去奪取經濟上最大的利益，這包括有計畫地逐步把工業、農業、運輸、航空、通訊、旅遊和銀行等國民經濟部門歸入他的家族管理範圍，令他和他的家族成為尼國歷史最有錢的富翁。

老蘇慕薩上台時，只有一座破落的莊園，十五年內，財產身家翻了幾翻，到一九五一年，擁有一億美元和全國十分之一的耕地，到他兒子小蘇慕薩（Anastasio "Tachito" Somoza Debayle, 1925-1980）掌權，財產更上一層樓，從一億美元增至五億美元，並擁有一百多家企業和全國百分之十五的耕地。至於整個家族，則總計有二十億家財，三百四十多家企業和全國百分之四十的耕地。

這都是尼國人所共知的史實，只要翻開任何一本尼國歷史書，都有詳細記載，這種巧取豪奪，過程中自然令人民受盡剝削和折磨。

老人家憶述，老蘇慕薩展開統治不久，便成立一個以國民警衛隊爲主的軍事獨裁機構，對反對派或涉嫌革命黨一律殺無赦。

「血流成河啊！」老人家說時嘴唇都在顫抖，他的父親和伯父也是遇害者，但他們只不過是大海裡一點點小浪花，屬小人物，但仍逃不掉政府軍的殺戮。

蘇慕薩王朝能夠維持，美國的支持，是主因之一。

二次大戰期間及大戰後，美國極需要拉美這個後院。無論在經濟建設和抗衡共產敵人，以及建立霸權方面，蘇慕薩都盡量與美國利益配合，例如朝鮮戰爭時，蘇慕薩把尼加拉瓜變成美國戰爭物資的補給站，並派出軍隊支持美國打仗，一如薩爾瓦多二〇〇三年派兵到伊拉克一樣。

此外，當一九五四年美國要顛覆瓜地馬拉阿本茲政權時，蘇慕薩又代表美國在中美洲組織反阿本茲社會主義政權的聯盟，同時把國家拱讓給美國作爲對抗瓜地馬拉和薩爾瓦多革命力量的軍事基地。

在經濟方面，蘇慕薩時代對美出口占全國總出口產品近百分之九十，主要是美國需要擴張經濟的原物料，而尼國的進口製成產品，則有百分之七十五從美國而來，滿足美國擴張出口市場的慾望，從此美國慢慢建立了尼國對她的深度依賴關係。

美國以捍衛自由資本主義之名，來支持蘇慕薩，後來又以此名義來打擊於一九七九年上台的桑解革命政權，令社會改革無法展開，而且生靈塗炭，民間形成反美情緒。

尼加拉瓜就這樣在美國長期干預下，動盪半個世紀。

從蘇慕薩於一九三六年掌權到桑解的奧蒂嘉在一九九〇年下台，足足五十四年。

我翻開美國在這段時期的歷任總統，從第三十二任總統的小羅斯福（Franklin D. Roosevelt, 1933-1945）開始，到杜魯門（Harry Truman, 1945-1953）、艾森豪（Dwight D. Eisenhower, 1953-1961）、甘迺迪（John F. Kennedy, 1961-1963）、詹森（Lyndon B. Hohnson, 1963-1969）、尼克森（Richard Nixon, 1969-1974）、卡特（Jimmy Carter, 1977-1981）、雷根（Ronald Reagan, 1981-1989），然後到老布希（George H.W. Bush, 1989-1993），當中有多少是我們景仰的總統，卻原來在外交上雙手都染滿別國民族的鮮血，而且更是不分共和黨和民主黨。

我和老人家在談話中，突然有一小段時間無語問蒼天，大家都一起仰頭望著天上的白雲飄過。太陽開始下山，斜陽照到屋內牆壁上那一個金屬十字架，發出一圈又一圈的光團。

我返回馬拉瓜市中心，很想再到馬拉瓜湖邊散步，好讓湖上的清風吹散心中的悶氣；但，我知這樣做是賭命，入黑後，湖邊一帶是最危險的鬼域。

馬拉瓜湖是中美洲第二大湖，第一大湖尼加拉瓜湖也在這個國家，覆蓋著尼國大部分面積。

想不到，這兩個美麗的湖泊，也是誘發美國操控尼國的原因之一。

利用選舉推銷「民主計畫」

美國一直計畫在這裡興建運河，特別在六、七十年代，美國與巴拿馬就運河有爭議之際，尼加拉瓜正是美國在中美洲尋找第二條運河的最佳地方，這可打通美國在拉美的經濟命脈。只不過，這個計畫只聞樓梯響，到現在還未能落實。然而，桑解自二〇〇六年再次執政後，俄國欲參與運河興建計畫，令尼國在美俄角力中再起風浪⑧。

眞不知道美國人知道多少？不過，由於美國介入尼加拉瓜的長度與深度，以及雷根時代所支持的反桑解游擊隊（Nicaraguan Democratic Force，後稱Contras）臭名遠播，還發生伊朗醜聞，美國向伊朗出售軍火以交換美軍人質釋放，以此作爲反桑解游擊隊的經費。此一醜聞令美國民間社會大爲震驚，有好幾個關注尼國的監察組織成立，他們均擁有一定程度的動員能力，曾一度令尼國成爲美國媒體的焦點，也因此躋身到國際舞台上。對於一些進步的美國人而言，尼加拉瓜是他們之痛。

無論如何，美國還是繼續透過很多方法來控制尼加拉瓜。

一九七六年美國國會便曾調查中央情報局過去在海外所做的一切，發現他們最常採取的介入手段，除軍事外，便是選舉，他們的目的是要令選舉結果符合美國精英階層的最大利益。

一九六七年一名代表邁阿密選區的衆議院議員法茲西爾（Dante Fascell），便被揭發他與中情局和古巴流亡社區有密切關係。他曾在衆議院動議成立一個民營基金會，公開資助海外民辦機構，有人揭露他口中的基金會，其經費原來乃秘密地來自中情局。

中情局干預別國內政的方式，可說是因時勢而異，但美國在越戰的失敗是一個分水嶺。

一九七五年，隨著美國在越戰節節敗陣，水門事件亦開始浮現，當中涉及中情局和當時的尼克森政府之間多宗醜聞，令美國外交政策亦出現轉向。

到了卡特上台，有一批外交智囊認爲，過去一味支持海外的親美獨裁政權，這包括菲律賓、伊朗、中南美洲等，長遠而言，未必符合美國利益。由於此舉會令美國陷入道德破產的邊緣，同時亦激發反美浪潮，變成用石頭砸自己的腳，難以向國內選民交代。因此，他們建議借民主之名，透過操弄選舉，以滿足美國的隱藏議程。

其後一個全新的計畫，叫做「民主計畫」，主導了外交政策。

一九七七年，由卡特親自審批，政府和私人資金合作，成立了美國政治基金會（政基會：**APF, American Political Foundation**），該基金會也有民主、共和兩黨的參與，同時也得到商界和工會的支持，其目的是在外國推動美國聯邦制或歐洲議會民主模式，然後透過民選文人政府去保障美國在海外的利益。

政基會在中情局和國家安全局的指引下進行研究。兩年後，他們提交了一份報告，建議可利用政基會來贊助海外親美政黨，扶植他們上台，服務美國利益。

一九八三年，這份報告建議在國會通過，批准成立全國民主基金會（民基會）；單是一九八四年，便有一筆爲數四百萬美元運作經費，而曾與中情局關係密切的議員法茲西爾竟然成爲民基會第一任董事局成員。

在民基會之下，又有一批附屬組織，這方面在本章開頭已簡述過。在此再補充一點，就是民基會這個「民主計畫」的資金來源，除了有國會撥款外，還有美國國際發展署（美發署），中情局亦會透過民基會在海外推動他們的議程。

先講美發署，它在一九八四年民基會成立當年，也同時成立一個附屬部門，叫「民主議案辦事處」（民案處：ODI, Office of Democratic Initiative），到一九九四年這個部門改名爲「過渡議案辦公室」（過案室：OTI, Office of Transition Initiatives），他們在海外有自己推動的工作，但又會向民基會撥款，並透過他們加強過案室與某些國家的公民組織合作關係，擴展他們介入別國選舉機器的渠道。

在中情局裡，也有一支特別的行動隊伍，該隊伍成員全是選舉專家和組織公民行動的專家，他們會化身成爲美發署的工作人員，落實任務。

舉個例子，在一九六〇年代，美發署成立了一個特別辦公室「公眾安全辦公室」（公安辦：OPS, Office of Public Safety），專門協助別國訓練警務人員，而中情局亦有類似的計畫，叫「警務人員援助計畫」，服務於該計畫的成員在中情局有一個稱謂叫DTBAIL，後來又透過美發署的公安辦來擴展他們在海外的行動，自稱他們是爲美發署這個新部門提供技術援助。

美發署在不少友好國家成立了公安辦，這辦公室暗地裡聯同中情局訓練當地上千萬計的警務人員。不幸地，這些警務人員後來參與了各式各樣的鎮壓行動，犯下歷史上爲人民所齒冷的屠殺。中美洲就是一個典型例子，從瓜地馬拉的馬雅大屠殺，薩爾瓦多的死亡隊，到尼加拉瓜的蘇慕薩政府軍的殘酷鎮壓，無一不是。

美發署和民基會經常強調，他們是中立機構，只協助推動海外的公民社會發展，不會直接贊助某一政黨。可是，只要細心研究一下，他們所支援的公民組織，包括個人、當地基金會和企業顧問公司等，都會直接或間接與某些親美政黨有關連，對於不合乎美國利益的政黨和其相關的組織，他們則會去打擊之。

美發署和民基會，還有其他同性質的美國組織，他們以獨立民間組織出現，背後實際是由美國政府全資擁有，而他們則化身不同的臉孔出動，其任務就是推動和落實美國的外交政策。

美國的外交政策是什麼？在過去二十多年來，就是影響別國，滿足他們的新自由主義議程：私有化、去監管化、推倒貿易壁壘，保證美國自由進入新興市場，以及控制工會活動等，以謀取美國在世界擴張和控制世界的終極目的。

他們正式向海外推銷「民主計畫」，首當其衝的是尼加拉瓜。尼加拉瓜可說是這個計畫的第一個實驗場，不成功，便成仁。

一九八〇年代，美國在外交政策上優先要處理的，就是有社會主義傾向的尼加拉瓜桑解政權，一如五十年代瓜地馬拉的阿本茲政權一樣。更何況桑解在拉美是一面鮮明的革命旗幟，對所屬地區深具鼓舞的作用。

美國透過兩個途徑打擊桑解，其中一個途徑是推動及支援反革命游擊隊，展開內戰，這支游擊隊最初由中情局指揮，後來交由白宮和國家安全局內一個叫奧利亞．諾夫網絡（Oliver North）來主導。另一途徑是利用選舉推翻桑解，這方面則由中情局、美發署、民基會及其附屬組織合力推動。

一九八四年是尼國大選年，當時該國內戰如火如荼，中情局等機構捧出反對派領袖阿圖杜·克魯茲（Arturo Cruz）作爲候選人，後來有人發現克魯茲接受中情局每月月薪六千美元的報酬，他出來競選其實另有任務，就是在大選日前夕宣布退出，並指控桑解競選過程中貪污舞弊，以爲藉此可干擾大選和打擊桑解聲譽，並呼籲抵制大選。怎知人民仍然要求大選繼續，其他黨派繼續參加，結果桑解以百分之六十七高票勝出連任。

到了一九九〇年的大選年，美國嘗試新的方式，他們引用中情局最慣常用的技巧，首先糾集所有的反對黨組成聯盟，然後協商選出由他們共同背書的候選人，並逐步成立一條由政黨、工會、商業團體和公民組織站在一起的政治戰線，繼而建構全國性的公民組織，推動選民登記，和進行選民監督工作，表面是立場中立，實際是反桑解。

美國這一介入手段，在拉美大行其道，南美多國如委內瑞拉和玻利維亞，繼續面對同樣的挑戰（詳情見南美洲各章節）。除了建立反對派陣營聯盟外，傳媒亦很重要。事實上，每一場戰爭都會帶來另一場戰爭：傳媒之戰。

尼國有一份甚具影響的大報《新聞報》（*La Prensa*），由尼國甚有影響力的查莫洛家族（Chamorro family）所擁有，這家族除了是報業世家外，亦活躍於政壇，曾在一九九〇年代執政⑨。後來中情局暗中支援《新聞報》成爲反對桑解派系的喉舌，好好與桑解打一場輿論及傳媒戰。

在此之前，卡特曾同意國際貨幣基金會撥款援助蘇慕薩政權，當蘇慕薩下台，他又指揮中情局派遣假扮紅十字會的飛機營救蘇慕薩政權的軍官，離開尼國往邁阿密。

到了雷根上台，他隨即接手鞏固尼國的反對勢力，其反對派核心有私營企業高級局（私企局：COSEP, Superior Council of Private Enterprise），雷根政府向該局提供一百萬美元款項，成立尼國民主協調會（民協會：CDN, Nicaraguan Democratic Coordinator）。自此，民協會成爲凝聚反對派和影響選舉的政治宣傳工具，再加上嚴厲的經濟制裁，以及反革命游擊隊不斷進行恐怖主義和經濟破壞，桑解腹背受敵，終在一九九〇年下台。

美國政府爲了全速啓動這一打擊桑解的機器，據估計，單在一九八三年，中情局便花了一千四百萬美元。第二年（一九八四年），中情局便與美發署和民基會向反對派每年提供一千萬經費，直至一九八八年，大選選舉工程開始。

大選臨近，上述干預力量最重要的任務，就是推動各反對派的團結，這自然由民基會指揮，其餘組織各就各位，例如民研所、共研所和美國國際勞工團結中心立刻在馬拉瓜成立辦事處，民協會出面拉攏大部分反對派成立全國反對派聯盟（UNO, National Opposition Union）。未幾，這個聯盟推舉查莫洛夫人爲總統候選人[10]。基金會認爲這樣還不夠，他邀請一間美國顧問公司迪尼菲國際集團（DIG, Delphi International Group）來到尼加拉瓜，向反對派提供組織和宣傳專家顧問。這間公司自一九八四年開始在全拉美地區進行受委派的政治任務。

迪尼菲協助反對派聯盟透過民協會動員和組織少年和婦女團體，投入選舉工程。此外，迪尼菲又負責反對派聯盟的競爭宣傳，透過《新聞報》和其他的電台與電視台來爲反對派聯盟造勢。

看起來眞是財大聲勢強，這是美國的重要手段。此外，美國還用上包圍方式，在尼加拉瓜以外的哥斯大黎加、加拉加斯（委內瑞拉首都）和邁阿密，都設有美發署、中情局和民基會的行動中心，作爲向尼國輸送經費的基地，以及與反對派進行秘密會議的地方。

其實，民基會已在一九八四年於哥斯大黎加成立了另一顧問團體：民主諮詢中心（CAD, the Center for Democratic Consultation），負責開展全中美洲的公民運動。一九八七年尼國則成爲該中心的重點，它爲反對派提供訓練課程和宣傳物資。

一九八九年，大選活動正式開始，而新上任的美國總統老布希，即向民基會注資九百萬美元，以助反對派聯盟和其他有關組織。

卡特還在任時，原來他與桑解曾達成一個非常奇怪的協議，就是桑解容許美國公開透過民基會贊助反對派，但要求一半經費撥歸尼國最高選舉局（Supreme Election Council）來推動選舉活動，條件就是美國要承諾不會透過中情局的額外秘密資金來介入尼國。

可是，中情局明顯沒有遵守諾言。據估計，一九八九年至一九九〇年間，美國爲了影響尼國大選所投入的資金大約大二千萬美元。

當一九九〇年尼國正式舉行大選，該國已盡受十年內戰之苦，以及嚴重及廣泛的經濟破壞。一九八五年，美國雪上加霜，推出制裁政策，人民苦不堪言。

一九八七年中美洲各國領袖共同簽下協議書，協議停火，改由以投票箱代替子彈。可是，美國繼續資助反革命游擊隊，沒有讓戰爭停下來。

即使眞的停火了，游擊隊成員仍然帶槍到處耀武揚威，提醒人民如果桑解連任，戰爭隨時再來，經濟將一倒不起。但如果反對派聯盟勝出，則尼國將立刻得到美國大額捐款，重建國家。

最重要的是，美國可放寬外僑的匯款限制。

如此這般，人民終於放棄了桑解，讓親美保守勢力上台，一上台便是十六年，直至二〇〇六年爲止。

美國干預尼加拉瓜大選的方程式，終於奏效，因此，美國便肆無忌憚在拉美其他國家應用這個方程式，至今不休。

不過，拉美革命政府一上台，也面對不少挑戰，民主與經濟的表現都會成爲主要的挑戰，尼加拉瓜是個典型例子。

革命家奧蒂嘉重掌政權，他所面對的難題排山倒海，首先，美國自然不會讓他好過，而在國內，也派系林立，一樣令他如坐針氈。

不要忘記，奧蒂嘉在二〇〇六年大選中只是險勝，不僅右翼陣營對他虎視眈眈，即使左派也有嚴重分裂，從桑解分裂出來的政黨如「桑定修正運動」一直指責奧蒂嘉背叛革命。

爲了應付二〇〇六年大選，奧蒂嘉的確妥協了不少。過去桑解都有黨歌，歌詞勉勵同志抵抗北方的敵人，但奧蒂嘉在大選中卻改用披頭四已故主唱約翰·藍儂的〈給和平一個機會〉（Give Peace A Chance），並低調處理以黑紅色爲主的黨旗，一切以粉紅色爲宣傳顏色。

但最令人意外的，則是他與太太在大選前當了天主教教徒，並與一向爲敵的教會合作，承諾如上台即全面立法禁止墮胎，再揀選了過去最大的敵人反革命游擊隊發言人莫拉雷斯（Jaime Morales）爲副總統。

一次，馬拉瓜一友人指著一棟別緻的房子，向我說：「這就是奧蒂嘉的住所，但這房子原來是屬於莫拉雷斯的，革命時代給奧蒂嘉充公了，後來據爲己有。」

我有點頭昏腦脹。尼加拉瓜猶如旋轉木馬，每一個人，每一宗事件，甚至每一場革命，換了一個姿勢，都會呈現不同的面貌。

奧蒂嘉再臨，有人期待新的革命出現，但有人卻指說民主失色；有人以爲桑定主義復活，但有人卻指稱，充滿個人崇拜色彩的奧蒂嘉主義出場。

大家在爭論各種各樣的詞彙，例如民主與獨裁之分別，專制與權威的異同，社會主義對資本主義，民主社會主義對新自由主義，自由貿易或是公平貿易，國有化或是私有化……

爭論沒完沒了，鬥爭也沒完沒了。

當年桑解遭指控是蘇聯的附庸，如今桑解反被指控爲委內瑞拉查維斯的附庸；可是，當年桑解支持呼喊擺脫美國的操控，這回支持者又搖著拉美民族團結的大旗。

奧蒂嘉如履薄冰，一方面淡化過去革命的色彩，表示支持自由貿易，接受國際貨幣基金會經濟議案，並不排斥反對派成爲合作夥伴；但另方面，奧蒂嘉一上台即對非政府組織和舊有勢力媒體步步爲營，媒體人成爲打擊對象，並倡議具有社會主義特色的改革，例如平等革命，鼓勵合作社模式運動的農業改革，推動本地生產，提高糧食供應，以達到零飢餓，協助數以萬計家庭脫貧。這是他零飢餓運動的最終目的。還有掃盲運動，這可算是第一波革命未竟的項目。

此外，奧蒂嘉又加強國家的角色，大興土木，表示「街道爲人民」，興建長達一千五百里的道路，把所有社區連結起來，而他則稱每一個人都是總統。

這一連串動作觸碰了既得利益的利益，更何況改革背後有委內瑞拉和古巴主導的美洲玻利瓦爾替代計畫支援，美國立刻以二〇〇七年十一月省市選舉不合乎民主程序爲由，再度制裁尼加拉瓜。

歷史不斷重複，也不斷角力，在拉美，革命就如在縫隙中伸展出來的草莖，於漫天風雨的衝擊中等候黎明降臨。

尼加拉瓜的鄰國是哥斯大黎加，乃是中美洲最著名的旅遊勝地，很多西方遊客只集中在哥國旅遊，不到其他國家；而哥國無論在經濟、政治、社會各方面都較穩定，政府過去致力發展生態旅遊，一切可以說是爲旅客而設，做得頗爲成功，甚至成爲其他中美洲國家的學習典範，而她亦是這地區最富裕的國家。

可是，我卻沒有想過要在哥國停留休息。一大清早，我跑到長途巴士站買票到巴拿馬，但往巴拿馬必須經過哥斯大黎加。因此，我就在哥國停留了一個晚上，算是一個中途驛站。果然不出我所料，乘坐往哥國的旅客特別多，有些西方旅客帶著衝浪板，從尼國的加勒比海滑浪到哥國的太平洋，好不瀟灑。

這裡的陽光與海灘特別迷人，還有湧出岩漿的活火山、彩色的鸚鵡在神秘的熱帶雨林裡呱呱地叫……無可否認，中美洲這個地區滿是可以探險的奇景和豐富的生態色彩，人與音樂更分不開。

終於是時候登上長途巴士，車廂裡人頭湧動，車慢慢蠕動，但一走上洲際公路，即全速向前邁進，我來不及回頭向首都馬拉瓜說再見，車已在茫茫的公路上顛簸。

人一坐下來，腦海裡便會閃出很多影像。前一個晚上，那位台灣官員爲我艱苦的旅程送上了溫暖，到現在，溫暖仍停留在心頭。突然，我又想到瓜地馬拉那位女記者，她已準備好為她爸爸一雪沉冤了嗎？還有那位馬雅議員，他決志要做第一位瓜國馬雅裔總統，為族人吐氣揚眉，我祝他好運！啊！薩爾瓦多那位老詩人，傳來電郵囑咐我好好把他的詩集翻譯成中文。嘿，墨西哥的小子表示要跟隨蒙面馬哥斯搞革命……

我不自覺地睡著了，身心也實在太疲倦，夢裡不知身是客。

註釋

①魯文．達里奧（Ruben Dario, 1867-1916）的作品標誌著拉丁美洲現代主義詩歌新階段的開端。在此之前，稱為現代主義詩歌前期；在此之後，稱為現代主義詩歌後期或新世界主義時期。達里奧亦詩亦散文，其作品有不少中譯本，當中知名的，包括《魯文．達里奧詩選》，趙振江譯，河北教育出版社，二○○三。〈致西奧多．羅斯福〉詩作是他譴責美帝國主義侵略的代表作。尼國人愛好詩歌乃拉美之冠，以詩歌表達對民族家國的感情構成尼國人生活的重要部分。

②整個中美洲包括尼加拉瓜在內，均與台灣有邦交。當中美洲自零六年也跟著南美洲逐步向左轉時，曾引起觀察家猜測，這些左翼政府會否棄台親中國大陸，但他們表示暫無意改變現狀，只有巴拿馬總統曾欲改與中國大陸建邦交，遭到美國背後阻撓。

③有關桑解與尼國革命歷史，可參考*Sandinista: Carlos Fonseca and the Nicaraguan Revolution*（Paperback），

作者Matilde Zimmermann, Duke University, 2000。

④桑定主義泛指反帝反殖，追求民族自主、社會公正等社會主義思想。

⑤有關於顏色革命，可參考威廉．布魯姆（William Blum）的*The NED and 'Project Democracy'*, January 2000，網址 www.friendsoftibet.org/databank/usdefence/usd5.html；或威廉．恩達爾（F. William Engdahl）的著作*Full Spectrum Dominance: Totalitarian Democracy in the New World Order*。

⑥參見歷史學家維恩斯坦（Allen Weinstein）在Security Corner的文章*A lot of what we（National Endowment for Democracy）do today was done covertly 25 years ago by the CIA*（12/04/2009），網址http://www.securitycornermexico.com/index.php?option=com_content&task=view&id=1161&Itemid=1016。二〇〇五年二月，維恩斯坦博士受美國國會委任主管國家檔案暨文件署（The National Archives and Records Administration ,NARA）。

⑦二〇〇五年三、四月期間，拉美再次發生軍事政變。海地經歷三星期的動亂之後，總統亞里斯泰德被迫下台流亡至南非。他聲稱整件事是「武力政變」。他說，美國與海地軍方聯手包圍海地機場及他的官邸，告知他「最好離境」。最後他了解「如果他不走，海地將難以避免流血殺戮，而且還會有一場武力政變」，所以他不得不走。後來有分析指出，本身是神父的亞里斯泰德因左傾政策，導致美國非得把他除掉，但海地窮人至今仍支持他。

⑧「俄勢力重返 尼加拉瓜開運河有望」，見於二〇〇八年十二月十七日《中國時報》。

⑨查莫洛家族源於西班牙大家族，十八世紀在尼加拉瓜的影響力開始上升，一直至今。這家族傳統上屬保守派，後有成員支持桑解而立場模糊。此外，查莫洛家族也是報業世家，其所經營的《新聞報》（*La Prensa*）甚受尼國人歡迎，當時敢言的主編華金．查莫洛（Pedro Joaquin Chamorro）於一九七八年一月十日遭到暗殺，查莫洛夫人（Violeta Barrios Torres de Chamorro）在丈夫遇害後，投入反蘇慕薩政府運動，並以《新

聞報》董事會主席身分支持桑解。一九七九年蘇慕薩政權垮台，民族復興政府成立後，查莫洛夫人出任執政團成員。第二年，查莫洛夫人認為桑解背離最初理想，毅然脫離執政團，專心經營《新聞報》，抨擊桑解政府政策，以致《新聞報》屢遭停刊。一九八七年她由十四個在野政黨推舉為全國反對聯盟總統候選人，竟然擊敗了桑解總統丹尼爾．奧蒂嘉。她在一九九〇年上台，一九九七年離任。

⑩查莫洛夫人上台有其時代背景。一九八七年二月哥斯大黎加總統阿里亞斯提出新的中美洲和平計畫方案〈阿里亞斯計畫〉，主張以協商方式解決區域危機，獲中美洲各國支持，並於同年八月七日在瓜地馬拉簽署〈中美洲五國共同和平方案〉，推動尼加拉瓜政府與反抗軍進行直接談判，停止內戰，尼加拉瓜乃根據新憲法提前舉行全國大選。當時桑解政權一直受到美國制裁，加上戰爭，經濟表現奇差，民心思變，全國反對聯盟候選人查莫洛夫人遂當選總統，終於結束中美洲戰爭危機。阿里亞斯以此一卓越貢獻，獲得了一九八七年的諾貝爾和平獎。

巴拿馬

喝一口運河水

祖國是記憶……生命的方塊
給包裹在愛與恨的碎片裡，
掌心喃喃低語如音符，
沒有花兒的花園，沒有片葉，沒有綠
啊！祖國的頭顱
小得可以隱藏在我們國旗的影子下
或許你這樣小我便可把你收進心坎中
直到時間的終結。

——〈祖國〉（Patria），利卡多・米洛
Ricardo Miró, 1883-1940①

巴拿馬破落的貧民區

新生的一代渴望突破貧窮

五光十色的賭場：巴拿馬儼如中美洲的澳門

巴拿馬運河是二十世紀一項偉大的工程

巴拿馬的非洲移民創造出自己的事業

巴拿馬是避稅天堂

經過十二小時車程，來到哥斯大黎加首都聖荷西（San Jose）住了一個晚上；第二天，繼續十八個小時行程往巴拿馬（Panama）去。

不知是否因爲巴拿馬城是一個熱門之地，所有跨境長途巴士全滿，我惟有先乘坐境內分站巴士到邊境，再轉另一巴士往巴拿馬城去。

到達邊境已是晚上九時，一踏入巴拿馬邊境，即有一間由中國人開設的店，我好奇問爲什麼在邊境做生意，姓陳的老闆娘不耐煩大呼：「這個世界哪裡都有中國人啦！」

在中南美洲的中國人，大部分是從四邑來的廣東人，可能是我久未講廣東話的緣故，跟老闆娘交談竟然結結巴巴起來。再往破舊的橫街看，有一間小型賭場，亮著五光十色的霓虹光管，往來的人都一副賊相（我無歧視之意），偶爾有幾位當地性感姑娘在街角等待。我嗅到滿街垃圾的味道。我的心跳有點急速，幸好巴士很快來到，我立刻跳進車廂，又一場午夜快車上演。

鐵路和運河帶來大量移民

長途公車進入巴拿馬地峽，中美洲的最南端，一直奔向首都巴拿馬城，也奔向那一條充滿悲壯歷史的巴拿馬運河。這運河正好把巴拿馬一分爲二，西邊拖著哥斯大黎加，東邊伸向哥倫比亞。

巴拿馬，巴拿馬！今天我就在巴拿馬，心情變得寬鬆起來，這可能因爲已來到中美洲最後一站。這是中美洲人均收入最高的國家，環望整個巴拿馬城，雖遠遠不及墨西哥城，但也有現代化小國的氣派。

公車到了總站，總站靠近一個大商場。老實說，如果這商場不是有點陳舊和破落，我還以爲到了巴黎的龐畢度呢！商場裡各式各樣的店舖，一層接一層，猶如一條扭動著的蛇美人，不斷轉啊轉，轉出了巴拿馬與其他中美洲國家不同的面貌。

置身於巴拿馬城市中心，有一種身處澳門的感覺，多間金碧輝煌的大型賭場閃動著其光彩，中南美洲的商賈在賭場裡一擲千金，氣派非凡。不過，當我一踏進賭場，顧客竟然大部分是亞洲人臉孔。

沿著運河有一條美洲大橋，把北美與南美連結在一起，乍看還以爲是澳門氹仔大橋。

這裡不愧爲冒險家的樂園，不少美國商家在巴拿馬開設離岸公司，以逃避稅項。巴拿馬政府向資本家大開方便之門，使得這個國家曾經成爲中美洲洗黑錢最有名之地②。

十里洋場，因爲一條運河，就這樣保住了巴拿馬的經濟命脈，加上繼香港之後成爲世界第二大自由港，以及其自由開放的金融制度，使不少人湧到巴拿馬來淘金。

事實上，除了運河外，巴拿馬人對他們的金融體系亦引以爲傲。巴拿馬同業遇見我這位從香港來的記者，都忙不迭地告訴我，匯豐控股在這裡金融界的地位舉足輕重，在二〇〇六年七月才以十七點七億美元收購了巴拿馬最大的私人銀行——地峽銀行，當時可說是轟動巴拿馬金融界的一項收購行動。當然，這都是金融海嘯浮現前夕。而從二〇〇八年下半年開始席捲全球的金融海嘯，巴拿馬的依賴型經濟即首當其衝③。

無論如何，金融海嘯前，巴拿馬人說起匯豐控股收購地峽銀行時，頗爲自豪，並表示，匯豐銀行一向作風保守，如今能看中地峽銀行，反映了他們對巴拿馬的經濟前景甚有信心。其中一位巴國金融記者說：「巴拿馬不但有運河，也有傲視中美洲的金融體系，這裡可說是冒險家的樂園啊！」

我同意地點頭。夜幕低垂的巴拿馬，更有說不盡的故事。

在聲色犬馬的巴拿馬城，可以體驗醉生夢死的生活，每個人都帶著一個夢想，就是希望能在放任的巴拿馬走出他們的黃金之路。

這裡的華人比中美洲任何一個國家還多，約有十五萬人，難怪賭場的客人主要爲華人。同時還可養起幾份華文報章，其中最老一份爲《拉美快報》。

該報總編輯告訴我，巴拿馬不同於其他中美洲國家，它的人口主要由移民組成，他們以個體戶形成，構建自己個別的世界。

因此，巴拿馬沒有切．格瓦拉，沒有革命的種子，沒有公民社會；他們只冀望賺夠錢便可以回家鄉耀武揚威。

在巴拿馬，除了華人外，黑人人口衆多，鐵路和運河把大量移民帶進來，同時造就了今天的巴拿馬。

想不到，小小的巴拿馬，在七萬平方公里的土地上，只有二、三百萬人口，華人便占了十五萬，他們大部分經營小生意，從餐廳、網咖到雜貨舖、洗衣店。在巴拿馬城購物，很容易發現店舖老闆是華人。當他們談到巴拿馬，都會不斷點頭：「不錯，不錯！」

以巴拿馬爲基地的華文報章《拉美快報》總編輯李先生見到我時，更不斷指出巴拿馬的優勢，使我差點以爲他是來自新聞部。

他說：「巴拿馬天然條件好，沒有大災難、氣候怡人、物產豐富，加上移民人口令巴國社會多元化、多民族共存，因此，社會不會出現偏激現象，不偏激便不會有大動亂的潛在危機……」

他又告訴我，巴國除航運和銀行業外，近年海外財團看中巴拿馬地產業，推動之下，這裡地產發展特別蓬勃，沿著巴拿馬城海邊一帶興建的中產住宅，一完成便迅速售光。美加退休人士愛到這裡定居，享受廉價閒適又現代的退休生活。

巴拿馬的貨幣是美元，與薩爾瓦多一樣，《拉美快報》李老總指這對巴國經濟有好處，巴國沿用美元早於運河開發之初，美元經濟可加強投資者的信心。當其他中美國家還爲經濟掙扎之際，巴拿馬已在興建全中美地區最高的大廈，共有一百層，以標誌巴拿馬在中美的鶴立雞群。

我問巴國政治如何？華人有否參與政治？李先生說：「當巴國在七十年代還是軍人政府時，華人與軍人政府的關係特別好，亦由於關係好，遂能攀上上流社會。八十年代後民主政府出現，華人便逐漸淡出上流社會的活動，加上民主政治即政黨政治，政黨政治與財團的支持分不開，但中國人在這裡只有個體戶，遂很少參與政治……」

李先生一邊說著，一邊收拾桌上的東西。又是下班的時間了，市中心的夜生活已準備就緒。

「忘記過去吧！這裡沒有切．格瓦拉，就讓我們喝下這一杯酒，今天好好醉一次！」

酒吧裡的黑人女歌手，在昏暗燈光裡搖晃著誘人的身體，帶點傷感。她令我想起阿莫多瓦（Pedro Almodóvar，西班牙知名導演，港譯：艾慕杜華）電影裡的一些場景，某位女主角，濃妝豔抹背後掩不住的一臉悲傷。她，眼角終於流下一滴淚，似是在追憶逝水年華嗎？

沒有人會去研究，請在乎此刻吧！對酒當歌，人生幾何？陪伴我來的當地一間素食館老板米杜斯（Joe Meadows），他的館子便在酒吧不遠處。米杜斯於八年前從非洲肯亞來到巴拿馬城，他愛這個城，快要愛死了。

他告訴我，如果他留在非洲，一點出路也沒有。在非洲，他是一個窮光蛋，問朋友借了五千美元，鼓起勇氣，飄洋過海，走了好幾個拉美國家，最後發覺，巴拿馬最好，低稅率，低租金，美元交易。在這塊土地上，只要有辦法，你可以完全自由甚至毫無節制地創造自己的財富。因此，他留下來，開展他的一番事業：小衆旅行社、餐廳、藝術品買賣等等。

現在，他擁有店舖、四驅車，在首都邊緣的熱帶雨林裡，正在興建一座別墅。一天，他興致勃勃開著四驅車，領我參觀他的私人王國，而我也從中探索了巴拿馬的森林密碼，一個童話的故事，一個童話的世界。原來茂盛的叢林裡窩著多少別緻的別墅，打造了多少富人的天堂?!

這裡的財富都是隱蔽的？

杜里荷爲巴拿馬人帶來尊嚴

走進Casco Antiguo（Casco Viejo），我認爲這是巴拿馬最美麗的海灣地區，保有濃濃的西班牙殖民典雅建築，如一條時光隧道，前世與今生。居住在這裡的人，諷刺的是，與過去沒有多大改變，依然一貧如洗。

我留意到，有不少人坐在破落的房子門外，沒有什麼事情可做，他們或許正在打發時間，又或許伺機出動。他們盯著每個路過的人，這讓我有點心怯，記起旅館職員特別提醒我，Casco Antiguo是有刺的玫瑰，當心該地區的治安，貧民窟理所當然的罪惡。

在巴拿馬，活在貧窮線下的人口竟也有百分之三十。賭與毒④，還有運河和自由港，平靜的巴拿馬城有一股張力，Casco Antiguo又有一名身型健碩的年輕男子在盯著我，赤裸著的黝黑上身滿是汗水，他坐在陋巷一房門外，任由自己曝曬於太陽底下，似乎在等待著什麼？我不想猜測，他有一股怒意，像要質問我：你這位外來人，可知道我們的故事嗎？

嘿，我怎麼不知道?!腦海裡逐漸浮現了他的身影。

深邃的眼神，清秀的臉龐，有時拿著菸斗沉思的杜里荷（Omar Torrijos, 1929-1981），眞的頗爲迷人。有一種文人的氣質，但他卻是軍人出身，而且深明權術，並在一九六八年一場軍事政變中扶搖直上，他周旋於獨裁軍官之間，又身處白色恐怖環境裡，竟然仍能推動不少社會建設和滅貧項目。而巴拿馬得以現代化，他的功勞也不少。人民都視他爲國家英雄，最後他不經選舉便當上總⑤。

杜里荷的一項最大功績便是成功與美國簽下協議書，逐步把巴拿馬運河收歸國有，當時他的美國對手爲卡特總統。當我閱讀了薩爾瓦多和尼加拉瓜的當代歷史後，對卡特有點失望。他近年積極推動以巴和平，多次提名諾貝爾和平獎，儼如和平使者；怎麼他一如前任，在拉美也支持過獨裁軍人政權，打壓當地居民運動?!

記得二〇〇五年年初，巴勒斯坦大選，卡特率領觀察團到該地。在大使酒店（Ambassador

Hotel），我與其他記者一起等候他，聽他對以巴和平進程的看法。

卡特一臉倦容，風塵僕僕，穿梭於峰火之地，我不禁對他深深尊敬。而他在二〇〇六年也率團到尼加拉瓜觀察大選，更高呼美國不要再介入尼國政治，尊重當地的民主選擇。聽來頗義正嚴辭，與他七十年代執政時相比較，現在的態度當然有一百八十度的轉變。

不過，他能在運河主權上，選擇交還給巴拿馬，可算是他卸任的一個德政。其實，當時巴拿馬對美國人占領運河的抗議是最沸騰的。一位巴拿馬人向我憶述，咬牙切齒地說：「已到了忍無可忍的時候。」

對美國而言，巴拿馬運河相等於美國人在瓜地馬拉營運的聯合水果公司，緊握著中美洲經濟的咽喉，乃是強大的勢力。美國這種無視他國主權恣意侵犯其資源的舉動，最後一定會惹來人民最大的反彈。

我一抵達巴拿馬城，第一時間便跑到運河區，活像走進該城的心臟，心臟是靜靜地跳動著，好像一切不曾發生，周邊廣闊之地綠油油一片，站在其中，眞的很廣闊呢，大河如大海洋，上面還有飄浮的美麗小島嶼，也是綠油油的，一艘又一艘大貨船等候泊岸。水閘一關一開，水位一升一降，對我而言，煞是奇觀。對，是奇觀，巴拿馬運河是二十世紀一項最偉大工程之一。

爲運河區量度一下，我瞪大眼睛，總面積竟有一千六百七十三平方公里，其中陸地面積爲一千四百三十二平方公里。一九〇四年開始興建，共僱用了超過七萬五千人，花了十年時間才完成。過程中曾發生過無數次山泥傾瀉，和瘟疫等災難，遇害工人無數，我們從中可以想像當中的艱鉅。

就是由於這條運河，來了一大批從鄰國和非洲來的黑人勞工，後來落地生根，而巴拿馬人口中因此有一定數目的黑人。事實上，巴國的種族複雜，華裔也不少，共占人口幾近一成。巴拿馬在中美洲實在與眾不同。她是一塊磁石，吸引五湖四海的人朝向運河來尋夢。所有的事情，都似乎環繞著這條大河展開。

一八二一年，巴拿馬掙脫西班牙取得獨立，與哥倫比亞、玻利維亞、厄瓜多、秘魯、委內瑞拉合組「大哥倫比亞」，這是拉美革命家西蒙·玻利瓦爾（Simón Bolívar）的夢想，拉美人團結在一起，抵抗企圖征服拉美的帝國。

可是，西班牙走了，美國來了。她要在巴拿馬與哥倫比亞相連的臍帶上興建鐵路，哥倫比亞大筆一揮簽下條約，美國即可在臍帶上通行無阻，還可以駐軍保衛鐵路的安全，巴拿馬隨即動盪不安。

這是一八四六年的大事，兩年後美國加洲出現尋金熱，美國東岸的人就是取道巴拿馬，繞了一圈，前往西岸加洲。

鐵路利潤大增，運河計畫隨後落實。最初法國欲染指這計畫，但人力與財力不逮，轉把計畫賣給美國，哥倫比亞這回卻向美法說不，美國借機協助巴拿馬從哥倫比亞獨立出來成立自己的主權國，背後的條件就是要取得運河權，並制訂《美巴條約》。

這是美國擴張其資本市場的重要手段，就在這個占盡地理優勢的巴拿馬，坐擁太平洋和大西洋兩大洋，和南北美洲的要道，美國靠著這條運河打通東西兩岸的貿易。

後來巴拿馬人自知大錯特錯。就在美國於運河區插上美國國旗開始，巴拿馬自此國中有國，美國還變成巴拿巴的慈禧太后，垂簾聽政，不斷在巴拿馬策動政變，對不聽話的總統殺無赦。

一位新相識的年輕巴拿馬黑人斐濟，當年他的曾祖父便是從非洲大陸給僱請過來興建運河，後來死於黃熱病。

他爸爸把他爸爸的故事口述相傳，到他這一輩仍然熟知祖父輩的故事，即運河的故事。

美國視一千多平方公里的運河區爲自己的領土，不僅駐紮軍隊，一切生活方式以美國爲準，有酒吧有妓女，五光十色的霓虹燈管轉動出美式的聲色犬馬，趾高氣揚的美國大兵身旁，有閃閃縮縮的巴拿馬人欲到運河取水，卻給踢死。不然，當地居民得付昂貴租金，才能享用運河之水。

你或許會想起越戰前的西貢，美國大兵耀武揚威，當地人立刻變成二等、三等公民。

二戰後的五十年代，世界一片抗殖聲音。一九五六年，埃及人終於從英國人手中奪回蘇伊士運河的主權，巴拿馬人大受鼓舞，高呼主權萬歲，爲奪回巴拿馬運河的示威無日無之。

一次，一名學生在運河區升起巴拿馬國旗，給美軍開槍打死，引發大規模示威潮。原本一場非暴力抗爭，美國卻開槍鎮壓，屍橫遍野，震驚世界。

又是那一雙深邃的眼睛，杜里荷爲歷史流下了一滴眼淚，在此，我想起那位黑人女歌手，她的眼淚就是偷偷爲杜里荷而流嗎？

杜里荷的崛起，爲巴拿馬人帶來尊嚴，卡特再無法死守那一紙不名譽的《美巴條約》，與杜里荷簽訂了新的《美巴條約》，一九九九年十二月三十一日前，美國將運河及運河區全部管理權歸還巴拿馬。

未及看到這一天的來臨，一九八一年，杜里荷最終葬身於失事飛機的殘骸，爲民族尊嚴吐出最後一口血。

他的死，始終是一個謎，卻又呼之欲出。美國阻止了對他的死因調查。

一場不對等及荒謬的戰爭

米杜斯帶我遊覽運河區及烈士大道，我們選了黃昏日落的時分，白天的巴拿馬城帶點濕熱，幸好這城給熱帶雨林環抱著，青山綠水，即使在最繁忙的上下班時段，都予人悠閒之感。不過，在太陽下山之際，巴拿馬城特別迷人，海上波光粼粼，在太平洋與大西洋之間，人們享受著特殊的海風味道。

我有時也搞不清楚，這是河還是海洋？當我們走在海邊寬敞的公園，米杜斯告訴我，這一帶原本是美軍駐紮的基地，跟著又是那一帶原本是美軍與家眷聚居的地方，或者是美軍的娛樂場所，如今一一改爲可供巴拿馬老百姓休憩的怡人公共空間。

往事並不如煙。上一代還是牢記著某些歷史事件，下一代對這些事件也一樣清楚明白。例如當我們經過某一街道，米杜斯突然轉過頭告訴我，這裡是一九八九年美國入侵巴拿馬時，打得最厲害的一條大街。

都說卡特自承諾歸還運河後，他的繼任人，從雷根到老布希，表現得心有不甘，仍不斷借機大力干預巴拿馬城內政。就在一九八九年十二月二十日，老布希向巴拿馬城發動了二戰以來最大規模的城市空襲，還有二萬名陸戰部隊，各種坦克、裝甲車，來對付一個只有二、三百萬人口及軍事落後的小國，人民都是手無寸鐵。這令我想到以色列在二〇〇八年十二月至二〇〇九年一月入侵巴勒斯坦的加薩走廊，完全是一場不對等及荒謬的戰爭，爲什麼荒謬呢？因爲發動戰爭的理由絕對站不住腳，爲了對方零星的攻擊？

一九八九年那一次侵略巴拿馬，理由更荒謬，現在也說不準，就是有一名美軍給打死，美國又指控當時的巴國總統諾瑞加（Manual Noriega）是大毒梟，必須親自擒拿他回美國受審，開創了一個國家以這方式處理另一個國家元首的例子，令人匪夷所思。最無辜的是巴拿馬平民百姓，據獨立人權組織估計，死亡人數約三千至五千人，另外有兩萬多人流離失所。

曾當經濟殺手的美國作家約翰．柏金斯（John Perkins）在其處女作《經濟殺手的告白》（*The Confession of An Economic Hit Man*）裡，便有一章講述到這一宗轟動國際的戰爭⑥。

還有，他自稱曾在巴國當經濟殺手，他的經歷告訴了他，美國出兵乃是老布希回歸八十年代前的舊有手段，當「民主計畫」不奏效時，美國便再次用上這種原始方式去改變他國政權，目的很簡單：維護美國在海外的政經利益，更何況巴拿馬擁有全球最有價值的資產之一。

在美國出兵巴國之前，諾瑞加拒絕延長「美洲學校」的期限，又捨棄美資而考慮與日本企業合作，參與擴建運河計畫。

爲什麼美國要在中美洲設立「美洲學校」並對此非常重視？我在薩爾瓦多與尼加拉瓜篇章已有提及，而諾瑞加在他的回憶錄則這樣說：「即使美國並不樂見這種情形發生，我們依然堅決並驕傲地堅持杜里荷遺留的理念。美方希望繼續延長或重新商談美洲學校設立方式，他們提到，隨著中南美洲與日俱增的戰備需要，他們仍然需要這個單位。然而，美洲學校卻對我們造成困擾，我們不希望殺手及右翼軍隊的訓練基地出現在這塊土地上。」

至於擴建運河計畫，諾瑞加表示，他早已預見美國會對他與日本合作一事，作出反彈。他說：「美國國務卿舒茲曾經是貝泰（Bechtel，美國最大工程公司）跨國營建公司的執行長；國防部長溫柏格曾任貝泰的副總裁。貝泰一心一意想從運河工程獲得龐大利潤……。雷根和布希政府擔心日本人終將主導運河營建計畫，這不僅牽涉到立場錯誤的安全顧慮，更有商業競爭的問題。美國營建公司眼看就要損失上億美元了。」

想不到，美國卻訴諸於大規模戰爭。

不過，諾瑞加這個人亦正亦邪，一方面他不斷強調要繼承杜里荷的理想，帶領國家走上直正自主公平之路，另方面他卻貪污舞弊，官商勾結，令巴拿馬充斥黃、賭、毒等社會細菌，逐步侵蝕人心。此外，諾瑞加還涉及雙重間諜角色，在中情局與前蘇聯情報機關之間左右逢源，謀取自己最大的利益。

好一部《北非諜影》的現實版本在巴拿馬上演⑦。美國和前蘇聯互相角力，不願意放棄這個極重要的戰略要塞。可是，到了一九八九年，前蘇聯都已經奄奄一息了，美國的反共借口已無法派上用場，但她在拉美依然活躍，干預不斷。

諾瑞加終於遭囚禁在美國的監牢裡，這可算是史無前例。自他進入監牢的第一天開始，有不少關於他的故事，充滿色彩。即使巴拿馬人怎麼痛恨諾瑞加，但對於巴國這般受盡美國的凌辱，他們無法在記憶裡揮去。

如何從戰爭灰燼裡站起來？這似乎是拉美一個永恆的命題。有不少國家以革命去回應之，但在巴拿馬，那一條運河，那個自由港，已經塑造了她的生存形態。

全速匯聚於全球化的大河吧！無須計較這個世界是如何給剷平的，就在運河另一邊，一個叫Colon的自由區域（free zone），借著自由港的優勢，這裡有來自世界各地的免稅貨品，每天都人來人往。

諾瑞加走後，美國傀儡政府上台。美國名義上失去了運河，實際上那雙無形之手再度操控了水道，巴拿馬並再度成為美國的神秘基地，有多少國際勾當在這裡進行?!

如果中美洲是維護美國利益後院中的後院，那麼，巴拿馬則是後院的後院一道最後防堤。

有趣的是，借一個身，歷史恍惚在回魂，美國又面臨挑戰了。

杜里荷的兒子馬丁·杜里荷（Martin Torrijos）於二〇〇四年大選勝出成為總統，眉宇間承載了父親的深情。在任期間他推出擴建運河面積的鴻圖大計，提高它在國際運輸的影響力，以及加強巴國航運工業。小杜里荷對經濟發展雄心勃勃。事實上，巴國雖沒有切·格瓦拉，街道上眞的連一張切·格瓦拉的海報也沒有，不過，她還可在經濟上默默革命，但此舉可能增加外債至百份之二百，前路不好走。

小杜里荷似乎欲擺脫對美國的依賴，不斷加強與拉美鄰國、中國，以及歐盟的經濟合作，特別在運河的建設上，中國扮演著比以前更加重要的角色，香港富商李嘉誠的家族企業也擴大投資，中國色彩愈抹愈濃，使得與巴國有邦交的台灣如坐針氈，美國也不是味兒。特別是小杜里荷與古巴於二〇〇五年恢復邦交，並在二〇〇九年初訪問古巴時，說了以下一番話：

「我這一代人是在欽佩古巴革命勝利中長大的，我們曾在困難時期互相支持，巴拿馬永遠感謝古巴。」

事實上，小杜里荷與古巴關係愈益密切，正如他所說，在古巴的支持下，「奇蹟計畫」僅在一年內便爲四千多名巴拿馬人動了眼科手術。巴拿馬學生又可免費到古巴醫學院就讀，小杜里荷便曾到古巴首都哈瓦那出席畢業典禮。

美國看在眼裡甚不是味兒，看來要在巴拿馬另一個大選年出動了。

結果，在二〇〇九年的大選中，小杜里荷黯然下台，右翼陣營的馬丁內利（Ricardo Martinelli）勝出。

事實上，一九八九年戰後巴國經濟增長令人刮目相看，但一如拉美鄰國，經濟增長只讓跨國企業及當地大商家得益，窮人未可分享經濟成果，因而無法改善貧富懸殊。小杜里荷或他的繼任人能否突破巴國的宿命，在這個避稅天堂推行靜默的經濟發展之同時，推出相應對的社會改革，令巴拿馬人享受公義的果實，完成先輩未竟的心願？

離別在即，我再次走到巴拿馬運河區，茫茫的大河依然靜靜流淌著，已泊岸的船隻等候著卸下貨物，好幾隻風箏在藍得清澈的天空上飄過，我好像又看見那位在Casco Antiquo一味盯著路人的青年。一樣曬得光亮的黝黑皮膚，他，喝下了一口運河水，沒有人驅趕，也不用付租金，這裡是他的國家，必須出現新方向。

揮一揮手，我繼續南下。南美洲再次處於熱鬧的革命時刻，這熱鬧氣氛已經感染著中美洲，而我正朝向風眼裡去。

巴拿馬把中美洲與南美洲連接起來，但沒有陸路可通行。巴拿馬連接南美的最東端是叢林和沼澤，並有肆意出擊的游擊隊，經常與巴國軍方發生衝突，又有哥倫比亞毒販蠢蠢欲動，因此，這是旅客止步的軍事重地。

陸路沒有了，惟有海路和航空路線。其實，海路也幾近絕跡，由於海盜橫行，取道海路等於自找麻煩。那麼，從巴拿馬到委內瑞拉，惟有坐飛機了，需時兩個小時。

在中南美洲一帶，坐飛機非常昂貴，動輒都要三、四百美元或以上，兩小時機程的單程收費便要四百多美元。我忍痛買下機票，飛往委內瑞拉首都加拉加斯（Caracas）。

值不值得？我覺得非常值得。委內瑞拉在查韋斯統治下的確與眾不同，不管對他支持或是不支持，這裡的革命使人大開眼界，特別是對我這名由香港來的記者。

註釋

①利卡多．米洛（Ricardo Miró, 1883-1940），被譽為巴拿馬最偉大的國家詩人，曾在哥倫比亞研習繪畫。巴拿馬這個細小的地峽國家，在一九〇三年脫離哥倫比亞獨立之前，這個地峽國家有成就的作家都與哥倫比亞文學有關係。一九一四年巴拿馬運河建成後，這個新生共和國便擁有國際地位，而其文學也逐步呈現出獨立的民族特色。

②參見*US State Department country report on money laudering and financial crimes for Panama*，《巴拿馬新聞

報》（The Panama News）Vol.11，No.8，二〇〇五年四月十七日至五月七日。又可參見《境外共和國：揭開境外金融的祕密》（*Offshore: The Dark Side Of The Global Economy*），作者威廉·布里坦卡林（William Brittain-Catlin），譯者李芳齡，天下雜誌，二〇〇七年一月三日。

③自二〇〇八年金融海嘯發生以來，世界貿易需求疲軟影響巴拿馬運河貨物通過量，以前貨船通過巴拿馬運河必須提早很長時間預訂，才能免去排隊之苦；現在貨船在快將抵達運河時再預訂，也能順利通過，可見船隻通過運河的需求在下降。參見《環球》雜誌：〈靜靜的運河〉，二〇〇九年三月九日。此外，一直依靠美國旅客的巴拿馬另一重要產業旅遊業，也因金融海嘯沖走了百分之三十。巴拿馬經濟一直受到外圍經濟影響。

④與哥倫比亞為鄰的巴拿馬販毒情況嚴重，乃南美洲運往美國的重要轉運站。可參考美國國會聽證會文件www.usdoj.gov/dea/pubs/cngrtest/ct061300.htm。

⑤約翰·柏金斯（John Perkins）的《經濟殺手的告白》（*The Confessions of an Economic Hit Man*）一書中，對杜里荷有詳盡的第一手交往描述，譯者戴綺薇，（台灣）時報文化出版，二〇〇七。

⑥同上書，參見第四部之〈美國入侵巴拿馬〉。

⑦英國作家勒卡雷（John le Carre）在《巴拿馬裁縫》（*The Tailor of Panama*）一書，盡情發揮巴拿馬作為間諜基地的荒誕情事。（台灣）木馬文化出版，譯者李靜宜，二〇〇六年十一月六日

BAJO CON EL PUEBLO
BE SER PRINCIPIO
DO REVOLUCIONARIO"

PART III
南美洲
二十一世紀
社會主義革命的核心

委內瑞拉

那一抹紅——
豎起革命的旗幟

父親將要在那裡出生的房子
仍未竣工
缺了的是
我雙手仍未築起的那堵牆……

——〈變形的時間〉，歐亨尼奧．蒙特霍
Eugenio Montejo, 1938-2008

貧民區内的各種滅貧使命項目

街頭對立

作者與另類電視台卡第亞記者合影

玻利瓦爾肖像在委國隨處可見

合作社工廠增加婦女就業機會

委國反對派學生領袖反對修憲

查韋斯在「哈囉，總統」節目上

委內瑞拉（Venezuela）詩人歐亨尼奧．蒙特霍，被譽爲繼智利詩聖聶魯達（Pablo Neruda, 1904-1973）和阿根廷詩人波赫士（Jorge Luis Borges, 1899-1986）之後，最有自己風格的南美洲偉大文學家。

可是，在這一個大時代，委內瑞拉人最需要文學的時候，二〇〇八年六月，蒙特霍走了。留下的，是那二十一克（21 Grams），靈魂的重量①。

大地轉動讓我們靠近
她自己轉，在我們裡面轉
最終在此夢裡　讓大家團圓
如《饗宴》所寫所說

——〈大地轉動讓我們靠近〉（*The Earth Turned to Bring Us Closer*）

離開巴拿馬，就是離開中美洲了。而委內瑞拉則是南美洲拖著中美洲的其中一個國家，北部有最長的加勒比海海岸線，南部與巴西分享亞馬遜流域，在兩者之間是重重疊疊的神秘山巒，這構成了一幅冒險家最理想的地理圖畫。

或許，這也是革命的冒險樂園，一切從加拉加斯（Caracas）開始。

終於來到委內瑞拉首都加拉加斯，一個滾辣辣的地方。

事實上，位於海拔一千多公尺的加拉加斯氣溫不算熱，但，這個山城卻充滿著火爆的紅色，人們身上的紅色恤衫、紅色海報、紅色黨旗、紅色口號……一場浩浩蕩蕩的二十一世紀社會主義運動在這裡展開。

那一抹紅，如一大幅的染色布，一揚起來，活像紅色的洶湧波濤，人們在其中精神抖擻，高喊：前進！前進！前進！

一波接一波，從委內瑞拉，到玻利維亞，再淹至厄瓜多；又一層接一層，從這三個核心國家，紅紅的墨水向鄰國化開去；之後，現出不同程度的紅，深紅、桃紅、粉紅，而委國人則自稱玫瑰紅。

拉美人的革命，是浪漫與暴烈並存的事業。

這是二十一世紀初春的拉丁美洲，一道耀眼的風景。有人喝采，卻也有人大罵。這一抹紅，是警車上轉動著的紅燈，是一個危險的赤色訊號？

無論如何，加拉加斯的機場依然是人頭洶湧，各式各樣的會議，不同種類的交流，一年四季，不停流轉，把這個城市弄得鬧哄哄的。

市中心的旅館，永遠人滿爲患，加上嘈雜的市集叫囂聲，大街上的車水馬龍，不時出現的遊行示威，或是強勁的音樂嘉年樂，總令人頭暈腦脹。

哥倫布當年登陸加拉加斯，驚嘆這裡是人間天堂，但現在加拉加斯卻被形容爲罪惡之城。革命是一回事，意識形態的爭拗也是另一回事。總之，每天，每一個人所要共同面對和應付的，乃是這個城市神出鬼沒的鼠輩。從一出機場開始，即使穿著制服的機場職員，也對你虎視眈眈，那些專向遊客下手的賊車，大模大樣地與出租車列隊而排，等候獵物。

兵賊難分。

查韋斯颳起的旋風

加拉加斯這城市讓我感到頭痛，一如墨西哥城，在急速都市化後人口膨脹，隨之而來的是急速的貧窮化，城市規畫與管理也見混亂，中產地區以外的地區，給人亂七八糟的感覺，基礎設施永遠不足夠。

我所入住的旅館，位於「委內瑞拉廣場」（Venezuela Plaza）附近，我每天出入都要忍受臭氣薰天的垃圾和流浪漢的騷擾。旅館經理奧薩連勞來自哥倫比亞，他總指責市政府管理不善，並揶揄地質問，總統查韋斯要搞革命，為什麼還是這麼的糟糕？

他對查韋斯總是滿肚子氣。當我要外出，他都會向我重複說著一句話：小心，這裡比哥倫比亞治安還要差。在旁的清潔女工麥絲娜立刻糾正，我們委內瑞拉再怎麼差，也不及哥倫比亞，然後對我打個眼色。我則哈哈大笑，心領神會。他們這兩位我在委國最早認識的朋友，不僅代表著哥倫比亞裔移民與委內瑞拉本土人之間的關係張力，同時也分屬兩個陣營的不同政見支持者，經常為「查維斯主義」（Chavismo）②爭個不休。

奧薩連勞一和我談起治安問題，都歸咎總統查維斯，指他興風作浪，弄得經濟前景不明朗，社會對立，生活倒退，失業率上升，物價飛漲，這自然導致治安惡化。他搖搖頭，表示有可能回哥倫比亞，或到美國與妻兒團聚。

麥絲娜總會反駁說，自查維斯於世紀交替之間上台以來，推出一系列的改革已漸見成果。可是，你不能期待改革一夜見效，很多、很多過去遺留下來的問題，例如貧窮、貪污文化、法治不彰等等，這一切都需要時間來改善。但，現在，我們不僅希望有所改善，而是這個社會需要徹底的改變。資本主義那一套已經不行了，社會主義在二十一世紀以全新面貌在委內瑞拉登陸。

或許，讀者會奇怪，麥絲娜只是一名清潔女工，卻可以這樣慷慨陳詞。

的確如此，委內瑞拉的窮人，與眾不同。不不不，我應該這樣說，拉丁美洲的草根階層，與眾不同，而拉丁美洲的公民運動已到了成熟的收割期，他們總是說，抗爭是從五百年前走過來的，因此，委內瑞拉生產了查韋斯（Hugo Chavez, 1954- ），玻利維亞製造了莫拉萊斯（Evo Morales），厄瓜多造就了科雷亞（Rafael Correa），這不是偶然。

如果問他們，什麼叫做二十一世紀社會主義革命，他們都說不準，但如果指玻利瓦爾革命，他們則可以滔滔不絕。

西蒙．玻利瓦爾（Simon Bolivar, 1783-1830）是委內瑞拉的國父，也是拉美抗殖解放英雄，他最大的夢想就是整合拉美，團結一致對抗帝國主義的侵蝕。

穿著一身十九世紀式鮮艷戎裝的玻利瓦爾肖像，在加拉加斯隨處可見，一會兒是一個大牌坊屹立在政府大樓的樓頂上，一會兒是一面旗幟隨風飄揚，或是一張海報堅定地貼在店舖裡，不然便是一幅繽紛的壁畫站在大街上。

我看見過最親切的肖像，就是玻利瓦爾把一名嬰兒擁入懷中，溫柔甜美的眼神充滿慈愛，一看便知道他雖是一名將軍，卻是感性之人。

他曾這樣說：「我急切希望改善委內瑞拉人民的命運……人民太貧苦了，一定要不惜一切減輕他們的負擔……

「親愛的委內瑞拉，我熱愛她的一切。

「我的右手將伸向奧里諾科河的出口處，我的左手將觸及拉普拉塔河的兩岸，我的雙臂定會抱住上千列瓜，但我的心將永遠留在加拉加斯。」③

原來，在十九世紀初期，正當玻利瓦爾揭竿起義，力抗西班牙殖民統治的時候，在地球的另一面，英國詩人拜倫（George Gordon Byron, 1788-1824）也正參與希臘獨立運動，義憤填膺。他得知玻利瓦爾的事跡，便把自己一艘帆船命名為玻利瓦爾，表示要駛向南美洲，安身在革命聖地的懷抱裡。

彷彿是烏雲從遠方的太陽
得到濃厚而柔和的色彩，
就是冉冉的黃昏的陰影
也不能將它從天空逐開；
你那微笑給我陰沉的腦中
也灌注了純潔的歡樂；
你的容光留下了光榮一閃，
恰似太陽在我心裡放射。

可惜的是，拜倫與玻利瓦爾終於緣慳一面，拜倫甚至未能見證南美解放成功，便因病結束短暫一生。但，玻利瓦爾也一樣抑鬱而終，他所建立的大哥倫比亞統一共和國，隨著解放而陷入內戰和無政府困境，結果他的南美整合夢碎。孤獨與幻滅成爲玻利瓦爾下半生的殘酷寫照。

當拜倫於九泉下遇上玻利瓦爾，將會有怎樣的一番情景？

不過，他們倆可能意想不到，他們雖早已遠去，但追求烏托邦的心卻遺留在人間，在往後的不同年代，都燃燒起相同的夢想。這是一個怎樣的夢想？就是建立一個獨立、自主、公平、公義的社會。

過去都曾有不同的人嘗試不同的實驗。這回由查韋斯牽頭的實驗，一場玻利瓦爾革命，顧名思義，即在玻利瓦爾思想的基礎上，再配合二十一世紀的環境，奏出全新的社會主義革命進行曲，以別於二十世紀終以失敗收場的社會主義運動。

回望二十世紀的社會主義政權，從蘇聯、中國、東歐以至越南，或者再加上古巴，都是透過武裝流血，奪取江山，建立從上而下的中央官僚集權體制；但二十一世紀已不再倚靠槍桿子，而是投票箱以及公民力量，由下而上來重塑政權的合法性。

事實上，委內瑞拉在拉美地區乃是最早確立代議式民主的國家之一，從一九五八年開始，一直至一九九三年的三十五年來，都是由兩大傳統政黨，民主行動黨（Democratic Action Party, AD）和基督教社會黨（Social Christian Party of Venezuela, COPEI）輪替執政，屬典型美式兩黨政治的總統制。

在四十年間，雖曾有美好的時光，政治相對穩定，但最後仍擺脫不了拉美化的陰魂肆虐：貪污腐敗、財富分配不均、人口貧困化、失業上升、公共開支不足、外債高築，社會矛盾日深。

這可算是八十年代壓在拉美頭上的新自由主義政策發揮作用。

當民主行動黨的佩雷斯（Carlos Andrés Pérez）於一九八八年再度勝出，爲了獲取國際貨幣基金會的新貸款，不得不迎合要求改善過去的經濟改革路線：削減公共開支、降低工資、讓匯率自由浮動、開放利率、取消農業貸款優惠利率、減少或取消價格補貼、改革貿易體制等。結果通貨膨脹、生活素質急速下降，騷亂頻生，而發生在一九八九年的大騷動，有二百多人死亡，民怨沸騰，查韋斯便在這個時候冒升，即使一九九二年政變失敗，人民依然視他爲人民英雄（見附錄四，387頁）。

一九九三年大選傳統政黨政治終於分崩離析，由新面孔出現。政黨「全國匯合」（The National Convergence）領導人卡爾德拉（Rafael Antonio Caldera）勝選，但還是敵不過前期的新自由主義政策所遺下的問題，經歷了三次危機後，只有喊出更激進口號的查韋斯，才讓選民看到可能的出口。

玻利瓦爾又成爲人民的精神支柱。查韋斯儼如玻利瓦爾的忠實繼承者，早於一九八二年他已推動地下的「玻利瓦爾運動革命二〇〇」（Movimiento Bolivariano Revolucionario 200）；到一九九七年終於浮現出來，換了個名字——第五共和運動（The Fifth Republic Movement），人們著迷地與他一起高喊：打倒美國帝國主義和新自由主義。

不過，查韋斯乃是逐步走上革命不歸路。他一上台首先提出「第三條道路」，即「人民資本本主義」，但他很快便拋開資本主義的外衣，大談玻利瓦爾革命，貧富大衆感到親切又窩心。

查韋斯大刀闊斧，雷厲風行，立刻颳起一道極具爭議的旋風。

在一片狂風掃落葉的風雲際會時刻，我卻有緣多次進出委內瑞拉，默默地觀察，而第一個要觀察的現象，便是參與式民主（participatory democracy）④。

與過去不一樣，看來，查韋斯這回眞的破斧沉舟，從任何領域進行徹底的改革。他在超過半數的選民授權下，大搞參與式民主，連本來是最高立法機關兼代議制的靈魂所在——國會，也得靠邊站，令人看得目瞪口呆，不可思議。

「我們正經歷一場大手術，再度表現出拉美人民對理想的追尋，爲拉美展開新一頁，汲取過去的教訓，痛定思痛。」

「瘋了，瘋了，他只不過是在玩弄民粹主義（populism），打著革命的旗幟，大搞獨裁，我們可要退回極權年代了！」

「你們滾，滾去邁阿密吧！」⑤

「你們滾，滾去古巴吧！」⑥

我穿梭於擁擠的示威人群之中，不敢發表什麼意見。這種街頭式的對抗屢見不鮮。上一次我在一場示威中訪問了反對派一成員，立刻招來查維斯支持者質問我的來歷。同樣，我一與查維斯支持者傾談，反對派則認爲我是來支援的中國共產黨，至少是共產黨的同情者。

奇怪的是，在委內瑞拉前後已經幾個月了，連一個馬克思或列寧的頭像也沒有看見過。

在墨西哥城的第一天，我便在蘇卡諾廣場四幅印有馬克思、列寧、毛澤東和胡志明肖像的旗幟給吸引得停下步伐來，它們並排飄揚著，一群墨西哥年輕人擺著地攤，地上書籍全是社會主義理論書籍。

但，加拉加斯卻沒有一個馬克思。在大街小巷，窮人社區，那些充滿顏色活力的壁畫，全是拉美英雄先輩，比玻利瓦爾更早，打響獨立運動第一槍的弗朗西斯科・德米蘭達（Francisco de Miranda, 1750-1816），又或比玻利瓦爾晚一個世紀的切・格瓦拉，他們繼續活在群眾之間，而且是如此意志激昂地存活著。

這是一個不死的傳說。

參與式民主：社區委員會

我所乘坐的公共小巴沿著山路往上爬，陪著我的是一位社區組織成員安佩瓦蒂芝・艾坦度（Emperatiz Hurtado）。當我們混熟了，我便暱稱她安佩。

安佩經常當我的嚮導。我是在一間另類媒體機構電視台認識她的。她當時正與幾位社區代表上現場直播的節目。

原來，各社區代表都會輪流在節目上討論社區問題，提出解決方案，交流活動心得。

我在旁一邊觀察，心想，香港怎麼沒有這樣一個節目？香港怎麼沒有這樣的社區代表？他們對社區的投入映照著我們對社區的疏離。當時我還不太了解，委國的社區運動因此疑問而到此爲止。

節目結束後，安佩一身大汗，她似乎太認眞了。她笑說：第一次上鏡頭時她差點兒不能張口，現在她已明白如何把觀點表達出來。

卡第亞電視台（CATIA TV）是個神奇的另類電視台，訓練出不少社區人才，這方面我將在媒體一節詳細探討。

我對委國的社區愈來愈感到好奇。安佩偷望著我，咪嘴笑說：「嘿，有人對我們的參與式民主感興趣了！」我點頭，眞的想深入去了解。

這個原是古希臘雅典城邦倡議的民主概念，即公民直接參與管理和決策，但隨著現代社會轉趨複雜和人口膨脹，參與式民主變得成本太高，在技術層面也困難重重，遂令代議政制興起，並成爲主流民主國家唯一制度。

大家定時走到投票箱選出自己的代理人，由他們代表人民制定公共政策，管理公共事務。因此，選舉成爲現代民主的核心體現，人民廣泛參與管理的角色，變得愈來愈模糊。甚至備受邊緣化，換來的是精英政治，官僚政治，寡頭政治，與當初人民當家作主的民主理念竟然就此漸行漸遠。

哲學家、政治學家對民主的方式至今仍然爭論不休。

在西方啓蒙運動中，法國便有兩大思想家象徵了民主論述兩大潮流，伏爾泰（Voltaire，原名François-Marie Arouet, 1694-1778）主張代議式民主⑦，盧梭（Jean-Jacques Rousseau, 1712-1778）主張參與式民主。他們雖然早已躺在巴黎第五區的先賢祠（Patheon），其大石棺與石像仍然左右對陣，現今的民主討論還是圍著這兩位哲人的思想團團轉。

當代議政制成爲主流，參與式民主式微之際，人民隨著代議制盡露其局限和蠱惑而又開始質疑，正如美國學者喬姆斯基（Noam Chomsky）在《新自由主義和全球秩序》（*Neoliberalism and the Global Order*）中，批評分別代表美國和英國兩大老牌代議民主國家的雷根（Ronald Reagan）和柴契爾（Margret Thatcher）夫人，他們以自由主義之名，卻實驗帝國式的保守主義政策。

拉美跟隨美國代議政制模式走到今天，有人仍深信這是不可動搖的民主體制，但有更多人發出天問，弄得拉美人民苦不堪言的原因在哪裡？代議政制生病了麼？要怎麼醫治⑧？

「民主應該讓人民能掌握自己的主體性！」

安佩此話一出，令我肅然起敬，因爲她能一針見血，這可歸功於她經常要向大衆發表意見有關，或者這完全沒有關係，看看有多少經常上鏡頭的專家，在電視上胡言亂語?!

安佩對我的稱讚大笑，說：「這是我們這等勞苦大衆在生活裡磨出來的智慧，一種對過去的徹底反省！」

之前，我已指出不要小看委國的老百姓。

好了，安佩要帶我去觀察社區委員會（Consejo Comunal）的會議，她本人是成員之一，而我們前往的社區就是被視爲最糟糕的社區拉威格（La Vega），之前我曾與半島電視台記者丁瑪到過這裡採訪，這回希望能更了解這一推動參與式民主的社區委員會。

加拉加斯四面環山，而窮人社區則大多依山而建，簡陋的房屋布滿整個山頭。居民雖然窮，卻不失創意。爲了減輕苦悶的氣氛，他們喜愛在房子外牆塗上燦爛的顏色，紅、綠、藍、黃、紫。這令我想到年前探訪阿根廷的勞工重地小布加（La Boca），一樣色彩斑斕。委國山上貧民社區從遠處觀賞，頗爲奪目，一到夜幕低垂，漫山點點燈光，令人驚嘆。

可是，當白天置身其中，距離一拉近，便感到這裡重重的問題。亂，吵，髒，困乏，擠擁；尤以交通，狹窄的山路一遇上下雨，便如困獸鬥，人們都會非常煩躁。

當然，治安更不用談了。原本我欲叫計程車上山，沒有司機願意接載。唯有與安佩擠搭公共小巴。

安佩告訴我，拉威格的確是失序的社區，但由於查韋斯的玻利瓦爾省革命，乃是從社區著手，致力加強人們的參與和歸屬感，因爲，情況已逐步改善。

來到社區委員會的辦事處，迎接我們的是一名黑實中年漢子，名叫關亞安，康崔瓦斯（Juan Contreras）。

最貧窮的地方，催生最激進的思想，這似乎是一個定律。拉威格也不例外，社區中心內外滿是革命英雄的肖像，在中心外不遠處，還看到中東戰爭的圖像出現在牆壁上，旁邊有「打倒帝國主義，支援受壓迫的人民！」標語。

社區中心內有一會議大堂，一群人正在開會，其中有些嬉皮打扮的年輕男男女女，身旁一個個大背囊，一問之下，原來他們是訪客，從西班牙來取經，他們是巴斯克分離主義同情者。

我在關亞安陪同下到處參觀，步伐在不自覺下變得小心翼翼。

我與關亞安聊了好幾句，便認定他是激進的查韋斯主義者。

我們打開話匣子沒多久，他便向我說：「我們等了查韋斯這樣的領袖出現已經很久了，因此，我們誓死也要保衛他，即使他下台了，我們也要誓死保衛查韋斯主義。」

安佩倫偷偷告訴我：「就是這批人扭轉了二〇〇二年政變的結局。當時他們浩浩蕩蕩跑到總統府，把整個總統府包圍著，是他們把查韋斯拉回來的。」

關亞安雖然表現激進，但他卻十分友善好客，拉著我談了很多有關查韋斯的改革。我慢慢感到，在委內瑞拉，查韋斯逐漸成為一個符號，代表著人民，至少是窮人，渴望已久的理想藍圖。

「社區委員會在二〇〇六年通過，為參與式民主進行一個創新的實驗。」關亞安開始為我講解這個神奇的運作。

在城市，農村和原住民社區均設有社區委員會。城市的社區委員會由二百至四百個家庭組成，農村至少有二十個家庭，至於原住民社區則至少有十個家庭為一個組合。

每一個社區成員只要年屆十五歲，都可以首先參與組成社區大會，然後投票選出社區委員會，負責統籌社區的一切活動，並提出地方一級發展計畫，這包括教育、基礎建設、交通、醫療、房屋等，還能為此設立基金，推動發展。每位居民都可以透過委員會直接參與最終決策。

社區之間亦會就共同關心的議題進行交流，與鄰近社區成立聯盟互相支援。

社區委員會漸漸取代原來的傳統市政機構的功能，甚至有取代地區以及國家的機構的趨勢。

「查韋斯總統的目的是一步一步把權力下放，把權力歸還給人民。每個社區可按人口密度給予公平的權利分配，還有資源分配，讓社區先向社會主義模式慢慢過渡。」

關亞安眼神充滿憧憬。

社區委員會被賦予一種超然獨立的法律地位，它不屬於地方政府和任何政府機構，其經費直接來自總統公共權力委員會。

直至二〇〇八年的統計，全國的社區委員會超過二萬，占國家預算約十分之一，他們的建議書可提交到總統府去，此外，他們也可在查韋斯每星期天「哈囉，總統」現場節目裡以衛星直接與總統對話，再由總統吩咐相關部門跟進。

我曾參加過「哈囉，總統」這個節目，這個每星期天一次的節目真讓我大開眼界。首先它沒有時間限制，一般至少五小時至七、八個小時不等，地點大多在全國不同的窮鄉僻壤舉行，搭一個臨時帳篷，村民聞風而至，擠滿帳篷附近，以近距離接觸總統。

查韋斯在節目裡，向民衆解釋各種各樣的政策，各地社區委員會代表則利用政府提供的衛星視像設備，直接質詢政策，或向總統彙報社區發展進度，又或提出建議；時而火爆，唇槍舌劍，時而幽默，引得哄堂大笑。

查韋斯每次在節目裡都表現得非常亢奮，連午餐休息時間也沒有，長達七、八個小時，只是喝幾杯清水而已。但這卻苦了我這位外來的記者，我困在嘉賓席裡，一起與衆人挨餓，不停聽著總統大發偉論。

我奇怪，向在旁的新聞官低聲查問：「怎麼總統連洗手間也不用去？」

新聞官忍笑回答：「對，他是超人！」

這種繞過官僚的參與式民主，發生在擁有二千萬人口的南美大國，怎不叫人稱奇?!

可是，國內批評者則指查韋斯，欲利用社區委員會和其他種種手段，來鞏固自己的勢力，參與式民主變相成為通往獨裁之路。

這真是一個非常有趣的政治現象，也是值得研究的學術命題，而我只能說民主真弔詭。不過，歐陸的思想家如哈巴馬斯（Jürgen Habermas），近年也倡議以局部的參與式民主來彌補代議制的不足。印度喀拉拉邦的「喀拉拉民主科學運動」，這一成功概念成為參與式民主的佐證⑨。而巴西的阿雷格里港在千禧年初開始實驗一種參與式預算⑩，即由市民廣泛討論，監督和決定地方財政預算的安排，這也變成一個典範，啓發了查韋斯推動社區委員會。

在港、澳、台這邊，也曾有人提出上述實驗或許可作為我們的一個最佳借鏡。特別是香港，沒有直選但也可以推動參與式民主，以解決社會的矛盾。

一種另類經濟生活：合作社計畫

委內瑞拉的社區委員會屬下還有兩個組織：「工人委員會」和「農民委員會」，構成了具有力量的基礎組織。查韋斯政府在二〇〇一年頒布「合作社法例」，鼓勵社區的基層組織創辦合作社（Co-op）⑪，由政府提供小額貸款和人員培訓，企圖從參與式民主創造出另類經濟生活。

談到另類經濟生活，大家都興奮起來，七嘴八舌。關亞安指他們正經歷一場創新的合作社運動，這乃是玻利瓦爾省革命的重要經濟實驗，對於身處全球金融海嘯，企業裁員，民生不穩的危機當中，委國一個接一個實驗出籠，也實在有其啓示。

我從這一個社區，走到另一個社區，驚嘆合作社之多，令人眼花撩亂。從雜貨店、工廠、超級市場、餐廳、咖啡廳，到以行業分類如司機、清潔工人、小販、建築工人都可以用合作社的形式運作。

據統計，二〇〇八年委內瑞拉全國共有超過十萬個合作社，而且數目每年不斷上升，就好像春天裡百花齊放的景象。

我在一間製衣合作社認識了一名女工艾美．杜維斯（Emmy Torres），我就從她的故事說起。她是一位單親媽媽，快要五十歲，有四名子女，離婚前居住於加拉加斯市內，與丈夫分開後無力負擔市區昂貴的租金，遂搬到山上的社區去。

「這差不多是二十多年前的事了。當時我有些朋友如我一樣，在貧窮線掙扎，眼看自己快要變成無殼蝸牛了，逼著跑到山上的荒地蓋房子，用簡單的木村和磚頭，天氣良好時，這些房子不會有問題，但一下雨便知房子不穩固，有些更會在大雨中倒塌。」

艾美說到這裡，把臉挨近我，聲音放低，指山上有不少房子是非法的，曾給大地主恐嚇逼遷，她說：「其實都是荒地呢！那些大地主長年棄置，顯然沒有什麼用途，爲什麼不給我們方便？很不公平啊！有人無家可歸，有地卻沒有人可以住，因此我們硬是不走，直至查韋斯上台，他不久即合法化我們的居住權，還收回其他閒置土地作發展用途，我們都爲此鼓掌。」⑫

好了，居住解決了，工作又怎樣？

艾美嘆了一口氣，說：「我過去都是做散工來撫養孩子，吃一頓算一頓，孩子未能受好教育令我很內疚，他們繼承了貧窮，後來連散工也不易做，大家每天爲生活誠惶誠恐，幸好查韋斯鼓勵我們窮人成立合作社，一種另類的經濟，讓工人可以有更多自主權，保障生活。我活到這個年紀，經歷多個年代，雖然過去亦有領導人欲推行改革來使窮人脫貧，但以查韋斯最果斷和充滿誠意，現在我和大女兒都在同一個合作社工作。老實說，工資不好，但至少我們有固定工作，有尊嚴，心裡踏實，愉快。」

我好奇問，一個合作社是怎樣醞釀出來的？

查韋斯在一九九八年上台後不久，便表示要在經濟上謀求一種「內在發展模式」，目標是可創造工作崗位，實現充分就業，推動經濟可持續發展，以解決二十世紀九十年代委內瑞拉的經濟長期停滯，貧窮分化嚴重，社會矛盾尖銳，並且把現有的經濟模式轉向一種社會的、人道主義的，更合乎大衆利益的經濟。

查韋斯自稱喜歡作畫，他正要爲老百姓畫出天上的彩虹嗎？他揮出大畫筆，艾美走進這間製衣合作社，每天工作七小時，每星期工作五天，一個月的工資才一百五十美元，對比法定的最低工資二百美元還要低，但愛美不介意，因爲她明白這只是過渡期，更何況她也是合作社的決策人之一。

這間合作社專門製造制服，從軍人員警的制服、學生的校服到醫院和餐廳、其他企業職員的制服等，訂單不斷增加。

當初，社區委員會建議區內的失業工人和婦女組織起來，成立合作社，向政府申請貸款，購買生產工具，分期攤還。

開始時，工人的工資劃一，其工資低於最低工資的原因，乃是有部分資金被扣以償還貸款，待貸款還清後，他們便可按勞力分配利潤，或按工作性質提升工資。

當然，這也需要政府政策的配合。在二○○一年通過的土地法，可賦予政府權力收回閒置土地，如有土地廢置超過若干年，便得交回政府作其他用途，部分土地會分給合作社作生產工地。同年，政府又通過小額信貸法和合作社特別法，給有意成立合作社的工人貸款經費和提供培訓，並鼓勵優先購買合作社產品。

為了鞏固合作社的運作，加強內在發展，政府在二○○四年三月，又創出一個叫「烏爾環．卡瓦斯」（Vuelvan Caras）任務，其任務是要擴大人民的教育機會，並配合其他的教育項目，專門訓練技術人才和培養社區精神，以及教授合作社營運管理等。

畢業的學員可選擇加入私營企業，但如他們選擇參與小企業或合作社計畫和其他持續發展產業計畫的話，他們則會獲得政府扶助。

二○○四年九月，查韋斯政府成立民眾經濟部，推動工人與管理層對企業嘗試共同管理模式，政府協助工人購買企業股份，在共同管理下，工人可參與生產決策和加強歸屬感，令生產效率得以提高。政府對共同管理也提供培訓、協調和管理技巧。

此外，政府也鼓勵工人接管倒閉或停產的企業，這一概念乃是從阿根廷啓發而來的。至二千年金融危機後，阿根廷工人想出接管倒閉企業以進行自救行動⑬。

一提起阿根廷，我們一定想到二○○一年底該國發生一場令世界矚目的金融危機，這甚至可以用驚心動魄去形容之。

外資急速撤離，貨幣大幅向下貶值，銀行如骨牌倒閉，存戶儲蓄遭凍結，三個星期換了五個總統，人民上街怒吼，暴徒乘機到處搶掠破壞，整個阿根廷好像要崩潰了。

可以想像，當時阿根廷人民是如何的惶恐，失業、失存款、失序、失信心，連國家好像也失去了，前面是黑暗不見盡頭的路。

最重要的是生計問題。怎樣解決下一頓飯，不僅是窮人的一大頭痛事，連中產階級亦憂心忡忡。

此際，有人開始這樣想，資本家訂立了遊戲規則，結果他們又違反了規則，連政府也無能爲力，工人可以怎麼做？坐以待斃？

最後，工人走進棄置的工廠，嘗試接管工廠的一切生產工具，重新投入生產，在沒有老闆的情況下，工人便是自己的主人了。他們日夜開會，達成共識，分工合作，迫使政府合法化他們的接管行動，政府沒有選擇，同時看到這種方法可暫緩危機，因此首先宣布暫不償還外債，以騰出資金資助工人成立合作社作爲自救的辦法。

在非常時期，阿根廷工人用合作社模式來營運工廠。除工廠外，還有診所、中小學校、超市、企業等等。

他們的目的，除了有一口飯吃之外，亦同時希望經濟活動重上秩序；因此，開始時各工人薪酬劃一，待有利潤時，才按能力技術分配工資。

在這情況下，一場浩大的合作社運動在阿根廷展開，啓發了鄰近的南美洲國家失業工人，利用棄置資源恢復工作。

合作社運動在委內瑞拉更發揚光大。

艾美認爲，她和家人是上述計畫的得益者，她說：「我比以前快樂多了，因爲我看到生活的前景。我現在還上學進修呢！我的子女也一樣，兒子也沒有那麼暴躁。」

我受邀到艾美家中吃飯，也很高興認識她的子女。二十歲的二兒子路易士長得不高，看似有點營養不良，穿著一件背心，一條七分褲，但眼睛圓大，臉上滿是暗瘡，他現在竟在委內瑞拉石油公司在他們社區所設的辦事處工作，專門統籌合作社的運作和聯絡，也做對外宣傳工作，例如向傳媒解釋他們社區發展情況等。

原來，有不少援助社區和合作社的經費是從石油公司而來。查韋斯表示，讓人民可分享國家資源財富。就這樣，油元回流至窮人身上。

路易士知道我是從香港來的記者，反過來問我很多有關亞洲的文化、政治、經濟，盡露年輕人的好奇心。他說：「很希望有機會出國，看看這個世界。」

因此，他報讀英語課程，堅持用英語與我交談。

他還告訴我，過去窮人不可能出國，現在他看到有個可能性。因為查韋斯指遊歷也是人權，並開始贊助老人家到鄰國遊玩，他期待政府進一步惠及窮家子弟，讓他們有出國學習的機會。他說：「我會耐心等候，現在才是個開始，革命不是一蹴即就。」

我有感於他的成熟，問他對改革有什麼看法？他表示，過去對國家很疏離，有怒意，腦袋裡滿是破壞的思想，現在，他們連油元也能分享到了，他正在思想，如何加入國家的建設。

我笑說，如果我把他的話如實寫出來，讀者一定誤會我在寫一篇宣傳稿呢！每個人都大笑起來，吸引鄰居也來湊湊熱鬧，附近慢慢傳來強勁的拉美流行音樂。

我有點依依不捨，實在享受艾美一家的款待和社區的睦鄰氣氛。但天黑了，我本能地感到要及早離開為妙。我打趣說，革命尚未成功，治安仍需努力。

半島電視台的丁瑪前陣子才告訴我，他有一對夫婦朋友給綁架了。綁匪在富人消遣的地區守候，在停泊於大街上的名貴房車當中挑選最名貴的一部作為目標，耐心等待主人家上車便下手，然後他們會按主人家的富有程度給予不同級數的對待，這即被綁架者愈富有，囚禁他們的地方便愈豪華，聽起來真難以置信。上述該對富有夫婦遭釋放後表示，他們便是被囚禁在五星級服務式公寓裡。而綁匪則曾用刀指著他們說：「在這個大部分人於貧窮線掙扎的拉丁美洲地區，為什麼你們卻可擁有名貴的房車？」

路易士充當我的保鏢，一直護送我下山至地鐵站，沿途我看見遍山燈光一片白，與前一年來所看的一片黃明顯已不一樣。路易士解釋，過去一年政府為他們換上省電燈泡，他們要準備另一場能源革命呢。

我呼了一口氣，拍拍路易士的肩膀，說：「你們真忙碌！」

我所探訪的窮人社區，雖然有不少得益於查韋斯所推行的各種新計畫，但不是所有窮人都滿意。一天，我特意跑到山上最頂峰。居住在頂峰的窮人，我發現他們是最為疏離的一群，他們表示沒有聽過什麼合作社計畫，也不知道什麼是社區委員會，其中一名婦女說：「我每天都為餬口奔馳，哪有時間理會其他事情呢？看看從我家到山腳的一段路，是多麼的磨人！每天上上落落，也夠我受了。」

她說後領我看她的廚房，扭開水龍頭，沒有水，旁邊兩個大缸是用來盛載清水的。她告訴我，水不夠用，一星期只有三天自來水。

她又帶我去看看大門外某一角落的一道血漬。她說，前一陣子有人受槍傷倒在這裡，死去了。

婦人冷笑，指她們的生活如狗臉的歲月，所有總統都是政客，而人民只能盡量自保，她感到最幸運的，還是數年前用約二千美元買下了這個房子，總算有個窩，儘管這窩非常簡陋。

我與居民互相擁抱祝福，再見了。我一步一步走下山，那些陡峭的斜坡，實在艱難，這是否預示了革命之路也是如此嗎？

轉個山坡又看見查韋斯的海報在飄揚，他揮舞著拳頭，宣傳各種各樣的社區計畫，他所展示的眼神、笑容，看來堅定不移。一幅紅色布條上面寫著：社會主義，直豎地懸掛著，挺著強風的肆虐。

革命、革命、革命！在加拉加斯，每轉一個彎，都可以見到革命的身影，在我眼前不停晃動。

我必須要好好睡一覺，來應付新一天的採訪挑戰。

看來，查韋斯這回雄心可謂不小，要改革生產模式自然觸及到資本家的最敏感神經；但，總統不止於此，他還推行一連串國有化行動，從石化、電訊，以及其他天然資源產業等，他認爲屬於國家的財富，應歸還國家，再分配到人民的手上，跨國企業投訴之聲此起彼落，特別是石油產業，曾因此引起國際法律訴訟（詳情見本章後部）。

無論如何，查氏又鼓勵國有化企業實行共管模式，例如阿卡薩鋁廠，在過去十七年間，管理階層因貪污腐敗令工廠陷於破產邊緣，無法更新工藝技術，即使以昂貴顧問費用找來顧問，亦只不過增加成本，未有改善。而工人一直忍受惡劣工作環境和不合理工資。最後，國家接管，嘗試組成管理委員會，由管理階層和工人共同作出決策。各基層工廠的工人直接選舉選出可以撤換的代表加入委員會，管理階層也如是，大家共同管理生產、分配和經營的權力。

我在旅館遇上兩名工人，他們就是阿卡薩鋁廠的工人代表，前來加拉加斯開會，其中一位興致勃勃，與我大談他對鋁廠改革的意見，還給了我一份建議書影印本。他說，他感到驕傲，該份建議書有他的意見，並表示希望在這次會議能見到查韋斯直接交流；說完，他拿著建議書，要求我爲他拍張照片。我問他有關共管的問題，他和同伴什麼都說好，我還是找個經濟學家再談吧。

未幾，我又碰到另一批行業的工人代表，專程來到加拉加斯提交報告。此時，我恍然明白，爲什麼加拉加斯有這麼多活動，這麼的繁忙，旅館也是這麼的爆滿。

就查韋斯政府對國內政濟發展模式的改革，我訪問了委內瑞拉經濟學家艾方蘇．阿華倫斯（Alfonso Alvarez），他是玻利瓦爾社會主義經濟學協會（Bolivarian Socialist Economists Association）委員。

相約艾方蘇做訪問有一段小小的有趣插曲。

他是個大忙人，我打了一整天的電話也找不到，結果在晚上十時半終於接通他的手機，怎知他說，第二天早上要飛往巴西。當我表示失望之際，他突然說：「你住哪間旅館，我現在開車過來接受妳訪問！」

我一怔，望望時鐘，就快十一時了，他回答：「不要緊，我們都是革命者！」

二十分鐘後，他與助手果然出現在我眼前。

在委內瑞拉，有趣的人，有趣的事，多的是呢！以下是這段專訪的內容摘要。

問：委拉瑞拉目前的主流制度仍是一種資本主義制度，合作社這種模式，倒頭來可能只會修補主流制度不足的邊緣發展模式，甚至還要與同一產業的對手競爭，以求生存，我奇怪合作社的理想如何面對現實環境的挑戰，又怎可成為大氣候？

答：對，長路漫漫。合作社成功與否，端視我們能否改變過去資本主義的觀念，妳是不是相信經濟發展不須建基於人的貪婪和自私的基礎上？我們正在進行這個實驗。首先，我們得有自力更生的能耐，內在發展計畫的目標正在於此，於是讓我們手上有種子可以散播，有食物享用，有衣裳可穿，有我們需要的服務，打破我們過去一貫依賴的外來力量，打破令我們發展不起來的力量，一切須由自己做起。

問：這聽起來與六、七十年代進口替代計畫相似（見附錄二，378頁），那個時候政府也是這樣想，盡量做到能自給自足；可惜失敗了，這次也會重蹈歷史覆轍嗎？

答：噢，不一樣呢！六、七十年代政府要實行進口替代計畫，但資源仍然是由外資控制，又依賴龐大外債來支持，結果還是發展不起來；但，現在我們逐步把國家財富收回來，例如石油，以前大部分油元落在跨國企業的口袋裡，如今我們可享有大部分油元，並把油元放在社會建設，和扶助本地經濟。

問：依賴石油收入不也是一個問題嗎？

答：不錯，我們當然看到這個問題，因此，我們沒有打算長遠地用油元支持本地經濟，也不希望人民長期依賴油元來扶助他們。一開始我已說，自力更生，就是追求一種可持續性的發展。就好像合作社，政府會給工人借貸第一筆創業的資金，然後加強培養社區一種社區價值精神，讓合作社有一個發展的環境。這即指每個社區，以及社區之間都能發展出各行業或產業的合作社，互相支援。二〇〇八年，合作社的比例在商業、酒樓和旅館方面，有百分之三十一，交通、通訊方面有百分之二十九，農業、捕魚和狩獵業占百分之十八，工業與製造業有百分之九，這發展逐步改善就業率。據統計，全國勞動人口中，已有超過百分之五加入了合作社運動裡。當這個運動成熟後，我們便不怕跨國企業撤走，或受到國際經濟大環境的太大影響。

問：即使你認為合作社可抵禦外在環境，那麼，內在問題又怎樣解決？例如合作社的官僚問題、效率問題、監管問題，甚至可能出現弄虛作假的合作社等等，還有誰人負責虧蝕，又或利潤和工資怎樣分配？似乎都是有待解決的大問題。

答：當合作社運動不斷擴大時，自然會出現良莠不齊。我們也遇到有人假裝成立合作社，即所謂紙上合作社，這方面，我們會加強監管。至於其他問題，噢！這眞是一場艱辛的奮鬥。政府已成立一個全國合作社執行局，並代表委內瑞拉參與「國際合作社大聯盟」，這聯盟代表了全球九十個國家共擁有七億成員的上百萬個合作社，定期分享合作社的失與得，和交流解決問題的方案。

由於時間所限，我們的談話到此為止，但仍有一大堆疑惑，這可能不僅屬於委內瑞拉，同時也是我們要思考的問題，就是市場經濟是人類唯一能創造財富的經濟制度？還是有別的可行選擇嗎？

無論如何，革命兵行險著。

除創造另類經濟生活外，查韋斯也旋風式推行一連串社會項目。事實上，一切，也的確靠油元，至少在革命初階。人們雄心萬丈，或是戰戰兢兢？而查韋斯所挺著的，是民粹主義，還是民主的價值？

與古巴漸行漸近

我又跑到山上來。我對山中正在發生的事情，總感到新奇。每一座山，都有一個涼亭式建築物，兩層高咖啡磚圓圓的樓房上，是個藍色多角形屋頂，這是古巴醫生駐委內瑞拉的診所兼住所。

古巴向委國派出免費醫療人員，協助查韋斯推動一個名叫「阿登特羅社區使命」（Barrio Adentro）的計畫，該計畫從深入偏遠社區贈醫施藥開始，現在已擴及市區內的窮人社區。這支醫療隊伍由二萬名古巴醫護人員組成，駐守委國最窮的社區，一星期工作七天，二十四小時候命。

當我在社區採訪時，不時遇上古巴醫生出診，其中一位醫生告訴我，委國過去有近三分之二（共約一千七百萬）人口從來沒有接受醫療服務，他們現在人人都有權利接受免費醫療服務。這就是查韋斯不時強調所說的：「這是我們經常所指的『玻利瓦爾革命』，即把教育、醫療還原成爲人民的基本權利，還有住屋、糧食；我們追求的是社會上的公平與經濟上的公義。」

其實，免費醫療也是身爲醫生的切．格瓦拉的遺願。

在診所門外，一位婆婆薩雅達（Zaida）彎著腰，拉著我的手，說：「我的性命就是查韋斯撿回來的，我沒錢醫病，過去這裡根本沒有醫療服務。查韋斯給了我們免費醫療，我被送到醫院。我感激查韋斯。」她說著說著，眼圈紅了，雙手放在胸前表示敬意。

我在診所裡訪問了古巴醫生，心裡帶著敬意，他們離鄉背井，沒有多拿工資，只默默爲社區居民服務，一方面治病，另一方面辦健康講座，加強居民衛生知識。

我好奇問，爲什麼社區全是古巴醫生？一位古巴醫生表示，社區條件差，委內瑞拉醫生寧願跑到私家醫院，或是私人執業去。因此，古巴醫生的另一任務乃是協助訓練社區醫生，培養新一代醫生擁有社區精神，特別是從窮人社區而來的醫科生，他們都可免費到古巴進修交流。

至於委內瑞拉，則向古巴供應低於市價的石油，大家都以自己的強項來與對方進行一種經濟學上叫做「比較優勢」（Comparative advantage）的交易，但卡斯楚與查韋斯不稱爲「交易」，而是互相照顧，一種以人本精神來進行的交換活動（bartering）。

近年，兩國更共同創辦了一項「奇蹟任務」（Mission Miracle），以整個拉丁美洲爲對象，由古巴提供免費眼科手術服務，委內瑞拉則提供免費交通，讓拉美失明窮人得以重見光明，這一切在兩位領導人眼中都屬於玻利瓦爾精神。

除免費醫療外，免費教育也是查韋斯重建社會的重點。

委內瑞拉以前有一百五十萬人口是文盲，查韋斯上台後，即與古巴合作推出一個計畫叫做「羅賓遜使命」（Mission Robinson），由古巴派出教育工作者到委內瑞拉教學與訓練教師，他們帶來齊備的教學用具，包括識字錄影帶、錄影機和電視機，再由委國教育部門翻譯成多種原住民語言，深入農村，改變文盲狀況。

「羅賓遜使命」可說是一九六一年古巴教育革命的翻版，推行得頗爲成功，遂介紹到委國來，委內瑞拉方面只負責給古巴義務教師的路費。當然，這也是一種以物（石油）換物（醫療教育）的人文交易。

查韋斯不僅要掃盲，還要鼓勵窮人讀書，識字後可上小學、中學，甚至大學、研究院。他在二〇〇三年分別推出以初級教育爲主的「里瓦斯使命」（Mission Ribas）、和以高級教育爲主的「蘇克雷使命」（Mission Sucre），兩者名稱皆分別來自委內瑞拉十八世紀獨立運動革命英雄Jose Felix Ribas和Antonio Jose de Sucre。

一大清早，社區的老人家做過運動後，便跑到社區中心參加「羅賓遜使命」視象課程，他們專心看著電視畫面，口中唸唸有詞。我驚嘆他們可以如此用心！其中一位張開只有兩顆門牙的嘴巴，向我說：「呵呵呵！看得懂，生活方便多了。現在，我的孫兒也可上大學，以前我不敢這樣想。讀書？多奢侈！」

我也疑幻疑眞，眼前的社區影像，到處都是繪有使命計畫和相關歷史人物的壁畫，五彩繽紛，為社區添上色彩。我是否有必要用懷疑的眼光去看待之？例如其可行性、持續性，油價下跌又怎辦？

轉一個彎，我又看到另一個使命計畫「梅卡爾使命」（Mission Mercal），這是一個窮人糧食補助計畫，由政府在窮人社區開設雜貨市場，以半價供應基本的糧食如米、油、糖、鹽、茶、咖啡等，這等糧食大多直接從本地農民購入，逐步減少對進口糧食的依賴，並刺激本土農業的發展。

我在這類店舖買了好幾包本地出產的咖啡，半磅裝，相等於美元五毛錢。

自二〇〇三年開始，這幾年間，「梅卡爾使命」已成立了一萬四千二百間雜貨市場，有千多萬人得益。

二〇〇八年，查韋斯又進一步減貧，推出「四月十三使命」（Mission April 13），這名稱乃來自二〇〇二年四月十三日反對派發動的政變日。

各種各樣推陳出新的使命計畫，看得我實在眼花撩亂。有效嗎？根據拉丁美洲及加勒比海經濟委員會（Latin America and Caribbean Economic Commission）二〇〇八年的報告指出，委內瑞拉的極端貧窮人口至少減少了百分之五十，而其他的貧窮亦有顯著改善⑭。

一個社區，發展出屬於政治權力下放的社區委員會、屬經濟領域的合作社、屬社會人文服務的各項使命計畫，還有文化項目如文化中心的興建，這一籃子改革，即是前述所指的內在發展，猶如一個個細胞，互相緊靠著，足以提供基本的養份。

社區領袖對此當然鼓掌歡呼，而且十分投入，一如他們的生命。我的朋友安佩是其中一位，一次，我稍作質疑，她即露出不悅之情，好像我批評了她似的，向我重新說了一遍，她如何從革命中再次站起來的故事。

她的故事，是委國千萬窮人的故事，是催生玻利瓦爾革命的故事。這令我不期然聯想到我們華人的窮人社區，例如香港的天水圍⑮，也可以借鏡於上述使命計畫嗎？事實上，委國充滿想像力，查韋斯之前，便早已存在一個以古典音樂去改善貧民社區的社會改革計畫（見附錄六，394頁）。

但，查韋斯的玻利瓦爾革命，從一開始就說明是一個全國革命運動，他還找來古巴這個拉美第一個社會主義先行者，作爲最忠實盟友，他甚至視卡斯楚爲父親，使他口中的革命更添爭議，令反對派更步步爲營。

在查氏主政下的委內瑞拉與古巴的漸行漸近，但查氏卻又強調，二十一世紀社會主義革命，與古巴二十世紀社會主義很不一樣，兩者有不同的歷史背景和發展道路，而委國則是從既有的民主基礎發展起來。

至於兩國的盟友關係，在於分享同一理想的拉美兄弟情誼，強調團結和互相扶持，以擺脫對北方的依附。

因此，兩國在二〇〇四年底共創玻利瓦爾拉丁美洲及加勒比海替代計畫（Bolivarian Alternative for Latin America and the Caribbean, La Alternativa Bolivariana para América Latina y El Caribe, ALBA）以加強拉美和加勒比海國家的經貿合作和一體化，該計畫被看成是對美國發起的美洲自由貿易區的另一種選擇。

中美洲自二〇〇六年一國接一國跟著向左轉之際，也紛紛加入ＡＬＢＡ，包括尼加拉瓜和宏都拉斯。而宏都拉斯總統賽拉亞（Manuel Zelaya）⑯更這樣說：過去證明，保持傳統的模式他們不能前進，參加美洲玻利瓦爾替代計畫將爲加勒比海國家和本地區的窮人開闢新的機會。

尼加拉瓜總統奧蒂嘉又補充說，替代計畫乃按照公平貿易的原則來推動能源、貿易及人文發展，合乎拉美的利益。

該計畫其後由美洲玻利瓦爾替代銀行（Bolivarian Alternative for Americas Bank）處理，簡稱Bank of ALBA。這座銀行就矗立在加拉加斯市中心，外貌醒目神氣。

此外，查韋斯又與南美多國如巴西、阿根廷、巴拉圭、烏拉圭、厄瓜多和玻利維亞等成立南方銀行（Banco de Sur），鼓勵拉美地區自成金融體系，按成員國實際需要進行貸款和金融貿易，要與世界銀行和國際貨幣基金抗衡，企圖走出以美國爲主導的世界資本金融系統。

當查韋斯與阿根廷、巴西、巴拉圭、玻利維亞和厄瓜多等國家領導人，正式簽署宣告南方銀行的誕生時，他以非常雀躍的心情表示，南方銀行可以幫助南美國家擺脫發達國家的經濟依附，進行自己的融資來協助區內發展。

這是第一家由拉美國家親自控制的國際銀行，也是查韋斯於二〇〇六年提出的建議，他以石油美元全力支持，在這基礎上再獲成員國的儲備承擔，而該銀行總部則設於委內瑞拉首都加拉加斯。

查韋斯強調，南方銀行與眾不同之處在於各成員國的投票權不按出資比例來決定，在發放貸款時也不苛刻，好讓成員國能解決眞正所需的問題，他指大家的合作乃是建基於兄弟情誼，而這情誼正是他所說的解放和整合拉美最重要的力量。

查韋斯還提出南美洲應朝向歐盟式的結構邁進。其實，之前已成立的南錐體共同市場（MERCOSUR），也有歐盟的影子，只是走得跌跌撞撞，但仍存在。

一個宏大的藍圖，構思得理想，說得也美麗，可是，實行起來又是另一回事，更何況要一下子改變五百年來累積而成的一套體制和觀念，勢必招致社會和國際的巨大反彈。

石油政策與修憲公投

在批評者眼中，查韋斯始終是以油元來收買拉美地區關係，以對抗美國。

事實上，油元是啓動查韋斯創意計畫的引擎，因此，他更斥巨資興建拉美地區的輸油管，同時與拉美各國簽定能源協議，以穩定區內石油供應，保障區內經濟穩定發展。

不過，最惹爭議的，倒是他與英美兩國的窮人社區如約紐哈林區市政府簽署協議，還有其他國家，以四折價錢向他們輸出石油的舉動，也被批評爲是爲他自己塑造國際形象的外交手段。而委內瑞拉反對派早對查韋斯處理國家資源如石油的手法，非常不滿。

委內瑞拉在西半球乃是原油儲存最豐富的國家，美國一直是委內瑞拉原油的最大輸出國，委國每天出產三百多萬桶石油中，有百多萬桶輸出美國。

可是，查韋斯積極尋找美國以外的石油夥伴，他頻頻出訪中國、俄羅斯、伊朗以及其他中東地區國家，委國人早已對此竊竊私語。

在查韋斯對天然資源國有化的政策下，一如所料，美國兩大石油公司埃克森美孚（Exxon Mobil Corp.）和康菲石油（ConocoPhillips）撤出，加拿大的加拿大石油（Petro-Canada）先退出百分之五十，而其餘的百分之五十可能亦會慢慢離開。

英國石油公司（BP）、美國雪佛龍公司（Chevron Corp.）、法國道達爾（Total SA）和挪威國家石油（Statoil ASA）留下，中國當然是委國主要拉攏的夥伴。

委國向外商大幅提高石油稅收，表示要讓國家人民能分享資源收入。美國對此一肚子氣，但對於其他外商而言，這相比於俄羅斯的苛刻石油投資政策，仍是較好。在委國，石油政治已經展開。

委國商業心臟地區阿塔米瓦（Altamira）一如香港中環，處處是宏偉的商業高樓，來自世界各地的跨國企業都設在這裡。二〇〇八年再臨此地，來自中國營商的人比我前一年所見的多了很多。附近的中國餐廳，以前以委國顧客爲主，自二〇〇七年開始，全餐廳都坐滿了口操普通話、身穿西裝、手拿手提電腦的中國客，其中有相當部分受僱於中國的石油公司。

我相約了一名當地經濟學家丘愛爾（Yaell）喝咖啡，她極力推薦哥倫比亞的Expresso，當然，這不是我要見她的主要目的。

丘愛爾曾於華爾街工作，石油政策是她研究的其中一個項目。還有，她屬西班牙後裔的中產階級，她的意見代表了委國中產階層的想法。

她一到來，一頭長長的金髮，圓大的藍眼睛，高䠷的身材，加上一身時髦打扮，我隱約嗅到清幽的香水，這是典型委內瑞拉小姐的模樣。我向她問了句como estas ustead（你好嗎），她竟然回應no muy bien（不大好）。我問，何解？

她環視四周，說：「你看看，我們的國家，給查韋斯弄成這個樣子。現在，查韋斯把各個領域逐步收歸在他控制之下，石油政策是災難區……」

丘愛爾喝了一口咖啡，繼續說，查韋斯怎麼可以放棄美國的市場，石油運到美國只需四十八小時，但運到中國要四十八天；美國有先進的提煉原油科技，可是中國明顯在這方面遜色。委國目前最需要的是technology know-how（科技知識），而不是向俄羅斯買潛艇來對付美國。可是，查韋斯不斷向鄰近窮國送石油，又以高價向中俄購買軍備，難怪產油豐富的委內瑞拉，人民卻富不起來。

丘愛爾向我大吐苦水，並指出查韋斯要推動的所謂二十一世紀社會主義革命，炫耀滅貧成就只是假象，最低層生活的確比以前改善，但其他窮人卻深受高通膨之苦，薪金縮水，而中產階級更苦不堪言，他們的生活水平比以前大幅下降，民主自由是最大的受害者。

丘愛爾除了擔心委國中產階級貧窮化外，也憂慮美資慢慢撤出委國，這對委國經濟所造成的衝擊，無法估計。例如埃克森美孚等石油公司已宣布拜拜，一直依賴美國市場的委國石油經濟，將會出現很大變化。

事實上，有不少人如丘愛爾般，擔心過度政治化的石油政策會搞垮經濟。丘愛爾建議我細心閱讀《紐約時報》專欄作家弗佛里曼的石油政治新理論，以明白爲什麼原油價格愈高，產油國的民主自由愈低。

《紐約時報》知名專欄作者佛里曼指出，委內瑞拉已經正式展開石油政治戰，他還把油價與民主自由拉在一起討論，並在二〇〇六年六月《外交政策》期刊刊登了一篇洋洋灑灑的文章，名爲〈石油政治第一定律〉（The First Law of Petropolitics），分析當產油國家油價居高不下的時候，自由民主卻能反比例發展，而當油價下降時，這反爲產油國家提供更大的民主自由空間。

佛里曼的新定律立刻爲委內瑞拉反對派提供了理論基礎，他們不禁質問查韋斯，如果油價是二十美元一桶，而不是六十美元一桶，他還敢高舉反美旗幟嗎？他仍能趾高氣揚談論二十一世紀社會主義革命嗎？他可會公然「打壓」傳媒如加拉加斯廣播電視台（RCTV, Radio Caracas Television）嗎？

一連串的問題，佛里曼的〈石油政治第一定律〉竟然成爲他的《世界是平的》一書後，另一新貢獻。

他說：「我留意到，第一個舉行自由選舉的波斯灣國家是巴林，當女人在該國可以投票，當勞工法得以改革，讓當地人更加積極參與勞動的時候，乃是該國原油蘊藏量下降之際，這亦是第一個波斯灣國家願意與美國簽署自由貿易協議，那我不禁要問，難道這是巧合嗎？最後，我研究整個阿拉伯世界，觀察黎巴嫩民主人士如何踢走駐當地的敘利亞軍隊，我更不禁要問，阿拉伯世界眞正民主的出現與油價下降難道只是意外嗎？」

佛里曼好像發現新大陸一樣，以經濟量化他的新石油政治理論，並稱之爲「石油政治第一定律」，他儼如經濟學大師，推出大量圖表和數據，以表明原油價格與自由民主指數經常成反比例，也就是在產油國家裡，民主公平的選舉、報刊的成立與關閉、異議分子的生存空間、自由經濟能否順利推行、私營化與公營化等等，都與油價有關。

可是，油價從二〇〇七、二〇〇八年百多美元一桶，迅速下降至二〇〇八、二〇〇九年的四十至七十美元一桶。在這段時間，查韋斯再度推出修憲公投，竟然可爲二〇〇七年底的一次失敗雪恥，有過半數選民支持這份反對派視爲步向獨裁的修憲提案。

查韋斯的修憲舉動一直惹人極大爭議，其中的風暴眼則是有關總統可無限制參與大選連任，反對派即指他欲想做終生總統，抓著權力不願放手。至於其他的修憲內容，包括經營國家資源的方式，以及其他社會改革等，則相對失色，沒有吸引應有的關注。

不僅是委內瑞拉，玻利維亞與厄瓜多也一樣因修憲導致社會內部波瀾此起彼伏，三國領導人皆認爲修憲乃是要深化社會主義改革。舊有憲法，乃是按過去少數統治精英的利益而訂立，爲了配合革命，他們有必要修改。（見附錄五，390頁）

憲法是一個國家的基石，既然要移動，引起地震是意料之內。如何回應和處理不同的民意，對領導人的民主量度是一大考驗。

當查韋斯得知他在第一次修憲公投以微小票數落敗後，他竟欣然接受，並恭賀反對派，也實在教人跌破眼鏡。這位經常讓人意想不到的總統，只說了一句他最愛說的話：此時此地（aquí y ahora，here and now）。

對，此時此地，他輸了，但，未來依然有機會，只要不放棄。這就是查韋斯。

二〇〇七年底公投，有三百萬名查韋斯支持者竟然沒有去投票，致使查氏修憲敗北。支持者以缺席投票來表示不滿，他們不滿政府施政混亂，缺乏效率，只顧講卻不實行，使得通貨膨脹惡化，民生困苦。

委國通貨膨脹厲害，首都加拉加斯已是拉美地區消費最貴的城市，吃一客好一點的漢堡，竟然要花上十四美元！

其實，我本人絕不會去吃美式快餐，只不過有一天經過漢堡王美式快餐店，一大幅顏色鮮艷的漢堡圖片懸掛，售價更是搶眼，優惠價二萬九千玻利瓦爾（委國貨幣），按官價一美元兌換二千一百玻幣計算，那豈不是要過百元港幣？這個漢堡比美國和英國的都要貴，可能是全世界最貴的漢堡！

委國朋友告訴我，自二〇〇七年夏天我離開後，大家都擔心同年十二月的公投會影響到經濟，因此，不少人在黑市搶購美元，玻利瓦爾貶值至黑市價六、七千兌一美元，市面所有貨品價格立刻上升一至數倍。

二〇〇七年最後三個月，即公投前，委國更出現糧食嚴重短缺，原因是委國有外匯管制⑰，未能及時回應波動的黑市價格，製造商能夠以官價換取美元有限，沒有美元如何從外國購入原材料？除非透過黑市，但這便會大幅增加生產成本，而委國對一些基本糧食又有價格管制，致使製造商血本無歸，那倒不如停止生產。

反對派有鑑於此，利用機會大做文章，以影響人民對總統查韋斯的支持率。可是，查韋斯政府反應緩慢，竟未能及時以油元回應。

有人會問，當時油價不斷上升，產油豐富的委內瑞拉理應得益才對，爲什麼竟可以讓糧食短缺現象出現，令政府蒙受打擊？其實，當市面上開始有人搶購糧食、人心惶惶之際，委國政府可以利用大量油元從外收購糧食，再投入本地市場，以堵住糧食短缺的問題，如果他們當初能夠這樣做，便可挽回聲譽。

從二〇〇八年開始，查韋斯不斷推出債券，企圖控制貨幣供應，以解決市場對美元的不平衡需求，希望把黑市價與官價拉近。這種手段的確曾經把黑市價降至一美元只能兌換三千玻利瓦爾，但市面上價格未及調整，仍然維持二〇〇七年公投時的高價格，讓這裡的生活變得瘋狂！

查氏檢討失敗原因，發覺他的團隊的確沒有貫徹他的政策，不少居民未能受惠他所推行的服務，因此，他決定加強與人民的直接接觸，這是他最愛訴諸的手段。

一次，當他巡視一個社區，居民傾巢而出迎接總統，但查韋斯受重重保鏢和軍警保護，居民只能在遠距離向他揮手。查韋斯在巡視途中，突然指向一名婆婆，說：「嘿！就是那位婆婆，婆婆，請過來，我要與你傾談一下。」查氏這一舉動，令他身旁的部長和顧問不知所措，既然總統要接見婆婆，軍警只能讓路。婆婆一拐一拐向總統走來，在他面前，立刻哭訴，如何受盡官員的氣，還有老人金遲遲未能到手，政府服務怎樣緩慢等，查氏一一寫下，事後向有關部門大興問罪之師。

他不僅藉巡視了解民情，並且親自致電個別居民，查詢他們對政府的意見。就這樣，他拿起電話，說：「我是總統查韋斯，你好……」他還未來得及發問，對方即回應：「什麼？總統？如果你是總統，那我便是皇帝！」說完立刻收線，因為他們認為自稱總統的人，精神一定有問題。

查韋斯的電話不斷給接聽者掛斷，因此他就在電視上大呼：「我的確致電給你們，下次請不要再掛電話！我想知道你們的意見。」

新聞官告訴我這個故事，我聽得不可思議，感嘆：「總統眞忙！」新聞官無奈搖頭：「唔，的確是。比其他總統更忙，他每天只睡三至四小時，依然精神奕奕。我們新聞部也跟著特別忙。他上台前，我們新聞部正常工作，他上台後，我們每星期工作七天，需要招聘大量人手，大家說起新聞部，都說不想加入！」

未幾，新聞官又嚴肅地向我解釋，一如其他拉美國家，委內瑞拉官僚百病叢生，工作態度渙散、欠缺效率、得過且過，未能配合查韋斯急進的改革步伐。因此查韋斯便扮演老師，把公衆講堂變成爲課室，檢視每一個學生的功課，並即時評核，讓官員無所遁形。難怪每次觀看查韋斯的演講，他都在比手畫腳，原來他正在囑咐、責罵、讚賞官員們的工作，他認爲，只有這樣，那些官僚才會害怕、才能改進。

可是，對於被批評的官員而言，他們都受不了查韋斯這種家長式作風，查韋斯陣營內部逐漸出現分裂現象，不信任的情緒此起彼伏。

舉個例子，二〇〇八年我再度採訪委內瑞拉，打算訪問上任不久的財經部長，怎知不及兩星期，查韋斯已把財經部長換人了。人事的變遷與動盪，屢見不鮮，教人擔心，查韋斯在面對外部挑戰之餘，如何應付內部團結問題？

查韋斯執政的個人色彩

二十一世紀社會主義革命一路走來，跌跌碰碰。而查韋斯卻愈走愈亢奮，令革命充滿他的個人色彩，他是那敢於對抗巨人的武士？還是把風車誤作巨人的傻子？

憧憬那不可能實現的夢想，
戰勝那不可能擊敗的敵人，
忍受那不可能排遣的哀傷，
奔往勇者也不能去的地方。
改正那沒辦法糾正的錯誤，
從遠處純潔堅貞地去愛慕，
你雙手疲乏不堪仍要嘗試，
去攀摘那沒法企及的星辰！
追隨那星星，這就是我的探求！
不管多麼無望，不管多麼遙遠，
爲眞理而戰鬥，決不猶疑回頭！
爲了正義我甘心闖進地獄，
深知只有忠於光榮的追求，
唯有這樣我的心才能安詳，
直至倒在永遠長眠的地方。
這世界將會變得更加美好，

一個堅強的人遍體累累創傷，
仍會以最後一分勇氣苦鬥，
去攀摘那無法企及的星辰！
——《唐吉訶德》之〈不可能實現的夢想〉

「我們身邊不能沒有一本《唐吉訶德》，大家都要讀讀這本書，學習這位鬥士的精神，他一生就是爲了爭取公義、爲了改造這個世界……在某種程度上，我們是唐吉訶德的信徒。」一位工作於卡第亞電視台的委內瑞拉紀錄片編導阿瑪杜送了一本西班牙的《唐吉訶德》給我，他說，早先查韋斯爲了紀念《唐吉訶德》出版四百周年，特別斥資印刷了一百萬冊，向公衆免費派發，並建議人民細心閱讀這本書。

原來唐吉訶德也是查韋斯心中的偶像英雄。

我問阿瑪杜，委國人是否也視查韋斯爲唐吉訶德——一名理想主義者？阿瑪杜表示，唐吉訶德這位小說人物，雖然在西班牙語系世界裡已成經典，但不是每人都喜歡。這我同意，我們認識的一位時裝店舖售貨員便帶著諷刺的口吻說：「查韋斯總統的確是唐吉訶德，因爲他經常與不存在的東西鬥爭，他以爲他可以改變世界，但他不能。一個人的能力，不會足以改變這個世界上他所認爲是錯誤的一切東西。」

批評者表示害怕查韋斯慢慢走向獨裁，一如史大林、毛澤東、柬埔寨的波布，爲了一個不存在的烏托邦，寧願把人民的自由犧牲掉。

可是，生長在貧民社區的阿瑪杜卻不同意。他指理想雖然有時在現實中難以實現，委內瑞拉依然貧窮，但現在，委內瑞拉人已比從前享有較好的醫療保健，文盲下降，最重要的是，這裡沒有人因飢餓死去。以上種種都不是人民的幻覺，而是切切實實的改變。

我不會反對查韋斯是一位理想主義者，可是理想主義者偏偏很容易走向自己的對立面，判斷一位領袖的功過，很難非黑即白。

在這情況下，我終有機會親訪這位火紅的總統。

爲了得以近距離追訪查韋斯，我在二〇〇六年及二〇〇七年兩度前赴委內瑞拉採訪。當我向委內瑞拉新聞局詢問採訪查韋斯的機會時，新聞局負責國際媒體的官員斯薩（Cesar Torres）告訴我，已向他們遞交申請採訪查韋斯的全球傳媒機構共有六百四十多家，即使駐委內瑞拉首都加拉加斯的美聯社，也無法進入總統府進行面對面的採訪，他們只獲安排跟隨查韋斯的出巡車隊，坐在查韋斯後面追問。

斯薩說，查韋斯會親自檢閱每個申請並決定接受誰的採訪，在旁的官員只能提供一點意見。儘管如此，我仍然不放棄每一個接近查韋斯的機會，試圖了解他的思想行爲。在此過程中，我發現在他的「瘋狂」背後有另外一面，新聞背後的查韋斯不是不爲人所知，而是沒有傳媒願意去報導。

兩度身在委內瑞拉，我多次採訪查韋斯出席各種場合，發現這位總統凡事都親力親爲，無論大小，他都要親自向群衆解釋一番，他主動採訪每一個社區，每一個村落，而群衆也愛找他反映他們的訴求。只要他一出現，群衆就遞上各式各樣的建議書。一位居民對我說，他們過去從沒試過與總統的關係這麼接近和親密，大家都稱他爲「人民的總統」。

由於建議書越來越多，查韋斯索性在總統府旁開設一個窗戶，接收人們的信件。我看到，在這裡，男女老幼，絡繹不絕，他們手中除了建議書外，還有字條，字條上滿載他們的心聲，據說查韋斯都會一一審閱，就如同審閱記者的採訪申請一樣。

也許，你會問，他哪來那麼多時間？我也想不通，在委內瑞拉，幾乎每天都可在政府的電視台上看到他不斷發言，他還自創一個電視節目「哈囉，總統」。每逢週日，該節目都會在不同社區或村落舉行，並現場直播，除當地居民代表可親臨與總統直接對話外，其他社區也可通過衛星即時與總統交談，檢討政策得失，在場還有相關政府官員，他們經常會被總統質詢有關政策推行的進度。

究竟查韋斯是一個怎樣的人？我再次向新聞局要求，至少爭取機會參加他的「哈囉，總統」王牌節目，近距離觀察他的所言所行，同時向他提問。在我快要離開委內瑞拉的前兩天，新聞局局長來電，表示查韋斯同意邀請我出席節目。

出於安全的原因，節目舉行地點事前不得公開，新聞局告訴我，要隨時作好準備，他們會爲我安排行程。節目舉行的前一個晚上十一時，局長再次親自來電，指他們會派專機接送，囑咐我第二天一大早在專機機場等候。

一部用來接載部長級官員的小型飛機停泊在那裡，同機的有國會議員、節目助理，及另一位受邀的英國《衛報》記者。其中一名助理告訴我，過去查韋斯還讓記者參與節目，但由於有太多記者申請採訪他，最近他才開始選擇性的邀請，每次不超過兩人。

經過四十五分鐘的飛行，我們抵達一個軍用機場，再轉乘總統直升機，前往節目舉行的地點Valle Seco，一個美麗的沿海市鎮。講台臨時搭建在沙灘上，海灘有一條長堤伸至海中央。查韋斯一抵達，即興奮地走到這條長堤散步，他似乎十分享受海風送爽，做了一個深呼吸後，未幾便唱起歌來。大家不知道他下一步還會做什麼，或者連他自己也不知道，因為很多時候，他都是率性而為，想做什麼就做什麼，正如他想說什麼就說什麼。

事實上，查韋斯經常表現出理性與感性的雙重性格，他可以在滔滔雄辯裡突然來個詩篇朗誦，又或引吭高歌。雖然他是百分之百的政治人物，但他又是文學藝術的愛好者。在他於一九九二年發動政變不遂被關押在監獄時，他便是以寫詩消磨時光，而在二〇〇七年夏天，他更灌錄個人唱片，免費派送給民眾分享。

在長堤踱步完畢，查韋斯終於坐到講台上。不過，他沒有立刻進入當天的話題，反之，他東拉西扯，一如與家人閒話家常，這種方式平民百姓頗為歡迎，而這也是他在國內演說的特色。與他在國際會議上向美國張牙舞爪的作風，判若兩人。

當展開節目的開場白期間，一群小孩子跳到海裡暢泳，拍打出嘩啦嘩啦的水聲，發出天真的歡笑聲。他不僅沒有責怪孩子的打擾，反而向孩子呼喊，稱讚他們的游泳技術了得，而他則在十一歲才開始學習游泳，沒有他們游得好。他又把孩子們叫過來，孩子們一擁而上，非常高興。而在場的支持者不斷高喊「查韋斯」。但反對派卻指這是典型的民粹主義作風，只懂一味煽動群眾的情緒。

不管怎樣，查韋斯繼續向外賓展示他的親切作風。對記者也不例外，他不但親切，而且表現得開明，至少他沒有事前審查我和《衛報》記者的問題。有經驗的記者都知道，在白宮以至其他國家領導人在接見記者前，必須審視記者問題才接受訪問，查韋斯不按慣例的作法，從中也顯出其極自信的一面，這同時也給記者留下深刻的印象。即使美國著名主持人芭芭拉・華特（Barbara Walter）亦不例外，她訪問過查韋斯後，在節目中以友善、聰慧、有尊嚴（friendly, intelligent, and dignified）來形容查韋斯，致使她遭到美國一些人士的責難。

以下是我和《衛報》記者羅力（Rory Carroll）對查韋斯進行採訪的摘錄。

查：今天有一位來自中國的記者張翠容出席我們的節目，她代表的媒體是《亞洲週刊》，請鼓掌歡迎……請問你居住在中國嗎？中國哪個地方呢？

張：香港。

查：呵！香港，好，你的翻譯也是中國人嗎？（我答是委國華僑）哦！是在委內瑞拉出生的華裔人士，你們體內同樣流著中國人的血液呢！除你們外，與我們在一起的還有另一位記者羅力，他來自英國……我知道記者心中永遠有很多問題，我洗耳恭聽。

羅：你最近積極推動修憲，裡面有很多重要的修改方案，也十分具有爭議性，你把總統連任期限取消了，但這卻又不適用於市長和省長身上，有批評者指你將逐步走上獨裁之路。

查：這就是你的問題，今天我還要用很多時間來解釋憲法的疑問，不如我們先聽聽張翠容有什麼問題吧！

張：貴國所推動的改革舉世矚目，我們在亞洲對你的革命構想感到好奇，而修憲如何推動你所說的二十一世紀社會主義？爲什麼要強調二十一世紀？這與二十世紀有何不同？

查：謝謝！一位來自英國和一位來自中國的記者，我想，你們都代表著不同文化的傳媒機構，有不同的意識形態。比如羅力，你的問題其實是反映了英國的觀點，我不是在說你的觀點，而是你的傳媒機構觀點。我知道歐洲記者對我們總是帶著批判，但你們如何看待你們祖先在拉美地區所做過的事情？一些加勒比海國家到現在仍然掛著英國女皇的頭像，又如歐洲殖民者在非洲，他們至今也不承認非洲的大屠殺與他們有關……

回到你的問題，其實，在歐洲很多國家都沒有爲領導人設連任期限，例如英國、德國、法國、義大利、希臘、葡萄牙等等，幾乎大部分歐洲國家都沒有期限。你來自歐洲，爲什麼反過來問我取消連任是否會走上獨裁？我知道這與你個人無關，這只是與你所代表的傳媒機構有關……

我作爲改革的推動者，就像一位畫家正在繪畫出一幅圖像，當然希望有足夠時間把這項工作完成，並看到成果，試想一位畫師畫了一部分，不能繼續下去，要由另一位又或再一位畫師繼續，結果這已不再是原來構思的一幅畫了……

好了，再看看來自中國的張翠容，她關心我們的改革，二十一世紀社會主義方向，我們的修憲正是要加深二十一世紀社會主義的改革，消滅不公義。在修憲內容裡，除總統任期外，其實我還提出如何加強勞動階層的社會保障，提高老百姓的政治參與社區的力量。這是我所相信的民主，眞正的民主，二十一世紀社會主義的民主，這同時是今天節目的主要討論內容。翠容，你會從中找到答案。

張：我還有一個問題，你除了受到玻利瓦爾和格瓦拉的思想影響外，也有受到毛澤東思想的影響嗎？你如何看待毛澤東思想和中國的改革，這會是你的革命參考的藍本嗎？

查：我深知中西有別，我尊敬中國，她在世界革命上有過貢獻。至於毛澤東，我可以告訴你，他的思想影響了拉美一代人。當我還是一個年輕的軍人時，我愛讀他的軍事理論著作……但我們有自己的道路，並沒有企圖複製別國的模式；這包括古巴在內，古巴革命有其時代背景，中國也有她的國情，不過，中國用有限的土地解決了十三億人的吃飯問題，這是政府成功解決了土地問題，這是我們值得參考的。事實上，我們推出土地法，也有這個作用。我深知全世界都在觀察我們的革命，這包括翠容你所來自的亞洲地區，我們要加強合作和團結，立個榜樣……要知道，美國正要全力打擊我們，他們已啓動傳媒機器來抹黑我們。目前，我們除了處於一場石油戰外，還有傳媒戰，對抗傳媒的霸權。記得一次我接受一來自美國邁阿密的電視台訪問，我細心解釋我的治國理念，節目主持人表現出一派理解的態度，結果節目播出時，卻是另一回事，有關方面鑽空隙，在我談話前後加插抹黑的段落。電視台的解釋理由，竟然是受到邁阿密黑幫的壓力，他們不欲看到節目的播出，更不願看到我可以向美國民衆講解波利瓦爾革命藍圖。

張：我同意您所批評的美國傳媒霸權，但，總統先生，你不也是得要承認美國傳媒在世界的影響力而接受他們的訪問嗎？在過去，你給與英美媒體無數的專訪，亞洲傳媒卻絕無僅有，我作爲亞洲記者深知要打破美國媒體霸權，是非常艱難之路，如果不能打破媒體霸權，那就無法打破政治霸權。總統先生，在您面前，我能與西方記者一樣受到重視？

查：我很高興你受邀來到這裡，我知道全球有不少記者對我有好多的問題，我很難滿足大家的要求，至於傳媒霸權，我希望將來有機會與你討論。事實上，我們成立南方電視台，並與半島電視台合作，目的就是不願再依賴西方傳媒而擁有自己的聲音，屬於開發中國家的聲音……羅力，你也有問題嗎？

羅：有，委內瑞拉的革命沒有你也可以繼續嗎？

查：在世界的歷史上，真正的革命不是單靠某一個人，而革命是有階段性的。在這個玻利瓦爾革命的階段上，我扮演了角色，但終有一天，我會離去，這可能是我的政府，又或是我的生命，但革命長存，就像大海裡總存在一點一滴的水，陽光的光線總會穿透大氣照耀，年復一年。在此我向你們推薦Plejanor所寫的書《歷史中的個人角色》（西班牙文）。多謝翠容，多謝羅力！

當節目結束之際，我託一名新聞局官員轉交一張字條給查韋斯，表示還有向他發問的問題，其中就有關革命的前景，正如他所說，革命不光靠一個人的願望，但亦不光靠群衆的熱情，還要有經濟實力，既然委國的革命在很大程度上依靠石油財富支持，如果碰上油價大跌，致使石油財富終有耗盡的時候，那麼，革命會否就此崩潰？

其實上述問題都是大家心中的疑問，查韋斯曾就此表達過他樂觀的看法，而他再次強調說：「我想革命不會崩潰，因爲石油始終有價，是珍貴資源，更何況玻利瓦爾革命的延續不僅依賴石油，還是出於全國的意志、構想，這是一個全國的項目。現在，我們正推行的策略性政策名爲『石油播種』，這即是以大量的石油財富來發展國家的農業、旅遊和其他工業，我們要在委內瑞拉建設一個多元的經濟，今年我們在基礎建設上注入龐大的投資，這包括興建以太陽能源爲主的發電站、鐵路網絡、高速公路、新市鎭、新大學、新中學、收購土地、製造拖拉機、推出農民借貸計畫等。或許，我們終有一天再沒有石油，但這只會是二十二世紀之後的事情，委內瑞拉未來二百年仍可繼續擁有豐富的石油和天然氣資源。」

明顯地，查韋斯已把革命與石油綑縛在一起，而且一派樂觀。石油是委內瑞拉經濟命脈，數百年來都受殖民國和英美資本的控制。現在，石油是委內瑞拉革命的支柱。

二○○二年反查韋斯的政變瀕臨瓦解之際⑱，反對派則毫不留情地毀掉委內瑞拉石油公司（PDVSA）內所有電腦資料。一名員工告訴我，他認爲反對派這一招很「毒」。同年十二月，反對派又組織全國總罷工，石油工業幾乎陷於停頓，他們深知，要阻止查韋斯的紅色革命前進，必須干擾它的命脈——石油。

委內瑞拉是世界第五大及南美第一大產油出口國，根據委國能源部公布二○○五年的統計，委國石油儲量有七百八十億桶，而重石油儲量則共有二千三百八十億桶。石油一直是委國的經濟命脈，占總出口百分之八十。而輸往美國的石油占其石油總出口百分之六十，爲美國總石油進口量的百分之十五。

十六世紀西班牙殖民者壟斷委國石油，踏入二十世紀初，以英美爲主的外國資本增加，他們以租用土地的方式，進行大量石油勘察開採工作。

至於對石油產業國有化，查韋斯不是第一人。早在一九七五年，佩雷斯上台後立即推行石油國有化。可是，到了八十年代，西方國家爆發嚴重經濟危機，他們把危機轉嫁到第三世界，利率大幅飆升和油價大幅下滑，拉美地區受到重創。九十年代展開之際，美國以協助挽救經濟之名，向拉美推銷新自由主義經濟政策，委內瑞拉再度將國有企業私有化，由外國資本重新接管。

查韋斯曾在一九九二年發動政變企圖推翻佩雷斯卻失敗，在一九九九年最終透過大選以歷史性高票率當選。他上台之初委國仍處於經濟疲弱時期，他提出要走第三條道路，即介乎資本主義與社會主義的路線。但不久他卻又指資本主義無法令人擺脫貧困和不平等現象，新自由主義在委內瑞拉更把這種現象惡化，當時委國的貧窮率爲百分之六十。

查韋斯表示，只要資本主義制度不改，認眞解決貧困和不平等，任何措施都必與寡頭集團產生尖銳矛盾，只有社會主義才能有服務大衆利益的規劃設計，因此，他提出二十一世紀社會主義革命這個另類模式。

革命需要經濟實力，而委內瑞拉的經濟實力就是石油，因此查韋斯逐步從外資手中奪回石油產業，但他的國有化政策與二十世紀六、七十年代不同。在六、七十年代，拉美國家用極低的補償金將部分產業從外資手上收歸國有。而現在查韋斯只是提高分成比例和降低外資的控股權，然後再將石油收益投放到國內的社會項目去，使得自二〇〇七年以來貧窮率下降至百分之三十至四十水平。此外，他又以石油加強國家在國際事務上的角色，逐步打破美國單邊主義，這是美國所最不願見到的事實。

查韋斯與美國右翼政權，勢不兩立。當前美國總統小布希在位時，兩國的對立可說是空前絕後。美國最大的福音派基督教組織基督徒聯盟（Christian Alliance）已故創辦人羅伯遜（Pat Robinson）便曾公開高呼幹掉查韋斯，而查韋斯也大罵小布希爲魔鬼、驢馬，大家唇槍舌劍，令國際社會側目。有評論直接指出，查韋斯的外交政策就是以反美爲主旋律，即使歐巴馬上台，他依然高呼小心美國帝國主義。

因此，二〇〇二年的政變，有傳聞直指幕後推手便是美國，一如尼加拉瓜的桑定政權被美國推翻，日光之下無新事。

在加拉加斯，我便曾登門探訪一個聲勢浩大的非政府組織蘇馬蒂（Súmate，西班牙語意爲「加入」，www.sumate.org）。該組織專門監察選舉和推動選舉教育工作，其兩位創辦人都是前美國國務卿萊斯（Condoleezza Rice）在史丹福大學教書時的學生，並接受美國國家民主基金會的贊助。

至於基金會的複雜背景，在尼加拉瓜一章已有詳細分析，在此不贅。不過，據聞其中一位不時訪問白宮的蘇馬蒂創辦人瑪麗亞．馬查多（Maria C. Machado），便曾參與二〇〇二年的政變，她第一時間簽署承認軍事政變中的新總統。

因此，蘇馬蒂被視爲反對派組織多於非政府組織。類似蘇馬蒂的組織在委國有好幾個，背後擁有美國資金，與反對派關係密切。

當我到訪蘇馬蒂時，必須要填報個人資料表格，並呈上採訪問題，這令我想到採訪黎巴嫩眞主黨辦公室的情景。

不久，發言人出來接待，一臉倦容，她不畏言告訴我，蘇馬蒂主要經費來自美國全國民主基金會，她還讓我看了一下蘇馬蒂的賬目，表現得一切坦蕩蕩。她聳聳肩，說：那又如何？其後她轉為忿怒，指查韋斯以此來打壓他們，侵犯他們成員的言論與人身自由，破壞委國的民主，而民主正是蘇馬蒂要努力維護和建設的精神。

委內瑞拉社會遂在民主與專政的大辯論中給撕裂，即使大學校園，也成為政治勢力的較量而劍拔弩張。由查韋斯成立的玻利瓦爾國立大學，和以白人中產子弟為主的委內瑞拉天主教私立大學，經常兩軍對峙。

一位委內瑞拉天主教大學的大學生Yon Goicoechea，由於他在二〇〇七年底公投時每天上街示威，而被美國視為「自由戰士」，獲頒「佛里曼自由獎」（Milton Friedman Prize）。最令人咋舌的，就是該學生同時獲得五十萬美元獎金！結果有不少大學生仿效，爭相擔當「自由戰士」，愈標新立異的，便愈有可能當上領袖。

現在，在首都加拉加斯有好幾間大學，都出現全國知名的學生領袖，他們儼如一個大機構的行政總裁，在他們後面跟著一大群志工，分別負責公共關係、傳媒宣傳、行政等等，如果記者要與學生領袖接觸，必須先與公關約時間，若領袖沒有空，發言人便會出動來應付媒體。

我走入該所大學，還以為走入了一個政黨的總部。學生們變得非常政治化，他們每天所忙碌的不是上課讀書，而是如何能當上領袖，又或成為領袖的「內閣」，上鏡頭、出國，以及領取獎金等。

有一位學生領袖在去年公投前接受半島電視台訪問，內容是這樣的：

問：你爲什麼要走上街頭？

答：我們國家已漸漸步上獨裁，沒有自由，我要爲自由而戰。

問：沒有自由？但現在你仍然可以大聲疾呼，每天上電視。

答：啊！雖然目前我們還有一點自由，但若公投成功讓新憲法通過，我們便不再有自由了。

問：新憲法哪一條限制公民的自由？

答：總之就是沒有自由，如果通過，我便會離開這個國家。

問：可是，你是學生領袖，怎能說走就走？

答：唔，對，我不能走。但我留下來也沒有什麼作用呢！還不如跑到別國搞一場民主運動。

半島電視台給這位學生領袖弄得頭昏腦脹，啼笑皆非。不過，在另一方面，他們正受美國力捧呢！

至於玻利瓦爾大學，我竟在一個社區認識該校一位新聞系老師愛蓮納，受邀到其學系與學生交流。

愛蓮納在校內與學生成立了一個社區電台，而她更親自上陣，跑新聞、當編輯，深受學生歡迎。

學生一見到我，即問我：「你是記者，你知道我們國家正展開了一場傳媒大戰嗎？」

我未及回答，看著他們，他們也盯著我，等候我開腔。年輕的小夥子眼神銳利，如未來戰士，摩拳擦掌，擺好一副架子，正準備還擊受美國媒體寵幸的反對派同學。

課室雖有點簡陋，但那一張張木桌椅卻抵擋不了他們的鬥志，空氣裡充滿高漲的情緒。我舒出一口氣，啊！委內瑞拉！蚊子在我頭頂上嗡嗡作響。

一場傳媒大戰

我當然知道這一場傳媒大戰。二〇〇七年由於查韋斯不再發給一間反對派主流加拉加斯電視台執照，而引發國際媒體連場的激烈爭議，在此，主要是美國不停叫嚷查韋斯打壓反對陣營、收緊言論自由、走向獨裁。

美國各大電視台不斷播放委內瑞拉群衆上街示威的新聞，人們戴上口罩，眼含淚光，儼然一片風聲鶴唳。至於亞洲這邊，由於對遙遠的拉美缺乏認知，不得不跟著美國傳媒走，也質疑查韋斯這位拉美新興「獨裁者」。一時之間，委內瑞拉和查韋斯取代了伊拉克與已故薩達姆·海珊（Saddam Hussein），成爲國際傳媒的「新寵兒」，只可惜新瓶舊酒，美國各大媒體仍然只站在對立角度，一面倒的報導手法，沒有汲取伊拉克的教訓，把觀衆與讀者一同拖進「非黑即白」的簡單思維裡，眞相也就淪爲可憐的孤兒。

二〇〇六年第一次採訪委內瑞拉，當我抵達首都加拉加斯不久，就來到新聞局，想安排訪問一些官員。我坐在大廳等候時，無意看到有一房間，門上掛著一個方牌：另類媒體及社區發展（Alternative Media and Community Development），顯然是某一部門所負責的工作項目。我感到奇怪，在西方或一些亞洲國家，另類媒體乃是從親建制（pro-establishment）傳媒之外發展出來的另一種媒體聲音，以抗衡建制。怎麼，在委國，建制外媒體竟然會得到政府扶植？當局豈不是把槍口對著自己嗎？

一問之下，恍然明白。原來，委內瑞拉至少有一半以上的傳媒都是屬於反對派陣營，說穿了，這些媒體都是前朝「白人統治」時代留下來的產物，當時它們是親建制媒體，代表大企業利益，自查韋斯上台後，立刻變爲反對派。由於它們資源充裕，聲音也特別大，甚至傳至海外，人們不難獲知他們的意見。

我走到加拉加斯街頭，差不多每一個街頭拐彎處，便有一個報攤。委內瑞拉社會極度政治化，大家都愛看報刊政治評論，數十種報紙與雜誌在報攤上擺放著。

我仔細看，有委內瑞拉三大報章：《最新消息報》（*Ultimas Noticias*）、《環球報》（*El Universal*）和《國家報》（*El Nacional*），後面兩份屬於反對派或親反對派陣營，每天大罵查韋斯及其支持者。

我身旁一位駐委內瑞拉的英國記者笑說，反對派罵人眞夠兇，有些言辭甚至已跨過底線，違反法律所定義的誹謗。但委內瑞拉這個社會很奇怪，特別在查韋斯時代，大家都在罵、罵、罵，不當回事，查韋斯也沒有對這些反對派的激烈言論採取法律行動。

事實上，過去與現在都一樣，委國傳媒百分之九十是私營的，而私營傳媒過去與統治階級的利益千絲萬縷。如果說傳媒受審查，過去也屢有發生，爲什麼美國媒體對此卻無大肆報導？如果要比較，目前的傳媒生態可能更民主、更開放，爲什麼？

新聞局官員斯薩終於露面，我第一個搶著提問，問的就是委國政府推動另類媒體的「怪現象」，斯薩笑了一笑，回應說：「委國傳媒一向由企業傳媒壟斷，老百姓沒有發聲的平台，總統查韋斯強調參與式民主，而民主社會主義就是讓老百姓抬頭，政府要聆聽老百姓的聲音，有必要擴大傳媒空間，我們鼓勵各社區來參與傳媒運作，可是，這些社區什麼資源都沒有，我們就向他們提供援助。」

讀者或許認為斯薩幫政府說話，事實又是怎麼樣呢？我專程到訪加拉加斯一個最大的另類電視台：卡第亞電視台。它坐落於市中心邊緣的一幢舊房子，聽說原來是廢棄的攝影棚，政府送給卡第亞電視台使用，還贊助了大量攝影器材，卡第亞電視台搖身一變成為另類媒體的老大哥，還負責照顧各社區的小型另類媒體。

我到訪當天下午，剛巧碰上一群媽媽帶著下了課的孩子，回家前先來卡第亞電視台剪片，她們在社區拍了一項活動，準備在卡第亞電視台社區頻道播放，她們就這樣一邊叫孩子不要亂跑，一邊剪輯錄影帶。在場還有一些已退休的公公婆婆，他們也參與了這項代表社區的媒體運動。

我就是在該電視台認識了安佩，跟著她到社區觀察拍攝工作，我問她，他們接受政府贊助，是不是要為政府說話？她愕然地望著我，說「不、不、不，我們只為我們社區說話，政府給第一批資金，以後我們要自負盈虧，很多時候眾社區互助，請不要忘記，我們都是義工，我們把成本減到最低……」

我受邀到卡第亞電視台觀看一次現場直播，三個社區代表坐下來，談對社區發展的看法，開始時大家陳述各自的研究報告，說起話來結結巴巴，後來漸入佳境，最後變成一場激烈的辯論。

此外，委國政府又資助成立英語新聞評論網站「委內瑞拉分析」（http://www.venezuelanalysis.

com），以接觸英語世界的讀者。

在另一邊，反對派陣營的「聯合電台」（Union Radio）也有一場論壇。第二天我趕赴電台，有幸認識一位知名評論員祖里奧．皮涅達（Julio Cesar Pineda），他本身是一名小富豪，經常猛烈批評查韋斯的社會主義政策。

我抽絲剝繭，梳理反對陣營傳媒的背景，發現有一些與蘇馬蒂關係密切，也在二〇〇二年政變中扮演了一定角色，例如加拉加斯電視台作爲這次傳媒風波的主角，當年便有全面配合政變新聞，並煽動群眾上街反對查韋斯。後來，加拉加斯電視台一位記者透露，電視台管理階層下達命令，對政變中有關查韋斯陣營的消息，不但不予報導，並扭曲新聞眞相，對查韋斯支持者極盡抹黑之能事，詳情可看芬蘭獨立電視台拍攝的〈未有轉播的革命〉（Revolution Will Not be Televised, http://www.youtube.com/watch?v=ICTP_9l-4NM）。

歐洲不少評論指當年政變是一場由媒體發動的政變（Media Coup）。政變過後，查韋斯政府才發現，媒體過於受反對陣營主導，政府竟然缺乏平台發聲，因此，查韋斯增設政府電台與電視台，並推動成立了一個代表拉丁美洲以至南方世界的「南方電視台」（http://www.telesurtv.net），仿效阿拉伯半島電視台（http://english.aljazeera.net）。

在加拉加斯電視台之前，電視台背景分布是：反對派占五成，中立派占三成，政府占二成。半島電視台駐當地的記者丁瑪對我說，加拉加斯電視台參與政變卻沒有受到審訊，已教人嘖嘖稱奇，可是美國媒體卻對此保持沉默。

後來，我與其他拉美媒體記者聊天時，其中一名駐守委國多年的阿根廷記者告訴我，加拉加斯電視台過去其實多次違反了廣播條例，經常在下午四時至六時的兒童時段播放成人性愛節目，並漠視有關當局的警告，這足以成爲不予發給執照的理由，更何況它與政變有關。

該記者苦笑說，加拉加斯電視台事件之所以讓反對派發難，主要本來應該由廣播局在年中（二〇〇七年）宣布的事情，查韋斯卻按捺不住，未及六月便早早跳出來，親自向外事先張揚，令反對派有足夠時間製造國際輿論，演變成一場模糊是非的國際風波，使委國形象大受打擊。

這次政府雖不給加拉加斯電視台執照，但它仍然可以透過有線電視、衛星電視繼續轉播，不過，美國媒體仍大鳴鑼鼓，高喊新聞自由受挫。誰不知，政府雖不發給執照，但並未把頻道收歸己用，反而讓給當地獨立媒體百家爭鳴，不讓企業媒體專美。

委內瑞拉反對派上街情景，主導了美國電視的畫面。可是，外界對於委內瑞拉的另類媒體特色則鮮有報導。其實，只要你身在委內瑞拉，便會對當地衆多媒體感到眼花撩亂，體會到言論兩極化當中仍然有多元的聲音。

這次加拉加斯電視台風波，可視爲是委內瑞拉一場傳媒大戰的序幕曲：代表親美精英利益的傳媒對決代表草根階層利益的傳媒，美國啓動宣傳機器對付查韋斯，而查韋斯也還以顏色，這不僅是傳媒戰，也是一場政治角力。

無煙戰火漫延，社會充斥著對立、衝突與互不信任。

二〇〇八年我再訪委國。一天，我跑到委內瑞拉首都加拉加斯西面的貧民區了解民情。一出地鐵便遇上「聯合社會黨」（PSUV）的宣傳隊伍，他們正爲黨部初選進行宣傳工作。

「聯合社會黨」乃是查韋斯企圖聯合委國所有左翼政黨而成立，以取代原本的「第五共和運動」，但過程中卻引起各左翼黨派爭議，莫說反對派，即使同一陣營內也有人惟恐查韋斯借此獨攬大權。不過，查韋斯則辯解稱，他的目的只是加強團結。

無論如何，上述的貧民區明顯是總統查韋斯的鐵票地區，車水馬龍，嘈雜得令人心煩意亂，沿路有不少地攤。近年委國深受通膨影響，平民生活困苦，政府鼓勵窮人參與非正規經濟（informal economy），亦投放大量資源支援窮人做小買賣。

探訪的地區，到處可見一些合作社以平價把貨品批發給地攤小販，而當地超市貨品也是來自合作社，向窮人提供優惠價，以紓緩通膨壓力。

我穿梭大街小巷，不時見到一幅又一幅的彩色壁畫，從委國國父玻利瓦爾到切．格瓦拉，革命口號更是氾濫得使人透不過氣來。

太陽愈來愈猛烈，人們擦肩而過，汽車不停響按，我心裡暗嘆，在拉美採訪的日子真不好受，我深呼吸一口氣，繼續前進。突然，我看見一大群穿著紅色T恤的老百姓在一個大貨倉排隊，他們等候分配物資。貨倉頂頭有CATIA的名稱，這是加拉加斯最大的一個合作社，隔壁的建築物外牆一大個「Che」字，然後是拉美衆多革命英雄的肖像。我舉起相機拍照，怎知遭到幾名紅衣大漢緊張地前來制止，示意要搜查相機和護照，惡形惡相。

在旁友人指該禁區便是委國的中央情報局，我從來沒有想到這樣重要的機構，竟然設在車水馬龍的貧民區。這些大漢纏著我不放，想他們一定以爲我是哪國的間諜，他們眼神充滿懷疑與仇恨，即使我來自中國，也不例外。

這是我在委國所觀察到的，就是這裡的革命意想不到地帶著強烈的報復心與敵意。我開始感受到拉美革命的危險性。

現在，在拉美，革命就好像反恐一樣，愈來愈變得神經兮兮，到處都是敵人，果真應了我們經常掛在口邊的一句：最大的敵人就是自己。

友人指我所誤闖的委國中央情報局，經我再三調查之下，原來不是什麼情報機構，這不過是總統查韋斯的極端支持者，即最深紅的組織弗朗西斯科・米蘭達戰線（Frente Francisco de Miranda, FFM）。

米蘭達是委內瑞拉十八世紀抵抗西班牙殖民統治的革命英雄，該組織以此命名，示意其革命的決心，可惜他們走向極端，但卻是二〇〇二年政變時的功臣，查韋斯能夠從政變生存下來，也是得力於他們。

其實，他們的極端，可以說一部分是由反對派媒體所造成。

據聞，這裡的反對派媒體經常派出身份隱藏的記者，混進查韋斯的支持組織，偷拍照片，然後胡亂扭曲照片內容，甚至肆意杜撰，以求抹黑他們，致使他們對媒體非常敵視。

一位委國記者感嘆說，這裡的媒體不是報導新聞，而是杜撰新聞。我訪問委國新聞部長，他指他們所面對的不僅是媒體問題，而是階級問題，這是一場階級鬥爭。

正由於大家認爲這是一場你死我活的階級鬥爭，反對派可能比紅色革命人士更神經兮兮。

我認識一位美國博士生，他在反對派地區一家酒吧與友人談論委國政治，他同情革命的言論給不遠處的一群反對派人士聽到，結果友人一出酒吧即被這群反對派襲擊，並企圖把他綁架。

這裡，不少人都會對外國記者反應過敏，你每問一個問題，他們都會想，你究竟暗示什麼？

代表哪方的利益？是否來刺探情報？又或是蒐集抹黑資料？

我在ＦＦＭ的遭遇，就好像反對派對我友人一樣。我們的華人社會或會出現類似情況，但委國的反應卻暴力得多，有人隨時因爲說錯話而招致殺身之禍。

又有一次，與當地人閒談時，才知道查韋斯又有「傑作」，引起這裡的工人與商家大鬥法。事情緣於較早前，查韋斯向工會推介卓別林的經典作品《摩登時代》（*Modern Times*），既然是總統推介，工會豈敢怠慢？幹部們立刻組織電影欣賞會，通知所有工會的工人參加，看後工人反應熱烈，並就電影所帶來的信息展開大辯論。

相信很多華人讀者都有看過這部對資本家諷刺得淋漓盡致的《摩登時代》吧！誰知查韋斯把二十世紀初的勞資爭論帶到二十一世紀的委內瑞拉來，導致商界對總統此舉甚表不滿，認爲有挑撥離間之嫌，遂大肆向有關部門投訴。

我剛認識一位屬於反對派陣營的商界人士，他氣憤地向我表示，查韋斯上台後不斷煽風點火，似乎要大搞階級鬥爭，而查韋斯口中的革命，就是要煽動窮人鬥有錢人的革命。想不到委內瑞拉從爭取獨立、擺脫獨裁、走上民主之路後，竟然因一個查韋斯，使得國家走回頭路，步上古巴共產主義的後塵。

該商界人士愈說愈激動，剛巧他背後的電視機正在播出查韋斯的演講，他氣憤地把電視機關掉，然後繼續說：「查韋斯指外界把他妖魔化，其實他不也是企圖妖魔化我們商界嗎？他向工人播放這一部電影，把老闆描繪成萬惡不赦的剝削者，使勞資關係出現緊張，這對社會有什麼好處呢？」

但工人們卻對查韋斯愛護有加。聽聞查韋斯要播放《摩登時代》，乃是要配合他將實施的新勞工安全法例，以保障工人權益，工人們對此大表歡迎。

類似的衝突此起彼落，究竟這是一場怎麼樣的革命？有委國人給嚇怕遂以腳抗議，移民去也。但另一方面，拉美其他國家和歐美的左翼進步人士及組織，卻以無比興奮的心情，紛紛前來委內拉考察或支援，例如「米蘭達國際中心」（Centro Internacional Miranda，http://centrointernacionalmiranda.gob.ve），這個以援助革命的學術研究中心，便有不少國際工作人員，其中有知名美籍作家伊娃．戈林吉（Eva Golinger），她認為二十一世紀社會主義革命不僅屬於委內瑞拉，同時也是屬於世界的，屬於人類尋找理想社會的努力。而她也寫了好幾本有關美國欲如何顛覆委內瑞拉查韋斯革命的書[19]。

胡士托的音樂再起。自稱為切．格瓦拉的繼承者，從四方八面湧到委內瑞拉來，他們披著拉美原住民的鮮豔綿織披肩布，拿起吉他，彈奏出約翰藍儂的〈想像〉（Imagine）。一時間，現實與想像並存。

支援的聲音固然悅耳，但能否容納不同聲音卻是查韋斯的重大考驗，如何找出一個平衡點更是革命的主要挑戰。當我離開委內瑞拉之際，查韋斯宣布，外國人不能在委國境內公開批評委國政府，記者除外。

原本我蠻享受委國的自由，而事實上，委國雖然處於革命陣痛與亢奮之間，聲音吵耳，但它的確仍然自由開放，直至查韋斯這道法令一下，我感到有點寒意。

風，繼續吹著，在加拉加斯這個山城，出現過多少希望與失落？歡樂與悲傷？

革命，始終不是一個人的獨腳戲。

註釋

①由墨西哥導演González Iñárritu執導的電影21 Grams（香港直譯《21克》，台灣譯名《靈魂的重量》）在二〇〇三年上映，片中由西恩潘（Sean Penn）飾演的角色即引述蒙特霍所寫的詩句：「地球轉動，我們更近，不斷自轉，直至我們在夢中相聚。」。

②查維斯主義就是追求拉美整合、擺脫西方控制、加強國家角色、推行二十一世紀社會主義。

③參見委內瑞拉歷史學家米哈雷斯（Augusto Mijares, 1897-1979）的著作《解放者》（*El Libertador*），一九六七。

④法國哲學家盧梭在《社會契約論》中主張由人民直接參與的民主，他說：「只有當人們直接並持續去參與、塑造他們的生活形態時，公民才是自由的。」這種強調人民直接參與、決定社區規畫、城市發展方向的政治體系，源自於古希臘的雅典，是人類最早的政體之一。

⑤邁阿密位於美國弗羅里達州尖端，靠近古巴，這地方一直是古巴流亡者上岸之地，同時也是顛覆古巴和拉美左翼政權的重要間諜之地。

⑥古巴與邁阿密一直處於對立，前者被視為拉美左翼革命聖地，兩地分別成為美洲左右陣營的符號。

⑦由於古典式的直接參與民主遭受有力的抨擊，擁護民主的學者認為有改善之必要，因而漸漸產生了代議式民主（representative democracy），亦稱為間接式民主（Indirect democracy）或多元式民主（Pluralist democracy），人民不直接參與決策過程，而以「政黨輪替」為核心，選出政黨政客代表人民成為「政治中介人」。它是一種選舉「政治中介人」的間接民主制度，它隨著時間也一如參與式民主出現不少矛盾。

⑧參見亞蘭．羅森索（Alan Rosenthal）的著作《代議式民主的式微》（*The Decline of Representative Democracy: Process, Participation, and Power in State Legislatures*），CQ Press，一九九七。

⑨在印度喀拉拉邦進行的民眾科學運動（KSSP），由民間知識分子推動知識普及、創設大量鄉村圖書館及民辦報刊，促使當地居民主動透過多種民間組織參與政治，迫使政府增加透明度。多年來，盡管喀拉拉邦GDP增長不耀目，但人民識字率和人均壽命等生活指標都與發達國家如美國、韓國看齊。參見二〇〇八年二月四日《澳門日報》視野版：〈一個參與式民主的經驗〉。

⑩參見〈巴西的參與式預算與直接民主——評《阿雷格里港替代:直接民主在實踐中》〉，作者張梅，《核心期刊：國外理論動態Foreign Theoretical Trends》二〇〇五年第七期。

⑪合作社發展的歷史表明，在社會和經濟迅速變革時代往往會出現合作社發展的高潮。合作社發展的第一次高潮出現在十九世紀農業經濟時代向工業經濟時代的轉變時期：進入二十一世紀，由於社會已經由工業經濟時代轉入知識經濟時代，世界政治經濟環境也發生了新的變化，合作社在新的歷史背景中適應了社會和經濟發展的需要，產生了其存在的新價值和新優勢，因此新興合作經濟組織在世界各國廣泛發展和壯大，合作經濟與市場經濟日益融合，並呈現出新的發展特點和趨勢。請參見周連雲的〈當代國際合作社運動的新背景、新優勢、新特點〉，二〇〇八年五月八日，www.zjcoop.gov.cn/Article_Show.asp?ArticleID=10240

⑫事實上，拉美各國向左轉的政府都在積極推行土地再分配政策。國際民間組織Land Research Action Network (www.landaction.org) 有大量有關資訊。

⑬《震撼主義》作者娜歐蜜．克萊恩（Naomi Klein）與丈夫艾維．路易士（Avi Lewis）合作拍攝了有關阿根廷工人占廠行動的記錄片〈The Take〉（www.naomiklein.org或www.youtube.com搜尋The Take）。

⑭在委內瑞拉，統計數字一直具爭議。但有國際獨立調查研究亦顯示，查韋斯的政策的確有助減少貧窮。可參見哈佛大學拉美研究中心二〇〇八的調查Poverty Reduction in Venezuela: A Reality Based View. www.drclas.harvard.edu/revista/articles/view/1100

⑮天水圍位於香港新界北部，靠近中國大陸邊境的一個較為窮困邊緣社區。由於該社區人口主要由中國大陸新移民組成，加上長期受到政府忽略，社會問題叢生，曾多次發生轟動香港的全家自殺命案。香港導演許鞍華於二〇〇七年拍了兩部有關天水圍的電影：《天水圍的日與夜》和《天水圍的夜與霧》。

⑯由於宏都拉斯總統賽拉亞向左轉的政策，宏都拉斯右派於二〇〇九年七月初發動軍事政變，將他驅逐國外，引起國際強烈譴責。

⑰委內瑞拉貨幣玻利瓦爾是一種弱勢貨幣，多年來一直由政府用匯率調控機制保護著。二〇〇二年發生政變後，經濟狀況不穩，企業及商業銀行大量搶購美元，一度造成國家外匯儲備急劇下降，政府開始實行由市場調節的自由浮動匯率機制，二〇〇三年更實施外匯管制，把國家貨幣玻利瓦爾固定在一美元兌二千一百五十玻利瓦爾。自此外匯黑市變得活躍，並衍生其他問題，例如企業進口艱難，物價隨之上漲、滋生腐敗等，這由於只有政府相關部門才有權批放平價外匯額度。二〇〇八年政府為了打擊嚴重黑市炒賣，推出美元債券，卻只有短期效果。

⑱委內瑞拉二〇〇二年的流產政變已有不少報導，指與美國布希政府有關，請參考英國《衛報》二〇〇二年四月二十一日的報導Venezuela Coup Linked to Bush's Team，以及獨立評論網Z Net http://www.zmag.org/znet/viewArticle/1576主編Gregory Wilpert目擊報導。

⑲伊娃．戈林吉（Eva Golinger）有關委內瑞拉查韋斯革命的書包括《查韋斯密碼》（*The Chavez Code: Cracking Intervention in Venezuela*），二〇〇六；《布希 vs.查韋斯》（*Bush versus Chavez: Washington's War on Venezuela*），二〇〇七。

玻利維亞

安地斯山脈上的怒吼

我不要在餓狼面前顫抖
也不要在思念的草原上冷得發抖
我把你放在心裡
我們將在一起，直到旅途的盡頭
再見了，我的唯一

——切·格瓦拉寫於玻利維亞

MAS是總統莫拉萊斯所領導的政黨──邁向社會主義運動黨

玻國每天都有原住民遊行示威

原住民孩童

街頭的原住民婦女

本書作者與莊園主合照

切·格瓦拉的昔日女戰友古絲曼
(Loyola Guzman)

一八二五年，秘魯東北部獲得獨立，成立了玻利維亞共和國。當時玻國文學瀰漫一片浪漫主義。十九世紀下旬至二十世紀初，玻利維亞民主派嘗試徹底失敗，代之而起是殘暴的軍人獨裁統治，對外又先後與智利和巴拉圭交戰至慘敗，這段時期的文學充滿民族之情和現實反映。到了二十世紀五十年代，原住民生活為題材的作品流行一時；其後，代之以追求世界潮流的風氣日盛。

但如今，美麗的玻利維亞，南美的心臟，仍然有著古老的詩歌，切·格瓦拉的心跳聲。

坐在金礦上的窮人

湖泊深深深幾許？

廣闊之的的喀喀湖（Lake Titicaca），世界上最高最大的可航行湖泊，由南美洲的秘魯和玻利維亞兩國瓜分，同時亦形成了浪漫的邊境。

面對的的喀喀湖，會有百年孤寂的感覺。無邊無際的清澈湖水，靜靜地仰望蒼茫的天空，連一點漣漪也無能為力。但，這景象，只屬於玻利維亞這一邊。秘魯的那一邊，則屬過於喧鬧的世界。

我選擇從委內瑞拉啓程，先飛到秘魯，再以陸路進入玻國，那麼，我便可以一再窺探這個被遺忘的國度，湖水裡的神秘密碼。

密碼盛載著南美最古老文明的故事，從蒂亞瓦拉可（Tiahuanaco）到印加（Inca）文明，一個帝國接著一個帝國，多少的征服與偷生，結果相擁在湖底深處，受著永無止境的孤寂折磨。

在拉美，有數不盡的原住民事蹟，印加王朝是另一個重要的述說。這個王朝滅亡了，但它的子孫卻一直挺著嚴峻的環境，從西班牙殘暴的殖民者到白人軍事獨裁統治，在他們的壓榨下，竟意想不到地頑強生存下來。

沉默的湖泊、不動的山脈、荒涼的高原（altiplano），就這樣，我竟然也一一走過這奇特的地理景象，來到接近海拔四千公尺的首都拉巴斯（La Paz）。

我對這個拉美最具原住民色彩國家的採訪之行，就從拉巴斯（La Paz）展開。

世界最高的首都是個怎麼樣的地方？它令你呼吸急促，步履緩慢。長途公車在山頭上轉了三小時後，終於來到玻利維亞首都拉巴斯。

當天是一個節日，市中心充滿巡遊表演的人群，而音樂也飄飄處處聞。就這樣，我走進一個七彩繽紛的異鄉。

晚上，寒風刺骨，氣溫降至零度，但人們仍以最大的熱情來迎接巡遊隊伍，他們站在市中心的主要大街上，與表演者一起唱歌跳舞，而人行道旁則排滿熱騰騰的小吃攤。

我找了好一會兒才落腳於市中心一間旅館。在七、八月份，無論機票和旅館都絕對緊張，因爲每天有不少活動在進行中。我發覺，南美國家之間的交流頗爲頻繁，各種大大小小的會議，總會令旅館房間和機票賣個滿堂紅。

熱鬧的拉巴斯，色彩斑斕的拉巴斯，使我很快便忘卻高原的寒冷氣候。

玻利維亞有美洲的西藏之稱，她置身於安地斯山脈的懷抱裡，是南美一個內陸國家，也是南美最窮的國家，但石油礦產異常豐富；這聽起來實在有點矛盾，但人民享受不到國家的財富，每月平均收入不到二百美元，特別是當地原住民，他們占玻國人口超過一半，卻生活在貧窮線之下，因此，有人戲稱玻利維亞是坐在金礦上的窮人。

身在不發達的拉巴斯，可是，我又不期然讓該地的大自然環境給震懾著，四面環山，活像一個中華炒鍋。一到晚上，山上密密麻麻的房屋點點燈光，再遠一點可見幾座壯麗的雪山，燈光反映在長年積雪的山峰上，此時，身爲異鄉人，我不禁自問：我抵達了天堂麼？

另一方面，冰冷的拉巴斯卻一直在沸騰著。原來，玻利維亞的社會運動非常蓬勃，這由於當地超過一半人口的原住民從未對強權屈服過，原住民運動成爲社會運動的主要引擎。

二〇〇六年，玻國人民便用選票選出第一位原住民總統莫拉萊斯（Evo Morales），以對過去的不公來一個大反彈。

莫拉萊斯很快便與委內瑞拉的查韋斯結盟，緊接著委國成爲南美另一個左轉的國家。跟著他推出一連串的社會改革，一如委內瑞拉，這包括將重要產業國有化，從石油到電訊等①，一時之間令國際社會側目。在西方一片批評聲音中，美國諾貝爾經濟學獎得主史迪格里茲（Joseph E. Stiglitz）卻撰文支持玻國的國有化政策。他說，玻國過去的私有化進程不符合人民利益，我們應該爲玻國人民高興，他們終於有一位代表他們利益的民主總統②。

莫拉萊斯說：「玻利維亞要的是夥伴，不是老闆。」

他上任後不久即訪問北京，當時他由於穿上原住民草鞋而爲國際傳媒大肆渲染，並質疑他缺乏學歷，能否推動改革？

莫拉萊斯每次出訪，都愛穿上印加原住民服飾，並呼籲國民要爲自己的民族服飾感到自豪，他說時，昂首闊步，一路走來，絕不容易。

我在玻國的採訪重點，便以當地原住民運動爲重點。

抵達拉巴斯後第二天早上，我即跑到一所知名大學名叫「玻利維亞國立自主大學」（National Autonomous University of Bolivia），探訪該校的社會學系教授蘇菲亞，她專門研究原住民政治，打扮也十分原住民。一坐下來，她即取笑地問我：「外界是否對拉美的原住民運動很感興趣？這是否已成爲二十一世紀的研究潮流之一？」

不過，她最感好奇的，卻是我這位遠道而來的香港記者，爲什麼要採訪玻利維亞？

其實，過去多年來玻利維亞這個國家早已吸引了不少世界各地的學者、社會活動家、文化人士前來「朝聖」，半個世紀之前，切．格瓦拉也受到玻國的誘惑，毅然放棄古巴革命政府的職位，來到玻利維亞繼續他的革命事業，只可惜到頭來他卻葬身於此地。

最諷刺的，就是切．格瓦拉最後給玻國的農民出賣，向美國中央情報局提供他的行蹤。最後他在中情局官員面前遭到處決，一代拉美革命英雄就此殞落。

如果以爲革命是從農民開始，玻國則是個例外，她的人口組成非常複雜，原住民不一定會支持社會主義改革。

蘇菲亞介紹我認識一名原住民學生格比爾．卡薩牙（Gabriel Callsaya），請他作我嚮導。格比爾是社會學系博士生，也是原住民運動的積極分子，同時也擔任一位原住民女議員的助手。

這樣一位背景豐富的嚮導來協助我採訪，我感到是天意，又是運氣。略爲肥胖的格比爾，其行爲舉止有點怪，行動遲緩，有點口吃，經常疲勞；雖然如此，他的思維尙算清晰，後來我發現他不僅懂英語，法語和義大利語也說得不錯。

原來，在玻利維亞有不少知識分子留學法國，或自學法語，以便閱讀法國左翼思潮原文。一個處於極度剝削不公的社會，左翼思潮流行是自然不過之事。不過，意識形態這東西，在玻國，似乎是知識圈最緊張。我與格比爾第一次午餐，他即告訴我，玻國知識分子，滿腦子左翼思想是一回事，原住民與他們站在同一鬥爭道路，卻並不與之分享同一終極目標，這也是個諷刺的事實。

格比爾說：「過去，玻國白人政府對原住民實施隔離政策，最惡劣的時候，原住民不得走進城市，教育、醫療、就業更不消說了。現在，我們選出莫拉萊斯爲我們的總統，就是因爲他是原住民，不是因爲他的社會主義思想，我們只希望爭取更多的教育和就業機會，還有其他的權利。

「國有化可令新政府擁有更多社會資源來建立一個平等公義的社會，財富可以平均再分配，爲我們奪回應有的人權，但我們不要共產，這裡的農民不願重奪到手的土地又遭到國家沒收……」

在一九九五年成立的政黨「邁向社會主義運動」（Movement Towards Socialism, MAS），第一屆便選出古柯葉農民工會領袖莫拉萊斯爲主席，而這個政黨開始時以原住民和古柯葉農民爲主，也有左翼知識分子加入，全力爭取原住民權益爲最重要任務。黨的名稱雖含有社會主義，但當我訪問其成員時，他們均表示，他們不是社會主義黨，該黨只不過是爭取達至公平社會的工具或橋樑。持這見解的包括當年曾追隨切．格瓦拉的成員，他們都不承認自己是社會主義者（有關專訪見後）。

啊！我有點滿天星斗，但這也不是難明白的事情。

草根總統搭檔教授副手

我若有所悟，明白切．格瓦拉爲什麼死在玻利維亞，但他的精神與理想卻又在玻利維亞受到傳頌。

不過，本身爲社會學教授、知名馬克思主義者的副總統阿那勞．賈西亞．連納亞（Alvaro Garcia Linera），在一次簡短談話中，他向我解釋，其實玻利維亞仍未走到一個可以實踐社會主義的社會階段，這裡的原住民除了農耕外，他們主要依靠家庭式經濟作業爲主，玻利維亞沒有一股龐大的都市無產勞動階級，但玻國又不至於如古巴，卡斯楚當年以一黨專政全面實施社會主義。在玻利維亞，民主制度早已建立，即使原住民之間也有不同的利益，他們要在民主架構內體現他們的權利，因此，莫拉萊斯是靠原住民的選票走入建制落實改革。

連納亞表示，他的構想乃是首先推動安地斯資本主義，這就是讓安地斯地區的原住民在市場經濟裡繼續他們的生產方式，並爲他們創造更有利的生活條件，但絕不是如過去在全球化下所實行的新自由經濟政策，任由跨國企業宰割。

至於被美國視爲洪水猛獸的莫拉萊斯，只要留意他的公開講話，他的政策亦頗溫和，他強調要繼承切．格瓦拉與卡斯楚的獨立自主精神，以及團結拉美的夢想，而不是大搞共產。

不過，說起這位副總統連納亞，他的傳奇比莫拉萊斯還要豐富。

一般而言，記者來到某個國家，總希望能夠訪問該國最高領導人，若該領導人同時是國際知名或具爭議的政治人物，那肯定是國際傳媒的搶手貨。

在玻利維亞，我們記者同行的焦點當然落在首位印加原住民總統莫拉萊斯身上，我照例要求專訪他，但申請如石沉大海。可是，與此同時，我卻發現副總統比總統更值得訪問。這裡的年輕人對他比對總統更情有獨鍾，這眞使我無法相信。副總統所到之處，都會有一大群「粉絲」如影追隨。

由於連納亞任副總統期間，仍然繼續在國立自主大學教書，他的課堂引來大批學生爭相報讀。連納亞可眞是魅力無法擋，他不但長得帥、年輕又平易近人，而且一身傳奇，加上智慧和學識，他已成爲拉美左派一顆耀眼的人物。

連納亞的經歷與切．格瓦拉有點相似，當然結果不一樣。他少年時毫不活躍，並且帶點羞怯。他後來到墨西哥求學，也是選讀數學這等非政治化科目。但他在大學認識了一位學運活躍分子，自此一生便起了變化。他與這位同學決意走上切．格瓦拉的道路，爲墨西哥和中美洲的不公打抱不平，還成立游擊隊、運軍火。最後連納亞給玻國政府拘捕囚禁，但他卻拚命閱讀，熟讀法國左派思想和馬克思主義，還拿了個博士頭銜，出獄後當上社會學教授。

他的座右銘是：知識分子不但要了解世界，還要改變世界，他坐上副總統位置，就是要爲玻國帶來改變。

連納亞不屬於「邁向社會主義運動黨」，莫拉萊斯找他任副總統，就是希望他可扮演政府的大腦，大家都認爲一位工會領袖與一位知識分子的結合，可互補不足。

當莫拉萊斯無法釋述帝國主義如何造成玻利維亞的不幸時，連納亞卻有條不紊地解構帝國主義是怎麼一回事，並邀來義大利重要思想家安東尼奧．納格利（Antonio Negri），與他一起鑿破他們眼中的全球化僞裝面具。

我指連納亞的魅力沒法擋，其實比連納亞大上三十年的納格利，一樣魅力四射。納格利在國際思潮界自有一定的地位，他曾與法國已故哲學家德里達（J. Derrida）和傅柯做過同事，算起來他今年已七十四歲了，但身材高大，說話中氣十足，手舞足蹈，非常生鬼，一點兒不覺他已進入垂暮之年，更不像長期受過牢獄之苦。

納格利專長於馬克思哲學思想，他與麥可．哈德（Michael Hardt）所合著的《帝國》最廣爲人知。他走出研究室，在六、七十年代成立一個非常革命的組織「工人力量」（Worker Power），義大利文爲Potere Operaio，在七十年代被義大利政府指控參與暗殺總理Aldo Moro行動而遭囚禁，後終證明清白，但中途他已被放逐到巴黎，輾轉於一九九七年主動返回義大利，完成剩餘的刑期。

納格利在拉巴斯演說時，剛巧我也在該地，我自然不會錯過機會，跑到現場，偌大的會議中心已擠得水洩不通。出席者還有不少玻國的知名學者。這使我忙透了，整個晚上，我在會場裡穿梭，找這個、找那個訪問，學生也不放過，我要聽聽他們的意見。

最後，我連副總統和納格利也搭上了。當會議中場休息，連納亞快要離開講台時，我欲走近他，他的保鑣即上前攔阻，情急之下，我竟大呼副總統的名字：阿那勞（Alvaro）！連納亞好奇轉過頭來，看見我這位亞洲人，催前友善與我握手、交談，我立刻向保鑣們神氣地說：請讓路，副總統先生有話要跟我說。

莫說玻利維亞是個內陸窮國，在這裡，每天都有思想撞擊，人們經常討論得面紅耳赤。

環繞莫拉萊斯的智囊團隊，也有好幾個外籍人士，後來我認識了其中三位，他們是阿根廷籍的柏波．史蒂芬萊利（Pablo Stefanoni）、法籍的赫威（Herve），和英籍的愛莉臣．史必丁（Alison Spedding），他們可眞是信奉國際主義的世界公民，視玻利維亞的革命事業爲人類的革命事業，他們分別在經濟、政治和社會文化領域上，貢獻一己力量，爲玻國謀良策。

莫拉萊斯則站到前台打一場硬仗。他始終出身於工會，行動型。在二〇〇九年初，他可以爲了在憲法中加入原住民的權益而絕食，逼使國會投票通過③。

他經常站在人民當中，而他也取笑自己說：「我不習慣只坐在總統府發施號令，我一與人民在一起，便感泰然。」

當他於二〇〇六年初上台，便主動減薪，與人民共呼吸，其內閣亦無法不跟隨他減薪，以示「帶著心而來，不帶走半根草」。

莫拉萊斯總愛回家居住，清晨五時許便回到總統府工作，害得保鑣們披星戴月，東奔西跑。因此，記者專訪莫拉萊斯，也得要到他的家進行訪問。一位電視台記者告訴我，莫氏家裡陳設簡樸，他甚至很難找到充裕空間，好讓他的攝影隊舒服地拍攝。

一身散發著泥土味的莫拉萊斯，其深色的皮膚埋藏著玻國原住民的血淚歷史。

「玻利維亞具體而微說明了什麼是遭帝國剝削的土地。」

《經濟殺手的告白》作者約翰．柏金斯在他的第二本書《美利堅帝國陰謀——經濟殺手的告白2》引述了他一位和平團訓練營老師這一番話。

印加民族曾自許是太陽神之子，曾在安地斯山脈上孕育出人類最輝煌的文化，如今遊走在拉巴斯街頭上的印加原住民，卻是社會的最底層。男丁在礦場地獄般的環境裡冒險工作，婦女瑟縮地擺地攤以賺取一、二塊美元餬口，連孩童也拿著擦鞋箱，到處尋找顧客，眼神一片惘然。

一次，我在一位原住民婦女地攤上挑選了一個手工製作的布娃娃，她說一美元，我卻給她五美元，她瞪大眼睛，我輕拍她一雙手，稱讚她雙手眞神奇，可以做出這樣精緻的作品。但，他們卻沒能力肯定自我的價值，夠吃飯便感謝上天了。

就這樣，貧窮像條樹藤把他們世世代代纏繞著，把他們打壓得連頭也抬不起來。不少歷史學家指玻利維亞統治者對待原住民的殘暴程度，是南美之冠。十六世紀西班牙殖民者屠殺印加原住民，比屠殺中美洲馬雅族有過之而無不及④。即使玻國獨立後，也征戰連年，並逐步邁向「高地酋時代」，即軍人鐵腕統治的年代，獨裁者魚貫上台，對原住民壓迫不比西班牙殖民者輕，原住民的命運就好像要釘在十字架上⑤。

沒有公民權，也沒有土地，更被隔絕在鄉間裡，又或在大莊園當奴隸。有這樣嚇人聽聞的故事：過去那些大地主或白人上層階級，視原住民爲「玩物」，命令他們學森林中那些野生動物逃跑，然後向他們追捕射殺，來享受摸擬打獵的樂趣。至於其他純爲消遣而向原住民所行的私刑，更是超出我們想像之外。

難怪莫拉萊斯上台時眼眶含淚，揮手面向族人說：「他們想要消滅我們，但我們終於自我解放了。」

消滅，西班牙文是extermino，莫拉萊斯以西班牙語和原住民母語艾馬拉語（Aymara）在公開演說中說了好幾遍，反映著玻國原住民心靈深處的悲劇情緒，當中夾雜了憤怒與恐懼。

由於這種強烈的民族憂患意識，玻國的原住民抗爭逐步演變成一場波瀾壯闊的運動。

古柯葉大戰

走在拉巴斯，無法迴避的是一幕又一幕的原住民街頭鬥爭。

一天，我碰上原住民抗議美國打壓玻國的古柯葉種植，數百人以遊行方式，向美國大使館方向推進。他們全穿上鮮艷的印加族服裝，手持的一大幅玻利維亞國旗，與他們一起飄揚而去。我忙不及拿出照相機，從後追上，但大隊已走遠，我有點失望，同行的格比爾笑說：「你不用急，今天錯過了，明天還有機會，類似這種遊行抗議，每天都上演，我恐怕妳應接不暇。最後心生厭倦呢。」

當天，我相約了史必丁晚飯，邀請格比爾同行。之前我已提及過史必丁，她是英國人，但在玻國已有二十多年之久，在當地一所大學教授人類學，對玻國原住民的研究甚有心得，也屬莫拉萊斯政府的顧問；因此，我希望聽聽她的意見。

史必丁個子高大，身上披著原住民手織披肩，頭上頂著原住民男士愛用的帽子，一坐下來即滔滔不絕，表現有點神經質。

原來，她對古柯葉情有獨鍾。她告訴我，她在哥恰班巴（Cochabamba）有一塊古柯葉種植場，還邀請我有空去看看。

我深知古柯葉是當地原住民四千年文化的重要符號，但美國指控古柯葉乃是導致古柯鹼氾濫的原因，一直欲封殺之，遂與莫拉萊斯進行了一場激烈的角力戰，震動國際社會。

當天我剛好遇上有關的示威，因此，我與史必丁教授的話題便從古柯葉說起。

啊，古柯葉，古柯的精華，
你知道我的一生與命運，
我如何在異鄉飲泣，
如何在陌生的城鎮忍受煎熬。
——印加原住民歌謠

當餐廳服務生問我要喝什麼飲料，我經常回答說：來一壺Mate de Coca（古柯茶）。我喝過後，感到特別精神爽利，不是由於它內含古柯鹼，事實上，雖然古柯葉是古柯鹼的原料，但在提煉之前，古柯葉和古柯鹼卻是兩種不同的東西。

到過安地斯山脈一帶國家的旅者都會知道，古柯葉是當地特產，大自然賜予居住在這高山上居民的禮物，特別針對高山環境而發揮出一種療效，這包括驅寒、減低高山反應、治療疲倦、醫治痛症、增加體力等，這乃是原住民在日常生活裡不可或缺的必需品。

他們咀嚼古柯葉就好像我們咀嚼口香糖般，是這樣的理所當然。而我在餐廳一坐下，一定大呼Mate de Coca！

古柯，古柯，古柯！一大清早在市場裡，農民在搬運一袋一袋的古柯葉，古柯葉在陽光下更顯乾脆，暴曬過的葉片呈枯綠色。玻利維亞是世界第三大古柯葉生產國，而種植古柯葉是原住農民的主要經濟活動，莫拉萊斯上台前便是古柯葉農民工會領袖，美國怎可期待他會支持「零古柯葉」計畫?!

我再呷一口古柯茶，史必丁拿出幾片古柯葉來咀嚼。她咀嚼的動作有點誇張，還一邊張口講話，讓我看見她口裡的古柯葉，如中國的山草藥。

史必丁批評美國以禁毒爲名，企圖打壓安地斯山脈原住民的經濟活動。她的觀點與莫拉萊斯和原住民不謀而合，當中含有陰謀的理論。

二〇〇八年十月底，莫拉萊斯宣布決定終止與美國禁毒組織在玻國的掃毒行動。他說，根據玻國情報顯示，該組織借禁毒爲名，眞正目的是要在玻國社會進行滲透，暗地裡支援當地反對派，在玻國境內埋下不隱定的種子，危及國家安全，因此他要與該組織劃清界線，改爲邀請南美國家聯盟代替其工作。莫氏表示：玻國和南美國家有能力推行禁毒工作，推行「零古柯鹼」計畫之餘，並不影響古柯葉的生產。

反對派對莫氏這一決定報以最大噓聲，認爲美國禁毒組織禁毒成績有目共睹，莫氏的指責毫無根據，純粹是一種政治姿態，他們恐怕一把該組織趕走，玻利維亞便變成販毒天堂。更何況，美國政府每年提供玻利維亞一億美元援助，用於緝毒行動。美國言明，莫拉萊斯若一意孤行，他們會取消給玻國貿易優惠，據估計，玻利維亞因此將喪失大約二萬個工作崗位。一場無煙戰爭就此拉開序幕。

史必丁向服務生叫了一杯咖啡，格比爾叫了一罐可樂，本來當地有一種叫印加可樂，但他特別指定可口可樂，目的是要向我展示，可口可樂一開始本有古柯原料成分，因而得名。

史必丁呷一口咖啡，然後抽一根菸，她和格比爾異口同聲問：爲什麼能令人上癮的可樂不禁、菸不禁，它們不僅令人上癮，而且已有醫學報告指兩者皆危害健康。

這令我想起英國在中國的鴉片戰爭。

我們的討論，不是去支持古柯鹼，而是沒有提煉的古柯葉，爲什麼也竟一併視爲毒品而去禁止？而可致癌的菸草卻可大行其道，最初含有古柯的可口可樂則成爲全球性飲品，當中是否涉及跨國企業的問題？誰人可界定什麼是合法和非法飲食用品？

史必丁給了我幾片古柯葉，請我也咀嚼一下，這會上癮嗎？會毒害身體嗎？答案是：不！打擊原住民的經濟命脈對誰有好處？割斷他們的文化對誰有好處？當土地長不出古柯葉，土地便不再屬於原住民了。禁止種植古柯葉必定引起原住民的反彈。

格比爾有點激動，指禁毒不應在於古柯葉，而是國際毒梟，那一條美洲幽暗的販毒路線。其後，史必丁與格比爾異口同聲地進一步分析，美國致力打擊古柯葉種植的意圖。

首先，古柯葉是勞動階層最依賴的食物，它成爲勞動者補充體力的來源之一。我走訪盛產礦物的波多西（Potosi），當地礦場的礦工無古柯葉不行，他們不斷咀嚼古柯葉，令一邊腮幫子總是鼓漲的。

我幾經辛苦走進黑濕的礦場裡，不時在角落處發現礦工所膜拜的地獄神像，口中也含著古柯葉，腳下也有一盤古柯葉作爲供奉品。

但，我奇怪，既然古柯葉可爲勞動者補充體力，有利生產，那美國爲什麼要禁？格比爾一語道破，說：「原因是古柯葉是菸草的競爭者，至少在玻利維亞和秘魯等安地斯山脈地區。」

我恍然大悟，能讓美國獲取大量稅收利益的菸草可得合法地位，而可口可樂更是美國的文化軟實力，它的影響無遠弗屆，即使處於乾旱與戰亂中的阿富汗，也有可口可樂的身影。

當可口可樂集團於二〇〇九年初在阿富汗首都坎布爾重新開張時，該國總統卡爾扎伊（Hamid Karzai）也出席剪綵儀式，並在演說中高興地表示，隨著可樂的重現，阿富汗發展將邁向新的一頁。

在此，讀者可掌握到當中微妙權力的政經利益關係？

莫拉萊斯早已表示，他支持「零毒品」，但古柯葉不是毒品，他不會同意禁止種植，再加上莫氏認爲美國在玻國的掃毒組身份成疑，逐下逐客令，他的強硬立場是過去玻國總統所少有的，而莫氏這樣做，就是要展示，玻國終於站起來了，原住民也一樣站起來了。

古柯鹼之戰打得精彩。

之前有另一場戰爭，也一樣漂亮，那就是有名的「水之戰」。

水資源爭奪戰

事實上，全球都鬧水荒，水源彌足珍貴是一回事，如何供應、怎麼分配又是另一回事⑥。這不僅是玻利維亞的挑戰，同時也衝擊著世界其他地方，從美洲到非洲，也波及中東、亞洲，當我們不再信任家裡水龍頭流出來的自來水，並愈益依賴瓶裝水的時候，我們有否去問，爲什麼⑦？

當有錢人或中產階級可以享用昂貴的優質飲用水，而窮人卻連自來水也缺乏，甚至明知有毒，也無法不喝下污染的河水，我們又有否去問，爲什麼？

原本，飲用水是一種必需品，現在卻逐步變成一種商品，這點我在薩爾瓦多一章已略有討論。想不到，玻利維亞則早已打過一場硬仗，轟轟烈烈，成功地把體現人權的飲用水，從大企業手中奪回放到人民的手裡，這足以讓世人有所啓發。

我向格比爾提出，可不可以去「水之戰」所在地艾勒圖（Al Alto）看看，我表示想順道多了解原住民的生活。

艾勒圖離拉巴斯約一小時的車程，小型公車左轉右轉，途經多個少市場，一批乘客下了車，又有另一批擠到車箱裡。格比爾一直昏昏欲睡，抵達艾勒圖這個城鎮時，他竟然嚷著要找個旅館小休，找不到旅館，一急之下他竟要求進入人家的住宅裡睡覺，人家當然拒絕，我對格比爾這舉動感到奇怪但沒有詳細問，建議他坐在路邊的長椅上休息一會兒，因我心中記掛的是手頭上的一個約會。

我相約了艾勒圖一社區領袖烏瓦勞爾，他是「水之戰」的積極參與者。

走進烏瓦勞爾的辦公室，牆上貼滿各種各樣的海報，有「水之戰」運動海報，有切．格瓦拉的迷人照。雜物架上還擺設了很多很多的獎座，書桌上凌亂不堪的文件，破爛的座椅，十足社運組織的環境。

黑實粗獷的烏瓦勞爾，已屆中年，留著鬍子，並且是五個子女的爸爸，典型的工人階級，雖受教育不多，但解釋事情卻清楚而有洞見。

一講起「水之戰」，他在座椅上稍微向後移了一下，轉望向窗外清藍的天空，然後嘆了一口氣，說：「這又是另一宗外資掠奪玻利維亞資源的事件。」

我洗耳恭聽，這個窮困的城鎮，活在底層的原住民，如何與財雄勢大的跨國企業抗爭。

烏瓦勞爾問我知否在艾勒圖「水之戰」之前，已發生過一次大規模的「水之戰」？

一九九九年玻國第三大城市科恰班巴的公共供水系統，在世界銀行和國際貨幣基金會的建議下，售給美國最大也最骯髒的工程顧問公司貝泰（Bechtel）。該公司受美國政府的眷顧，經常不需要投標便可承接美國勢力範圍內的工程項目，在開發中國家時有剝削醜聞發生⑧。

難怪世界銀行會被視爲美國銀行，它不僅要求玻國政府把科恰班巴的供水系統給貝泰公司名下一附屬公司，又堅持把供水相關成本轉嫁給用戶，在「用者自付」的新政策下，水費竟然增加了百分之二百，居民嘩然。在原住民傳統裡，他們相信每個人都有用水的權利。可是，當世銀變了幾下戲法後，就這樣，水成爲不是每個人都可以負擔得起的商品。

烏瓦勞爾告訴我：「當時世銀和貨幣基金打著拯救玻利維亞經濟的理由，推出結構性調整方案，他們振振有詞表示，私有化才能令公共事業變得更有效率，玻國應向外打開大門，讓最有能力者管理之。

「可是，這只不過是藉口，誰都比他們更明白，水資源與石油一樣，誰能握有控制權，便等於握有某國的經濟命脈。想不到，他們也太貪心，不僅欲奪取石油和礦產，水資源也不放過！」

科恰班巴居民都是貧窮的原住民，他們根本沒有能力多付兩倍的水費，或按市價付費，但人沒有水不行，這回真的把他們迫到牆角裡去了。

科恰班巴社區領袖立刻發起罷工、罷市，並走到街頭示威，誓要奪回水之源。他們訴求一出，旋即受到全國的工會、民間組織支持。

星星之火，從科恰班巴燃燒到拉巴斯和其他城市，商業活動停頓。烏氏微笑說：「這就叫做空間政治。你愈能霸占更多的空間，你便會愈有力量。因此，我們不停作街頭抗爭，不停向前推進。」

群情洶湧，影響到政府威信，政府無法不讓步，向貪婪的貝泰公司下逐客令。

「當然，問題也不是一下子就能解決。貝泰心有不甘，指投資遭侵占，告到由世銀操控的貿易法庭。另一方面，接下來的供水系統，我們應該怎樣營運，也是一項巨大的挑戰。」

烏瓦勞爾放下手中一根菸，終於面露笑容說：「團結是力量。在國際輿論的批評下，貝泰爲保聲譽，放棄官司。而我們又建立了公平原則來營運供水系統。」

他說起來，好像一切都這麼容易迎刃而解。但我心中始終有疑惑，這麼龐大的供水系統，需要金錢與人才。雖然聯合國亦得承認，水是人權與尊嚴，從水到水的設施與服務，必須讓人負擔得起。但，營運資金從何而來？富國政府當然可以支付，可是，窮國如玻利維亞有能力嗎？誰可以爲窮人付帳？

好了，第二次水之戰終於在艾勒圖爆發，時間二〇〇四年。這回艾勒圖居民要對付的，不是貝泰，而是曉利曼尼（Aguas del Illimani）水公司，這是一間法國與蘇黎世合資的跨國水公司，還有其他股東，都與世銀不無關係。

其實，艾勒圖和拉巴斯的供水系統曾於一九九七年在世銀的要求下私有化一次，以作爲玻國政府貸款的條件。但，二〇〇四年的私有化，令二十萬人失去水源，或負擔不起自來水，而轉用受污染的井水，這些井水受到附近的工業污染，導致不少小孩染病。

在玻利維亞，每十位十歲以下的小孩便有一位病死，這都與衛生環境有關。

我聽到此，感到悲傷。玻利維亞到處都是美麗的山巒，山巒之間河水淙淙，印加帝國的知名灌溉技術便是依此地理優勢而來，奈何後代卻沒有一口乾淨的水可喝。

烏瓦勞爾領我出外參觀艾勒圖市容，並觀察居民的生活狀況。我們站在街頭上，空氣中瀰漫陣陣沙塵，個體戶在沙塵中叫賣。路旁水渠淤塞，前一天垃圾還未清除，發出臭味。出租車不耐煩地不時響按，人與車在爭路，嘈雜而繁忙。

這個城鎮好像只有一種顏色，就是泥黃色。由於是高原，太陽特別猛烈，人們的臉燙得紅紅的。

烏瓦勞爾環望四周說：「無論怎樣，這裡是我的家鄉。當事情變得太不合理時，我們便知道，只有大家靠近一點，才能產生力量。多年前，我們成立了艾勒圖社會聯合會（Confederation of Al Alto Communities），對抗當時貧腐的政府，也對抗剝削的外資。」

他指著艾勒圖市外圍一帶，都是草根階層的居所。二〇〇四年曉利曼尼水公司接管後，水費立刻增加了百分之三十五。更糟糕的，就是水公司曾承諾把供水系統擴展到外圍，結果沒有遵守承諾，令外圍的居民一直缺乏自來水，問題叢生。

「我們無法忍受了，遂參考科恰班巴的經驗，動員起來。而科恰班巴社區組織也支援我們，發起各種各樣的杯葛行動，把曉利曼尼趕走。」烏瓦勞爾說起來還好像在現場一樣。

其後他又帶我參觀他們的社區組織會堂。社區，不僅是聯誼，在這裡，還具有特殊的進步意義。此刻，我想起委內瑞拉，她的社區是凝聚居民維護自己權益的基地，一如人體裡的細胞。

我向烏瓦勞爾提議探訪他的家，剛巧他有下一個約會，給了我他家的地址，請我自行前往，他通知太太會恭候我。

黃泥屋加黃泥路。我扣門，烏大嫂出來，卻不讓我進入屋內，指家太簡陋，恐失禮客人，我極力勸服她。當時心想，我真夠厚臉皮，強人所難，我這位客人也太過份了。

終於她點頭，但只能在庭院坐坐。庭院中間有一口井，旁邊有些木柴，還有幾張木椅，可說是家徒四壁。幾位小孩赤著腳，見我來時即躲在角落。

偌大的房子空空蕩蕩，濃烈的燒柴味道令我咳了好幾聲，烏大嫂開始告訴我，她的前世今生，怎樣在貧窮中打滾。可是，丈夫教曉了她，逆來順受是罪惡，因此，她不僅支持丈夫參與社區工作，她也是村子裡的婦女領導，只要丈夫一聲令下，她便負責逐家逐戶拍門去動員居民，介紹行動的重要性。她還不時在村子裡組織大大小小的居民會議，以維持高昂的鬥志。

她娓娓道來。雖然作爲一位婦女領袖，她卻還是很在意自己的貧窮，當我拿出相機來，她便表示不願把家攝進鏡頭裡，寧願在屋外繼續跟我談，她在鏡頭前一副少女的羞澀。她女兒則不同，見我要拍照，即擺起可人的姿勢，她拉一拉身上破舊但算是時款的西式外套，告訴我，這外套從舊衣地攤買來，才一美元。

話題一轉，我發掘了另一玻利維亞的現象：舊衣經濟，這現象隨著全球化而起。莫拉萊斯上任後第二年便禁止舊衣進口，以示他挽回國家尊嚴、走出獨立之路的決心，同時也要保護本土工業免受全球化經濟的打擊。

對於外來人而言，拉巴斯充滿色彩，玻國的原住民穿著色彩繽紛的傳統服裝，頭上戴著高頂絨帽。可是，街上卻有不少人在擺地攤販賣外來舊衣，這些舊衣正是總統認爲有損國體的。莫拉萊斯在一次公開的場合向國民呼籲：「我們不能以貧窮的理由，讓這些舊衣如洪水般氾濫，讓我們衣著水平下降，打擊我們的成衣工業，我們絕不能繼續這樣人棄我取，我們要爲自己的服裝感到驕傲……」

雖然莫拉萊斯已下令禁止進口舊衣裳，但在現實社會裡，合法進口的舊衣只有百分之七，百分之九十三都是非法經由第三國家進口，足見此舉成效不彰。

在拉巴斯市中心繁榮的商業區裡，一到夜幕低垂，人們趕著下班之際，街頭便湧現熱鬧的夜市，攤販上擺放著一堆又一堆高至老板腰部的衣服，這些舊衣或是一些染有污跡的T恤，又或一些鬆散的毛衣，一問價錢，便宜得驚人，一件T恤才折合約二十五美分，毛衣也只不過是六個玻利維亞幣（七十八美分），人們就這樣蹲著，在一大堆衣服裡挑選他所需要的，筆者一舉起相機，原住民老板便異常不悅，連忙示意筆者不要拍照。

根據非官方的統計，每年有至少五點五萬噸舊衣進入玻國，而當中有百分之九十來自美國，但美國商業部的統計則顯示，直接從美國合法進口的只有一千零六十七噸左右。

如果要研究這些舊衣如何從富裕國家輾轉來到第三世界，則是非常有趣。美國華盛頓佐治敦大學（Georgetown University）教授Pietra Rivoli幾年前曾寫過一本書，名爲《一件T恤的全球經濟之旅》（*The Travels of a T shirt in the Global Economy*）⑨。

他在書中指出，全球化經濟令成衣成本下降，商人利用開發中國家的廉價勞工生產大量低成本衣服，然後在全球流動，當中自然更刺激了富裕國家對購置新衣的消費渴望。

成衣愈廉價，棄舊換新的欲望便愈大。去年美國官方統計，美國人賣掉的衣服共六十七點一萬噸，大部分捐到慈善機構，而一些仲介人透過各種途徑從慈善機構手中獲得這些舊衣，再偷運到其他地方獲利，例如玻利維亞仲介人便從智利偷運舊衣，再賣給玻國的街頭小販。

目前，在玻利維亞，估計共有一萬五千名舊衣小販，他們組成工會，其中有六千名更獲政府的小企業計畫訓練和借貸，當政府要立令禁止舊衣進口時，他們立刻走上街頭展開大規模抗議行動。

更諷刺的是，玻利維亞原住民的羊駝毛（Alpaca）⑩紡織，世界知名，但在全球化的大趨勢下，卻失去競爭能力，玻國人民無力用高價購置本國服裝。舊衣的侵入，一方面令窮人有另一選擇，另一方面則進一步打擊本土成衣產業。筆者訪問多位玻國原住民，他們都異口同聲表示，他們的工資只夠他們選擇舊衣裳，他們的子女已有多年沒有享受過新衣服的滋味。至於玻國知名的羊駝毛衣，只有遊客才有能力購買。

莫拉萊斯高喊拒絕穿舊衣裳，但面對全球化經濟的發展，卻無法改變現實，這同時也反映了第三世界的掙扎，在尊嚴與現實之間，要選擇哪一個？

全球化好像一把雙刃劍，在玻國的肚腹上，狠狠地一割，血水滲滲而流。

天方夜譚眞有其事

我和格比爾在拉巴斯一間餐廳坐下，他吃著冰淇淋，沒精打采，手腳有點顫抖。我終於按捺不住，問個究竟。他給了我一個聽起來非常荒謬的故事。

他說，事緣於三、四年前，他獲得美國加州一間大學的獎學金，前往修讀博士，怎知到達加州後，卻是另一回事。他被調到一間實驗室，有關當局指這是外國學生要做的身體檢查，怎知這檢查維持了好一段歲月，他也記不起，這是什麼檢查，有多久？

總之，檢查過後，失去部分記憶，人開始肥胖，手腳間歇地顫抖，舌頭有時不受控制，易累，愛睡，沒法在美國升學，唯有回到拉巴斯，但他堅持完成博士課程，至於參與社會運動，已有力不從心之感。

他一邊說，我心裡暗叫：「我的天！他精神有問題嗎？」

這是二〇〇七年夏天所發生的事情，同年十一年，加拿大記者娜歐蜜．克萊恩（Naomi Klein）有新作品，書名叫《震撼主義》（*Shock Doctrine: The Rise of Disaster Capitalism*）⑪，打開這本書，我赫然發現，書中的故事，似曾相識?!

克萊恩指美國中情局借精神科醫生應用在病人的震盪治療，改爲用來改造異己，或拷問他們眼中的恐怖份子，新自由主義者更以這個震撼邏輯企圖改變他國的國民經濟，首先是製造災難、危機，又或在天災過後，人民在惶恐、迷惘、混亂之際，這批新自由主義者便奉上他們似是而非的解決方案，以謀控制被改造國家的經濟發展。

天方夜譚的故事，原來有其眞實的一面。自八十年代以降的全球化不正是與新自由主義並肩搭檔，在第三世界發揮震撼力量?!特別在拉美地區，多少次的內戰與政變？多少年的軍人獨裁統治？多少的操弄與剝削？

在玻利維亞，這也並不陌生。

克萊恩指出，原來，玻利維亞的震撼是從已故美國總統雷根打壓古柯葉種植開始的。

想不到，這一個以控制古柯鹼爲名的政策，乃由雷根倡議，而背後竟然有不爲人知的故事。

一九八四年，雷根金援玻國貪腐獨裁政權，限制古柯葉農民種植活動，古柯葉種植場一夜間變成軍事管制區，古柯葉出口驟降一半，嚴重影響玻國經濟，玻國貨幣披索無法不貶値一半以挽救衰退的出口，而換來的是超級通膨，高峰期達百分之一萬四千，十分嚇人。

未幾，一九八五年玻國要進行第一次總統直選，與此同時，美國哈佛大學一位年輕經濟學家薩克斯（Jeffrey Sachs）⑫，冒出頭來，向玻國推銷控制嚴重通膨的方案，這就是震懾治療（又稱休克治療，shock therapy）。

大選結果，維克托・柏斯・埃斯登索羅（Victor Paz Estenscoro）當選，此人曾在一九五〇年代執政並企圖推動改革，改善原住民生活、國有化錫礦公司等。

一九八五年他捲土重來，人們對他抱有希望，怎知他私底下早已接受了薩克斯的震懾方案，爲了殺人民於一個措手不及，他要在任期一百天內以極速方式完成。

方案所建議的內容包括：大幅削減政府開支預算、提高利率、收縮國營產業、取消食物津貼、凍薪裁員，人民事前毫不知情，來不及反抗，一時之間風聲鶴唳。

通膨的確大大降低到百分之十，國際社會稱頌，可是，窮人數目也同時大大提高，他們失掉工作，亦不得溫飽，有感於受這位總統出賣，憤怒之情彌漫於社會。可是，他們一抗議，即受殘酷鎮壓，大批異議份子人間蒸發。

外界只看見震攝威力，總以爲經濟自由和政治民主化終於在玻國並肩而行。

一場新自由主義革命神話遂在玻利維亞出現，薩克斯成爲國際耀眼新星，他儼然是一位高明的經濟醫師，爲開發中國家整頓經濟。

可是，二十年來，玻國人民困頓的苦況終於刺破神話。二〇〇六年，人民用選票選出莫拉萊斯，期待他扭轉形勢。

因此，莫拉萊斯上台不久，即推出一系列國有化資源行動，目的是奪回國家財富，不再做一個坐在金礦上的窮國，至少能把財富分配到窮人身上。

這行動與委內瑞拉互相呼應，但有反對派即私下批評，玻利維亞已逐步淪爲委拉瑞拉的附庸。我就此走訪了玻國最大的反對黨主席兼國會議員加路士·波夫（Carlos Borth）。

反對派暗潮洶湧

身在寒冷的拉巴斯街頭，令我不禁拉緊大衣，從旅館到國會，雖只有二十分鐘步行路程，卻好像一段漫長的旅途，更何況它是在海拔四千公尺之高。國會就在市中心一座山坡上，與總統府、法院、大教堂爲鄰，還有一個小廣場，在稀薄的空氣裡，散發著典雅西班牙殖民建築的魅力。

經過安檢後，我走進國會裡，想不到這一個南美的窮國，其國會卻氣勢不凡，十九世紀宮廷式的華麗建築，每一個角落，我都嗅得到豐富的歷史氣味。人們在雪白雲石地面上走動，不停發出「咯咯」的清脆腳步聲，代表著各政黨的國會議員在這裡明爭暗鬥。

當我找到波夫的辦公室，他的秘書卻示意我等候一下，波夫正接受一家電視台的訪問。我豎起耳朵偷聽，他們在談論國有化的問題。

我與他的訪問也是從國有化開始。

留學美國的波夫，以流利的英語，第一句就哀嘆莫拉萊斯已變成查維斯的弟弟，老是跟著查維斯背後走。他首先告訴我：「莫拉萊斯上任後，第一次出訪委內瑞拉，由於窮，沒有總統專機，查維斯便立刻派出專機來接載他，向他張開懷抱歡迎他，歡迎他的國有化政策，還給予他援助，並邀他共同推動南美的共同市場，以對抗美國。」

可是，波夫對此嗤之以鼻。他說：「玻國仍未有足夠的技術和資金開發天然氣，暫時仍需要依賴外資提供協助，新政府不應該一下子嚇走所有的投資者。」

他又說，玻國是繼委內瑞拉後，爲南美洲石油天然氣儲存第二大國家，等待大量資金和高科技探勘及提煉。在九十年代，玻利維亞向外開放市場，讓外資與國家能源公司進行合作。波夫繼續說，當國有化還未明朗化的時候，這些外資公司都按兵不動，不撤走，但遞減投資，這令玻國的能源工業面對停滯的危機，連內衰都沒有能力應付。

不過，對莫拉萊斯政府而言，這些跨國公司從沒有轉移技術到玻國，他們只顧謀取利潤，是單方面得益，玻國應另尋伙伴，以追求雙贏的局面。事實上，莫拉萊斯的國有化政策，並沒有完全排斥與外國合作的機會。

只不過，莫拉萊斯的大刀闊斧政策，不僅影響到跨國企業，還觸碰到過去統治階層的莫大利益，他們於是激烈的反彈。

玻國東部四個有錢的省份，便紛紛鬧獨立，把玻國推向內戰邊緣。

作爲南美最貧窮的國家——玻利維亞，其東部四省聖克魯斯（Santa Cruz）、塔里哈（Tarija）、貝尼（Beni）和帕爾多（Pardo）卻是得天獨厚，蘊藏玻國最主要的天然資源，而這些天然資源一直掌握在當地西班牙後裔白人手中，前朝政府的親美政策亦讓美國跨國企業在該地省份嚐盡甜頭。

早在莫拉萊斯角逐總統時，美國駐玻國大使館已啓動宣傳機器，一如過去在其他拉美國家的做法，首先妖魔化這名原住民候選人，並表示如他勝出，美國即會中止對該國的經濟援助，企圖影響選情，大大違反了大使館一貫的外交身份。

在拉美地區，美國這種手段可謂是到了肆無忌憚的地步，他們摧毀這些新興國家的民主與自由。

莫拉萊斯於二〇〇六年勝出後不久，美國亦調換駐該國的美國大使，他們委派二〇〇四至二〇〇六年出任美國駐科索沃聯絡處主任的菲烈皮．高伯帕（Philip S. Goldberg），爲美國駐玻利維亞新大使。高伯帕曾經處理科索沃分離運動，他的上任令玻利維亞人竊竊私語。高伯帕調到玻利維亞是否要巴爾幹半島化該國，至今仍是一個懸念，不過，他上任後所進行的種種動作來看，又實難擺脫干預玻國內政的嫌疑。

二〇〇八年八月，莫拉萊斯就他十二月的憲法改革舉行公投，他與副總統和八名省長把政途也押上馬，如公投失敗他們便下台而去，結果是百分之六十七選民支持莫拉萊斯，比他於二〇〇六年大選所得的百分之五十四選票還要多。莫氏隨即展開改革部署，這包括國營化重要產業和土地業權。

在地理上有半月灣之稱的東部四省立刻反彈，要求加強自治。就在此刻，美國大使高伯帕訪問聖克魯斯，並與該省省長哥斯塔斯（Ruben Costas）會面，會面後公開要求莫拉萊斯關注反對派的政治訴求，並就此寫成報告，提交至玻利維亞外交部。外交部指責他支持右翼分離運動，侵犯玻國主權，提出了嚴正抗議。

高伯帕明顯沒有理會玻國政府的抗議，於同年九月五日又走訪另一位反對派省長古艾娜（Sabina Cuellar）。會後古艾娜表示：「高伯帕大使認爲由於玻利維亞目前正處於政治不穩期，美國有關部門應介入玻國內部事務。」

玻利維亞行政首都蘇克雷（Sucre）當地一份反對派的《南方郵報》（*El Correo del Sur*）報導，高伯帕親訪古艾娜及她的丘基薩卡（Chuquisaca）省，其後又到訪蘇克雷，他此行最重要的責任乃是向丘基薩卡省政府捐出一千二百萬美元，另有八萬美元則捐給了蘇克雷市政府。此消息一曝光，自然引起莫拉萊斯政府的強烈反應，莫拉萊斯要求美國大使館清楚交代他們在玻國的角色，以及資助玻國境內組織的詳情。

與此同時，兩名獲取了傅爾布萊特（Fulbright）獎學金前往玻利維亞交流的學生亞歷山大．范．沙伊克（Alexander van Schaick）和讓．弗里德曼—魯道夫斯基（Jean Friedman-Rudovsky）向美國廣播公司（ABC）透露，美國駐玻國大使館要求他們在玻國境內進行情報收集活動。沙伊克向記者說，美國大使館接待他們期間，有官員要求他們向大使館報告他們在玻利維亞所認出的古巴人和委內瑞拉人的名字。而魯道夫斯基進一步透露，除了他們之外，前赴玻利維亞的美國和平組織志工亦接到美國大使館同樣的要求。

此事經傳媒報導後，美國政府大爲尷尬，隨即解釋這是一宗技術性錯誤，但高伯帕仍然留任。美國獨立記者登格（Benjamin Dangl）則直指美國多個官方機構與非政府組織與大使館合作，藉以削弱莫拉萊斯和其政黨——邁向社會主義運動黨（MAS）。

早於二〇〇二年當莫拉萊斯和MAS冒起的時候，一份解封文件指美國發展總署（USAID）當時即制定出一個名爲政黨改革的計畫，目的是要在玻國現存的法例中援助建立溫和的民主政黨，以制衡MAS，以及削減他們在社會的影響力。

在莫拉萊斯於二〇〇六年正式當選後，美國發展總署開始把資源集中資助要求自治的半月灣省份。單在二〇〇六年，他們便向該等省份提供了大約四百五十萬美元的捐款，協助他們部署邁向自治之路。此外，另一曾在委國很活躍的美國知名非政府組織「全國民主基金會」（NED），亦高調組織各類研討會反對天然資源國有化。玻國階級利益矛盾尖銳化，並演變成一發不可收拾的大規模流血衝突，莫拉萊斯終於按捺不住，向高伯帕下逐客令。

二〇〇九年初，莫拉萊斯巡視聖克魯斯市時，險遭人暗殺，這更令他神經緊張。一次，一位外國記者訪問他，當質疑他的政策時，他旋即跳了起來，反問記者是否來自反對派。事實上，玻國與委內瑞拉一樣，國內主流媒體大多是親反對派陣營，莫拉萊斯遂向查韋斯學習，協助建立同情革命的社區媒體，好與主流傳媒打一場媒體戰。

玻利維亞在南美成爲委內瑞拉最親密盟友。

委內瑞拉爲表對莫拉萊斯的支持，查韋斯也驅趕了美國駐委內瑞拉大使，美國亦驅趕他們的大使作爲報復，隨而引發新一輪美國與拉美的緊張外交關係。直至歐巴馬上台，三國的關係才稍見緩和，但東部四省的獨立問題仍然困擾莫拉萊斯政府。

一次，我有機會認識了「玻利維亞多黨民主基金會」主席基度．法蘭卡（Guido Riveros Franck），他是前朝政府官員，曾任玻國駐巴基斯坦大使，出身於名門望族。他的立場雖沒有其他白人激進，但對莫拉萊斯政府亦有諸多抱怨。

一天，我有幸受他邀請，到他的別墅參加派對。

他的別墅位於拉巴斯郊外月亮谷地區附近，那裡是玻國有錢人的天堂。基度告訴我，美國人愛在該區買地和蓋房子，因為地方便宜又美麗。我環望四周，果真有加州的風情。

我坐在基度的四驅車裡，車內還有他太太與兒子，兒子十八歲，準備到美國升學。四驅車沿著山坡一直往上攀，沿途風景懾人，峽谷出現一層又一層深淺紅色、黃色的岩石，構成一幅大自然奇觀。

終於抵達他的別墅，環繞宏偉別墅的是一個私人大果園，十多個僕人全是原住民。我們一到達，一位原住民僕人彎著腰，打開燙金的大門。

基度的客人非富即貴，他們也有別墅在附近，其中一位是前英國駐玻利維亞大使，又曾被委派到福克蘭群島當總督。他說很喜歡玻利維亞，因此退休後回來買地買屋。大家坐下來，女士們談金銀珠寶，男士們則談政治，他們大力批評莫拉萊斯政府，指他搞窮人暴政，階級鬥爭，而他們則成為被鬥的可憐一群，惟恐風光不再，終有一天給沒收土地，沒收房子。因此，他們一定要先發制人。

我只提問，不作評論。我問他們對東部四省獨立前景的看法。

基度說他第二天便要飛去聖克魯斯開會，而在座也有人來自該省，因此我的問題觸及了他們的神經，女士們也加入討論，前英國大使忍不住對東部四省居民表示同情。

「莫拉萊斯愈見專橫了，他根本不尊重我們。東部四省這般富裕，這都是我們的努力成果，難道我們享受自己的成果有罪嗎？為什麼他硬要搶走我們的財富？」一位女士說得動氣，臉上厚厚的化妝粉都要脫落了。

基度接著說：「莫拉萊斯忘記了，他應該是一個全民的總統，而不只是窮人的總統，不然，社會便會衝突處處，永無寧日。」

英國大使沒有他們的激動，他呷一口紅酒，再向我說：「莫拉萊斯本人始終是一位工會領袖，但管治國家則是另一回事，而他的政府在這方面的人材也缺乏。我同情這裡窮人的處境，但不要忘記，中產階級、企業家在一個國家也有其重要的角色。可是，莫拉萊斯與查維斯沒兩樣，只一味強調財富分配，而不重視如何創造財富，東部四省居民的恐懼便在於此。」

大使一派洞悉世情的樣子，但我感到他有心迴避玻國不公平的一面。

此時，兩位原住民僕人恭恭敬敬走過來，一位收拾餐桌，另一位遞上美味的甜品。他們不懂西班牙語，只說蓋丘亞語（Quechua）。

基度在別墅養了幾頭可愛的小狗，我們一邊說，小狗一邊在我們腳下走來走去，你追我逐，果園傳來沙沙作響的樹葉聲音，陽光灑在庭院裡，散發著一種懶洋洋的閒適。而客人的話題很快便從政治轉到作樂的活動，有人建議到附近狩獵，我也感到新鮮好奇，我從未嘗試過這些玩意兒。

在玻國，艱辛的採訪竟然也有這麼一個機會享受舒泰奇特的星期天。

我們走出別墅，邁向果園，在一個轉彎角落，不經意看見好幾間泥磚小屋，小屋裡有幾位原住民孩子探頭出來，偷望我們，他們都是僕人的子女。

我腦海裡不由自主湧現了玻國一幕幕歷史情境，想到剛才那些人的談話，沒有一個願意觸碰歷史，歷史滿是遭蹂躪過的傷痕，傷痕仍在滲血，當中有切．格瓦拉的鮮血。

切·格瓦拉的兩位戰友

當年，切·格瓦拉選擇玻利維亞爲他的戰場是有原因的。他目擊了在大國策劃下最受暴力摧殘的玻利維亞，政變與反政變，使這個國家陷入受到剝削的不公義苦境。

玻利維亞，有切·格瓦拉未竟的事業，也由於這個原因，玻利維亞的悲情，總是牽動著世界無數浪漫的革命同情者。

雖然切·格瓦拉在玻利維亞遭人出賣了，但他其實也有不少玻國的戰友，這些仍在世的戰友，紛紛加入了MAS，遂有人笑稱這個黨是切·格瓦拉黨。

我用盡辦法找了切的兩位戰友，一位是MAS黨內德高望重的國會議員安東尼奧·伯蘭度（Antonio Peredo），另一位是制憲大會暨MAS的成員羅郁娜·古絲曼（Loyola Guzman）。

他永遠是我們的導師（專訪：格瓦拉女戰友古絲曼）

在玻利維亞首都拉巴斯，太陽快要下山之際，一位樣貌清秀的原住民婦女終於出現在我眼前。六十四歲的古絲曼曾於六十年代追隨切·格瓦拉參與游擊戰，當時她只有二十三、四歲。原以爲切·格瓦拉的女戰友一定予人強悍的感覺，想不到古絲曼一身書卷秀氣，聲音溫柔，她向我講述了一段火紅的歷史，就在切·格瓦拉逝世四十年之際。

問：爲什麼會加入切·格瓦拉的游擊隊？

答：我爸爸是玻共的一名教師，我則是共青團成員，當時玻國人民處於水深火熱，古巴卻發生一場轟天動地的革命，卡斯楚和切．格瓦拉的名字在南美不脛而走，他們的理想對我們深具示範作用。他主動與玻國共產黨接觸，我們搶著要與他一起爲革命奮鬥。

問：你在游擊隊扮演什麼角色？

答：我負責財政、聯絡……

問：我看過切．格瓦拉的日記，他也特別提起你，表示委派你到拉巴斯，向當地的同志傳達他的指示。

答：沒錯，是一九六七年一月二十六日，他也特別在他的記事簿中做了紀錄。他說對我印象不錯，他看到我堅定的眼神。

問：那你對他的印象呢？

答：他站在我們面前，展示出一個人類社會的遠景，以及改變不公義現象的一套策略，目標非常清晰。他是一位有思想、身體力行的革命家。他的反帝國主義精神更是深得我們之心，我們恨透帝國主義，其對我們遺害無窮。

問：切．格瓦拉提出武裝暴力革命，這也是受到非議的主張之一。

答：當時我們面對的是軍人政府，軍人政府進行了連場大屠殺，我們不得不拿起武器。

問：你也曾受過軍人政府的迫害，是嗎？

答：在班塞爾（Banzer）和賈西亞（Garcia）兩個獨裁軍人政權統治下，我分別遭到囚禁。

問：對，你沒有畏縮，而且過去一直活躍於人權運動，去年你還拿了個國際人權大獎呢！

答：革命就是爲了人權，切·格瓦拉不但是游擊戰士，也是一位人文胸襟廣闊的人權鬥士，我們在他身上得到不少啓發，即使他死了，我們仍繼續爲人權奮鬥。在玻利維亞，人權是一個極其嚴重的問題，在軍人政府統治期間，有多少人無辜失蹤……

問：你的人權組織就叫做……

答：失蹤人口家屬及殉道者協會（Asociación de Familiares de Detenidos y Desaparecidos, Asofamd）。

問：現在的玻國，人權狀況可有改善嗎？

答：沒有，有些地方甚至比以前更差，只要走到街頭，你便會知道有多少人活在飢餓與貧困之中。他們被排斥於教育、醫療、就業等基本人權之外，因此，社會主義思潮又回巢了。

問：你們選出了第一位原住民社會主義總統莫拉萊斯，這是一個非常大的突破，而你也是總統所屬政黨ＭＡＳ的重要元老，又是制憲大會一名成員。

答：我們要做的工作多得很呢！而我們所做的一切，可以視爲是切·格瓦拉精神的延續。

紅色羅賓漢也是務實者（專訪：格瓦拉戰友安東尼奧·伯蘭度）

玻利維亞第一位原住民總統莫拉萊斯上台後，他領導的政黨ＭＡＳ更受矚目，有人指稱這是一個切·格瓦拉黨。我也就此一觀點專訪了ＭＡＳ德高望重的國會議員安東尼奧·伯蘭度。

問：伯蘭度先生，六十年代初，你曾與切·格瓦拉在北京與毛澤東會面？

答：當時切．格瓦拉代表古巴，我則代表玻國共產黨，我們就這樣認識了，他給我的印象是一名謙謙君子，完全沒有革命家的霸氣。

問：你兩位哥哥CoCo和Inti是切．格瓦拉兩名重要的革命夥伴，最後更爲他犧牲？

答：當切．格瓦拉潛伏到玻利維亞時，我們得知消息，便與他會合。當時我兩位哥哥是玻共領導階層，獲委派加入切．格瓦拉的游擊隊戰鬥工作裡，不幸在一次戰鬥中陣亡。

問：切．格瓦拉到一個太不熟悉的地方延續革命理想，是否太浪漫了？

答：誰說他不懂玻利維亞？他來之前寫過一篇分析玻利維亞的文章，並且早與玻共聯繫，他是在玻共同意之下才到我們這個國家來的。至於浪漫不浪漫，在歐洲人眼中可能是這麼一回事，但對於我們，卻是把生命置在槍口上，我們從來沒有把這事看成浪漫事件。

問：切．格瓦拉曾說要製造多個越南，現在聽起來有點嚇人！

答：那是作爲對抗美國的一種說法。六十年代，美國支持拉美軍人政府，而軍人政府對人民不斷武力鎮壓。那一個年代，只有一種鬥爭，就是武裝鬥爭。現在已經不同了。

問：有什麼不同？社會主義不也已回到玻利維亞了嗎？

答：不，不，不，社會主義在玻國還沒有成熟，MAS也不算是個社會主義政黨，它只是一個通往社會改革的工具。

問：你從六十年代走到今天，看法隨著時間也起了變化？

答：當然，不同時代有不同的社會發展模式。二十一世紀，我們不用再武裝革命了，而社會主義也不是一成不變，它已發展出不同的面向，就好像資本主義。

問：那麼，MAS要推動怎樣的社會主義？

答：在民主架構裡照顧不同的聲音和需要，建立公平和正義的社會。

問：那爲什麼切．格瓦拉那股屬於六十年代的激情革命理想仍然大有市場？

答：時代變了，但大國侵略的野心卻沒有變，只是方式不同。而國家雖換了不同的面目，可是，問題依舊存在，我們情不自禁地在心坎裡又呼喊出切．格瓦拉的夢想來，這個夢想，仍未實現。

在玻利維亞的最後一個晚上，我有點依依不捨，好想再看看拉巴斯這個世界上海拔最高的城市。與友人吃過晚飯後，自己獨自一人踱步回旅館，我故意選了一條最長的路程，天上星光閃閃，一彎明月映照著我的步伐，所有我在玻國認識的人，無論是革命陣營或是反對陣營，一一在我腦海中登場，我突然有一種非常空虛的感覺，人若微塵，卻鬥得血跡斑斑。

不知是否受到拉美朋友的感染，我深深掛念遙遠的家鄉，我以爲我是個國際主義者，可以四處爲家，但人與土地實在難以分割啊！

玻國原住民與土地合而爲一，並孕育出燦爛的文化，同時也爲此受盡折磨。他們的痛苦一如綿延的安地斯山脈，可是，他們卻沒有因此失去對土地和其文化的熱愛。

在我入住的旅館門前，經常出現一位原住民流浪樂手，每天都蹲在一角吹奏哀怨的安地斯音樂，一種從遠古而來的音樂，直透入我這位遊子的心。

在那一個最後的晚上，回到旅館時，我又看見他，街道上早已行人漸遠，昏黃的街燈下一片寂寥，但他仍是那麼專心演奏。我站在他身後，一樣專心聆聽，給他掌聲，在寂冷的高原上，即使音樂與掌聲都是如此的孤獨。孤獨，是你與我的命途！

註釋

①莫拉萊斯政府先後接管了能源公司查可（由英國石油公司控制）、崔蘭斯雷迪斯（艾希摩爾能源公司）和由德國及秘魯公司控制的CLHB公司，並收購荷蘭皇家殼牌能源公司在玻利維亞的業務，跟著是「歐洲國際電訊公司」，這是義大利電信公司的子公司。有人擔心，中南美洲的「資源國有化」，將使資源國重新掌握油氣供給權，進而奪回定價權。一旦資源國有化進程擴散到其他產油國，不僅將打破現有的油價定價機制，也將因自主選擇石油交易計價貨幣，而瓦解美元的霸主地位。一旦出現「世界石油資金的自由化」，美元主導的世界貨幣體制將面臨現實的風險。

②參見史迪格里茲（Joseph Stiglitz）所撰述的Who Owns Bolivia's Oil and Gas? http://www.gasandoil.com/goc/news/ntl62981.htm。他的著作《全球化的許諾與失落》（*Globalization and Its Discontent*，台灣大塊文化出版，二○○二），已成為批判全球化的經典。

③參考Hunger in the Andes, Bolivia Transition Project, http://boliviatransitionproject.blogspot.com/2009_04_01_archive.html。影像有英國知名記者拍攝的The War On Democracy, http://www.youtube.com/watch?v=UGrAeG3QgtE

④參見西班牙修士巴托洛梅．德拉斯．卡薩斯（Bartolomé de las Casas, 1474-1566）著作《西印度毀滅述略》（*Brevísima relación de la destrucción de las Indias*），孫家堃中譯本，北京商務印書館，一九八八。卡薩斯與其著作均被視為邪惡時代的正義之聲。

⑤參見http://www.boliviabella.com/history.html

⑥李高遠：〈無法迴避的世界性問題：全球鬧水荒，水戰爭即將引爆〉，《看雜誌》二〇〇八年一月三日第三期（http://www.watchinese.com）。

⑦張楊乾：〈瓶裝水的罪惡，你喝不出來〉，（台灣）環境資訊中心（Taiwan Environmental Information Center，http://e-info.org.tw/node/25931）

⑧參見The Global Collaborative之Nautilus Institute: Bechtel scandal, http://www.globalcollab.org/Nautilus/about-nautilus/staff/peter-hayes/1984/Bechtel-scandal.pdf/view，或Corporate Watch (http://www.corpwatch.org): Bechtel and Bolivia.

⑨《一件T恤的全球經濟之旅》（*The Travels of a T-Shirt in the Global Economy*），作者皮翠拉．瑞沃莉（Pietra Rivoli），譯者洪世民，寶鼎出版，二〇〇六。

⑩羊駝：產於南美安地斯山脈地區似羊但身形又似駱駝的家畜，故而得此名。

⑪《震撼主義：災難經濟的興起》（The Shock Doctrine: The Rise of Disaster Capitalism），作者娜歐蜜．克萊恩（Naomi Klein），譯者吳國卿、王柏鴻，時報文化出版，二〇〇九。

⑫薩克斯（Jeffrey D. Sachs）是美國當代最重要的傳奇經濟學家，二十八歲就取得哈佛大學的終身職教授，他同時也是一位具爭議的新自由主義經濟學家。他對發展經濟學及貧困問題表現關注，並參與了不少第三世界國家的發展計畫。《終結貧窮：如何在我們有生之年做到》（*The End of Poverty*）是薩克斯其中一部知名作品，臉譜出版社，二〇〇七。

厄瓜多

靜待黎明

我生自你處，我回歸你處
由泥做的瓶
死後我回返你處
至塵土之愛

——〈泥瓶〉，霍爾赫·恩里克·阿多姆
Jorge Enrique Adoum, 1926-2009

志工搭起帳篷，向偏遠城鎮居民提供各種服務

作者與厄國社會福利志工

兒童是貧窮最大的受害者

厄國原住民捍衛自己權益

看到CHIFA這個字，就代表這是一家中國餐館

總統科雷亞推動微型金融

路邊的擦鞋童

智利詩聖聶魯達（Pablo Neruda, 1904-1973）說：「厄瓜多擁有美洲最優秀的詩人。」而曾任聶魯達私人秘書的阿多姆，正是厄國最偉大的文學家之一，他作詩，也寫小說，小說《馬克思與裸女之間》（*Entre Marx y una Mujer Desnuda*）已成爲拉美的當代經典作品。他由於文教工作遊歷豐富，但不忘故土民族情懷，特別鍾情於首都基多（Quito），對基多自有深刻的觀察，他這樣表示：

> 厄瓜多人與心目中較優越的人握手，幾乎顫抖、幾乎害怕，我們面對外國人總卑躬屈膝，總是猶豫不決，總是看扁警告或挑戰我們的人，若我們希望脫離這種情結，就會變得激進、自由與暴力，不過基多全無這種狀況。

命運，是如此的神秘和深不可測。記得已故波蘭導演奇士勞斯基（Krzysztof Kieslowski）的一套電影《機遇之歌》（*Blind Chance*），主角可能因爲一時之決定而帶出不同的命運，例如你爲什麼選擇A而不選擇B，那一時之間的念頭，便因此而使得命運改變。

是嗎？

來到厄瓜多後，一天在街頭上有幾個少年人向我走過來，我卻不以爲意。我走了幾步突然想吃冰淇淋，於是向右轉去一間店，沒多久，一位女遊客大呼搶劫，她正是遭受上述少年人襲擊。我的天！他們最初的目標可能是我，只不過我改變了步伐，他們便轉移目標。

我們的遭遇是否冥冥中自有主宰？還是在於我們一念之間的轉動？

就好像當初切·格瓦拉所選擇的，假如不是玻利維亞，而是厄瓜多，他的命運會否不同？我們甚至可以推得更早，如果他沒有踏上那一趟摩托車之旅……

命運有太多的如果。

美元化政策的衝擊

厄瓜多是一個小國，其豐富的自然景色卻是永恆，沒有如果。無論你停留多久，都總覺得時間不夠用。

在西邊，有濱臨太平洋的海岸線，靠近赤道一帶的氣溫則高達三十多度。事實上，厄瓜多（Ecuador）的國名就是來自赤道（Equator），這是厄瓜多在拉美地區獨特之處。

可是，往首都基多方向走，則山巒起伏，溫度慢慢下降，直到基多這個位於海拔二千八百公尺的高原，你可能會感到有點不適。不過，你很快便會適應，並且愛上這個首都的氣候。除了早晚較爲清涼外，日間氣溫長年維持在十六至二十二度，整年猶如在怡人的春季裡。

過了基多，再往東部走，便是亞馬遜地區和熱帶雨林，亦是厄瓜多最神秘迷人的地方。

這就是厄瓜多，山水、高原、森林再加上赤道，還有部落繁多的原住民文化。此外，她還是南美第三大產油國家，同時亦盛產香蕉和各式各樣的水果。

在厄瓜多，你眞的感到江山如此多嬌。可是，她卻偏偏逃不過南美爲人詬病的治安問題。

厄瓜多與哥倫比亞爲鄰，近年深受這個鄰國黑幫的困擾，治安大不如前。

記得十年前曾來過基多，對這個城市平靜淳樸的民風印象深刻。可是，十年「國事」幾翻新，由於過去政局不穩，貪官污吏掏空國家財富，經濟急速下滑。莫小覷厄瓜多是小國，大國在她身上所留下的傷痕處處，可以說是新自由主義的「重災區」。過去外債高築，在千禧年之際，該國就是被龐大的外債拖垮了經濟，當時的右翼腐敗政權匆匆把國家貨幣廢除，一如薩爾瓦多，索性把國家貨幣改用美元，徹底讓厄國成爲美元附庸區。

在整個南美地區，只有委內瑞拉實施外匯管制，規定國民每人每月購買美元的數目，委國中產階層和企業對此怨言不絕。

不過，我想，如果沒有這項政策，委國的經濟將會怎樣？

或者，我們身處亞洲，可以回想一下，十年前亞洲經歷金融風暴，各國採取救亡措施，國際貨幣基金會和世界銀行紛紛獻計，但馬來西亞當時的總統馬哈蒂爾獨排衆議，推出外匯管制，大衆譁然，批評之聲不斷。可是，時間證明，馬哈蒂爾作了一個英明的抉擇，馬來西亞經濟得以穩步復甦。

當南美地區在千禧年經歷與亞洲相似的金融風暴時，厄國亦同樣受其害，結果赤裸裸地臣服於美國提供的「藥方」，實施美元化政策。在此，人民所受到的衝擊又有多少？

在首都基多，有一間老字號中國酒樓——龍鳳大酒樓，老闆說到千禧年，可眞是一盆眼淚。當時他的酒樓正要裝修，需要一大批國家貨幣蘇克雷（sucre）給工人找數，因此，他把美元積蓄轉換了蘇克雷，加上那一年有不少中型銀行提供蘇克雷高息存款利率，利率可高達十多厘。

老闆說：「你知啦，這裡中國人對宏觀經濟不了解，小心眼，加上人性中的貪念，大家都被高息吸引，一窩蜂轉做定期存款，誰知這是金融風暴前奏，蘇克雷從六千兌一美元，一下子跌至二萬五至三萬兌一美元，有銀行更關門大吉，一生辛苦錢化爲烏有……」

老闆告訴我，當時一如二次大戰時中國人拿的軍券，一夜間變成廢紙，欲哭無淚。有多少人因此破產而精神失常，當地的華人亦不例外，老闆卻選擇重頭開始。在這裡，有太多的故事。不知就裡的老百姓首當其衝，只有把財富存於歐美的上層階級得益於美元化政策。美元化政策或許暫時遏止經濟惡化，但另方面卻導致通貨膨脹，民怨沸騰。結果是貧者愈貧，富者愈富，治安也跟著日益惡化。

想不到這裡的華人亦成爲厄瓜多惡劣治安的黑手之一。

原來，自二〇〇七年哥倫比亞放寬入境條例，所有中華人民共和國護照持有人一律免簽證，導致人蛇活動猖獗，大量福建人從哥倫比亞偷渡進入厄國境內，然後伺機偷渡前往美國。

我好奇地問，爲什麼他們不索性留在哥倫比亞等候機會到美國。一位熟知人蛇活動的人士表示，由於哥倫比亞山勢比厄瓜多險要，邊防又較嚴謹，加上哥國西部，特別是與巴拿馬連接的一部分游擊隊活躍，陸路邊境早已被封鎖，因此，蛇頭寧願選擇先到厄瓜多這個小國，再作打算。

可是，人蛇滯留在厄瓜多期間，有些因生活陷入困境而無惡不作，加劇了當地犯罪活動，有些甚至綁架自己同胞，令這裡的華人多了一重威脅。我認識一名中國人，他每月花一千美元僱請保安二十四小時保衛家園。

與此同時，也有厄瓜多人遷怒中國人造成治安惡化，導致種族緊張。當地中國人把厄國人發動的反中國非法移民大示威，視爲排華前奏，人心惶惶。

在厄瓜多，保安行業因此逆勢上升。

不過，在另一方面，拉美人又無法抗拒中國人的存在。從秘魯到厄瓜多，只要你看到Chifa這個字，便知道這是一間中國餐館。Chifa到處都是，成爲拉美社會一道風景。

最初我不明白Chifa的意思，還以爲是炒飯之意，一問之下，原來是從中文「吃飯」翻譯過來。

無論是吃飯還是炒飯，菜單上大多以炒冷飯爲主，而炒冷飯已變成中國菜的代名詞。一盆亂七八糟的深褐色炒飯，即使我幾個月沒有吃中國菜，也絕難下嚥，但當地人卻吃得津律有味，並且融入自己的菜式中。

例如在厄瓜多，你去一間地道厄瓜多餐館，也會有炒冷飯來代替炸薯條。不論是厄瓜多廚師，還是秘魯廚師，他們總以爲自己已經把握了中國菜的竅門，煮什麼都下大量醬油和味精。

這或許也算是一種文化交流，從中可以得知中國人在南美的力量，一切就從Chifa開始。而每一粒炒冷飯，我雖然死也不願吃，但已感受到中國人漂洋過海來到地球另一邊的甜酸苦辣。

在玻利維亞首都拉巴斯，我投宿的旅館不遠處便有一間叫「長城飯店」的中國餐館，老闆娘一見到我便邀請我與他們同桌吃飯，然後大吐苦水。

她大喊，給人賣豬仔，不知就裡便來到了這個南美的西藏，生活不好過。近年當地中國人更成爲暴力對象，有不少中國餐館工人下班後乘出租車時，給司機載到偏遠地方洗劫一番，之後還拳打腳踢。

在拉巴斯，中國人只有幾百，但他們都身心受創，在這個高原上舉步維艱。

在厄瓜多首都基多，中國人也不好過。一間中國餐館的青年雜工，亦自稱受騙來到了這個南美小國。蛇頭把他運了過來，便棄之如垃圾，讓他自生自滅。他曾流落街頭，最後給一位亦曾是受害者的同胞收留，大家一起炒冷飯去。

隔夜的米飯炒起來是否特別香爽？這也得視乎你的廚藝造化，而厄瓜多又能否吃出箇中的眞正味道來？

無論如何，自二〇〇六年左翼總統拉菲爾・科雷亞（Rafael Correa）上任後，厄國與中國關係愈益密切，特別自美國帶出一場金融海嘯以來，中國炒飯在厄國更有香氣。

有趣的是，當地華人與政府官員的關係也是從吃飯開始的。

每個晚上，在龍鳳大飯店，都有不同的厄國官員來光顧，我就在龍鳳大飯店認識了厄中友好協會（Ecuador China Friendship Association）秘書長修羅・古艾斯坦（Saulo Cuesta Vinueza）。

龍鳳大飯店位於基多市商業地區。這個地區，有點現代，有點破落，大街上分出縱橫交錯的小巷，有小巷沿著斜坡蜿蜒往上攀，石子路不時響起咯咯的行人腳步聲，還有背負貨物的驢馬，發出清脆的蹄踏聲。在路旁擺攤的原住民婦女盯著每一個路過的行人，擦鞋童在角落裡等候顧客。

我望向前面的教堂，加上附近十九世紀西班牙式的建築物，啊！多麼古色古香的基多。它比拉巴斯更要精緻。單是其古城，在晚上的昏黃燈色下，散發出歷史的輝煌。基多的現代化，總爭脫不了傳統的限制。它在傳統與現代之間擺盪著，也在發展與自主之間掙扎著。

我不能忘記原住民婦女那一張憂心忡忡的臉，擦鞋童那一張楚楚可憐的臉。在厄瓜多，一如玻利維亞，擦鞋童到處可見，兒童是貧窮最大的受害者，一場揮之不去的夢魘，一切騷動之源。

我一路沉思，不知不覺便到了龍鳳大飯店，炒飯香氣撲鼻。飯店老闆早已等候多時，他向我引介修羅。

修羅一見到我，第一句即問：「有否相約總統做專訪？」我搖搖頭，他有點失望，隨後他表示可幫我安排。他指總統很重視中國，談起總統，修羅便很雀躍，表現得躊躇滿志，他相信總統會為國家打造出一個新局面。

修羅口中的總統就是於二〇〇六年上台的科雷亞。

科雷亞的改革之路

二〇〇六年，一個重要的年份，拉美多國紛紛選出左傾領導人，蓄勢待發的改革就此展開，而厄國緊接著委內瑞拉和玻利維亞，成為第三個公開表示將推動二十一世紀社會主義的南美國家，被視為拉美二十一世紀紅色革命的核心國之一。

厄瓜多人民對過去軟弱無能、貪污腐敗、一味靠攏富裕階層和討好外資的領導人，將國家弄得支離破碎，已感到忍無可忍，他們振臂一呼，夠了！夠了！他們終於選出這位年輕的左翼經濟學家科雷亞，渴望他能帶來新景象。

科雷亞比玻利維亞總統莫拉萊斯還要年輕，四十三歲便坐上一個政局動盪的小國總統寶座，由於年輕，他的改革雄心更強，加上良好的教育背景，查韋斯甚爲賞識他，視他爲親密盟友之一。

外型高大俊朗的科雷亞，原是一位留學歐美的經濟學博士，通曉法文和英文，擔任總統之前是財政部長，又曾在原住民村落服務過兩年，懂得說當地主要印加原住民語言——蓋丘亞語。事實上，科雷亞乃是借厄國蓬勃的原住民社會運動乘勢崛起。

相對於軍人出身的查韋斯和工會出身的莫拉萊斯，科雷亞的背景令人期待他將會更務實、更理性。

在切．格瓦拉逝世四十週年當天，科雷亞得意地高歌一曲，送上他對切．格瓦拉的敬意，但他表示，他最關心的是厄瓜多當前的難題，不是什麼階級鬥爭，也不是什麼唯物辯證法，而是如何透過民主帶來具社會主義理念的改革，同委內瑞拉和玻利維亞一樣，教育與醫療衛生都是他關注的範疇。他自稱自己只是一名左翼基督徒，對公義比意識形態更關注。

科雷亞一上任，也隨著委國和玻國聲稱，要從外資手中奪回天然資源，他與查韋斯和莫拉萊斯共同推行拉美能源一體化的計畫，並開展屬於拉美的煉油研發技術。

一個宏偉的南美地區聯盟蠢蠢欲動，而當中最主要的武器便是石油，以對抗美國的勢力。

厄國煉油產量每天可達五十三點五萬桶，但厄國人問我，知否這些石油去了哪裡？爲什麼厄國仍被視爲窮國？

厄瓜多前能源部長艾伯圖．阿哥斯他（Alberto Acosta）向我表示，建設區域能源一體化的體系，已經成為南美各國領導人的共識，而作為拉美大國的巴西和委內瑞拉，正抓緊時間，努力在這一進程中發揮各自的作用。

當然，查韋斯比巴西總統盧拉（Luiz Inacio Lula da Silva）更具鴻圖大計，他不但要加強拉美的能源市場，並要把石油工業化，提高煉油技術，增加石油產品，而且還計畫修建一條海底管道，直接將天然氣運輸到古巴或者墨西哥①。

這一切的舉動，按他們所言，都在為拉美的獨立自主鋪路。美國的大阿哥角色備受挑戰，取而代之的是中國昂首闊步來到拉美，來到厄瓜多這個產油國家。

對於厄國人，中國眞令他們愛恨交纏。

事實上，南美左翼陣營國家企圖擺脫美國的影響，不斷尋找替代市場。仍然掛著社會主義招牌的中國，被視為崛起中的經濟大國，自然成為南美左翼聯盟拉攏的對象。正所謂神女有心，襄王也有夢，中國一樣需要資源和市場發展經濟，南美的秋波可說是正中下懷。

厄瓜多與中國的經貿關係愈見密切。在這個南美第三大產油國，中國早已開展了位置之戰。從電訊到石油，都可以成為外資一哥。例如在厄國最大的外資石油公司——安地斯，便是由中石油和中石化合資。他們收購駐厄國的加拿大石油公司，又把投資額加大至十四點一二億美元，並有不斷擴充的潛力②。

我欲採訪安地斯石油公司，由於中石油為大股東，因此總裁一職歸中石油；中石化屬第二大股東，那麼，副總裁便是中石化的人了。

總裁助理首先表示歡迎我到訪厄瓜多，並指厄國對石油產業沒有進行國有化，政府依然向外資大開中門。

我又問他有關厄國的社會主義，但他連聲指厄國不是實行社會主義，他們身為外資並不害怕，並且要加重投資。厄瓜多人傑地靈，是投資的好環境。

另一位中國大使館的官員更慌張表明，南美現時所推動的社會主義與中國無關。

無論如何，自美國引發全球金融海嘯後，厄瓜多人更仰望中國公司，尋找就業出路，這竟不期然出現一股學習中文的旋風。在基多，有一位中國人就是靠開設中文學校而打造出一條維生之路。

中國的chifa，愈炒愈香；中國的黑工，愈見複雜；中國的投資，愈來愈多。我與厄瓜多人聊天時，他們對中國人都表現出一種又愛又恨的複雜心情。

他們不僅對中國人百感交雜，對他們的左翼總統科雷亞也一樣有不同的意見。

科雷亞雖高票勝出，國內仍有一股傳統勢力與他抗衡。他應向中國或是向美國傾斜？不同利益群體當中自然有一番討論，但最大的討論還是厄國與委內瑞拉的關係。

改革一開始即處於十字路口。

科雷亞一上台，即表示不會償還近百億美元的「不合法外債」。其後，他更聲稱已清除了欠下國際貨幣基金的一切債務，令不少人為之側目。

為什麼是不合法呢？對科雷亞而言，這由於該等外債都是建立於不平等的基礎上，是強勢債權國家利用債務作為槓桿，迫使弱勢的債務國門戶大開，大幅降低關稅，將整個國家變成跨國資本弱肉強食的自由市場。

根據《國際金融報》的報告，在上世紀八十年代初由墨西哥引爆第一次拉美債務危機時，整個拉美地區的外債爲三千八百億美元，但經過二十年的經濟發展後，拉美債務卻翻了幾翻，總額已經接近八千億美元。這意味著今天每一個拉美人背負著一千五百美元的外債，同時也意味著拉美每年用於支付外債的資金就將近一千五百億美元，相當於本地區年外貿收入的百分之三十左右③。

爲什麼外債停不了？

就以厄瓜多的亞馬遜河流域地區爲例。當年美國借錢給厄國政府重整經濟，條件是要僱請美國顧問和工程公司協助開發，結果是左袋入右袋出，美國企業取得了多項建設工程項目，還要瓜分大部分利潤。

厄國借了美國錢，還要付上高昂的發展費用，並把經濟主導權奉上。亞馬遜河流域地區在變相殖民之餘，資源財富竟荒謬地流入了富國的口袋裡，厄國只分得百分之十五，當中有百分之十用來償還外債，餘下的百分之五根本不足夠應付進一步的建設開支和公共服務，最後債上債、利疊利，外債不斷滾大成爲惡債④。

爲了償還惡債，厄國政府不得不削減國內的公共開支，導致貧困人口生活惡化，貧富差距拉大，貪腐上升，社會動盪加劇。

因加得減，因減得加。借貸國因外債而拖垮了國內經濟，債權國反從窮國身上獲得更多的財富，這就是因爲當初借貸條件不平等所致。不僅厄瓜多，其他開發中國家也面對相同的情況。

在墨西哥，政府償還外債，代價是削減社會開支（教育、健康等）和公眾投資（住房、基礎設施等）。其中三成的財政預算用作償還外債。而一九八二年爆發的全球債務危機，就好像二○○八年的金融海嘯，讓我們徹底看清楚美國的詐騙手段，債務背後是無窮無盡的剝削。

自金融海嘯以來，美國危機不斷湧現，領導地位受到衝擊，其他國家紛紛爭取話語權。近年，第三世界已形成一道聲音，在經濟上要求公平看待，首先呼籲已開發國家免除他們的外債，並發展成爲一場外債免除運動。

如果第三世界國家能最終擺脫債務負擔，這筆錢對於他們來說意義重大，這能夠用來改善醫療和教育條件，創造就業機會等。事實上，據聯合國開發計畫總署統計，第三世界國家每年償還外債的支出大約是兩千億美元，這是滿足其本國人民生活必須資金的二．五倍。至於債權國，在無條件免除開發中國家債務後，其損失的資產可能只不過是百分之五⑤。

這是對美國第一位非洲裔總統歐巴馬的一個考驗，響應這次的債務免除運動？還是堅持不平等債務？

無論如何，科雷亞率先拒絕承認不平等債務。當解除外債束縛後，他宣稱在教育與醫療的預算開支上多提高二億萬美元，又實行「三個五」小型企業貸款計畫，即貸款期五年、貸款金額五千美元及年利率五厘。

此外，他又鼓勵原住民參政。

他因競選而成立的政黨「驕傲主權領土聯盟」（PAIS，後改名爲新國家運動黨，New Country Movement），強調政治主權、地區整合，以及爲窮人解除經濟困境。他自視爲具人道主義的左翼基督徒，這對於厄國國內的傳統利益集團而言，感到無比的威脅。

與傳統利益集團有密切關係的主流傳媒，每天都在批評科雷亞，並就他與查韋斯結盟極盡攻擊之能事，特別在能源一體化行動中，傳媒對此報導甚爲負面。

改革之路的絆腳石

在我訪問過的所有向左轉拉美國家中，傳媒竟然是改革的最大阻力。

科雷亞指傳媒是舊有勢力的一部分，如果改革要成功，必須要從傳媒做起，但這是一個敏感的領域，它涉及到民主的基礎：言論和表達的自由，自然引起國內和國際社會很大反響。

在玻利維亞，總統莫拉萊斯一樣與當地傳媒處於敵對狀態，他皺著眉頭問：「爲什麼傳媒總要攻擊我？」

我訪問玻利維亞全國記者協會主席，他笑著回答莫拉萊斯的質詢，說：「傳媒是永遠的反對派！是民主的守門人！」

莫拉萊斯對這答案並不滿意，他認爲傳媒故意針對他，有心破壞社會改革，因爲，他們代表了過去的保守力量，不願看見任何違反他們利益的轉變。

因此，莫拉萊斯也學委內瑞拉，鼓勵社區傳媒的成立。

在委內瑞拉，社區傳媒已成爲一種抗衡企業傳媒的有效方法。那麼，社區傳媒是什麼呢？我在委內瑞拉一章已有釋述，那就是每一個窮人社區都設有自己的媒體，報導社區日常事務，再廣一點則評論國策，國策以外他們亦會分析國際時事。

由於是窮人社區，他們自然支持社會改革，採取較傾向政府的立場，正所謂衆志成城，所有社區共同製造出來的聲音，可以蓋過企業傳媒，眞是蟻多壓死象。

鞏固社區的力量，正是南美左翼政府積極推行的政策。

由委內瑞拉推動的南方電視台（Tele Sur），也成爲他們對抗主流企業傳媒的武器；而厄瓜多加入成爲股東，這令科雷亞與主流傳媒的關係更見緊張。

我還以爲科雷亞高大威猛、年輕有爲、胸懷大志，兼及學識豐富，一定深受記者歡迎。怎知，有一天，我在一位厄國記者面前稱讚科雷亞，該名記者聽後，即指我初來甫到，不知內情，給科雷亞的外表騙倒了。

她說，科雷亞對傳媒態度惡劣，經常在記者會辱罵記者。一次，他竟然指著某一位經常批評他的女記者，形容她又肥又醜，令在場記者譁然。

科雷亞每星期六有一個電台節目，他解釋政府政策之餘，也對過去一星期的新聞報導和評論來個大檢閱，指傳媒這裡報導失實，那裡故意撒謊。總之，科雷亞認爲厄國的傳媒水平之低，缺乏專業性，令他每天看報都會大倒胃口。

科雷亞更與厄國最大的報章之一《今日報》（*La Hora*）捲入訴訟案。他控告該報社評扭曲事實抹黑政府，《今日報》的老闆堅決不屈服，與總統鬥到底，其他傳媒也順勢群起攻擊總統的做法。

訴訟案發生後沒多久，科雷亞宣布不再舉行記者會，只以書面回答記者提問，並欲以「誹謗罪」來整治記者，嚴重者可入獄。這隨即成爲一宗國際新聞，遠在法國的「無國界記者」組織提出抗議。

我在厄國就此訪問了當地的記者協會主席，他一臉愁苦，指他雖然理解科雷亞的改革，但科雷亞也實在霸道，只許傳媒報喜不報憂，若果沿著這個方向走下去，厄國便會步上獨裁，新聞工作者將受到最大的打擊。

一位厄國國立大學新聞系博士生荷西卻有不同看法，他建議我先了解厄國傳媒的背景。他表示，科雷亞說得沒錯，厄國傳媒全由大企業把持，他們的老闆不是銀行家，便是香蕉大王，又或是某某大家族，而記者亦甘於成爲他們的宣傳機器，他們才是新聞自由危機的原兇。雖然總統做法或有不當，但厄國傳媒過於偏激，也難辭其咎。

我採訪南美三個「左轉」國家，不忘了解當地媒體狀況，媒體在改革過程裡自當扮演一定的角色。

原來，在左翼新政府上場之前，厄瓜多與委內瑞拉、玻利維亞等國無異，傳媒中有百分之九十九都是由私有企業經營的，沒有一間如BBC的公營電視台，可以擺脫利潤的主導，去製作高水平的資訊節目。

荷西說，其實，私營傳媒在民主的制度中絕對有必要，這是保障新聞獨立、自由言論的基石。只可惜在南美的私營傳媒全由幾個有錢大家族瓜分，他們投資傳媒行業，目的就是要掌控社會的輿論、主宰國家的聲音。

沒錯，南美不少國家的傳媒業非常發達，厄瓜多也不例外。走在街頭上，你會看到報攤擺放了令人目不暇給的各式各樣報章雜誌，而且都是私人辦的，這很容易給人一個錯覺，私有企業傳媒促進民主發展，但現實卻可能是另一回事。

「在琳琅滿目的報刊中，卻只聽到幾種聲音，這就是南美過去的傳媒生態。」一位在厄瓜多原住民組織推行教育計畫的老師這樣說。

該老師又說，傳媒塑造社會的價値觀、影響我們的觀點與角度，肯負責任的傳媒當然可以令民主制度得益。可是，不負責任的傳媒，又或是懷有私人政治議程的傳媒，便會逐漸蠶食民主的意義，大衆卻懵懂不知。

現在，厄瓜多傳媒大呼言論自由受到威脅，誰知扼殺言論自由的劊子手，正是傳媒自己。老師反問，厄國傳媒在過去有做好本身的角色嗎？有讓社會上不同聲音得以反映嗎？

他連珠炮發。可是，我也有不同看法。企業主流媒體爲了利益和隱藏議程，而對任何改革給予不合乎事實的報導和評述，這固然不妥；但，當傳媒一味只同情領導人和改革力量，未能保持距離，發揮監察角色，那麼，這場媒體大戰最大的輸家還是人民。

老師好像聽不入耳，繼續說，厄瓜多人口雖有三分之一爲原住民，但他們的權利不但沒有受到傳媒重視，反之，由於他們過去一直與傳媒力抗拔河，因此他們的抗爭更經常受到傳媒抹黑。

他說時不斷搖頭嘆息。

不僅傳媒，過去厄國總統與原住民也存在緊繃的張力。千禧年之初，當時屬聯合共和黨的總統馬曉雅德（Jamil Mahuad）因推行美元化政策，引發經濟大動盪，原住民組織發起全國大遊行、大罷工，推翻了馬曉雅德。

馬曉雅德並不是厄國唯一一位未能完成任期、便給人民趕走的總統。過去，有好多位總統都落得如此下場。當地人苦笑說，他們幾乎每兩年便換總統，直至科雷亞。

這位左翼總統不僅完成第一屆任期，還在二〇〇九年以高票數連任，打破了厄國總統短壽的宿命。

不過，科雷亞上台之初，有人怕的不是他在任期上短壽，而是在生命上眞的有可能短壽；因爲，對美國而言，他實在太惹火了。他對內要重整國家民主秩序，對外拒絕與美國在厄國的「美他軍事基地」（Manta US Military Base）續約，消減美國駐基多大使館的影響力⑥。二〇〇八年，他更撤換國防部長、情報機關頭目和軍隊多位司令。他指這等部門過去一直受美國中情局滲透，變相成爲中情局的附庸。

他一連串的舉動，令當時有人猜測，他會否步前總統羅爾多斯（Jaime Roldos Aguilera）的後塵，給中情局幹掉？

當厄國於七、八十年代結束軍事獨裁展開民主政治不久，羅爾多斯便於一九七九年贏得大選。他所作的一切正與科雷亞相同，就是對於厄國的石油政策採取強硬的民族主義路線，又擴大原住民參政權，並重中國家主權，驅趕來自美國的傳教團體「夏季語言學校」（Summer Institute of Linguistics）。這所學院名義上傳教，實際上支援美國石油企業，勾結政府，在厄國石油豐富的地區巧取豪奪⑦。

羅爾多斯一上台即對此學院殺一儆百。在他治理下，金權政體受到動搖。一九八一年，他所乘坐的總統直升機意外墜機。這情景令人想起巴拿馬總統杜里荷，還有其他企圖推動改革的拉美總統下場。

因此，有厄國人擔心科雷亞的命運。直到歐巴馬上台後，這擔憂才逐漸消減一些。

修憲成功，進入多元民族時代

我走在基多山城的斜坡上，享受著早晨的和暖陽光，不久終於抵達科雷亞的政黨總部大樓，接見我的科雷亞助手是星茲之博士（Dr. Vicente Sanchez）。

當時，星茲之博士正忙於統籌修憲大會（Constituent Assembly）的選舉。事實上，總部人潮絡繹不絕，所有人都非常忙碌，有學生、主婦、工會人員、原住民組織代表，還有國會議員。他們都有各自的工作，有些來當志工，協助選舉活動，有些來開會，無休止的會議每天都在總部舉行，活像準備要迎接出生的嬰兒。

總部外停泊了好幾部大型旅遊車，準備接載志工到不同的地點，爲候選人助選。

我想到前幾天到厄國全國記者協會訪問主席，主席那一張緊繃的臉孔，還有企業對改革的步步爲營，一些中產年輕人對科雷亞的抱怨；新生的厄瓜多在出生時，會否也一如嬰兒，先來個嚎啕大哭？

我在總部內拐了一個彎，正要踏上階級到二樓之際，一群年輕人坐在一角落地上嘻嘻哈哈，背後牆壁上掛了一系列切．格瓦拉的肖像，還有科雷亞的海報，他們的笑容一樣燦爛，赤道上的熱情與期盼表露無遺。

星茲之博士一見我，即趨前握手，他對香港感到好奇，特別是殖民經驗。原來他是社會學專業，我也是社會學畢業生，大家談起來很投契。

他把我介紹給在場好幾位修憲大會候選人，我們的話題一開始便討論修憲問題。

厄瓜多終於在二〇〇八年通過一部人人稱頌的「綠色憲法」，憲法中列明人民擁有權利獲得潔淨的水、免費醫療、教育和退休金等，厄國的大自然環境亦享有大自然權利，不受傷害。這憲法有一部分是由修憲大會諮詢「環境法律自衛社區基金會」（Community Environmental Legal Defence Fund）撰寫而成[8]，被視爲全球首個大自然權利法案（Bill of rights for nature）。

當然，在這新憲法中，一如委內瑞拉、玻利維亞和其他向左轉的拉美國家，也有修改總統任期這一極具爭議的法例。修改後，科雷亞可繼續參選，如有人民支持，他可連任至二〇一七年。

厄國反對派對此抗議之聲不絕，但星茲之博士卻不以爲然，他認爲改革需要時間，作爲改革推手的科雷亞也一樣需要時間推行改革。其後，他邀請我與他們一起跑到基多北部一個高原城鎮艾巴娃亞（Ibarra），他們每個星期天都會在不同的偏遠城鎮當志工，向居民解釋改革內容，並向當地窮人派發食糧，與古巴醫生合作，爲居民提供免費流動醫療診所服務。

星期天一大清早七時許，我們便在總部集合，一位十九歲的年輕人走過來，向我打招呼，拿了我的聯絡電話，表示會找一天與我詳談，跟著他說要回學校，便離開了。後來，我才知道，他是星茲之博士的兒子，叫馬朗．星茲之。

艾巴娃亞距離基多兩個多小時車程，壯觀的山路教人屏息，重重疊疊的山巒如騰雲駕霧，還有具氣勢的河川澎湃流動。我心中驚嘆，難怪拉丁美洲永遠是旅人的夢想之地。

一到艾巴娃亞，天堂景色仍在，可是，原住民的困苦生活令人有墜入地獄之感。他們對義工團隊非常熱情，而義工們亦各就各位，迅速搭起帳篷，向居民提供各種服務，星茲之博士則向原住農民講解政府所推出的「三個五小額貸款援助計畫」，吸引大批農民前來聆聽。

在小休的時間，星茲之博士還是要繼續解答農民各式各樣的問題。當一天工作結束後，他心滿意足。他向我說，窮人有了希望，國家便有希望，但首先國家要恢復她應有的角色和職能。過去，在新自由主義下，國家拋棄了人民，還美其名說這是民主與自由。

星茲之博士一邊收拾東西，一邊說，說時一臉嚴肅。可是，很快他又輕鬆起來，當地居民邀請我們大夥兒吃晚餐，大家不禁載歌載舞，一切是如此簡陋，也是如此豐盛。我的心，跟天邊的月亮一樣，溫柔地沉醉於他們的夢想裡。

這一趟的旅程，令我進一步了解厄國的原住民。

厄國的原住民組織百花齊放，其中最具代表性的CONAIE（Confederation of Indigenous Nationalities of Ecuador），全名爲「全國原住民多元族群聯會」，當中有不同的原住民族裔團體，爲共同目標走在一起。它是厄國最具規模的原住民運動組織，也是南美社運組織的典範[9]。

不過，它純綷是一個運動組織，不參政，原住民參政組織有巴查古迪卡多元民族團結運動（The Pachakutik Plurinational Unity Movement）。

科雷亞上台之前，CONAIE便發動了全國大示威，堵塞所有主要交通要道，令當時的無能總統巴拉斯奧（Alfredo Palacio）下台重選。當時科雷亞任財政部長。

我專程走訪CONAIE，並訪問了其副主席。爲什麼是副主席而不是主席呢？其實當初我是約了主席路易士．麥加斯（Luis Macas），他是一位頭腦精明的律師，同時也是相當具知名度和有影響力的社會領袖。

可是，南美人對約會的態度不太認真，麥加斯也不例外，約了他卻沒有出現，其秘書不以爲然地說，既然主席沒有來，不如就找其副手吧。幸好這位副手也是個精明的年輕領袖，他向我侃侃而談通往改革的道路。

副主席是位教育家，他在CONAIE便是負責教育項目。他說，社會運動無疑需要群眾，但群眾若只是盲目的群眾，社會便不能有持續性；因此，他們在各社區加強教育工作，讓他們清楚站起來的意義，以及推動改革的目標，當中難免採取激進的手段，這都是社運必經的階段。

我們可能只知道南非曾出現過種族隔離政策，但在安地斯山脈上，原住民老早就嘗過被隔離的滋味，他們當年不准進入城市、沒有接受教育與工作的平等機會，更早之前還被迫當農奴，連工資也沒有。

貧窮文化在安地斯山區肆虐，南美的華人不知就裡，便帶著偏見指責原住民懶惰、落後、不知進取。

在玻利維亞和厄瓜多，原住民不但聚居在山區，也居住在亞馬遜流域一帶，偏偏他們的所在地全是資源豐富的地方，過去的政府不斷把國家財產變相轉賣給跨國企業，跨國企業又毫無節制地進行開墾和擴張，嚴重影響環境生態，使得原住民族群的生活也受到史無前例的衝擊。

正所謂壓迫愈大，反抗也愈大，一些原住民知識份子帶頭自我組織，CONAIE應形勢出現，一九九〇年初成立，一直以激烈手段來抗衡厄瓜多的貪污政治。

厄瓜多政壇早爲人所詬病，一直在左右之間不停大上大落，沒有一個總統能完成任期，一、兩年便要下台。在不穩的政局裡，社會運動卻反而逐漸壯大，推動多元民族的發展，這是他們的核心理想之一。結果，在修憲成功後，科雷亞宣布結束向西班牙裔白人利益傾斜的舊憲法，厄國開始進入多元民族的時代。

CONAIE的副主席告訴我，人民意識到惟有自救才能扭轉他們的命運。

CONAIE不獨屬於厄瓜多，同時也屬於安地斯地區的所有原住民，玻利維亞現任總統莫拉萊斯未上台前，便經常前往厄瓜多向CONAIE取經。安地斯地區終於爆發出運動的火花，令人眩目。

厄瓜多選民擔心年輕的科雷亞不夠強，無法大刀闊斧推行改革。他曾揚言，如果他的政黨輸掉二〇〇七年九月三十日舉行的修憲大會選舉便會辭職，當反對派以爲他可能又是另一位短命總統時，怎知他過關斬將，令人刮目相看。

不過，科雷亞的光芒隨著時間出現暗潮，原本支持他的原住民組織，開始抱怨他過慢的社會改革，甚至質疑他的誠意。

舉個例子，在國有化石油產業上，科雷亞面對原有跨國企業指控他違約的威脅，迫不得已放慢步伐，採取較爲低調的態度；但另一方面，激進的原住民組織卻指他其實無意對石油進行國有化，並認爲他跟過去新自由主義政府沒有太大的分別。CONAIE對科雷亞的指控尤爲嚴重，在他們眼中，科雷亞欺世盜名，他的主張只是手段，而不是目的⑩。

厄國的改革陣營內部慢慢浮現出使人不安的矛盾，這矛盾會否愈演愈烈，最後自我倒下來？

雖然科雷亞高喊二十一世紀社會主義，Viva Socialismo！不過，有人幽默地表示，它是當今正在拉美流行的術語，它甚至已變成一種口號，口號是用來給人群喊的，並不需要什麼解釋，更遑論可以落實。

當我要離開厄國的時候，思緒卻異常複雜，我總爭取機會多望一眼，多與當地人聊天。臨走前，馬朗．星茲之相約見面。

今次，我正式認識這位小夥子。

馬朗是大學政治經濟系二年級學生，個子並不高大，滿臉青春痘，但他眼神銳利，一看便知道是聰慧的年輕人。上次他一聽到爸爸有位香港記者朋友，便不辭勞苦前來向我打個招呼。他說，他很想結識多些國際友人，即使沒能力出國，也可透過國際友人了解外面的世界。

他再見我時即交了一大堆有關全球化的資料給我，老是追問我，誰在全球化得益？誰偷走了他們的石油？

這回他送了一本小書給我，書名是《拉丁美洲的危機》。然後他再問我相同的問題，眼神依然銳利，銳利得使我無法忘記，就好像厄瓜多著名的金剛鸚鵡。

金剛鸚鵡顏色奪目，只可惜，過去多年來跨國石油商東掘西掘，破壞了厄國不少熱帶雨林，金剛鸚鵡已瀕臨絕種。

我回送柏金斯的自白書《經濟殺手的告白》給馬朗。我說，他的問題，該書有詳細答案。他一打開書，首章即講述厄瓜多，講述一個美麗的國家如何臣服在全球化帝國的金權政體下，怎樣陷入龐大的外資而必須出賣自己的石油資產，眼看著自然生態給國際財團蹂躪卻無反擊能力……

馬朗愈看，頭上冒出的無名火愈烈，他不斷點頭表示共鳴。我終於打破記者的所謂客觀中立、不表達立場等行規，告訴他，即使我不是厄國人，心裡也氣憤難平，亞洲的印尼、泰國、老撾等地不也是走上同一條道路嗎？

我建議馬朗申請獎學金到亞洲交流，好讓我們分享南美的經驗。

再見了！但我仍然感到金剛鸚鵡那一道銳利的眼神。一陣涼風吹過來，貼在科雷亞政黨總部的一張切．格瓦拉海報，呼呼搖動，但卻沒有掉下。

究竟，烏托邦是否一種天眞又危險的想像？

二〇〇七年，科雷亞訪問北京時，發表了他就二十一世紀社會主義和烏托邦的看法，我以此作爲這本章的結束。

科雷亞的演說──闡述二十一世紀社會主義背景

時間：二〇〇七年十一月訪問中國北京

地點：中國社會科學院，北京

傳統的經濟學提出了生產要素的問題，認爲一個國家如果擁有更多的生產要素，就能有更大的生產能力，而更大的生產能力就能創造更多的社會財富。也就是說：更富有的國家擁有更多的生產要素。古典的生產要素觀點包括勞動力、天然資源和資本。

可是，二十世紀的經驗告訴了我們，具有很大發展潛力的國家，並不一定要有更多勞動力、資本和天然資源；這些國家眞正需要擁有的是：更加高級的人力資源以及社會和諧，這也稱爲社會資本。

我不喜歡人力資本中「資本」這一用詞，因爲我不喜歡把人看作商品。如果一個國家不具有人力資源，這個國家就不可能擁有美麗的花園，發展出良好的經濟來。

一個國家如果擁有了人力資源，那就可以把沙漠變爲良田。但這還不夠，我們有很多的人力資源，但我們沒有共同的計畫，沒有社會和諧及社會資本，我們因此不能進步。

以俄國爲例，當俄國從社會主義經濟過渡到市場經濟，她雖擁有很多的人力資本，但卻沒有發展出任何全國性項目，國內生產總值反而降低了百分之三十。

爲什麼說這個呢？這不僅僅是厄瓜多，拉美很多國家過去由於一個名爲華盛頓共識（Washington consensus）的錯誤政策，成爲了反面的例證。

當年美國制定華盛頓共識時，並沒有邀請任何一個拉美國家參與。而新自由主義就是華盛頓共識強加給我們拉丁美洲的政策，該政策導致了拉丁美洲國家的衰落。

如果說結構主義是由於過多的國家參與而造成了失誤，那就意味著減少國家參與就會更好？這即是說，如果黑是錯的，白的就好？沒有灰色、紅色、綠色或其他的選擇？華盛頓共識正要告訴我們，只有新自由主義才是最好。

拉丁美洲所有的錯誤和失敗就是去國家化，破壞了社會的發展、勞動力的增長及社會和諧方面的基礎，拉美各國社會因而出現巨大的不平等現象。

我們的拉丁美洲，並非世界最貧困地區。在亞洲及非洲，存在很多比拉美更加貧困的地區。但是拉美卻是世界上最不平等的地區。這裡有比非洲更貧窮的人，同時有些拉美人過得比瑞士人還富有、舒適。

新自由主義認爲我們所需的是更低的稅務，以及更自由的經濟。這聽起來冠冕堂皇，但放棄了國家的基本功能和作用，這包括教育、醫療衛生等服務，也就放棄了在人力資源方面的培養。他們強調的只有市場和商品作用，卻毀壞了國家的人力資源。

這裡有一個很好的例子。近年，厄瓜多共有約二百萬人移民海外，因爲國內沒有足夠就業機會。在這些移民中，有相當部分都是專業人員，其中二萬名爲醫療專業。

對厄瓜多來說，培養一名醫生需要五萬美元之多，但這些醫生卻跑到其他已開發國家去，這就意味著我們向已開發國家出口了一百億美元的人力資源。

這些專業技術人員忘記應該爲祖國奉獻。在新自由主義政策下，教育讓人們變成商人般計算，教他們誰付工資，誰就可以雇傭他們，沒有教他們爲了公民的權利而工作。這政策剝削了我們培養自己人力資源的機會、破壞了社會的和諧，失去了發展的基礎。

一夜之間，自由主義的思想就完全征服了我們的社會，毀壞了我們原來比較好的社會價值。不僅在經濟方面，人與人之間，也一樣氾濫著自由主義的觀點，甚至影響著國家之間的關係，國際的合作變得非常無力。

在厄瓜多及很多拉美國家，國家性的專案計畫基本不存在。因此，經濟發展、人力資源培養及社會和諧也就同時消失。這就是在過去二十幾年來，錯誤經濟政策所導致的直接後果。

在沒有規限下，經濟變成大資本投資或特殊資本投資，使得厄瓜多甚至拉美地區根本不可能在全國範圍下執行統一的項目或計畫。

人被孤立了，地方政府也被孤立了。大家一味互相競爭，競爭看誰能得到更多的金錢和資源。

壞的事情發展到一定程度總會有一個限度。拉丁美洲人民說夠了，破壞已經夠多了，痛苦也夠了，不應該再把僞科學化妝成好的思想進行宣傳，這些缺乏科學的外來政治理論該結束了，我們必須要自己做決定而不是執行別人的決定，我們必須對拉美實行全面的改革。

我們不應再跟隨美國，我們需要自主。具社會主義傾向的左翼政府目前已在廣大的南美洲地區執政了，他們取得本國人民的廣泛支持。

華盛頓共識不僅僅是政治上的一個失敗，在經濟上和社會上也造成了失敗。

在經濟上，它造成了市場極端主義，大家只爲自己的利益服務，就像導致醫生流失的錯誤政策一樣。我們現在要執行新的、更快更有效的政策，我們已經失去了耐心，而且現在我們得出明確的結論：經濟有需要更加健康快速的發展。

社會上所有的東西在華盛頓共識模式下都是商品，華盛頓共識既不具有推動司法公正的作用，又不能促進社會和諧。

四十年過去了，現正，在拉丁美洲，大家積極尋找自己的解決方案，拉美進步政府正推行「二十一世紀社會主義」。在這方面，委內瑞拉、玻利維亞、阿根廷、烏拉圭及現在厄瓜多都在推行這一政策，而智利也有同樣的想法。

我們首先要清楚，社會主義不是只有一種，而是有若干種。在人類歷史上存在很多社會主義思想。有馬克思與恩格斯提出的科學社會主義；最早的由歐文提出烏托邦式空想社會主義思想。

此外，我們安地斯國家和其他拉美國家也有自己的社會主義思想。比如說荷西・卡洛斯（Jose Carlos）提出的安地斯社會主義，與科學社會主義有不同之處，他指出科學社會主義存在一個錯誤，就是以爲所有的問題都可從手冊裡尋獲答案。

對於拉丁美洲而言，基督教社會主義（Christian Socialism）乃是非常重要的一種思潮，因爲我也是基督教徒，我所倡議的政治、經濟及社會政策的基礎都源自基督教社會主義。基督教社會主義強調落實公義、主張和平改革，最重要的是提倡社會主義精神。

在厄瓜多，我們對社會主義也有不同的認識和理解，比如説霍爾凱的詩意社會主義、哈拉米略提出的農業社會主義、馬努埃爾的革命社會主義，發源於拉丁美洲、由古斯汀提出的批評社會主義等等。

我認爲二十一世紀有一個重要特點，就是不再迷信教條，而是必須把不同學派的優點結合起來。我們必須從實際出發，從革命，從我們的人民革命和實際鬥爭出發。

在經歷新自由主義的破壞後，新的社會主義並沒有設定一種特定的模式，來解決拉美的問題。我們認爲每個國家有不同的國情，我們應該去尊重之。

事實上，我們不可能在某本書看到對二十一世紀社會主義建構起固定的模式。所有的國家都在發展過程中，有些國家是已開發國家，有些是開發中國家，他們的情況都是不一樣的，所以他們不可能遵循相同的教條或方法。所以我認爲遵循一種教條是錯誤的，並會是一種災難。

有些人認爲二十一世紀社會主義是空泛的概念，並不知道我們跟委內瑞拉或智利所提的二十一世紀社會主義有什麼區別？我們本來就是不一樣的國家。我們的社會、國情都不相同，對廿二十一世紀社會主義模式的認識當然也是不一樣。

人們有權自由尋找解決方案，而最重要就是加強人民的民主參與。我們不應該把民主等同大選，民主進程是多樣化的。

那麼，爲什麼叫二十一世紀社會主義？這與馬克思、恩格斯的社會主義有什麼異同？首先，相同點之處，在於大家都認爲勞動要比資本重要。這是社會主義的最基本原則，這也是我們在近二十到三十年間所積累的經驗。我們可以從新自由主義的失敗中看到該原則的重要性。有的資本僅僅是爲積累而積累，把人力資源僅僅作爲一種資本，認爲是一種生產途徑。

保祿二世教皇曾說過人類勞動應該高於一切，我們積累的資本也應該是爲人類而服務。

由於我們經濟上實行了美元化的錯誤政策，使我們的工人需要付出更高的代價，我們的人民需要付出更高的成本。此外，企業根據資本形式，給工人的工資定得很低，比如每小時給一美元這樣一個非常荒唐的水準，那麼我認爲按資本而不是按勞動力定價，是我們目前造成貧困的一個非常重要原因。

此外，還有其他一些不合理的經濟現象，這包括企業的超額利潤，以厄國爲例，不少外國公司與厄瓜多有石油合同，簽訂合同時每桶僅十五美元，但目前石油價格已達到八十、一百美元

（按二〇〇七年底價格）這樣一個高價了。在合同中，當時的領導人很愚蠢，並未談到靈活價格和價格調整的規定，他們的投資利潤回報率因此達到了百分之一百甚至二百的超額利潤，沒有人對資本的過分積累和獲利表示吃驚，有些石油企業甚至不用付稅。他們的藉口乃是他們在免稅區內，一分錢都不付。

此外，以前我們是按資本而不是按勞動力來進行社會分配，那就造成了整個拉丁美洲社會的不平等現象。我們的二十一世紀社會主義認爲，人類的勞動和勞動力是生產的結果而不是生產的手段，我們不應該按照資本來進行積累，我們應該讓所有的生產過程，資本生產過程，按勞動力來進行定價。

與傳統的古典的社會主義相比較，二十一世紀社會主義的行動更重視發展，但新自由主義只提倡利潤。他們認爲利潤和競爭是唯一的目的，認爲通過競爭，市場無形的手可以調節一切。但誰都沒見過這無形的手到底有著什麼作用。可是，我認爲我們必須要利用市場，而不是被市場利用。

貨物的價值首先是滿足使用的需要，但市場經濟和資本主義經濟所提倡的是必須要創造交換價值，也就是東西必須要拿到市場上賣，創造一個價值，這是資本主義所提倡的。資本主義雖然創造了很多東西。但有些東西，價格不能衡量。比如說環境，他們甚至想對環境進行定價。資本主義就是過分強調市場定價和交換價值，造成了社會上有很多交換的價值但沒有可使用的價值。

對於一個低收入的國家來說，市場這個機制並不是一個非常良好的機制。高的價格意味著產品只能被少數人享用。這樣的現象，在社會上造成了一個非常大的不平等差距：誰能付更多的錢，誰就能買得起這個東西，但所付的錢並不能眞正反映這件物品的價值，它反映的只不過是個人的支付能力。

例如亞馬遜流域地區，保護亞馬遜生態對全球都非常重要，但我們卻往往沒有錢來購買有關所謂商品去保護它。那麼，我們惟有把森林資源、木材賣掉，也許這樣才可以達到交換價值。但是，對於我們的長遠福利來說並不是一件有利的事。

比如第三世界，原本擁有很多良好的生態資源，以爲可以依靠這資源創造更多的收入，解決貧窮。可是，富裕國家卻不允許我們這麼做，因爲這涉及到國際一些力量對比的原因。

我認爲，對我們來說，最重要是創造一些可以使用的價值，並不是創造一些表面上的價值。而這個實用價值比交換價值更加重要，尤其是對拉丁美洲地區來說。

此外，我們所追求的，與古典社會主義一樣，就是重視社會公義。由於拉丁美洲是世界上最不平等的地區，因此，該地區在這個世紀便孕育了另一股新思潮，名爲「二十一世紀社會主義」。

二十一世紀社會主義與傳統社會主義、古典社會主義的區別是：傳統社會主義總是認爲自己發現了最後的眞理。比如：國家可以沿著一條道路取得發展。但我們只是提倡一個大理念，也沒有爲此制定一個模式。

與此同時，二十一世紀社會主義也克服了辯證唯物主義一些缺點，這由於我們吸收了很多基督教社會主義的思想。

古典社會主義透過唯物辯證法，視整個社會的發展過程，乃是按照生產力低級階段到高級階段來進行。但，我們現在卻有不同看法，這就是社會生產力的發展和改變，應該通過和平民主的方式進行。我們相信，社會改革必須要徹底並且快速，但不應靠暴力手段。

我們也不贊同把所有生產方式國有化。這很難想像，一個國家國有化了生產方式後，生產本身還會存在活力?!

其實這樣的例子已被歷史否定了。

對拉丁美洲很多國家而言，如何把生產方式民主化才是更加迫切。例如石油，它本身屬國家天賦財產，已經有一個生產價值，並不需要再進行國有化。事實上，我們所簽訂的合約亦只限於石油開採服務，我們所利用的是石油開採的價值。

過去，我們國家把石油私有化，現在，我們要進行修改。我認爲所有的生產方式，有些重要的建設如機場、港口等必須由國家控制，如果讓私有企業控制，這很可能影響到國家的發展。無論如何，最重要的，還是實現產權民主化而不是完全的國有化。

古典社會主義所犯下的另一個錯誤，就是沒有明確對發展進行定位，沒有把他們的發展觀念和資本主義發展觀念進行區別。古典社會主義其實與資本主義一樣認爲，現代化和有效利用資源才是發展。

我認爲二十一世紀社會主義的挑戰，在於能否提出一個新的社會主義發展觀點，而今天我們所理解的發展模式並沒有持續能力。

舉個例子，有一位玻利維亞原住民這樣說：「我們不應該說活得更好，不應該說比我們的鄰居或父親活得更好，只要活得很好，這便足夠了。」

什麼是活得很好？就是滿足基本的物質需求，這就是很好了。其實，消費主義已經給我們造成了極大的傷害。西方的發展模式、發展觀並沒有給過什麼好處。因此，我們現在要做的，就是提出新的發展觀。

擺在前面的任務，讓我們感到非常鼓舞，尤其是二十一世紀社會主義爲將來提供良好的可能性。現在，我們正要繼承先輩的理想，努力尋求拉美一體化。不過，我們明白，一體化的前路困難重重。

拉美雖可以成爲全球外匯儲備最多的一個地區，但在新自由主義政策下，我們的中央銀行是自治的，這是誰想出來的呢？結果，我們的銀行受到國際貨幣基金組織所支配。並按照別人提供的政策應用在本國上，致使我們的金錢全都流向第一世界，我們用自己的資金支持第一世界的建設，現在厄瓜多正要透過修憲大會來進行改革。

過去，我們有很多的外匯儲備。自厄瓜多實行美元化後，今天我們只有四十億美元的外匯儲備，大部分資金都流到了邁阿密、佛羅里達等美國地方去了。

現在，我們已經成立了一個屬於全拉美的南方銀行，該行擁有四千億美元的外匯儲備，能夠讓我們靠自己克服困難，這是第一步。以後我們還計畫在拉美地區實行貨幣一體化，我們一定要排除國際貨幣基金組織等國際機構對拉美的控制。

我們要透過二十一世紀社會主義建設一個更美好的拉丁美洲。

由於過去很長時間我們的民族主權都給剝奪了，這使我們更加關注自己的民族主權及尊嚴。

而二十一世紀社會主義就是讓國家實現更大的民族主權。

我們要做的實在太多，最重要是不應該簡單把外界的東西拿過來，把過錯推給外國人。我們必須創造自己的歷史，創造自己的時代。我們曾犯過錯誤，但會努力尋找答案。

就像愛德華多·加萊亞諾所說：「烏托邦在地平線上，當人們走近兩步，它也會後退兩步，而地平線亦會退得更遠。既然不可觸及，那麼，它還有什麼價值呢？它的價值就是可以使我們往前進」。

註釋

①參見費德里科·福恩特斯（Federico Fuentes）的Latin America's struggle for integration and independence, July 28, 2008, Znet（http://www.zhelp.zcommunications.org/znet/viewArticle/18287）

②參見〈專訪中石油南美公司：中國拉美合作，能源先行〉，二〇〇九年二月二十八日，中國能源信息網http://oil.nengyuan.net/2009/0228/19258.html

③參見慧豐撰述之〈聚焦拉美金融風暴：危機為何「陰魂不散」〉，《國際金融報》（二〇〇二年八月十四日第四版）。

④參見約翰·柏金斯：《經濟殺手的告白》，時報文化出版，二〇〇七。

⑤參見艾瑞克．圖森（Eric Toussaint）、阿爾諾．紮查黎（Arnaud Zacharie）合撰的〈債務危機〉（Debt: breaking the vicious circle），新國際翻譯，二〇〇九年一月九日（http://massage.com/wpmu/blog/2009/01/09/6099/）

⑥參見麥克佛林（Michael Flynn）的What's the Deal at Manta, Bulletin of the Atomic Scientists, Jan/Feb 2005；以及U.S. Uses South American Military Bases to Expand Control of the Region IN TOP 25 CENSORED STORIES FOR 2006, http://www.projectcensored.org/top-stories/articles/17-us-uses-south-american-military-bases-to-expand-control-of-the-region/

⑦參見約翰．柏金斯：《經濟殺手的告白》，時報文化出版，二〇〇七。

⑧參見Ecuador Adopts Constitution with CELDF Rights of Nature Language, Community Environmental Legal Defence Fund. http://www.celdf.org/Default.aspx?tabid=548

⑨參見CONAIE的英文網址http://conaie.nativeweb.org/

⑩參見丹維爾（Daniel Denvir）與里約弗朗克斯（Thea Riofrancos）合撰的ECUADOR: CONAIE INDIGENOUS MOVEMENT CONDEMNS PRESIDENT CORREA, 16 May 2008. http://upsidedownworld.org/main/content/view/1288/49/

¡VIVA!
EL 1º DE
MAYO
TROPICANA
VIVA EL 1º DE
MAYO
FIRMEZA

PART IV
加勒比海
遺世獨立的
社會主義實驗者

古巴

尋找另一種可能？

黑人，

在蔗田裡。

白人，

在蔗田上。

泥土，

在蔗田下，

血啊！

流自我們身上。

——歸冷

Nicolás Cristóbal Guillén Batista, 1902-1989①

切·格瓦拉的長子卡美路

作者所坐的古老大房車為切·格
瓦拉當工業部長時所用

卡斯楚退而不休，繼續捍衛古巴革命

切·格瓦拉革命時所騎乘的摩托車

G Cafe咖啡廳的讀詩會

古巴沒有一個失學的兒童

飛機徐徐落下，古巴這加勒比海的明珠終於出現在我眼前。

這個拉美唯一一個從二十世紀社會主義走過來的國家，多少美麗與哀愁，如今隨著南美洲的變化而重登國際舞台，她在過去半個世紀以來的實驗，是自掘人類墳墓？或是埋下人類社會另一種可能的玄機？雖然她走起來是如此的傷痕處處，令人困擾。

一方面，她長期處於西方指責爲獨裁國家的一片批評聲浪中，過去亦有不少古巴人出走以示抗議；但另一方面，她卻又擁有傲視世界的醫療與教育水平，成爲專制政權的擋箭牌。而在能源和農業改革方面，因進行謎一樣的改革，更成爲世界典範。世界銀行在二〇〇八年的「世界發展報告」中，直指這是「古巴之謎」②。

就這樣，古巴的「社會主義」像謎一樣生存下來。

在社會主義的框架裡進行改革

事實上，外界對古巴的挑戰，尤以美國與西方世界，亦主要集中於古巴的高度集權政治體制，以及非自由化的中央計畫經濟政策；一言以蔽之，就是古巴有異於西方資本主義意識形態的社會主義，竟然安然存在美國後院並力抗美國的「征服」，極不符合美國向世界輸出的民主與自由市場理念。

無可否認，古巴的社會主義走到現在的確出現疲態，並且重複著二十世紀以來其他社會主義國家的老問題：官僚管理危機、生產力落後、低效率、一言堂、缺乏制衡等等。

可是，當我走在古巴首都哈瓦那（Havana）的街頭上，所遇見的古巴人卻一身健康的膚色，充滿陽光的熱力，臉上笑容不缺。而古巴在拉美地區（那些受過英國殖民的巴勒比海國家除外）是最能說英語的地方之一，外國人較容易碰上可以用英語交談的古巴人。

一名古巴學生告訴我，現在年輕一代在學校一律學習英語，雖然古巴仍然受到美國圍堵，但他們希望能夠用英語打開對外的窗口。事實上，與拉美其他國家比較，古巴的知識階層是最龐大的，我時常以半開玩笑的口吻向古巴人說，只要我一丟石頭，隨時都會擊中詩人作家。雖然哈瓦那市內的建築物如何破落失修，但學校、作家和藝術家工會大樓卻永遠新簇完整。拉美作家協會總部便設在哈瓦那一組非常別緻的西班牙式建築群。

古巴人愛作家，因此也愛書。事實上，古巴全年不時舉行各種大小型書展，而最大規模的就是二月份的國際書展，在全國三十四個地方巡迴展覽。哈瓦那是焦點，聽聞來自世界各地共約九十家出版社參加，與香港和台灣一樣，書展都設有主題，然後大會按主題邀請作家演講。

我認識哈瓦那最大出版社Editorial Nuevo Milenio的負責人桑莉亞（Sonia），她告訴我，古巴人很愛閱讀，這已成爲一種傳統。每次的國際書展，不到兩星期平均可銷出約八百萬本書。試想想，在人口只有一千二百萬的古巴，這個銷售量可謂驚人。

我沒有機會體會古巴國際書展的瘋狂，但有緣參加年中書展也不錯，雖然它規模較小，但已把展出場地維拉度（Velado）區二十三街擠得水洩不通。

哈瓦那新區的二十三街是哈瓦那的主要商業地區，下午書展開幕時，有關當局即封鎖街道，一個個書攤排列讓人觀賞，男女老幼聞風而至，當中穿插短暫的遊行，活像嘉年華。

二十三街的頭一段有一間叫G Cafe的咖啡廳，這是騷人墨客流連之地，不時舉行讀詩會。傍晚時分，一陣陣風吹過來，總算可讓人透一口氣，詩人陸續進場，捧場者也打扮得非常入時，一身藝術家氣質，令我有點刮目相看。

諷刺的是，古巴尊重文人，對表達自由卻步步爲營。

我在哈瓦那認識一位年輕的文化雜誌編輯薛丹勞（Y. Cedeno），她告訴我，她對工作感到洩氣，因爲她對選題和文章的取捨沒有決定權，整個編輯部只會聽命於社長，社長則來自軍方，在加入雜誌前是一名將領。薛丹勞又說，言論自由永遠是敏感話題，這由於古巴頭頂上有虎視眈眈的美國，隨時準備推翻古巴的社會主義，只要古巴一開放，美國便會借機滲透顛覆，這是古巴限制自由的理據，同時亦藉此合理化一黨專政的現象③。

二〇〇六年當卡斯楚（Fidel Castro）讓位給弟弟勞爾（Raul Castro），並指定他爲正式接班人的時候，外界一則大肆抨擊這種世襲獨裁政治，只會繼續深化古巴的問題，另一方面卻又寄望勞爾推行改革，並推測古巴將會學習中國尋找資本主義方式的解決方案。

沒錯，勞爾上任後即宣布一系列改革，他同時表達對官僚主義的不滿，認爲有必要提高生產，改善物質生活；他還促請媒體發出更多的批評聲音，並授權進行關於產權關係的研究等等。這都令外界有一個感覺，古巴可能要回頭走資本主義的道路，古巴的社會主義可能因此自我解體了。

可是，在我訪問好幾位官員當中，包括古巴人民代表大會議長阿拉爾孔（Ricardo Alarcon）和切・格瓦拉長子卡美路・格瓦拉（Camilo Guevara），還有專家學者如古巴亞洲研究中心經濟學家科維度（Eduardo R. Florido），他們一致強調，古巴的改革乃是在社會主義的框架裡進行，他們將會堅守社會主義的理想（有關專訪見後）。

我所接觸的古巴民眾，不少人也渴望改善生活，但仍不願放棄社會主義，特別是目前資本主義經濟出現全球性危機，古巴更應向世界展示另一種可能的發展模式。

屬老一輩的作家馬里奧．馬天尼斯（Mario Martinez）見證了古巴半個世紀的革命事業，他在接受訪問時向我解釋古巴社會主義不倒之謎。

「拉美是歐洲資本主義擴張第一個遭到殖民的地區，歷時數百年，是不愉快的經歷，當年古巴原住民給統統殺光，從非洲過來的黑奴服務白人大地主和殖民地統治者，因此，古巴人有不少黑裔血統……

「由於受到長期殖民經驗，古巴人對民族身份有堅定的追尋，對獨立自主、自由公義有強烈的渴望。可是，西班牙人走了，美國又占領我們的土地，即使一九〇二年古巴獨立，美國仍然介入古巴內政和操控經濟，並在古巴建國時的憲法中加入普拉特修正案，強行占用關塔那摩灣（Guantanamo Bay）……」④

馬天尼斯繼續說，美國如何在古巴獨立後扶植獨裁者巴蒂斯塔（Fulgencio Batista, 1901-1973），要古巴繼續服務西方資本，成爲世界資本主義的附庸經濟體系⑤，人民得不到解放，直至卡斯楚與切．格瓦拉的革命成功。而他們遠征隊所乘坐的「格拉瑪號」（Granma），從墨西哥駛至古巴，對抗巴蒂斯塔，雖歷盡波濤，但一開始已成爲解放的象徵。

馬天尼斯憶述一九五九年古巴人歡呼卡斯楚上台的熱鬧情景，當時他才二十多歲，「當了解到古巴一頁歷史，你應明白，我們爲什麼時刻提防美國的帝國野心，對美式資本主義尤爲反感……社會主義的種子早在這裡埋下了。」

古巴獨立之父何塞·馬蒂（José Julián Martí Pérez, 1853-1895）的強烈民族情感和倫理方案，不僅是感召了古巴人，還感召了整個拉美民族。

我是一個誠懇的人，
來自棕櫚樹 生長的地方，
我想在臨死之前，
把心靈的詩句歌唱。
我願和世上的窮人一起，
迎著生命闖盪，
山間的涓涓小溪，
比大海的波濤更使我歡暢。

——何塞·馬蒂

何塞·馬蒂爲他的後代定下了一個社會主義的方案：無私與平等。難怪守在古巴的古巴人，無論年長或是年輕的，當我問到他們怎樣看待社會主義，他們都不願意否定它。

哈瓦那大學一年級哲學系學生法蘭度說：「我們從小便被教導先輩的愛國精神和理想，熟悉的是社會主義，對其他制度不太了解，可是……」

現在，不少古巴年輕人和知識分子都會回答：「我們明白資本主義那一套不是出路，可是，現在我們的社會主義也問題重重，如果不能克服目前的問題向前跨越，革命就會死在這裡。」法蘭度說，越來越多年輕人想發表多一點不同的聲音，希望能參與影響中央政策的權利。他問：「我們可否在社會主義的框框裡提高生產力？又可否實現民主社會主義？打破專政，擴大自由空間，如果能做到，古巴的社會主義真可以來個大躍進，並向世人顯示另一個世界是可能的。」事實上，有古巴人已敢發出抗議聲音。

究竟古巴如何獨特？同時又面對什麼挑戰？在全球處於因資本過度擴張而導致金融海嘯、資源短缺、氣候暖化下，古巴可否向世界展示另一種可能？大家對這個島國都心生好奇，特別在後卡斯楚時代。

經濟是古巴改革的火車頭

在首都哈瓦那，一部又一部的旅遊車把外國訪客接載到各大旅館，當中有不少是前來參加會議的。原來在這裡，每天都有大小國際會議在舉行，一位古巴友人告訴我，自勞爾正式執政後，國際交流活動漸趨頻繁，外國人好奇古巴的轉變，欲在其中也占一個角色。

事實上，勞爾一上任，即相繼推出了多項改革措施，期望活化經濟等，一改古巴貧窮落後的面貌。但，古巴的改革不能單靠由上而下，更不是只靠勞爾一人的意志而成事的。在過去幾年中，古巴社會已存在著一股強烈的改革訴求，特別是文化人與年輕人。

文化人中以知名詩人洛佩茲（Cesar Lopez）最敢言，他二〇〇六年曾在公開場合發表演說，批評政府對文藝政策以及表達自由的限制，還要求政府保證不再重復一九七〇年代時打壓文人的政策，當時馬上贏得全場雷鳴般的掌聲，在座的文化部部長普列多（Abel Prieto）不但沒有發怒，反而鼓掌以示欣賞詩人的敢言眞誠。

本身亦是作家的部長普列多，四十多歲，留有一頭長髮，態度開明，他能成爲部長，也顯示著古巴求變的一面。

還有一次是發生在二〇〇八年初，古巴人民代表大會主席阿拉爾孔到一所大學向學生發表講話，誰知卻給幾名學生「大興問罪之師」，他們質問阿拉爾孔爲什麼政府禁止古巴人入住觀光旅館，爲什麼哈瓦那的交通如此不濟？爲什麼他們上網受到限制？

一場高官的演講變成了一場質詢大會，並廣爲古巴人民熱烈討論。結果，在大會之後不到幾個月，政府便推出相關的改革，人們甚至不敢相信，勞爾新政府這麼快就回應人民的要求。首先，新總統放寬國民出境的機會。在此之前，他已首先解除了禁止國民使用觀光旅館的舊有政策。此外，他又放寬電腦硬體購買。

雖然如此，政府卻仍然沒有開放上網服務，據政府解釋，這是由於美國制裁導致網路技術有限制，但年輕人不甘心，古巴文化界友人葉斯敏（Yasmin）領我走訪一間年輕作家培訓中心，名爲Centro de Formacion Literaria Onelio Jorge Cardoso，這中心以古巴知名劇作家卡爾多索（Onelio Jorge Cardoso, 1914-1986）爲名，卡爾多索在四十年代走紅，許多國家的大學都頒予他博士頭銜。

中心坐落於環境幽美的大使館區，聽友人說，中心前身是一名有錢人的大宅，死後捐出來。我坐在會客廳，四周婆娑樹影，古老家具散發出一陣陣西班牙殖民時代歷史的味道，讓我在精神上遊走於古巴的過去與現在。

不久，一位年輕作家阿密爾（Ahmel）出現在眼前，他親切地爲我介紹中心的工作。他是該中心主任，又是該中心一份雜誌的主編。他說，中心爲有志從事寫作的年輕人提供課程和交流活動，不過，令我最感興趣的，還是他們的雜誌編輯隊伍，他們畢竟年輕，年輕令他們敢言，作風大膽，雜誌內容完全不八股，從中我感受到他們的夢想。

阿密爾告訴我，他們有很多想法，但雜誌始終是文化局所管轄的刊物，自由最後還是有底線的。因此，他們另尋方法，就是辦網上雜誌（e-zine）。

現在，每一位主要編輯都設有自己的網上雜誌，然後以電郵方式發送。

就以阿密爾爲例，他的網上雜誌叫《革命晚報》（*Revolution Evening Post*），每個月發表一次，有封面故事、文化評論、詩歌小說。我問他爲什麼以「革命」爲雜誌名稱，他說，能夠打破傳統已經很「革命」了，更何況在上網不普及的古巴環境裡，他們竟能透過電郵傳播思想意見，更是很不簡單。

讀者如有興趣，可瀏覽他們的統一網址：www.cubaunderground.com，這裡可以找到很多網上雜誌，而這些雜誌主編竟然全部由上述中心訓練出來。顧名思義，這個網址承載了年輕作家的地下夢想。

阿密爾還告訴我，古巴各省都有作家運動，他們要好好發揮作家的角色，成爲社會一道眞正的聲音。而他們所辦的網上雜誌，竟是事先張揚的地下雜誌，一場打破傳統地下作家的獨立運動就這樣展開，他們甚至準備展開一場資訊革命。最教人嘖嘖稱奇的，就是他們竟由國家培訓出來。

當西方仍然只一味把焦點放在古巴的上層政治時，古巴社會內部已在默默產生變化。

在民生方面，公共交通最讓人眼前一亮。二〇〇八年當我走在哈瓦那大街上時，發覺與一年前相比，已有很大分別，人們可以享受舒適、新款、兼有空調的公車，過去類似怪物的笨重殘舊「駱駝車」已成「絕響」。原來勞爾決心改善交通，斥資三點七億美元把所有舊車更換。全新的公車全都來自中國宇通。

新車排放的廢氣明顯少得多。霎時之間，我也感到哈瓦那的空氣較以前清新許多。這是勞爾所倡議的綠色環境，而省電的電器用品是綠色環境不可或缺的，在過去一年，第二波的能源革命已隨著勞爾的指揮棒悄悄登場，而一些有節省能源設計的家庭電器，如冰箱、空調、洗衣機等，大部分都是中國製造。

可以說，哈瓦那到處都是中國的影子，只要我跑到日久失修的哈瓦那中區，在一個又一個龐大的重建專案告示牌上，都會看到中國建築公司的名字。古巴與中國關係日益密切。外界指中國改革成爲古巴的重要參考藍本，他們甚至認爲勞爾是「古巴的鄧小平」，他的追隨者被稱爲「中國派」。

政治未變，經濟先行。經濟是古巴改革的火車頭，也是領導層內最有爭議的領域。

爲此，我在哈瓦那登門拜訪了古巴亞洲研究所的經濟研究員科維度，他在去年與同事合寫了一本名爲《中國：甦醒中的巨龍》（*China: el Despertar del Dragon*）的著作。據聞，這是拉丁美洲第一本以第一手資料寫成的有關中國經濟改革的評論著作。我一見到他便問，古巴眞有「中國派」嗎？

他咧嘴而笑，指這只不過是西方媒體「美麗的誤會」而已。根據他對兩地的了解，兩國在國情、地理環境、經濟狀況、文化，以致所身處的國際氣候，都非常不一樣。例如古巴在革命之前已是實行資本主義的，他們知道資本主義是怎麼一回事。因此，他們不會走回頭路，而目前所做的，乃是利用市場因素來調整社會主義的不足，並不會大規模推動資本主義自由市場，亦不會鼓勵某些人士先行富起來，轉身成爲「紅色資本家」。

科維度說，古巴需要中國協助經濟發展，這是毫無置疑的，但不會照搬中國模式。不過，他承認一點，古巴對中國的發展經驗十分重視，近年更設有關於中國研究的專有部門，政府也比以前多投放了研究和出版經費，他的近著也是在這個環境下順利面世。

無論如何，古巴與中國已愈走愈近。除經貿外，兩國的人才交流亦在近年不斷提高。每逢週末，走在哈瓦那熱鬧的街道和商場，都會碰上成群結隊的中國留學生，我忍不住與他們攀談。他們告訴我，自二〇〇六年開始，古巴與中國簽訂協定，兩國每年都會交換學生學習對方的語言和文化，並有指定的學科。過去近兩年來，中國已派出一千名學生到古巴，分別研習西班牙語和醫術。

哈瓦那唐人街唯一一份歷史悠久的華文報章《光華報》總編輯趙肇商，在革命前已來到古巴，他在接受訪問時高興地表示，古巴新政府積極推動改革，來古巴的中國人也多了，而《光華報》一直受古巴政府資助，只不過目前全球物價飛漲的情況下，有點撐不住了。雖然老化的《光華報》終有一天會消失，但他相信新生的改革力量將爲唐人街帶來活力。

年屆七十高齡的趙肇商與我交談過後，一拐一拐地回家去，我望著他的背影，一身樸實，口袋裡並沒有多少外匯，正如他所說，物價飛漲，他的生活也日見艱苦。處於改革過渡期，趙肇商正代表著沒有海外親友支援的古巴草根階層，他們對改革充滿憧憬，但卻默默承受著改革最大的陣痛。

與去年相比，我越發發現，政府所實施的一國兩幣制度，漸分隔出兩個截然不同的世界，這兩個世界的距離，也愈拉愈遠。

擁有外匯便擁有特權

在上世紀九十年代的特別時期，古巴政府爲了應付前蘇聯盟友倒台後所帶來的震盪，便合法化了美元的流通，以引進更多的進口貨品。一直到二〇〇四年，政府推出一種以外匯兌換的新貨幣，叫可兌換披索（Convertible Peso），簡稱CUC，古巴國內一切進口和高檔貨品，都要以CUC購買，這也引入至食肆、計程車以及被認爲是奢侈品的消費活動當中。

我認識一位原駐守在政府大樓門外的守衛安勒斯圖（Ernesto Tadeo），他一個月工資是一百八十本地披索（Cuban Peso），這是政府向民衆發放的國家貨幣，二十四本地披索才相等於一個CUC，換言之，安勒斯圖的工資十分低，只有七個CUC，而一美元可以換零點八個CUC，那麼，七個CUC便約是九美元左右。

三十二歲的安勒斯圖已經結婚，妻子也懷有身孕，他們正爲將來的生活而徬徨。我問安勒斯圖，他是怎樣維持生計的？勞爾的改革是否可爲他帶來什麼好處。他說，政府仍維持糧食分配的制度，每人每月可分配到基本的糧食（包括大米、黑豆、麵包、雞蛋、咖啡、食糖和食油等等），但份量卻不足以應付一個月，例如麵包，每人每月只能分得一個，不足的話他們便要在市面購買。可是，使用本地披索的市場，所供應的物資愈來愈少，他們唯有兌換CUC來選擇進口品。若有海外親友定時寄來外匯接濟，生活尚可，但只靠工資維生的話，那便會捉襟見肘了。

他嘆息道：「雖然我們不用付房租，醫療、教育也是重要的全民保障免費專案，但我們卻仍要把所有的工資花在糧食和日常用品上，根本就沒有積蓄。新政府今年一口氣推出多項改革，可是，只要細心去看，全部都是在奢侈品上放寬限制，從電視、手機到DVD播放機，以致觀光旅館的使用。這都是我們一般老百姓不會觸碰的東西，就讓那些海外有親友、手中持有大量外匯的人去搶購吧！我們工人階級只希望政府因應嚴重的通膨，來提高工資，取消打擊我們尊嚴的CUC！」

有關工資改革的問題，勞爾政府已於二〇〇八年八月起，平均工資將會由按勞按質分配制度所取代，有表現者將發放獎金。有人提議，獎金應以CUC支付。不過，據聞政府內部有建議取消CUC這個分化社會的貨幣制度。有官員已指出，CUC的存在是有違社會主義精神的。

在古巴，無論改革走多遠，都有一條無形的底線，那就是社會主義的基本原則；亦即超越私有制的資源分享均等制度，利他主義道德精神凌駕於一切以自我利益爲中心的哲學態度⑥。

因此，在人頭洶湧的電器店裡，人們爭相享受新政策下的自由消費時，門外卻有一條告示，提醒人民勿忘社會主義。而卡斯楚的道德訓示，則經常以巨型牌匾的形式出現在大街小巷裡。

「什麼是革命？」（¿Qué es revolución?）

我在哈瓦那一條街道的轉角，看到一牌匾寫上這麼一個問題。旁邊是卡斯楚的肖像，他儼如正在直視著每位路過的人，等待他們的回答。

無論革命是什麼，從艱苦的上世紀九十年代的特殊時期走過來，古巴所面對的是嚴峻的經濟問題。如果無法從「大鍋飯」中跳出來，以提高勞動積極性和解放生產力，那麼就會如一位古巴高級官員所說：「我們將一手終結古巴人自己用鮮血和汗水換來的革命。」

不過，當生產力還未充分得到釋放，做到自給自足之前，依賴進口外國貨品看來在所難免，但如何定價？這總不能讓售價低於成本。卡斯楚遂於二〇〇四年推出一國兩幣的制度，推出後，大家想盡辦法獲取外匯，而政府也爲了吸引更多外匯，最快捷的辦法便是大力推廣旅遊業，由旅遊業衍生的經濟活動，便成爲一般大衆賺取外匯的機會。

政府爲了讓民衆從旅遊業獲取一點好處，容許民衆出租房間給外國遊客，但必須向政府申請成爲合法民宿，並每月向政府繳納稅款。

就好像我所居住的民宿，是一所有前後花園的平房，主人家路易斯的宗族在革命前屬於富裕者，革命後什麼都收歸國有，但他們仍可擁有房子的居住權，到現在他們更可把多餘的房間租出去。有很多類似路易斯的例子，他們盡情在外國人身上賺取外匯。

有人便取笑說，革命前的資產階級又翻身了。因為草根階層連自己居住的空間也十分擁擠，不會有多餘房間出租。而上述的所謂資產階級，不僅有能力出國遊玩，家裡不少用品都是舶來貨。他們點算著手中的CUC，盤算要購置手機還是DVD播放機。

古巴的開放改革，雖不至造就「紅色資本家」，但「特權階級」的出現卻是毫無疑問的，他們由於擁有外匯便擁有特權享受較多的物資，導致古巴社會階層分化、貧富懸殊較為嚴重，老百姓對此的忍受甚至達到了一種臨界點。

我與經濟學家艾哥（Igor）談起這個問題，他嘆氣說，古巴政府最大一個問題，便是以政治手段來處理經濟問題，而不是對症下藥，以經濟政策來為經濟尋找出路。低微的工資早已令人失去工作的動力，反而想盡辦法串門路賺取外匯，上上下下都嚴重缺乏效率和競爭能力。當經濟服膺政治時，這裡的經濟學家欲救國卻缺乏機會！

這是艾哥的看法。

可是，另一方面，外資在古巴已摩拳擦掌、躍躍欲試，在每一產業都期待著開放的空間。事實上，勞爾最近表示，他將考慮首先讓外資參與農業改革。現在，農業已成為古巴重點改革的產業。這就和中國早年的改革之路一樣，一切改革從農業開始，一切以解放土地為本⑦。

農業已成為古巴的「示範單位」，我在古巴短短一個月，便先後碰上朝鮮、越南，還有其他非洲國家的農業部代表前來古巴取經。

總之，當古巴進入勞爾主政時代，古巴的新發展方向便足以成為國際的焦點。她在一九五九年革命時對追求自由、平等和博愛的承諾，現在如何與經濟發展展開一場嶄新的磨合？古巴作爲一個流淌著切．格瓦拉革命熱血的國家⑧，又究竟何去何從？

無論什麼理想，古巴人都明白，經濟困境是頭號敵人。或者，在此我可以與讀者分享我的直接體驗。

在古巴，我經常有一種不夠飽的感覺。我與古巴人一起計算每天的開支，那怕是一分一毫，你吃什麼，我就吃什麼，結果是沒得吃。

香港人留吃不留宿，但一般古巴人不留吃也不留宿，不是他們不好客，而是每個人的糧食有限，自顧不暇；不留宿乃是政府規定，只有已向政府登記的民宿才可接待外國人。

因此，當探訪古巴友人時，一定要識相，除非你爲他們帶來糧餉，不然，坐到吃飯時間便最好先行離開，以避開無謂尷尬。

我每天因發稿弄得很晚，弄妥後，收本地披索的餐館已關門，還在營業的只有高檔餐館，計算起來十多美元一頓晚餐的分量仍不夠塡飽肚子，倒不如把錢省下，胡亂在街頭吃一個輕飄飄的熱狗了事。當我與古巴人一起排隊二十分鐘去買熱狗的時候，大家肚裡都發出翻騰的聲音。

「我們窮，但我們有笑容」、「我們窮，但沒有一個人會餓死」……

這是古巴官方的宣傳，但民間也附和，而事實上，這亦是我的觀察。

然而，隨著向外開放的政策，古巴人開始有比較，有所求了；又或者，過去受到遏抑的需要，今天他們可以講出口。

去年認識一位大學生，他在兩個月的暑假中努力打工，目的只是爲了多買一條短褲替換。他說，還要雙面顏色的，那他可以兩面輪流穿，看起來好像擁有兩條短褲。

一位五十多歲的資深醫生，自覺所識英語不夠用，希望我把帶來的英語與西班牙語對照字典留給他，買本字典對他來說很困難。他工作三十年，到現在每月工資二十五美元，他要做一百年，才等於香港副局長一個月的月薪，做滿三百年，才等於香港金融管理局總裁的月薪。

我突然感到，我們生存在同一個地球上，怎麼可以分別這樣大，爲什麼？

一天，我在古巴友人家中聊天，晚上八時許，我說再見，但友人出奇地留我吃晚餐，指她可以煮個湯，我暗自高興，餓了幾天，終於可以嘗嘗home made dinner（家庭飯）。

看她切了幾個地瓜（番薯）、芋頭、木薯，一同放在壓力鍋裡，就只有這些，我有點納悶。怎知她竟向我說：「啊！我有雞！」

我喜出望外。她走到大廳抽櫃面前，我感到奇怪，怎麼會把雞放在抽櫃裡？她故作神秘，拉開抽櫃，拿出半粒家樂牌雞精，還高興得手舞足蹈，而我則恍然大悟。結果，我與她喝了兩碗高澱粉質的湯，一根香蕉，算是個晚餐。

飯後我一個人走到Malecon堤岸邊，心想，古巴算是好的了，從古巴遙望海地、多明尼加等加勒比海國家，缺糧又暴亂，每一口飯都得來不易。世界資源與財富，嚴重分配不公。

古巴的四大領域革命

不過，古巴最近在墨西哥灣的古巴海域內發現石油，數量足以讓古巴成爲石油出口國，並有機會為國內帶來經濟突破之餘，也有可能改寫美洲地區的政經權力版圖⑨。

儘管古巴千瘡百孔，但古巴仍進行著幾個重要領域的革命，足以向世界展示另一種可能：

一、能源革命

其實，古巴早在蘇聯倒台後，即遭到首當其衝的影響，陷入嚴重的石油荒，經歷了九十年代的「特殊時期」，當時古巴對外貿易迅速下降了百分之八十五，農產品減產百分之五十五，進口糧食減半，人民體重遽減，一九八九年人民平均消耗的卡路里為二千九百零八，一九九五年降至一千八百六十三，共失去了百分之三十六卡路里。

經過一輪改革後，古巴度過「特殊時期」，現在逐步回復「特殊時期」前的經濟水平，問題仍在，甚至出現新的難題，但這仍足以使世界嘖嘖稱奇，古巴是怎樣克服上一波能源危機？當中有多少創新精神足以為世界帶來啟示？面對新一波能源危機，古巴又有何對策？

帶著種種問號，記者專訪古巴，一探古巴的能源革命，特別最近古巴在墨西哥灣古巴海域發現可能高達兩百多億桶石油儲量，可令古巴從依賴進口石油變成石油出口國，這無疑扭轉了古巴經濟發展前景。石油大發現後會否加速經改步伐？記者就此訪問了古巴國家經濟研究所。

古巴的國家經濟研究所（Instituto Nacionalde Investiqaciones Economics）乃是古巴重要的對內經濟設計師之一，我在多番努力下終於得以採訪這個部門，接受我專訪的是該部門的工業部主任赫曼迪斯（Adriano G. Hermandez），以下是專訪內容。

問：現在全球石油短缺，導致嚴重通貨膨脹。古巴經濟在美國長期制裁下已經舉步維艱，而全球化問題又把古巴捲入其中，這是否影響到古巴的改革進程？大家對勞爾領導的新政府有無限期待，那他又有什麼對策，以應付目前的石油危機？

答：事實上，我們不是今天才警覺到全球石油困境的出現，早在前總統菲德爾·卡斯楚卸任之前，即二〇〇六年一月，他正式宣布全力推動一場能源革命。現在，勞爾總統要做的，就是深化這一場革命，這是他上任以來首項重要的任務，以確保古巴有足夠的能源進行各種經濟改革措施。

問：能源為經濟發展之本。過去古巴依賴前蘇聯的援助，蘇聯倒台後，古巴曾度過最艱難的特殊時期。查韋斯上台成為委內瑞拉總統後，向古巴輸出廉價石油，但最重要還是古巴能否爭取更大的經濟獨立，能源革命就是向這個目標邁進嗎？計畫內容如何？

答：回想特殊時期我們所面對的能源危機，其嚴重程度迫使我們實施非常手段，例如規定車主在路上接載順方向的乘客、回復牛隻農耕的時代、開拓替代能源等，我們率先採用太陽能。自此，節省能源成為古巴人生活的一部分。就是這個目標，從前菲德爾總統到現任總統勞爾，他們在能源革命上可以說是從兩方面進行：開源與節流。不知你是否知道，在墨西哥灣古巴海域蘊含著豐富的原油？在二〇〇四年結束之際，菲德爾帶來了一個天大喜訊，有兩家加拿大能源公司估計我們境內的墨西哥灣油田，可能擁有至少一億桶原油，甚至更高至二億桶，質量也很高，這無疑為我們的經濟改革前景注入了一劑強心針。

問：墨西哥灣原油大發現我們亞洲當然有所聽聞，有人甚至認爲古巴有可能從石油進口國搖身成爲石油出口國，這已觸動了美國的神經。而中國和印度也參與墨西哥灣古巴海域原油勘察，這亦使得美國不安，不知勞爾總統會否擴大外資在原油開採的角色？

答：其實，古巴始自九十年代已容許外資加入原油的探勘行列。踏入新世紀，我們更需要外資的探勘技術，借此提高原油以及天然氣的產量。現時我們的合作夥伴已包括中國、印度、西班牙、加拿大等國，而我們亦得助於中國所提供的鑽探設備，中石油與中石化早於年前已與古巴簽定了合約，共同開採某個潛在的產油區。現在，古巴在墨西哥灣古巴境內分成了五十多個外包區域，歡迎外資競投合作探勘專案。直到目前爲止，古巴已可突破日產八萬桶原油。

問：這是否可以穩定古巴國內的能源供求？

答：這當然幫助很大，至少我們可保障國家的電力供應。古巴民衆不再如過去擔心電力會隨時中斷。不過，除開源外，我們更推動民衆節省能源，我們的目標，仍是希望最終能節約能源消費三分之二，而反浪費則是古巴最響亮的口號。

問：我相信「反浪費」正是每一個國家都希望達到的，特別是目前大家正面對能源短缺的困擾，但古巴如何開展這一場能源革命呢？

答：首先，政府發動了接近三萬名青年志工，逐家逐戶探訪並協助更換節能燈管，同時將電費提高了百分之三百，這可算是一九五九年革命後首次調高電費，以阻嚇濫用電力的市民。此外，政府又承諾市民分配相等於三億美元的節能電視台、冰箱和其他家庭用品，而醫院和公共辦公室又會獲得小型發電機。再者，早於能源革命開展之初，古巴政府即計畫把高能源消耗的汽油發動機改換成柴油機，這些柴油機主要由中國進口，數量以上萬計。以上一切都可爲古巴節省每年至少一百萬美元。從中你可以看到，中國其實在這項能源革命中給予我們很多幫助。

問：今年來到古巴，我看到公共交通工具也令人眼前爲之一亮，公車上出現「宇通」這個中文名字，使我一時間不敢相信，到處都是「中國」，這些公車也是能源革命其中一個產品嗎？

答：（大笑）對，舒適、寧靜、低耗油量乃是宇通公車的特色，老百姓都很喜歡。政府希望民生盡快在這場能源革命中獲得改善。而工業也得到最大的發展，最後可使國家達到高經濟成長的目標，過去數年間我們都能維持在百分之五至二的增長。

問：但在前一年（二〇〇七年）古巴經濟增長達百分之十，國際社會感到出乎意外。

答：我們都希望能成爲世界的一個示範，能源革命迫在眉睫，其他工業國家也不得不考慮進行他們的能源革命吧！

二、教育革命

在古巴，令我留下最深刻印象的，就是當地龐大的知識群，即使在街頭上，也很容易碰上能滔滔雄辯的人。他們的口號：我們的武器就是我們的意念（our weapon is our ideas）。

在古巴首都哈瓦那，隨處都可碰到穿上白襯衫配棗紅色裙／褲的學童。在我所居住的民宿，轉個彎便是一所幼兒學校，再往前走不遠處又有一所小學、中學，跳跳蹦蹦的孩子帶著陽光的笑容，輕輕鬆鬆上學去。

當我採訪過尼加拉瓜、厄瓜多、玻利維亞等拉美貧窮國家後，一轉往古巴，第一個印象就是，同樣處於經濟困境的貧窮社會，孩子不僅沒有成為最大的犧牲者，反之卻享有優先的權利，不需要跑到街上乞討生活錢，或當上擦鞋童。西方批評者對此也得承認，這是古巴不倒的力量之一。

最令我嘖嘖稱奇的，就是在偏遠的地方也一樣不缺學校，即使只有一個學生，學校還是繼續辦下去。

據統計，目前古巴共有九十六間一個學生的學校，身體力行地向世界證明，他們的教育信念就是：「一個不能少，再苦也不能苦孩子，再窮也不能窮教育。」

一九五九年古巴革命成功後，教育即成爲卡斯楚政府工作重點之一⑩，大量資源投放在教育上，近年占去政府總預算約百分之十五，他們視教育爲革命的一項重要承諾。在農村，哪怕只有一個學生，也不能剝削學童受教育的權利。現在古巴的老師與學生比例約一比十五至二十。

卡斯楚一上台即表示，要全面掃盲。因此，他派出十二萬名義工跑遍所有窮鄉僻壤，教導農民及其子女讀書上學，令古巴的文盲率從革命前的約百分之三十下降至接近零。不過，當時美國中情局企圖干擾掃盲運動，參與掃盲運動義工多番受到恐嚇，至少一名遭謀殺。

古巴的教育因此含有兩個主調：反美與愛國。一次，我採訪一所學校，觀察他們一天的學習活動。就在早晨集會中，他們不停背誦古巴歷史偉人的愛國教誨，還有社會主義的價值。

革命後的古巴，政府國營化所有學校，學校素質平均，這包括大學在內。政府規定孩子從六歲開始必須入學至十六歲爲止，之後可按選擇進修，所有大學和進修學院都是免費的，還有書簿和食宿津貼，大家安心去學習。

外界或許批評古巴教育過於意識形態化，但在我所訪問過的古巴老師中，他們都稱，他們在小班教學中重視學生的批判思維和創意能力。事實上，古巴的教育素質居拉美之冠。據聯合國教科文組織的調查，古巴三、四年級學生的數學和語文能力，在拉美名列前茅。

此外，古巴的教育也不是一座孤島。雖受到美國制裁，但古巴與拉美一些國家，以至美國和歐盟部分成員都有合作項目。

目前有十六個第三世界國家共二百多萬人，借鑑古巴發明的「我能夠」掃盲方法成功脫離文盲之苦。這套方法乃是把字母與數字合在一起，透過視聽教育，讓文盲在六十五天內學會識字和書寫。委內瑞拉就是在古巴協助下推行一個掃盲計畫叫「羅賓遜計畫」，有效地把文盲數字降至近乎零⑪。

不過，最吸引我注意的，就是不時出現於大街小巷的中國留學生，當中有大量醫科生，還有修讀西班牙語和其他學科如農業、旅遊、哲學、文學等。

原來，古巴一直歡迎第三世界學生來古巴研習，學費全免之餘，也一樣可以與本地生享有書簿、住宿津貼。近年隨著古巴進入改革高峰期，中國成爲重要的參考對象，兩國還於二〇〇六年簽定協議，加強互訪。自二〇〇六年開始，數千中國留學生到古巴學習，與此同時，古巴學生在中國的人數也有顯著增加。

我訪問了幾位中國留學生，他們對古巴的師資豎起大拇指。一位來自成都的黃姓醫科學生說，他特別感動教授曾向他說：「把古巴醫生精神帶回中國去，落實人人享有醫療的基本權利。」

可是，有不少中國留學生對學習的環境條件卻叫苦連天。

另一位來自北京的學生說，在古巴學習的一大困難是上網，因此很難進行多媒體教育，其次是參考書籍；古巴人都會全歸咎於美國的制裁。

除學生外，大學教授亦面對相同困難。一位任教於哈瓦那大學的歷史教授，他研究美國和古巴早期的外交關係，但卻不易獲取美國的歷史資料，更遑論最新發展材料了。

從事教育工作的艾蓮娜．卡勞氏（Elena M. Canals）說，面對美國制裁，國家出現了一股很強的凝聚力，人們感於要自強不息，而知識就是社會的財富，也是維繫國家核心價值的一種力量；除了傳統教育受到重視，具有古巴特色的民眾自主教育（popular education），也默默在古巴扎紮根。

艾蓮娜補充說，民眾自主教育的目的是邁向民眾權力（popular power)，令人可管理自己的生活，一切從社區做起，即提高人民的社會覺醒和參與社區事務的動力，透過加強知識和擴展社區參與管道來帶動社會變革。目前有一國際非政府組織馬丁．路德紀念中心（CMMLK）與古巴政府合作，推動民眾教育項目。

艾蓮娜說，教育是參與式民主的重要基礎，她問：「爲什麼你們在外只懂得拿著美式民主的一套標準衡量我們？爲什麼美國仍以冷戰思維繼續制裁我們？」

古巴的教育讓人民對社會主義有期許，但經濟的困境導致學習環境艱難，亦使不少年輕人希望能夠衝出古巴。

三、醫療革命

我所居住的民宿，屋主為一名六十歲的寡婦瑪尼，她拉起上衣，告訴我，她剛做了乳癌切割手術不久，驕傲地指手術幾乎不留痕跡，證明古巴醫術一流。她還說：「我們這裡採取的是預防醫療政策，國民都獲免費醫療檢查之外，醫護人員不時探訪社區，甚至住在社區裡，講解如何保持良好的健康和防範細菌襲擊等，又提供免費定期防疫注射，讓古巴人無懼於因貧窮而影響健康素質。」

事實上，走在首都哈瓦那市中心，環境雖然破落，但尚算清潔，這打破了外界的成見，就是貧窮與疾病不一定為連體嬰。我走進最貧窮的村落，每個家庭都有很高的衛生意識，家中雖然簡陋卻是一塵不染，一派閒適。

當古巴政府尋求經濟改革良方的同時，原來也不忘繼續向外輸出軟實力，古巴的醫生和教師早已成為第三世界的最有力援助，成為重返國際舞台的外交本錢。

根據古巴官方數字，古巴向第三世界國家派出共十二萬六千名醫護人員，協助當地的公共衛生服務。二〇〇六年十二月古巴更與中國合作，在中國青海省會西寧建立「西寧中古友好眼科醫院」，該醫院有十四名專程而來的古巴眼科醫生，為中國眼疾病人帶來光明。這是古巴和委內瑞拉共同發起的「奇蹟行動」（Operation Miracle），這行動目的是向低下階層提供免費眼疾治療。此外，中國大陸於二〇〇六年又與古巴推行交換學生計畫，古巴向中國留學生提供免費醫學課程。

經過古巴多年的苦心耕耘下，現在「古巴醫生」已成為一個品牌⑫。

美國作家麥可．摩爾（Michael Moore）製作了一部《健保眞要命》（*Sicko*）的紀錄片，批評美國資本主義式醫療不濟之餘，還拍攝數名深受「九一一」後遺症影響的美國病人跑往古巴治病，診斷和手術費全免，藥物低廉，病人感激至痛哭流涕，頗收喜劇效果。

《健保眞要命》拍攝完畢後，我再度前去古巴採訪，第一件事便是走到哈瓦那醫院與之前認識的醫生見面。我笑問，根據《健保眞要命》，作為外國人在古巴也可享受免費醫療嗎？其中一位叫Regelio的醫生大笑，說：「因為是摩爾，所以免費，你就不會有這種優待！」

在剖析問題之前，先簡介一下聞名已久的古巴醫療制度。與教育一樣，醫療是古巴一九五九年革命成功後，被視為一項革命的重要計畫，醫生和人口比例為一比一百七十五，為全球之冠，醫療支出占了政府總預算的百分之十三。除卡斯楚表示醫療是人權，同樣一個不能少外，這同時也是他親密戰友切．格瓦拉的夢想——全民免費醫療保障。

這是古巴早年準備國營化全國醫療的前奏，當時有不少醫生在國營化的恐慌中逃往美國，只剩下三千名醫生和十六名醫學院教授，全國醫療幾乎是從零再開始。古巴的醫療發展至今能夠在國際上傲視同儕，還可以向外輸出醫療人員，殊不簡單。不過，近年開始有人埋怨政府因不斷向外輸出醫生而令古巴醫生人手緊張。可是，衝擊最大的還是美國在布希時代對古巴加強制裁。為了對此有所了解，我相約一位在當地認識的古巴醫生參觀醫院。該醫生有華裔血統，爸爸是老華僑，姓陳，癌症專家，她一見我，便表示很想到中國交流，還立刻給我她的履歷。她說，國家近年窮困，沒有能力購入先進儀器，即使購買器材，也是從歐洲進口，無法買入較便宜的美國貨，使得成本上升，很多醫學研究無法大步向前邁進，加上工資低微，只有每月三十美元左右，不少醫生設法出國進修，繼續手頭上的研究項目。

雖然如此，我看到不同膚色的醫生團隊表現出非常專業的精神。一位醫生Mano語重心長地向我說，他去年有機會到中美洲哥斯大黎加交流，工資比古巴高出幾十倍，有朋友勸他借機留在該地發展，但他仍然回來了，因他自覺不能放下古巴病人以及這裡的醫療隊伍。他表示他還有夢想，希望能為改善國家出一份力，更何況醫療已成為古巴一個品牌，他有責任留在國家，留在自己的專業內做得最好。

就是因為有夢想，古巴醫生在低微工資下仍不懈工作，年輕人爭相報讀醫科；而古巴向外輸出古巴醫生，同時也在外宣傳古巴式的服務社區精神。一位中國傳統醫科留學生告訴我，在課程裡，如何服務社區是其中一個科目。這位留學生又說，中國醫術與古巴有一段歷史淵源，近年中國醫術在古巴再度復興，較廉價的中醫藥是他們的研究之一。在哈瓦那唐人街，每天早上都有不少古巴人免費學習太極、氣功等強身健體的運動。

四、農業革命

事實上，除了教育和醫療之外，古巴的有機農業和生化科技也有卓越成就，深獲國際組織關注。

當我於二〇〇六年那次到古巴，就打聽聞名已久的古巴農業，人們總會以無奈的眼神看著我，問：我們哪裡有農耕？他們表示，在非常時期的九十年代的確發展出耀眼的城市農耕，其後有點無以爲繼，很快又回到當年由於大鍋飯留下來的問題，農民缺乏動力耕種、生產效率奇低、耕種農地萎縮等等。非常時期過後人民轉移依賴進口農產品。

去年，古巴新領導人勞爾一上台，深知若不再推動另一波農業改革，活化並完善第一波改革精神，古巴將無法處理糧荒。因此，他宣布在農業領域裡進行一連串的改革，這包括下放農地使用權，讓更多農民擁有土地，並提高農產品價格等激勵措施，鼓勵農民生產，又逐步解除農民購買農用物質的限制，同時開放銷售農具、除草劑和其他供應產品。

勞爾希望解放古巴的生產力，而農業則是一個重要的試點。在這個情況下，我參加了古巴的農業考察團。

雖然考察團收費昂貴，但仍吸引不少要在古巴取經的世界各地人士。事實上，繼生化科技之後，在非常時期的古巴農業改革給塑造成爲世界典範，前來取經人士絡繹不絕。

從一九五九年革命成功到一九八九年之間，古巴投向蘇聯，以抵抗美國嚴峻經濟制裁。那段時期，古巴百分之八十五的貿易來自蘇聯。蘇聯瓦解後，古巴經濟迅速下滑，直接打擊糧食供應，當時卡斯楚想出鼓勵居民在城市周邊發展農業，整理哈瓦那市內的閒置土地開闢爲農產品種植區；此外，農業部爲了節省燃油，鼓勵農民改用牛隻耕種，以天然肥料代替高價化肥，結果古巴農業回到過去的「有機種植」時代⑬。

在第一天的考察，我們當然首先要去看知名的「城市農耕」（city farming）。

古巴在一九九三年推行土地改革，容許農民以合作社方式使用農地，並放鬆政策，農民可以把有限度的農作物，根據政府限價，推出市場買賣。

合作社可分大型與小型，大型合作社有政府資助，小型合作社大多由中途出家的農夫與友人合辦，以解決自己家庭或所屬社區的糧食需求。無論大與小，他們都要履行一種社會責任，就是把農作物收成的兩成分給學校、醫院和其他社會機構，餘下的便可作爲己用。就這樣，他們解決了九十年代的糧食危機。

古巴農業部代表帶領我們探訪一個居住在哈瓦那郊區的家庭，他們就在隔壁一塊荒地上發展起他們的果園，家庭主人當初放棄工程師的事業，與鄰居一起向政府申請使用荒地，然後把土地改爲可灌溉的農地，還飼養豬隻和雞鴨，自給自足。

有些社區，各家庭負責種植不同品種的食物，可進行交換。他們認爲，城市農耕不僅可以滿足需要，更可以促進社會和諧，豐富精神面貌。

事實上，古巴農業改革具創新精神，但必須有政策配合，發揮可持續發展的效果。

當古巴在變，另一方面，大家也關注到她與美國的關係。

美國首位黑人總統歐巴馬大呼「改變」而勝出，但他對美國長年制裁古巴的政策，終於要屈服於移居到邁阿密的右翼古巴組織面前。

儘管聯合國、歐盟，以至世界各地都有不少人認爲美國的制裁是不人道的，不合時宜的，也不能奏效的，呼籲解除古巴制裁之聲已到了非常高漲的時候（見附錄七，396頁）。可是，歐巴馬只敢對古巴局部鬆縛，而不敢全面取消制裁。但，有分析家認爲，古巴發現龐大油田，這可能改變美古的關係，因爲這與美國利益攸關。

二十一世紀的古巴革命將何去何從

在美國媒體長期妖魔化底下，古巴已從加勒比海的明珠變成拉美惟一專制獨裁的島國，必須要顛覆而後快之。

不過，對於拉美其他國家以至世界上懷抱夢想的人民，古巴當年力抗美國帝國主義的革命精神，仍然令他們充滿想像。更何況古巴有著一道偉大的身影——切．格瓦拉，他謎一樣的傳奇故事，一如他與古巴謎一樣的關係；還有他的革命夥伴卡斯楚，卡斯楚力抗美國制裁五十年，這已足夠讓人津津樂道，再加上切．格瓦拉的影子在古巴無處不在；古巴，註定是一個具爭議而又浪漫的地方，而浪漫主義也洋溢於古巴每一個角落裡。

> 如果說我們是浪漫主義者，是不可救藥的理想主義分子，我們想的都是不可能的事情；那麼，我們將一千零一次地回答說，是的，我們就是這樣的人。
>
> ——切．格瓦拉

是的，切．格瓦拉碰上卡斯楚這位革命戰友後，便瘋狂地走上古巴革命之路，一九五六年十一月三十日，他與古巴一夥革命同志登上「格拉瑪號」，其實這只是一艘能裝下二十五人的小船，卻硬生生塞進了八十二個滿懷浪漫理想的戰士，險象橫生，就是爲了要成就古巴革命，以至全人類的革命事業。

卡斯楚爲了答謝這位亡友，把古巴革命勝利歸功了切．格瓦拉。在古巴，切的畫像無處不在，使人差點兒忘卻切其實來自阿根廷。但古巴卻是他短暫人生中的第一次革命，並且是惟一一場成功的革命，他入籍古巴，結婚生子，可是，他最後還是把家人留在古巴，而自己則遠走他方繼續革命。

切有過兩段婚姻，與首任太太育有一女，而與第二任太太阿莉達也生下兩子兩女。切離開古巴後，把一家人都交給卡斯楚照顧。

當年切．格瓦拉以古巴作爲社會主義實驗的第一站，而他的後人亦一直以古巴爲家，革命家後代一直在世人的視線之內。大家有興趣的是，切的子女也秉承了他們父親的思想精神嗎？他們怎樣看待古巴的過去與未來，對古巴民衆不無影響。

二〇〇四年，卡斯楚下令在首都哈瓦那成立「切．格瓦拉研究中心」，切．格瓦拉的太太與子女成爲該中心的負責人，分別主理不同的工作。

「切．格瓦拉研究中心」成立的目的，乃是要讓切．格瓦拉的理想更廣爲人所熟知。但，當古巴正處於如火如荼的改革裡，有人開始懷疑，這是否與切．格瓦拉當年爲古巴灑熱血的理想越走越遠？又，切．格瓦拉的後人怎麼看待這次的經濟改革？

我於古巴採訪期間，有機會與切．格瓦拉長子卡美路進行了長達三小時的訪談，以下爲訪談的摘要。

談古巴的社會主義前景（專訪切・格瓦拉長子卡美路）

作爲全國景仰的革命家後代，切・格瓦拉的長子卡美路卻出奇地樸素與隨和。他把金黃的頭髮束起了一條辮子，身上穿著有點破舊的T恤和一條寬鬆長褲，五官則帶著父親的影子，特別是銳利的眼睛，好像可以把什麼都看穿透。

今年四十六歲的卡美路爲人一直低調，很少接受媒體採訪，但他見到我專程來訪時，卻沒有拒我於千里之外，倒爽快地點頭答允，而且沒有要求我先申請什麼許可證，中心的守衛都指他個人十分友善，對下屬平等看待。由於當天我請了一位俄羅斯友人幫忙翻譯，湊巧卡美路又曾在莫斯科念過書，我們的話題就從前蘇聯共產政權倒台談起：

問：你在前蘇聯念大學法律課程，有否目擊該國社會主義崩潰的過程？

答：沒有，我是在前蘇聯倒台前夕回到古巴的，不過，當我還在莫斯科的時候，已感到風雨欲來，但這不足以令整個制度就這樣塌下，如果沒有美國在背後推波助瀾的話。

問：即使沒有美國，你認爲俄羅斯人仍會支持社會主義嗎？

答：無可否認，蘇聯的社會主義千瘡百孔，而當時的蘇聯政府也有計畫進行改革，我認爲應該給他們治理「疾病」的機會，而不是一夜間把所有東西都推翻了，致使現在的俄羅斯價值眞空，十分混亂。

問：那麼，你又如何看待古巴的社會主義前景？勞爾的改革又是否有可能成功或失敗？甚至改寫古巴的社會主義歷史？

答：沒錯，現在在古巴，人人都說改革，期待轉變，但這都是在社會主義的框架下進行。我們的社會目標還是沒有變，就是改善物質生活之餘不會放棄人本價值。我們要改的是方式，而不是主調。

問：那是你父親當年許下的承諾？

答：這是一九五九年革命成功的原因，古巴不是沒有嘗試過資本主義。事實上，古巴人都是從資本主義走過來的，深知資本主義絕不是人類的出路，那麼，古巴又怎會走上回頭路？

問：但，中國那一套社會主義是否值得古巴來參考？

答：中國社會主義是一套怎麼樣的社會主義？這我不太清楚，但有一點我們很明白，我們不會再抄襲別人的東西，過去我們緊跟蘇聯模式，最後嚐盡苦果，蘇聯模式爲我們留下一個很壞的結構危機，我們需要很長時間才能翻身過來。其實，早於八十年代，古巴爲了回應這個危機已經開始其「矯正工程」。這是古巴改革的第一波。到了九十年代，國際大環境隨著蘇聯、東歐突變而有所轉化，美國加強對古巴的封鎖政策，爲了求生存，同時也是爲了回應外在不同的環境，古巴出現了第二波改革。現在，面對來勢洶洶的全球化，古巴也不得不再度調整，這是目前我們所面對的第三波改革。

問：不過，古巴的社會主義走到現在，內部也出現不少問題。

答：我得承認，社會主義也有其不完善和自相矛盾的地方，但，你要知道，它只是一種通往最終目的的手段，而不是目的的本身。我們的最終目的，是要創造公平和愛的社會，活出人類眞正的道德價值，這是革命前輩包括我爸爸努力追求的一個新世界，而這亦可解釋古巴民族在過去五十年來能夠力抗美國帝國主義而生存至今，就是由於我們在心靈深處所堅持的一種價值信仰，所形成的團結倫理。

問：你所說的價值信仰，在古巴似乎已在失落中，這是否是改革的必然現象？

答：每一次過渡都會有陣痛，都會有疑惑，我已經說過，社會主義不是完美的，這要視乎我們能否在改革的過程中尋求新的共識，應有什麼樣的內涵，能否以更民主的精神去應對之，讓團結的倫理返回正軌。

問：更民主的精神？外界不就是經常批評古巴缺乏民主嗎？

答：噢，他們用資本主義有色眼鏡來量度我們的民主過程，總認爲我們不符合他們的標準，又或者別有用心的人來指指點點，企圖扭曲我們的民主發展。我所指的，而古巴也正在實踐的，乃是一種參與式民主。過去古巴致力推動全民教育，提高人民的教育水準，這正好爲參與式民主奠下基礎。

換言之，我們追求的不是西方式政黨政治，而是一種多元並存、人人有機會參與的政治進程，我們也不是追求私有化，亦不是現在毫無效率和工作動力的大鍋飯制度，而是國營產業經營管理的社會化。

我們不希望重複拉美其他資本主義國家的錯誤制度，讓自由市場和金融官僚體制侵蝕我們；也不應消費至上，應講求生活品質，永續發展。這樣，古巴才能開創一個新格局，為自己，也為全人類。

我可以告訴你，我現在在研究中心所主持的「另類計畫」，就是在社區培養小孩要有一種社區服務精神，例如我最近開設了一個攝影班，孩子們不僅學習攝影技巧，也同時學會如何利用這種技巧去服務社區，這是第一步。我希望推而廣之，重構古巴的理想價值，以抵抗日益異化的世界。

採訪後感

名人後代最怕就是擺脫不了父輩的影子，而卡美路亦當然意識到他作為一代革命家之子，人們對他自有一定的想像，來自世界各地的各路人馬前來見他，究竟有多少是由於他父親切．格瓦拉而來？

因此，卡美路對別人向他提問有關父親的話題時，表現得極不耐煩；但對記者而言，那又的確難於避免。我企圖把他對父親印象的問題放到最後，但他仍是有極大的反應，他問我：「這個問題是出自你的好奇心嗎？這對你了解古巴有什麼幫助？」

跟著他表示已談了三個小時，給了我很大的優待，而他亦早已一身汗水。我們談話的地方在切．格瓦拉的故居，現已改成為辦公室，內裡設備簡陋，連一把風扇都沒有。因此，不僅卡美路大汗淋漓，我也快要熱昏了。

革命家後人堅持過著簡樸的生活。在訪談中，卡美路更處處流露出，他是一名堅定的社會主義者。

帶著父親影子的卡美路，數年前離婚，他獨自撫養兩名女兒。當他回復單身身分後，不僅古巴女孩子對此都竊竊私語，慕名而來的西方女孩也有不少。卡美路友人半開玩笑說，卡美路惟一在這方面不像父親，他感情生活極爲檢點，自離婚後一直專注工作，大有要完成父親未竟的夢想。

其實，古巴革命走到了二十一世紀，何去何從？的確惹人爭議。

當年格瓦拉協助卡斯楚打江山，推翻舊有的貪腐政權，卻沒有長期留下來參與建設新社會，也沒有必贏的方案，因爲他說，一切都得見機行事；那麼，這個過程便不一定盡如人意了。

雖然卡美路對古巴發展表現得甚爲樂觀，而古巴新政府亦繼續樂於緊握著六十年代的切．格瓦拉精神，重視社會發展，被視爲基本人權的醫療衛生、教育和其他社會保障，政府一直扮演重要角色；除退休養老金外，高素質的免費醫療和教育早已成爲國際公認的成就，古巴政府更把這方面成就輸出到其他國家去。可是，古巴目前所面對的經濟挑戰還是逃避不了，那就是有限的經濟增長與社會服務需求之間的矛盾，以及計畫經濟與引入市場因素之間的矛盾。

當卡斯楚病危之際，古巴人都把期望寄托在他弟弟勞爾這位接棒人身上，他被視爲改革派，更被視爲中國派。至於中國改革模式能否在古巴派上用場？卡美路在訪問中已表示，古巴有自己的國情，不能盲目抄襲。但，古巴又應走上怎樣的道路呢？

無論如何，在政治、經濟與社會層面，古巴都正處於重要過渡期。由委內瑞拉帶頭的拉美左翼聯盟，更被視爲將有可能爲其提供另類出路。事實上，委內瑞拉已向古巴供應大量廉價石油和衛星等高科技產品。不過，這得視乎古巴是否有勇氣革命再革命，一如當年切．格瓦拉所追求的。

另一方面，世界又應如何看待古巴以至整個拉丁美洲的改革進程？另一個世界是可能的？「社會論壇」對抗「世界論壇」在南美展開，另一種聲音不斷擴大。

哥倫比亞諾貝爾文學獎得主馬奎斯（Gabriel García Márquez）在一九八二年接受諾貝爾頒獎時說：「為什麼在文學上可以毫無保留地接受我們的獨特風格，在社會變革方面的艱難探索卻遭到形形色色的猜疑而加以拒絕呢?!」

這就是拉丁美洲《百年孤寂》的孤寂本質嗎？

註釋

①歸冷（Nicolás Cristóbal Guillén Batista, 1902-1989）被視為美洲最具代表的黑人作家。他更是熱情的革命者，文學與革命是他人生的主調。在古巴，黑人與甘蔗是重要的歷史符號。十五世紀西班牙殖民古巴，殘殺當地原住民，並運送大量非洲黑人至甘蔗園當奴隸。一八六八年，古巴民族將軍卡洛斯．曼努埃爾．德．塞斯佩德斯（Carlos Manuel de Céspedes）在自己的甘蔗園宣布古巴獨立，並解放蔗園黑奴。非洲黑人不僅豐富了古巴的文化，古巴也深受非洲文學影響。

②可參考世銀報告www.worldbank.org/ieg，以及World Bank heaps praise on Cuba, The Scottsman, May 02, 2001. http://www.globalexchange.org/countries/americas/cuba/1293.html

③美國一直沒有放棄顛覆古巴。美國一份長達四百頁的解密文件顯示，一九六一年到一九六三年間擔任美國總統的約翰·甘迺迪曾企圖擴大對古巴的破壞活動，並最終導致了古巴「導彈危機」（Cuban Missile Crisis）。可參見The National Security Archive, The George Washington Univeristy. http://www.gwu.edu/~nsarchiv/nsa/cuba_mis_cri/docs.htm。

此外，二〇〇四年，美國政府部門又曾向國家安全委員遞交了一份關於社會主義國家的報告，指可用「伊拉克式」的政權改變來顛覆古巴。之前，在援助解放古巴委員會二〇〇四年的報告中，美政府除要求加強對古巴經濟制裁和旅遊限制政策、經援古巴不同政見者之外，並計畫在政權改變後建立一個古巴過渡政府。報告第一章的標題就是「加快中止卡斯楚獨裁統治，改變勢在必行」，並添加了一個關於如何採取具體行動的附件。請參考Campaign for Regime Change: Bush Tightens Cuba Embargo, 7/05/04. http://www.democracynow.org/2004/5/7/campaign_for_regime_change_bush_tightens。

④關塔那摩灣是美國歷史最悠久的海外軍事基地。一九〇三年二月二十三日，當時的美國總統羅斯福同古巴政府簽署協約，以每年二千枚金幣（約四〇八五美元）的價錢租下關塔那摩灣。一九三四年，美國和古巴又簽署補充租訂協議，雙方承認該地區的主權屬於古巴，但只有在雙方同時宣布結束租約後，古巴才能恢復對關塔那摩灣行使治理權。當時美國在古巴勢力浩大，古巴附庸政府對美要求不敢說不。但到了卡斯楚上台，其政府拒絕接收租金，以示抗議。二〇〇一年美國發生九一一，美國更在關塔那摩灣設立囚禁恐怖分子監獄，自此醜聞不斷發生，惹國際爭議，到歐巴馬上台，宣布關閉監獄，但阻力重重。

⑤有關獨裁者巴蒂斯塔治下的古巴，可參考《紙醉金迷哈瓦那：卡斯楚的革命前夕》（*Havana Nocturne: How the Mob Owned Cuba and Lost it to the Revolution*），作者湯瑪斯·喬瑟夫·殷格利胥（T. J. English），譯

者閻紀宇，時報文化出版，二〇〇九。
⑥可參考《卡斯特羅與古巴》一書，作者安格魯．特蘭托，三聯書店，二〇〇六。
⑦在拉丁美洲，土地改革一直是最重要又最具爭議的議題，可參考拉普（Nancy D. Lapp）與麥克米倫（Palgrave MacMillan）合著的*Landing Votes: Representation and Land Reform in Latin America*，二〇〇四。
⑧《切．格瓦拉：卡斯楚回憶錄》，作者卡斯楚，立緒文化公司出版，二〇〇六。
⑨參見《美國新聞與世界報導》（*US News and World Report*, March 3, 2009）由奧姆斯塔德（Thomas Omestad）撰述之Why Cuba's Dreams of Major Oil Discoveries Might Come True: Recent estimates suggest that the island could move into the petroleum big leagues。http://www.usnews.com/articles/news/energy/2009/03/03/why-cubas-dreams-of-major-oil-discoveries-might-come-true.html。
⑩聯合國教科文組織（UNESCO）對古巴教育制度有詳細報告，詳見http://www.unesco.org/iau/onlinedatabases/systems_data/cu.rtf。
⑪參見聯合國教科文組織就文盲的統計：http://www.uis.unesco.org/en/stats/statistics/literacy2000.htm。
⑫就古巴醫生外交現象，美國有不少分析，哥倫比亞大學新聞學院教授米爾塔．奧吉托（Mirta Ojito）寫過不少有關文章，鋪陳正反觀點，可參考http://www.journalism.columbia.edu。
⑬參見《綠化革命》（*Greening of the Revolution: Cuba's Experiment with Organic Agriculture*）一書，作者彼得．羅塞特（Peter Rossett）、米蒂雅．班傑明（Medea Benjamin），二〇〇二。

後記

烏托邦的善與惡

寫到第四本書，依然是「艱苦我奮鬥」。多次到拉美地區採訪，都是在緊絀的條件下進行。

在委內瑞拉，外國記者爲了安全會盡量下榻於中產階級地區的旅館，但我受資源的限制，無法不入住當地人眼中的「賊窩」。一次，委內瑞拉一位華人社團主席梅醫生知悉我所住之地，大吃一驚，借出他的座車，並派了一名軍警持槍護送我到機場去，這是我感到最溫暖安心的旅程。

在顛沛的路途上，拉美人民的面貌卻從模糊不清到逐漸現出清晰的輪廓，我是多麼的百感交集，在他們身上我領會到困乏的滋味。

在玻利維亞，到處都是擦鞋童，他們眼神迷惘。其中一名孩童約八歲，老是看著我，雙手冷得發抖，我給他買了一個小小的炸洋蔥圈，他似乎不敢相信，接過洋蔥圈便馬上飛奔而跑。

在拉丁美洲，隨貧窮而來的饑餓是一場無聲的屠殺，這是一個「人禍」的老問題，革命是那麼的順理成章。

但，革命不易。革命意味著除舊迎新，有一種與現況決裂的含意。

有人曾經這樣說，如果一個人在一生中沒有出現過一次個人的革命，那是遺憾的。易卜生筆下的娜拉出走記固然是一次觸目的個人革命，可是，誰人能夠承受革命帶來的震盪？還有革命裡的不確定因素？因此，大部分人都選擇安於現狀，況且革命也實在嚇人呢！

革命發生在國家的層次就令人聯想到動盪、暴力、流血，原本以爲能上天堂，結果卻下了地獄，烏托邦瞬即成爲負面之詞，莫問烏托邦是否存在，即使存在也未敢觸碰。

烏托邦的確是一念天堂，一念地獄。從德國的希特勒到柬埔寨的波布，他們在意識形態的光譜上雖各站左右的極端，卻又只是一個銅幣的兩面，他們同是地獄的使者。烏托邦，遂成爲強權者的藉口。而天堂，在哪裡？

或者，拉美人未敢奢望天堂，但仍不會放棄心中的理想角度，總是要往前走，在這個二十一世紀，不是靠一個人，而是依靠公民的力量，去鬧革命。

因此，這回的革命沒有暴力，也沒有流血，就是透過民主程序和平進行，可是這仍然爲國際主流媒體帶來很大的震撼，負面報導鋪天蓋地。

他們說，委內瑞拉總統查韋斯是個「瘋子」、「反美狂徒」；玻利維亞總統莫拉萊斯是個「恐怖分子」、「毒販」；厄瓜多總統科雷亞是個「民粹主義者」、「獨裁者」。

雖然有另類媒體換一個姿勢，從另一角度去審視此次拉美的現象，但，我們聽到了嗎？

我們都是在主流媒體的喧鬧聲中去認識拉美地區，我們的思考，有多少受著媒體的影響？又有多少受著我們過去的殖民地式教育所影響？

我們那個閱讀世界的框框，是屬於強者？征服者？

我們愛以左與右來區分立場，但我認爲有很多時候，根本不是左與右，而是上或下的角度，這就是你選擇站在強者/征服者那一邊，用精英的角度去認知世界，還是選擇透過弱者/失敗者的眼睛來審視世情？

日本作家村上春樹於二〇〇九年初接受耶路撒冷文學獎時表示，作家永遠站在雞蛋的那一邊，如此說來，這不僅是上或下，還有石頭與雞蛋的觀點。

當我走進拉丁美洲，革命便發生在路上。去採訪革命者，原來革命也在採訪者的心靈裡不經意地流淌著。畢竟，革命是要從個人開始的。

在古巴，我有幸親身窺視了切．格瓦拉那一部革命前夕的眞實摩托車。它，放置在靜默的角落，滿身歷史的塵垢，但，仍不脫理想的光彩。它，折射出一種廣度與深度的生命旅程，背負的是人類恆久的任務。

我凝視著傳奇的摩托車，過去總以爲自己經歷了多少的艱辛，直到這一刻，才明白我一直受到富足的香港寵壞了，變得自以爲是和誇大所經歷之痛。相比之下，我的「艱苦奮鬥」是如此的微不足道，是那麼的相形見絀。

想到此，我的精神又抖擻起來。從張羅經費、採訪安排，到搜集資料，雖然一切都是單人匹馬，卻不感到孤獨。

回到香港，我困在猶如密室的小書房裡，爲拉丁美洲揮筆疾書，看不見有月色相伴，也聽不到海浪的聲音，同時又要爲生計奔馳，但未敢抱怨。

能夠爲認爲有價值的人與事而流汗，上天也實在太厚待我了。

拉丁美洲是一個幅員廣闊的大陸，當我梳理這個大陸在二十一世紀「染紅」的現象時，發覺他們除了面對外圍極強大的干預之外，該地區內部亦存在不少挑戰，而最大的考驗是團結，還有原本由下而上的改革，最後會否倒過來變成由上而下，以至難逃權力愈見集中愈腐化的宿命？

此外，也有分析家擔心，政治的解放是否也能導致生產力的解放，以達至經濟自足？革命成果的持久性也繫於經濟，人民嚐不到經濟利益亦會同時推翻革命。

水能載舟也能覆舟。誰能確定是次革命能維持多久？

無論如何，我已用了最大的力氣去把這一場國際側目的實驗忠實地記錄下來，一個時代，一段歷史，這或者會敵不過時間的衝擊，但我所接觸過的人物，所經歷過的事情，已化作春泥滋養著我的生命，我期待這亦能滋養著你們的生命，生生不息，一個又一個的浪花聚集起來便成爲滔滔的大海，推動我們向前行。

絕望之爲虛妄，正與希望相同，且讓我們爲當下努力吧！

感謝城邦集團馬可孛羅出版社一直以來的支持，特別是香港城邦書店，還有《亞洲週刊》和《現代傳播》贊助我部分的拉美旅費，並不吝撥出篇幅刊登我的拉美文章。

最後，我把此書獻給那些爲世界流了一把汗的人，包括我的父母，他們爲子女流盡大半生的汗水，卻是衣帶漸寬終不悔。在那一個無眠的晚上，當我完成整本書之際，內心感動之情如波濤翻騰，無法按捺下來。

我的下一站又會到哪裡？

……眞正的旅行者只是這些人……
他們永遠不逃避自己的命運……
他們總是說：「上路吧。」
——波特萊爾（Charles Baudelaire），《惡之花》（*Les fleurs du mal*）

附錄一

一個大陸，兩個美洲

美國與拉丁美洲之間爲什麼存在長久的張力？他們共同存在於一個大陸上，卻原來是兩個截然不同的美洲，一切從西班牙和英國分別征服南北美洲說起。

自十五世紀西班牙航海家哥倫布發現拉丁美洲大陸後，歐洲資本主義便得以向外擴張，開始了以西方資本主義主導的全球化。

南美洲蘊含著豐富石油和重金屬資源，極爲適合當時西方工業化的發展。此外，中美洲和加勒比海國家的肥沃農作物，亦受到西方資本的垂涎，他們按自身的需要，將該地區劃分成多個單一種植場，每一個地方專注種植某一種農作物，例如你種香蕉，他就種甘蔗。

這一殖民政策嚴重扭曲了獨立後的拉美各國經濟發展，還有政治；西班牙殖民者遺留下來的莊園主（家族式）寡頭政治，即土地由西班牙白人後裔幾個大家族占有，使得政治權力和財富也集中在他們手中，傳統天主教教會和軍方與之勾結，原住民反之淪爲奴隸。

這是拉美整個地區普遍的經濟政治生態，這一生態進一步受到美國的扭曲。

西班牙人走了，但拉美卻又逐漸成爲美國的後院，這可追溯至美國第五任總統詹姆士・門羅

（James Monroe, 1758-1831），當時他欲阻止西班牙等歐洲勢力在拉美地區捲土重來，因此，他在一八二三年十二月二日由美國獨自草擬的宣言中，指歐洲不可在西半球建立新的殖民地，如果歐洲國家嘗試控制或干涉該地區內政，即被視爲挑釁美國。

美國總統羅斯福（Franklin D. Roosevelt, 1882-1945）在任期間爲《門羅宣言》推論，他指內容言明只有美洲人才可以管理美洲事務，因此，美國有權介入拉丁美洲國家事務，門羅主義也正式成爲對拉美外交政策的基礎，美國在拉美展開她肆無忌憚的干預行爲。

在十八、十九世紀獨立之初，不少剛誕生的拉美共和國渴望美國的認同和支持，並仰慕美國民主自由而複製她的總統制政治體系。

可惜的是，美國雖也在十八世紀掙脫殖民統治，步上獨立之路，但她的殖民經驗及獨立運動的啓蒙思想與拉美大相逕庭，導致「一個大陸，兩個美洲」，美國無法是拉美可付託的喬木，反之，前者繼承了西班牙殖民者對後者的剝削。西班牙帝國瓦解，美國帝國登場，拉美陷入新一輪的悲劇命運。

究竟兩個美洲是如何形成的？

這一個美洲大陸，北面所曾經歷的是大英帝國盎格魯．撒克遜文化的殖民統治，南面則深受西班牙帝國拉丁文化的殖民傳統影響，前者自私實際，後者浪漫激情。

南美革命英雄西蒙．玻利瓦爾便曾一針見血地指出南北之別：美洲的英國人和講西班牙語的美洲人。

除了文化差異外，宗主國的宗教信仰，也決定了南北美洲的氣質分野。

英國人比西班牙人晚一個世紀進入美洲，但她爲北美洲帶來世俗化的新教倫理（protestant ethics），同時也爲北美資本主義注入實務精神，他們用在世的成敗來證明誰是上帝的選民，其核心思想就是天命定論。

新教背後的理性、實務、個人主義的思想可以說是與英國哲學家托馬斯・霍布斯（Thomas Hobbes, 1588-1679）、約翰・洛克（John Locke, 1632-1704）和大衛・休謨（David Hume, 1711-1766）等一脈相承。這與強調精神世界、追尋烏托邦的天主教教士在拉美留下的足跡很不一樣，這些教士身上承繼了唐吉訶德式的道德困惑與矛盾，卻又擺脫不了羅馬教廷的封建集權。

此外，英國人的日耳曼血統裡，流動著種族主義，當年在北美進行殖民時，視當地原住民如動物般趕盡殺絕，他們要淨化北美洲的血統，實行聚而不混。

西班牙殖民者卻不同，他們雖然同樣殘殺拉美原住民，但又與之通婚，爲當地人留下混血的痛苦歷史進程。

由於信仰文化，以及種族貧富的分別，南北美洲的獨立革命精神也有各自的特色。美國繼承了英國哲學家洛克的生存、自由與財產爲天賦人權的核心思想，並反映在立國後的憲法裡，一切以保護私有財產爲主。

至於拉丁美洲，他們所追求的解放，卻充滿唐吉訶德式的理想，他們比美國更渴望體現法國哲學家盧梭所倡議的自由、平等、博愛，這多少與他們的混血歷史有關，他們自覺是遭剝削和壓逼的受害者，與北方鄰居自覺是白人文化優越血統不一樣。

北方鄰居不僅自覺血統優越，還相信身負祖先的天定命運；因此，美國在獨立後就像英國殖民者，赤裸裸地往外擴張，他們視拉美如自己腳下的領地，必須去征服之，遂出現了門羅主義。拉美繼續遭受殖民，革命也永不止息。

當然，美國的天定命運也擴及其他較不發達的國家，而這擴張背後，與美國資本主義發展也不無關係，不斷尋找資源與市場在天定命運包裝下，成為非如此不可的神聖任務。被美國視為後院的前沿地墨西哥，便有一句代表了拉美人民心聲的流行語：「我們離魔鬼太近，離上帝太遠。」美國與拉美的對立也由此而來。

烏拉圭作家愛德華多．加萊亞諾所寫的《拉丁美洲被切開的血管》（*Open Veins of Latin America*），便詳細敘述了拉美人的苦難。委內瑞拉總統查維斯於二〇〇九年美洲國家組織會議中，送給美國總統歐巴馬的第一本書，便是這本意義深遠的經典之作。

附錄二

拉丁美洲改革歷程

獨立後初期

拉丁美洲在西班牙殖民統治時已採用單一種植和出口初級原料的經濟模式，以滿足殖民者的需要。十九世紀的獨立後，又受到美國以「門羅主義」之名變相殖民，並繼續實行上述受扭曲的經濟形態。

大戰後的進口替代工業化

世界兩次大戰導致經濟大蕭條，拉美首當其衝，加上過去極度依賴進口製成品，經濟比其他地區更爲惡劣，不得不另尋發展。

拉美經濟學家開始提出「進口替代內向工業化」（Import Substitution Industrialisation, ISI），同時發展內在市場和多元化的民族產業。

事實上，戰後不久的國際大環境，逐步從放任資本主義傾向結構主義，即凱恩斯的國家干預主義。

五、六十年代：現代化與依賴理論

走到五十年代中至六十年代中，拉美決心實行現代化，推動工業和城市發展，卻犧牲了三農利益。與此同時，依賴理論出現，有經濟學家指拉美現代化必須擺脫剝削與依賴，過去的政策令邊陲地區財富不斷流往中心的發達國家，反之使邊陲地區處於持續性貧窮狀態，他們遂建議從進口替代普通工業消費品提升至耐用消費品，完善工業化體系，以達到經濟獨立發展。

一如發達國家工業化的進程，對內國家直接干預市場，這包括價格、利率、匯率；對外則實施民族保護主義的貿易政策，國有化關鍵產業和其他疲弱企業，並發展相關基礎建設和巨額投資製造業，這一切都以大量舉債完成。

八十年代危機與民主化

因推行工業化而大量舉債，正好為八十年代初期的外債危機埋下伏線，加上內部缺乏可持續性發展，又受到美國干預，而結構主義最後也未能提出解決問題的藍圖，經濟走到八十年代出現停滯，是為拉丁美洲「失去的十年」。

大家在尋找新理論之際，新自由主義借八十年代危機上位。

與此同時，美國因長期支持拉美右翼獨裁政權，聲名狼藉。八十年代開始，隨著新自由主義的進攻而改變對拉美策略，在拉美推動政治民主化來配合新自由主義經濟，自由與民主同時並行，而拉美在八十年代也正式進入民主化階段，文人總統上場，一時之間，特別在冷戰結束後，美籍日裔政治學家福山的《歷史的終結》彷彿出現世人眼前，而拉美個案是一個示範。

其實，在拉丁美洲，新自由主義在七十年代已開始於某些國家作試驗，八十年代逐漸形成，到九十年代更是全面推行。

新自由主義第一階段

如果再要追溯，正確一點說，新自由主義早於五十年代已形成爲一種意識形態，蓄勢待發。這始於美國芝加哥大學經濟學系教授傅利曼，他認爲市場皆可調節一切的經濟行爲，並追求完美無瑕的自由經濟，讓市場發揮最大的作用。

爲了在拉美這個後院進行實驗，傅利曼爲拉美學生設立博士生獎學金，受訓出來的拉美經濟專家，被稱爲「芝加哥子弟」，他們回國後進駐各大金融機構和經濟部門，全力推銷新自由主義，智利是首個實驗站。

新自由主義第二階段

一九七六年傅利曼專程飛往智利，與當時透過軍事政變上台的皮諾切特（Augusto Pinochet）將軍閉門會談。其後皮諾切特全面推行新自由主義政策，這主義於八十年代逐漸在拉美地區流行起來。新自由主義政策包括完全對外開放的貿易自由化，國營企業私有化，減少或取消國家對價格、匯率、利率、租金和工資的國家干預，開放金融市場，放寬外資限制等。

新自由主義第三階段

九十年代，新自由主義在拉丁美洲橫行，當中尤以美國爲主導的國際貨幣基金組織（Intrnatiional Monetary Fund，IMF）和世界銀行（World Bank），起著推波助瀾的作用。

當八十年代初期拉美出現危機時，IMF和世界銀行即向拉美各國提出結構調整改革，爲拉美開出新自由主義政策藥方，各國無法不依從，以換取國際金融機構的借貸，和獲得債務重整，來解決危機。

在新資金流動下，新自由主義爲拉美帶來經濟的春天，但這個春天充滿虛幻，經濟也脆弱不堪，因爲新的政策只不過由新債來覆蓋舊債，債上加債，不斷累積成爲惡債，加上外資主導的出口導向經濟，令拉美再度喪失拉美經濟主導權，並沒有解決原本的問題，反而加劇問題，激化矛盾。

拉美有將近一半人口跌進貧窮線下，失業率增至百分之三十，破產企業上升，貨幣受國際炒家追擊，引發多次金融危機，有國家因此實施美元化政策，加上有百分之八十出口用來償還外債，令政府無法進行國內建設和改善社會福利。至於民主其實也是換湯不換藥，一樣寡頭壟斷，導至社會運動如星星之火，政治動盪。

「二十一世紀主義革命」

拉美走到九十年代後期，新自由主義所造成的弊病湧現，拉美從「拉美奇蹟」跌落「拉美陷阱」，民心思變，委內瑞拉帶頭，左翼領導人紛紛上台，爲「二十一世紀主義革命」拉開序幕。

可是，有分析家認爲，由於新自由主義過去已深深根植拉美地區，並把拉美徹底捲入全球化網絡之中，即使向左轉的拉美領導人亦無法迅速擺脫新自由主義這個作爲世界主流的秩序，拉美未必能夠成功轉型，而前途也困難重重。

中美洲自由貿易協定推倒右翼政權

二〇〇二年一月，當時的美國總統布希在美洲國家組織（OAS）舉行的會議上，宣布承接一九九四北美自由貿易協定後，美國計畫與中美洲國家訂立自由貿易協定（CAFTA），然後再擴展至南美洲，以全面實現一個美洲自由貿易區。布希進一步表示，西半球國家的前途，乃繫於落實民主、鞏固保安和推動自由市場等三大方向，三者缺一不可，並且必須全力實行，絕無妥協餘地。即使這些原則不易實踐，但卻是西半球所有人民通往安定繁榮的唯一道路。

事實上，美國早已欲打通整個拉丁美洲的市場，但眞正的目的就是爲了該地區的安定繁榮嗎？可是，中美洲人民「不領情」，掀起了一場反「中美洲自由貿易協定」運動，甚至推倒右翼政權，讓左派有機會捲土重來，從瓜地馬拉、薩爾瓦多、尼加拉瓜，到哥斯大黎加。

在此，我特別走訪中美洲一些自由貿易加工區。

我無法相信，一位瓜地馬拉婦女告訴我，她在自由貿易加工區製衣廠一天十二小時的工資才兩美元多。如果她像機器一樣不停踏著縫紉機，她或許可以拿到三美元、四美元。眞廉價啊！中國也難以競爭。

最令我匪夷所思的，就是這些工作於瓜地馬拉加工區的婦女，不僅面對漫長的工作時間、惡劣環境、低廉工資和毫無工作保障，她們還要應付廠長的呼喝和虐待。廠長就好像不停鞭撻馬匹的馬夫，催促加快步伐。如遇上趕船期，廠長更會把工廠大門鎖上，要求工人通宵達旦趕工。

下班了，她們再次受到凌虐，猶如囚犯般給工廠的保安搜身，保安仔細地檢查她們，以及她們的私人物品。

這令我聯想到，雨果筆下的十九世紀悲慘世界。

類似情況竟然發生在新世紀中美洲出口加工區，設在加工區的外資工廠有一個特別的名稱，西班牙語叫Maquiladora或maquila，即指那些工廠從母公司入口免稅的零件和材料，然後進行組合，組合完後再把製成品運回母公司，這種出口同樣享受免稅優惠。

美國迷倒全球小孩的迪士尼卡通毛公仔，便染有拉美廉價勞工的血汗。還有其他美國的品牌產品North Isles、Avon Export、Flamingo、Miss Dee、Eddie Bauer等。

舉個例子，Sag Harbour成衣，在瓜地馬拉有龐大工廠，一條男裝短褲，完成製作的人工成本才十八美分，這十八美分不是一個工人的工資，而是有參與製作過程的工人所獲取的總工資，從中可以想像製成品所潛在的巨大利潤。不少工人表示，極度廉價工資根本無法應付不斷上升的物價。

在薩爾瓦多，總共設有十五個自由貿易區，主要得益者當然是加工行業，約九萬工人在加工生產線上工作，但工作環境和待遇不比其他拉美加工廠好，並且誘發相關的社會問題。加工廠已變成一種社會不公義的象徵，不時導致示威抗議。但有工會領袖透露，其實大部分工人都不敢反抗，他們一反抗，要求合理對待，資方便指他們是游擊隊成員，又或背後受游擊隊煽動，其後果可以危及生命。

踏入二十一世紀，在中美洲開設加工廠的，已不僅是美國。隨著自由貿易和全球化的發展，亞洲如韓國、日本和台灣企業，也蜂擁而至，利用該地區的廉價成本爲產品進行最後的加工組合，再運到美國市場去。

由於台灣在中美洲的邦交關係，台商受鼓勵在該地區設加工廠。當我在尼加拉瓜時，我發現一個有趣現象，就是有相當數目的中國大陸勞工受僱於台資加工廠。這一種資本與勞工全球大流動，眞令人大開眼界。

前台灣領導人陳水扁在任期間，更高喊：「前進中美洲，台灣go! go! go!」台資企業在中美洲遂成爲一道風景。可惜部分不受好評，曾發生多次勞資糾紛，觸動到台灣工運團體隔著一個太平洋來聲援中美洲工人，其中最廣爲人知的事件就是台南企業在薩爾瓦多關廠事件，詳情請參考台灣苦勞網（www.coolloud.org.tw/node/12066）。

中美洲自由貿易區的勞工情況，現今雖有所改善，但不公義的現象仍在，人們早已視這類不公平的企業全球化爲另一種殖民侵略。二〇〇五年美國提出中美洲自由貿易協定，這協定進一步刪除保護國家資源法例，容許美國自由收購或控制中美洲的天然資源，私有化所有公共服務，這包括教育和環保服務，美資有權競投接管上述服務等。

此外，該協定又批准美國高補貼的農產品享有免稅優惠，自由入口中美洲市場。另一方面，美國又可以用保護在美國際資本利益的名義向中美洲某些貨品徵收關稅，即使美國本土紡織業也在保護之列。面對這項名義上叫自由貿易，其實一面倒向美國利益的不公平貿易協定，中美洲多國百姓大呼抗議，遊行示威，多番與政府發生衝突，危及右翼政權，權力不穩，令左翼政黨乘勢而起，重回政壇。從瓜地馬拉、薩爾瓦多、尼加拉瓜以及哥斯大黎加等皆如此。

附錄四

查韋斯的崛起：拉美強人的革命傳奇

長久以來，我做的一切都是爲了愛，
因爲熱愛樹木和河流，我成了一個畫家；
因爲熱愛知識，我離開了親愛的家鄉求學；
因爲熱愛運動，我成了一名棒球選手；
因爲熱愛祖國，我成爲一名戰士；
因爲熱愛人民，我競選總統……
支持我也就是支持愛。

——〈我做的一切都是爲了愛〉，查韋斯

查韋斯深受解放神學及民族獨立運動影響，聲稱一切都是爲了愛。

查韋斯的思想充滿濃烈的民族主義色彩，他身邊一位官員在一次閒聊中告訴我，查韋斯一九九九年上台不久，軍師就建議他把頭髮拉直，並將右額的一顆墨痣去掉，以淡化他的非洲血統，好讓他看起來靠近西方一點。查韋斯聽了十分生氣，把這位軍師解僱了。事後他私下向人透露，他的民族感情受到軍師的傷害，他認為拉美人要討回的就是被西方人奪走的民族尊嚴，他為自己的外貌感到驕傲。

查韋斯生於一九五四年，擁有原住民非洲裔和西班牙後代的血統，由於家境清貧，深知草根困苦。

查韋斯喜愛讀書，政治與軍事也是他的強項。一九七五年，他從委內瑞拉軍事學院畢業，後來被保送到大學修讀政治學。

查韋斯的性格中有著軍人的強悍作風，凡事敢作敢為。他對委國革命之父玻利瓦爾懷有強烈的情結，對帝國主義深惡痛絕。他於一九八二年在軍中創建了以玻利瓦爾命名的革命組織，又主張建立玻利瓦爾宣導的「拉美國家聯盟」。最後，他在一九九二年發動政變，企圖推翻貪污腐敗的總統佩雷斯。結果失敗，被判監禁兩年之後流亡。

查韋斯是虔誠的天主教徒，深受解放神學影響，他在演說中經常提到「耶穌基督」，並指耶穌是第一位眞正的社會主義者。

由於查韋斯有極強的革命動力，他一九九八年回國後，立刻投身政壇。期間他不辭勞苦走訪貧困地區，並在草根階層宣揚他的革命思想。他高喊消除腐敗，推動社會公義，深受窮人歡迎。

其後，查韋斯在選舉中節節取勝。一九九八年，他發起的「玻利瓦爾運動」很快發展成為政黨，後改名為「第五共和國運動」，並一躍成為全國第二大黨，他於一九九八年底的大選中以接近六成的高票當選爲總統。

查韋斯上台後把國名改爲「委內瑞拉玻利瓦爾共和國」，其後推行一系列改革計畫被稱爲「玻利瓦爾革命」。連一級方程式賽場也被冠上玻利瓦爾之名。然而，他對革命的亢奮卻使他忽視中產和國際資本利益，並低估他們的力量，最終演變成二○○二年的政變。但因他有強大的群衆支持，結果從短命的政變中復活，即使反對派策劃公投也未能推翻他。

不過，他的婚姻卻告失敗，他與太太大打出手，而他的前妻現已成爲最堅定的反對派，時時與他唱反調，更不讓他親近女兒，這成爲他個人革命生涯中一個缺憾。他宣稱，他不會再婚，他要把餘生奉獻給革命。

附錄五

拉丁美洲修憲風雲

在現代政治概念中，憲法是公民與國家的契約，它在國家的法律體系中有最高的地位，因此也有人說它是國家的基本法，擁有最高的法律效力。憲法規定的事項主要有國家政治架構、政府組成與職能、權力制衡模式和公民的權利等。

踏入二十一世紀，拉丁美洲隨著改革浪潮，多國左翼領導人紛紛推動公投，修改憲法，如大部分人透過公投支持修憲的話，政府便會按人民的授權，成立制憲大會（Constitution Assembly），再透過直接選舉，選出代表進入制憲大會，負責討論研究和制定修憲內容。不過，國際媒體對於這場拉美修憲運動，主要集中在總統連任問題，鮮少有報導和討論其他的改革。

由於拉美政治體制乃複制美國的總統制，因此也跟隨美國，對總統連任有所限制（古巴除外），但不一定全是以兩任爲上限。例如宏都拉斯，總統只能當一屆，一屆爲四年；尼加拉瓜可以當非連續兩屆，兩屆之間要有所相隔。其他國家大多以連續兩屆爲藍本，一屆任期則由四年至六年不等。

美國羅斯福總統（1933-1945）曾連續出任四屆總統，後終於決定立法限制總統任期不得超過兩任，以避免產生流弊和獨裁情況。在此之前，南美解放者西蒙·玻利瓦爾在一八一九年亦早已說過：「沒有什麼比把同一個人長時間放在權力位置上更危險。」自此人們便認爲總統如沒有連任限制則會導致獨裁。因此，當查韋斯提出修憲時，其中一項爲總統可透過直選而無限制參選連任，即引來極大爭議。

查維斯在修憲公投前爲了爭取人民支持，他辯解說，他所推動的「二十一世紀社會主義」，需要更長的時間去實踐，這不是他一個任期內可以完成的。但有政治評論家諷刺他說：「社會主義固然重要，但只有你當總統才能推動嗎？」這隨即反映出革命政府培養接班人才的問題。另有評論者則認爲，英國的代議政制可能比美式總統制更適合拉美。在英國，勝出的政黨執政沒有連任限制。

二〇〇九年七月初，宏都拉斯右派也是借總統賽拉亞尋求修憲連任而發動政變，以此否定修憲的意義。可是，修憲除總統任期外，還有其他值得討論的內容，這更關乎社會的公義。

宏都拉斯的憲法其實也是拉丁美洲歷史的縮影，它亦曾因應時代的變遷而修改了十八次之多，這不是宏都拉斯獨有，在整個拉美，特別在八十年代民主化的過渡期。而今天，修憲浪潮再次湧現。

八十年代以前的拉美國家憲法，都有一個共同點，就是維護獨立後精英集團的利益，亦即西班牙白人後裔家族的利益，尤其是土地權和天然資源控制權，原住民反倒被排斥於政治進程之外，他們無法享有相同的政治權，政治權利都集中在富裕階層手中如大地主、教會和企業等，而軍方則與這些富裕階層連成一線，宏都拉斯也不例外。

到了七、八十年代，拉美地區風起雲湧，當地的抵抗運動波瀾壯闊，同時，冷戰亦進入高峰期，美國深知過去支持軍人獨裁政權不得民心，令左翼思潮在拉美大有市場，因此老布希上台一改作風，支持拉美民主體制的建立，以配合新自由主義再出發。可是，這個民主體制也不見得民主，而且脆弱。以宏都拉斯為例，一九八二年因應民主訴求推出新憲法，其中有關總統的任期與眾不同，就是總統只能當一屆，即四年。

眾所周知，拉美的政治體制是複製美國的總統制，美國總統可以連任一屆，其他拉美國家亦然，為什麼作為美國附庸國的宏都拉斯不能？原來當中大有文章。

總統只能當一屆這個設計原來與利益分配有關。當時宏都拉斯進入民主化，利益集團中各派系爭相掌權，為了讓大家有機會輪流執政，因此一屆總統設計便可擺平利益集團之間的紛爭，並且能操控民主機制。據聞，這一設計乃是一九八二年美國駐宏都拉斯大使內格羅篷特（John D. Negroponte）提出，就這樣，總統當一屆不可連任限制便寫進了一九八二年的憲法，沿用至今。

難怪宏都拉斯的民主換湯不換藥，過去全由大同小異的自由黨與國家黨交替上台，而他們所代表的都是上層勢力：大地主、傳統右派教會、軍方和跨國財團，老百姓沒有得益於民主，繼續一貧如洗，社會一樣貧富嚴重對立。

宏都拉斯如是，其他拉美國家也如是。因此，這回拉美左翼陣營推行修憲，可以說是打破了各方既得利益結構，因而引起精英集團極大反彈。

查韋斯也表示，現有的憲法只照顧富裕階層，因此，如要轉變，那必須修改憲法至合乎大衆利益。

玻利維亞總統莫拉萊斯在二〇〇九年年初便以絕食抗議，逼使國會通過修憲提案，把一直受到排斥的原住民權利加入憲法中；厄瓜多總統科雷亞也一樣成功修憲，令國會通過一份老百姓稱頌的「綠色憲法」，厄國的天然資源和亞馬遜自然環境都受到憲法保護。

無論如何，由委內瑞拉帶頭，拉美左轉國家要試驗的，乃是爲既有的權力結構重新洗牌，獨裁與否，端視你以哪一個角度去看？

附錄六

活出想像力：委國貧民樂團

在委內瑞拉期間，一天受邀前往觀賞委內瑞拉西蒙・玻利瓦爾青年交響樂團（Simon Bolivar Youth Orchestra of Venezuela）的演出。在音樂的世界裡，委內瑞拉絕對以不同的面貌出現，而且令人賞心悅目。

不過，這個青年樂團卻跟傳統主流樂團非常不一樣，成員大多來自最底層的貧困家庭，也有曾經犯過法的邊緣少年。現在，他們用樂器代替槍枝，在我們面前奏出彩虹。

每個成員的個人小故事都有不堪回首的歲月，但古典音樂竟然成為他們的救星，他們在音樂裡得到重生，所拉奏出來的樂章都讓人感到一種重量，每一條管弦都把沉淪的靈魂呼喚回來。

該樂團的創辦人荷西・阿布雷（Jose Antonio Abreu），一個瘦削、搖晃的六十多歲身軀，卻承載著偉大的腦袋。他一九七五年時想出以音樂改造少年，遂以驚人的魄力來推動一場轟轟烈烈的音樂教育運動。到目前為止，有超過五十萬問題少年在這場運動中從邊緣給拉回正軌，當中有些已成為知名的指揮家、小提琴家、口琴家……

荷西・阿布雷除了是音樂家之外，也是經濟學家、政治家，但他最重要的成績，就是成功推動了這一神奇的社會改革。

青年交響樂團的座右銘是「演奏與奮鬥」（Tocar y Luchar）。音樂對他們而言是體現奮鬥精神，激發靈魂向上，而向上的動力就是古典音樂，他們從中感受到生命的高貴。

我跟著樂聲跑到委內瑞拉西蒙．玻利瓦爾國家青年交響樂團，出入了這一個貧民樂團的辦公室好幾次，才成功約上該團的指揮。他邀請我到訪一個貧窮社區的音樂學校，進一步了解El Sistema音樂培訓項目和少年成員的生活狀況。

委內瑞拉首都加拉加斯是拉丁美洲最暴力的城市之一，環繞整個城市的山頭滿布貧民小屋，但自從阿布雷創辦了貧民樂團之後，委國這裡的貧民窟開始出現生機。

我訪問音樂學校的主任艾斯特，他一開始即告訴我，他們的目的不是要培育音樂家，El Sistema其實是一個對抗貧窮的社會體系，它的意義在於挽救孩子。

「音樂會改變一個孩子的人生，但他最終並非一定要成爲職業音樂家，他也許會成爲一名醫生，或學習法律，或教授文學。可是，音樂帶給他們的將是不可磨滅的東西，並將影響他們一生。因爲音樂能夠爲一個孩子帶來精神上的富足，能夠幫助他們抵抗物質上的貧窮，音樂可以幫助他們戰勝現實生活的殘酷。」艾斯特侃侃而談，並表示過去已有五十多萬名青少年和孩童在這個項目受益，將來更會有上百萬人因音樂而改變命運。

目前，委國有一百七十六個兒童樂團，二一六個青年樂團，四百多個歌舞團、樂團和合唱團。委國各地都是樂隊，樂隊就像國旗一樣，成爲該國的象徵，而El Sistema所成立的國家青年交響樂團，現在已是世界知名而具有社會意義的樂團，孩子們以無比的熱情奔向世界各地演出。

附錄七

美國與古巴的恩怨情仇

美國與古巴關係千絲萬縷。

古巴在三十年獨立戰爭（一八六八－一八九八）的最後三個月，衝突升級，成爲西班牙－美國戰爭（美西戰爭）。通過美西戰爭，古巴擺脫了西班牙的殖民統治，但美國借機強行接管古巴，名義上美國爲古巴的保護國，實際是變相殖民。

一九〇一年，美國國會通過普拉特修正案（The Platt Amendment），修正案令美國合法干涉古巴內政，控制古巴經濟及其種植業，並扶持親美傀儡政權，更占領松樹島（現已由古巴收回）和關塔那摩灣，在關塔那摩灣建立美軍基地。

當美國全面控制古巴後，才於一九〇二年承認古巴獨立。

到了一九三四年，在美國總統羅斯福支持下廢除了該修正案，但與當時古巴政府另立新約，保留以租借形式維持關塔那摩灣的使用權利，古巴不得單方面終止協議。

自此，古巴爲美國附庸直至一九五九年卡斯楚等人革命成功。

古巴革命成功後不久，在一九六一年至一九六二年期間，便先後發生了世界矚目的豬玀灣事件和古巴導彈危機。一九六一年在美國中情局協助下，逃亡美國的古巴人在古巴西南海岸豬玀灣（科奇諾斯灣，Bahia de los Cochinos），向古巴革命政府發動入侵失敗。這事件標誌著美國顛覆古巴行動的第一砲。

由於古巴擔心美國再次進攻，因此開始靠向蘇聯，最終導致了一九六二年的古巴導彈危機，這是二次大戰後美蘇兩大陣營展開冷戰未幾，即令人類從未如此接近核子戰爭的邊緣。直接原因是蘇聯在古巴部署導彈，美國欲以武力反擊，幸而最後美蘇雙方成功透過秘密外交談判解因。蘇聯同意撤回古巴的導彈，而美國則同意不入侵古巴。不過，古巴在蘇聯支援下，無法不跟隨走蘇式社會主義，而美國也向古巴實施長達至今的經濟制裁。

在歐巴馬上台微幅調整制裁古巴政策之前，美國對古巴的經濟封鎖，是近代史上一次最嚴峻長久的制裁。聯合國多次遣責美國，指這是殘酷與非理性的，而歐盟亦早就要求解除封鎖，讓古巴得以進行應有的改革。

布希時代更成立專責小組加強制裁力道，除規限古巴裔美國人回鄉探親每三年不得超過四十日，每日不得花費五十美元，當然也不能匯款接濟古巴親友，如有違規者，所面對的刑罰是監禁十年與罰款一百萬美元；而有關刑罰更擴展至所有試圖踏足古巴的美國公民、美國公司及旅行社，外國公司也不能倖免。例如輸入美國的外國麵包要證明裡頭沒有一顆古巴黃糖，外國汽車不可有古巴一口螺絲，荷蘭加勒比海銀行便曾經由於與古巴有貿易關係，而給列入美國黑名單。明顯地，制裁政策已從雙邊涉及到多邊關係。

美國與古巴只是一海之隔，革命前的古巴出口美國與進口美國貨品，占總貿易額高達百分之六十至七十之間；革命後不久，即面對封鎖政策，對古巴所造成的震盪不言而喻，這迫使古巴進一步投向蘇聯的經援，蘇聯倒台後，經濟再次進入嚴冬，不得不另尋出路。

此外，制裁亦扼殺了科研、社會、文化的交流。去年有一百名美國科研人員便遭到美國政府阻擋前往哈瓦那進行國際學術交流，而古巴衛生部部長去年亦受阻前赴美國參與聯合國屬下的泛美衛生組織會議。在此相信台灣人感同身受吧！

這同時亦波及到古巴的文化產業，例如Salsa是古巴於五十年代在紐約流行的音樂品牌，制裁後便無法進一步發展，作曲家自此未能獲得版權稅，如今Salsa眞正的根源亦湮沒在制裁的後遺症中。

當然，美國的封鎖政策不能就此成爲我們漠視古巴人權狀況的藉口，一如美國不能以古巴違反他們的民主人權標準，就肆意對古巴人民進行集體性懲罰。在歐美的左派圈子裡，早已對上述兩者不時發出抗議聲音，指出打擊美國右翼政權企圖利用古巴異議分子顚覆古巴的最佳辦法，就是改變現行的高壓政策，建立適合古巴的一套開放制度，吸納與尊重異議聲音。

【旅人之星】39

拉丁美洲真相之路

作者／張翠容　　總編輯／郭寶秀
封面設計／林家琪　　特約編輯／曾淑芳
版面構成／林家琪　　校對／張翠容、曾淑芳

發行人／涂玉雲
出版／馬可孛羅文化
台北市中山區民生東路二141號5樓
電話：(02)2500-7696
發行／英屬蓋曼群島商家庭傳媒股份有限公司城邦分公司
台北市中山區民生東路二段141號2樓
客服服務專線:(886)2-25007718；25007719
24小時傳眞專線: (886)2-25001990；25001991
服務時間：週一至週五上午09:00-12:00；下午13:00-17:00
劃撥帳號：19863813　戶名：書虫股份有限公司
讀者服務信箱：service@readingclub.com.tw
香港發行所／城邦(香港)出版集團有限公司
香港灣仔駱克道193號東超商業中心1樓
E-mail：hkcite@biznetvigator.com
馬新發行所／城邦（馬新）出版集團【Cite (M) Sdn Bhd】
41, Jalan Radin Anum, Bandar Baru Sri Petaling, 57000 Kuala Lumpur, Malaysia.
電話：(603) 90578822　傳眞：(603) 9057662
E-mail：cite@cite.com.my
製版印刷／中原造像股份有限公司
初版一刷／2009年10月
初版九刷／2017年 9 月
定價／340元
ISBN：978-986-7247-95-7 (平裝)
Published by Marco Polo Press , a Division of Cité Publishing Ltd.
Printed In Taiwan

國家圖書館出版品預行編目資料

拉丁美洲真相之路 / 張翠容著．--初版．--臺北市 ：馬可孛羅文化出版 ：家庭傳媒城邦分公司發行，
2009〔民98〕面； 公分．--（旅人之星：39） ISBN 978-986-7247-95-7(平裝)
857.85　　98013394

多明尼加
大西洋
加拉加斯
委內瑞拉
巴西
拉巴斯
玻利維亞

美國
哈瓦那
墨西哥
墨西哥城
古巴
瓜地馬拉城
瓜地馬拉
聖薩爾瓦多
薩爾瓦多
馬拉瓜
尼加拉瓜
巴拿馬城
巴拿馬
哥倫比亞
太平洋
基多
厄瓜多
祕魯
大西洋
太平洋

中南美洲位置示意圖